LA PRESSE EN PARLE

« C'est peut-être le meilleur roman que Scottoline ait jamais écrit, un chef-d'œuvre de fausses pistes, où rien n'est ce qu'il semble être, et le portrait brûlant d'un homme à bout de forces qui ne compte pas renoncer sans combattre. »

PROVIDENCE JOURNAL

« Scottoline ne cesse de faire monter la tension dans ce qui est peut-être son roman le plus intense et le plus palpitant à ce jour. »

PEOPLE

« Des rebondissements explosifs s'ajoutent à la plus implacable des énigmes. Un thriller haletant dans lequel le héros se retrouve plongé dans une succession de situations impossibles. À commencer de préférence tôt le matin. »

KIRKUS REVIEWS

« Le talent de Scottoline pour tisser des liens entre ses personnages est une fois de plus à l'œuvre ici. Un excellent choix pour les fans de Greg Hurwitz et Harlan Coben. »

BOOKLIST

« Le meilleur thriller de Scottoline... Rythmé par de nombreux rebondissements, j'avais l'impression qu'il se passait quelque chose à chaque page. »

BOOKREPORTER

QU'EST-IL ARRIVÉ AUX BENNETT ?

FSC
www.fsc.org
MIXTE
Papier | Pour une gestion forestière responsable
FSC® C014138

Correction : Nicolas Koch
Photos de couverture : © Shutterstock
Photo de l'autrice : © Jeff Wojtaszek

Dépôt légal : septembre 2025
ISBN : 978-2-487149-29-8

LISA SCOTTOLINE

QU'EST-IL ARRIVÉ AUX BENNETT ?

Traduit de l'anglais
par Iris Le Guinio

MERA
EDITIONS

LES PERSONNAGES

Famille Bennett
- **Jason Bennett** : le père de famille, greffier
- **Lucinda Bennett** : femme de Jason, photographe
- **Allison Bennett** : leur fille de bientôt 16 ans
- **Ethan Bennett** : leur fils de 13 ans
- **Moonie** : leur chien

Entourage proche des Bennett
- **Claire Romarin (Muggi)** : mère de Lucinda
- **Melissa** : meilleure amie de Lucinda

FBI
- **Dom Kingston** : chargé de la protection des Bennett
- **Michael Hallman (Wiki)** : chargé de la protection des Bennett
- **Richard Volkov (Gremmie)** : patron de Dom et Wiki
- **Reilly** : chargé de l'enquête sur l'agression des Bennett

GVO (organisation de narco-trafiquants)
- **George Veria senior (Big George)** : chef de l'organisation
- **George Veria junior (Junior)** : fils de George Veria
- **John Milo** : bras droit de George Veria
- **Philip Nerone (Phil)** : dealer, membre de l'organisation
- **Paul Hart** : avocat de la famille Veria et de la GVO
- **Contessa** : assistante juridique de Paul Hart

Autres personnages
- **Bryan Krieger** : détective amateur
- **Flossie Bergstrom** : camionneuse
- **Tig** : oncle de Dom
- **Richardson et Skeet** : amis de Tig

À Francesca,
avec tout mon amour

PARTIE I

Rien de ce qui est bon ne disparaît jamais.
Lettre de John Steinbeck à son fils Thom, 1958

1.

Je jetai un coup d'œil dans le rétroviseur pour voir le pick-up qui me talonnait. Je détestais les conducteurs qui collaient au train, surtout quand ma famille était dans la voiture, mais rien ne pouvait gâcher ma bonne humeur. L'équipe de hockey sur gazon de ma fille venait de battre Radnor, et Allison avait marqué un but. À l'arrière, elle envoyait des SMS, comme tous les jeunes de sa génération qui maîtrisent mieux leurs pouces que n'importe quelle autre génération avant eux.

Mon fils Ethan se tourna vers elle pour se protéger de la lumière des phares du pick-up.

— Papa, c'est quoi son problème, à ce type ?

— Qui sait ? Ignore-le.

— Pourquoi tu ne roules pas plus vite ?

Ethan remua, ce qui réveilla Moonie, notre petit chien blanc, qui se mit à sauter sur la banquette arrière. J'adorais ce chien, mais il n'avait que deux modes : endormi et agaçant.

— Pourquoi je le ferais ? Je roule déjà à la limite.

— Mais on pourrait le laisser loin derrière sans problème.

Nous venions d'acquérir une nouvelle voiture : une Mercedes Classe E Berline d'un blanc éclatant, comme celui des dents en céramique. Ethan disait que le E correspondait à son prénom, mais je lui répondais qu'il signifiait « exorbitant ». Ma femme et mes enfants avaient insisté pour que nous achetions cette voiture, mais j'avais l'impression de frimer derrière le volant.

Mon ancien SUV me manquait, je n'avais pas besoin de cravate pour le conduire.

— Papa, quand j'aurai mon permis, je *fumerai* les types dans son genre.

J'entendais ça toutes les semaines. Mon fils comptait les jours qu'il lui restait jusqu'à l'obtention de son permis, même s'il n'avait que 13 ans. Je lui répondis :

— Non, tu ne le feras pas. Tu les laisseras passer.

— Pourquoi ?

— On a le droit de profiter de la route.

— Mais c'est ennuyeux.

— Pas pour moi. J'aime les routes aux vues panoramiques.

Je m'écartai pour laisser passer le pick-up, car Coldstream Road est une route sinueuse à une seule voie qui traverse la forêt. Nous entrions alors dans le Lagersen Tract, la dernière parcelle boisée préservée du comté de Chester, une zone devenue protégée pour en conserver la richesse naturelle.

Je baissai la vitre pour respirer à pleins poumons l'air frais aux senteurs de pin. Des arbres massifs bordaient la route et des buissons envahissaient les glissières de sécurité. Les grillons et les rainettes chantaient en chœur, me rappelant mon enfance. J'avais grandi dans une ferme laitière à Hershey, la ville du célèbre fabricant de chocolat. J'adorais vivre dans cette ville industrielle qui sentait bon le cacao et où la générosité des grandes entreprises régnait en maîtresse. Tout le monde travaillait pour le même but, même si c'était le capitalisme.

— Il ne nous dépasse pas, dit Ethan en me tirant de ma rêverie.

Je jetai un coup d'œil dans le rétroviseur, plissant les yeux à cause des phares. Moonie était tourné vers l'arrière, les pattes avant posées sur le dossier de la banquette et les oreilles dressées comme des petits triangles.

— Allez, papa. Montre-leur qui est le patron.

— Tout le monde le sait déjà, répondis-je. C'est maman.

Lucinda était assise à côté de moi, son sourire éclairé par l'écran de son téléphone. Elle était d'une beauté naturelle, avec ses yeux gris-bleu, son petit nez et ses cheveux blond foncé attachés en une queue-de-cheval basse. Elle était sur

Facebook depuis que nous avions quitté l'école, et elle publiait des photos et des commentaires sur le match. « Super arrêt d'Arielle !!! », « Les Lady Patriots sont géniales !!! », « Youhou, Emily est la meilleure joueuse !!! » Ma femme n'utilise jamais moins de trois points d'exclamation dans ses publications sur les réseaux sociaux. Si vous n'en recevez qu'un, c'est que vous avez fait quelque chose de mal. Ou, comme dirait mon père, « Tu es dans le pétrin ».

Lucinda jeta un coup d'œil.

— Jason, tu peux rouler plus vite ?

— Quoi, toi aussi ? Tu es pressée ?

— Ils ont leurs devoirs à faire.

— Un vendredi soir ? Tu ne connais pas encore nos enfants ?

Lucinda sourit en secouant la tête.

— Peu importe, monsieur l'amateur de vues panoramiques.

— Oh, je me sens tellement *compris*.

Lucinda rit, ce qui me réjouit. J'aime ma femme. Nous nous sommes rencontrés à Bucknell, où elle étudiait l'art et où je n'étais rien d'autre qu'un étudiant sportif en alternance qui servait des macaronis au fromage au réfectoire, coiffé d'une charlotte. Elle avait le choix, mais j'avais réussi à la faire rire. Et puis elle adorait les macaronis au fromage.

— P'pa, écoute ça.

Allison leva les yeux, ses pouces toujours en mouvement. Elle pouvait envoyer des SMS sans regarder son écran, elle appelait ça son super-pouvoir.

— Mes amies viennent de t'élire le père le plus sexy.

Je souris.

— Elles ont tout à fait raison. Ce n'est pas pour rien que j'ai été élu roi du bal de *homecoming*[1].

— Non, vieux. Ne dis plus jamais ça, grogna Allison en envoyant un SMS. Ça n'existe même plus.

Lucinda leva les yeux au ciel.

— Allison, qui est arrivé deuxième ?

— Ouais, quel troll est arrivé deuxième ? ajoutai-je.

---

1 - Le *homecoming* est une tradition des lycées américains rassemblant anciens et nouveaux élèves et comprenant un match de football américain suivi d'un bal.

Allison continuait d'envoyer ses SMS.

— Le père de Brianna M.

— Ron McKinney ? dis-je d'un ton méprisant. Je t'en prie, il n'y a aucun débat. J'ai les fesses les plus rebondies.

Allison sourit.

— Arrête !

— Je parie que je peux faire un twerk, Al. Je te montrerai quand on rentrera à la maison.

— Le twerk, c'est dépassé.

Allison ricana de nouveau, tout en envoyant un nouveau SMS.

— OMG, elles disent que tu ressembles à Kyle Chandler.

— Qui c'est ?

— Le père dans la série *Friday Night Lights*. On l'a regardée ensemble. Tu te souviens. Il joue aussi le père dans *Bloodline*.

— C'est quoi ça ?

— Une série sur Netflix.

— Je ne l'ai jamais vue.

— En tout cas, tu lui ressembles, sauf qu'il est beaucoup plus sexy que toi.

Je souris.

— D'accord, mais est-ce qu'il sait twerker ?

Allison éclata de rire, et je jetai un coup d'œil dans le rétroviseur pour la voir, mais les phares de la camionnette étaient trop aveuglants. Elle avait la tête penchée au-dessus de son téléphone, et j'apercevais son bandeau fin ainsi que les petits cheveux qui s'échappaient de sa double queue-de-cheval. Il y avait des élastiques à cheveux partout dans la maison, et je les récupérais chaque semaine dans la gueule du chien.

Ethan continuait de se retourner.

— Papa, si j'étais au volant, j'accélérerais.

— C'est sûr, ajouta Allison.

— Moi aussi, renchérit Lucinda, toujours sur son téléphone.

— D'accord, vous m'avez convaincu.

J'appuyai sur la pédale et la Mercedes réagit instantanément. Nous accélérâmes pour atteindre le sommet de la colline en suivant le virage serré sur la gauche.

Bizarrement, le pick-up sombre et poussiéreux, dans lequel

se trouvaient deux hommes, choisit ce moment pour nous doubler en rugissant. Il nous poussa contre la glissière de sécurité, alors je bifurquai à droite, me maintenant de justesse dans la voie.

Soudain, le pick-up se plaça devant nous et s'arrêta, nous barrant la route.

Je freinai brusquement et nous stoppâmes en tressautant, à quelques centimètres du pick-up. Nous basculâmes vers l'avant, retenus par nos ceintures de sécurité. Lucinda en eut le souffle coupé. Moonie se mit à aboyer.

— C'est bon, dis-je.

Je passai instinctivement en marche arrière pour mettre de la distance entre nous et l'autre véhicule. Je cherchais une issue de secours, mais il n'y en avait pas. Je ne pouvais pas contourner le pick-up. Ni reculer à cause du virage sans visibilité.

Deux hommes sortirent du pick-up, éclairés par nos phares. Le conducteur était grand et ses bras musclés étaient entièrement recouverts de tatouages. Ses longs cheveux noirs et son front proéminent surplombaient des yeux étroits. Son passager n'était pas aussi musclé, mais il portait lui aussi un tee-shirt sombre et un jean large. Le chauffeur lui dit quelque chose avant de s'approcher.

J'inspirai profondément pour me calmer. S'il s'agissait de violence routière, je pouvais désamorcer la situation. J'avais fait une année de droit, je pouvais donc baratiner n'importe qui. Sinon, je mesurais un mètre quatre-vingt-dix, j'étais défenseur dans l'équipe de football américain au lycée et j'étais toujours en bonne forme physique.

Lucinda gémit.

— J'appelle le 911 ?

— Pas encore.

— P'pa ?

Allison avait l'air nerveuse.

— Qu'est-ce qu'ils veulent ?

Ethan passa la tête entre les sièges, et Moonie aboya, son cri rauque se répercutant dans l'habitacle.

— Ne t'inquiète pas. Lucinda, verrouille les portes.

— D'accord, mais fais attention.

Je sortis de la voiture et refermai la porte derrière moi, entendant le bruit sourd et rassurant du verrouillage des portières. Les hommes me rejoignirent et je me redressai.

— Messieurs, y a-t-il un...

— Nous prenons la voiture.

Le chauffeur sortit un revolver et le pointa sur mon visage.

— Faites sortir tout le monde.

— D'accord, d'accord. Calmez-vous. Ne faites de mal à personne. C'est ma famille.

En me retournant vers la voiture, je remarquai le téléphone de Lucinda qui brillait à travers le pare-brise. Elle devait être en train d'appeler la police. Les voleurs la virent au même moment.

— Lâchez ça !

Le passager dégaina à son tour une arme et la pointa dans sa direction.

— Ne tirez pas !

Je me plaçai devant lui en levant les bras pour m'interposer.

— Chérie, tout le monde, sortez de la voiture !

Lucinda laissa tomber le téléphone, et la lumière de l'écran se flouta dans sa chute.

Allison sortit par l'arrière, les yeux écarquillés.

— P'pa, ils ont des *armes*...

— C'est bon, chérie. Viens ici.

Je posai une main sur son épaule et la fis passer derrière moi. Lucinda avait contourné l'arrière de la voiture avec Ethan, qui tenait un Moonie en train d'aboyer, sa laisse traînant sur le sol. Ils me rejoignirent et je fis face aux hommes.

— D'accord, prenez la voiture, leur dis-je, la poitrine serrée.

— Attendez.

Le passager regarda Allison et un sourire lubrique se dessina sur son visage.

— Comment tu t'appelles, ma jolie ?

Ma bouche s'asséchа. *Non.*

— Prenez la voiture et partez.

Soudain, Moonie bondit des bras d'Ethan et s'élança vers les hommes. Ces derniers reculèrent, déséquilibrés. Le conducteur tira dans un bruit assourdissant et manqua Moonie de peu.

Mes oreilles se mirent à bourdonner. Je me retournai.

Allison avait été touchée. Du sang jaillissait de son cou en un horrible éventail. Elle chancela.

Non ! Je me précipitai vers elle juste à temps, et elle s'effondra dans mes bras. Je la fis s'étendre doucement par terre. Sa bouche était grande ouverte. Sa gorge émettait des bruits de déglutition. Du sang s'écoulait toujours de son cou. Je plaquai ma main contre sa plaie pour arrêter cette effusion. Le liquide était affreusement poisseux et chaud.

Les lèvres d'Allison se mouvaient. Elle essayait de parler, de respirer.

— Chérie, tu as été touchée, lui dis-je. Reste calme.

Je tirai d'un coup sec sur ma chemise pour l'enlever, arrachant les boutons. Je la roulai en boule, puis la pressai contre son cou. Je ne voyais pas la blessure. J'étais terrifié.

— Lucinda, appelle le 911.

— Mon téléphone est dans la voiture !

Lucinda saisit la main d'Allison et se mit à sangloter.

Soudain, l'arme fit feu encore une fois, derrière nous, dans une nouvelle détonation assourdissante.

Nous nous recroquevillâmes, terrorisés. Lucinda hurla. Je ne savais pas qui avait été touché. Je regardai autour de moi, choqué de constater qu'un des voleurs de voiture venait de tirer sur l'autre. Le conducteur se tenait au-dessus du passager, qui gisait immobile sur la chaussée, du sang coulant sous sa tête. Il lâcha son arme et courut vers le pick-up. Je repérai sa plaque d'immatriculation avant qu'il ne démarre en trombe. Une luminosité soudaine m'indiqua qu'une autre voiture arrivait sur Coldstream Road.

— Papa, voilà le téléphone d'Allison !

Ethan me le tendit. Mes doigts ensanglantés maculaient l'écran qui s'alluma sur une photo de Moonie portant des lunettes de soleil.

J'appuyai sur la touche téléphone pour joindre les secours. L'appel se lança. Je portai le téléphone à mon oreille pour entendre par-dessus les aboiements du chien.

L'opérateur du 911 me demanda :

— Quelle est votre urgence ?

— Ma fille a reçu une balle dans le cou. Deux hommes ont essayé de nous voler notre voiture sur Coldstream Road, près du viaduc de l'autoroute.

Je luttais pour surmonter ma peur. Allison faisait des bruits de déglutition. Elle perdait beaucoup de sang et ma chemise en était détrempée. Le sang chaud de ma fille me poissait les mains, coulait entre mes doigts.

— Monsieur, est-elle réveillée et réagit-elle ?

— Oui, envoyez une ambulance ! Vite !

— Appliquez une pression directe sur la plaie. Utilisez une compresse...

— Oui, c'est ce que je fais, envoyez une...

— Une ambulance est en route.

— S'il vous plaît ! *Dépêchez-vous* !

Les paupières d'Allison se mirent à papillonner. Elle toussa. Des bulles rosâtres apparurent aux coins de sa bouche.

— Papa ?

Mon cœur palpita. Elle ne m'avait pas appelé ainsi depuis qu'elle était petite.

Je lui dis ce que j'avais envie de croire :

— Tu vas t'en sortir.

2.

La salle d'attente des urgences était baignée d'une lumière crue, et les murs vert menthe étaient ornés de paysages idéalisés représentant des chasses au renard. Des chaises vertes rembourrées étaient disposées en deux rectangles, formant des pièces dépourvues de cloisons. La partie avant était occupée par quelques personnes, mais nous avions toute la partie du fond pour nous. Des magazines froissés gisaient sur les tables basses, ignorés au profit des téléphones. Derrière une paroi en plexiglas, à côté des distributeurs automatiques, se trouvait une salle de jeux pour enfants. J'avais passé tant de temps dans cette salle d'attente au fil des ans, pour tellement de raisons différentes. Le bras cassé d'Allison. Les chutes accidentelles d'Ethan. Une fois, un papillon de nuit était entré dans l'oreille de Lucinda. Tous les parents connaissent les urgences locales, mais pas comme ça. Je n'avais jamais vu personne dans le même état que nous, en cet instant. Nous étions tous les trois blottis les uns contre les autres, en état de choc et bouleversés.

Allison avait été emmenée en salle d'opération. Mon tee-shirt était imprégné de sang séché et Lucinda avait des éclaboussures sur son sweat-shirt des Lady Patriots et des taches de sang sur son jean. Elle avait cessé de pleurer et reposait sa tête sur mon épaule droite. Le tee-shirt d'Ethan était nappé de sang, mais comme il était noir, cela ne se voyait pas, sauf sur le N blanc de Nike. Il s'était affaissé sur ma gauche, et je passais un bras autour des épaules de chacun d'eux.

— Elle va s'en sortir, n'est-ce pas ? demanda Lucinda à voix basse.

— Oui, répondis-je, mais j'étais mort de peur. Comment elle était, dans l'ambulance ?

— Ça allait. Elle n'a pas paniqué. Tu la connais.

— Oui, acquiesçai-je.

Allison avait une tolérance élevée à la douleur. Au camp d'entraînement au lacrosse[2], elle s'était cassé le bras le matin et n'avait rien dit à son entraîneur avant le déjeuner.

— L'ambulancier était à l'arrière, j'ai dû m'asseoir à l'avant. Il était gentil. Il lui a parlé. Il a vérifié ses signes vitaux.

— Comment ils étaient ?

— Sa tension était basse.

Lucinda se mit à se tordre les mains. Je me souvenais qu'elle faisait ça quand sa sœur Caitlin était en train de mourir d'un cancer du sein, cinq ans auparavant. Je la serrai plus fort contre moi. Un couple âgé entra en traînant les pieds pour s'asseoir dans notre section, en jetant des regards autour de lui. Le mari avait un déambulateur muni de balles de tennis neuves sous les pieds et marchait devant avec concentration. Sa femme nous remarqua, puis fixa son regard sur la télévision qui diffusait les informations sous-titrées. Lucinda s'essuya le nez avec un mouchoir en papier roulé en boule.

— Jason, tu sais ce qu'elle m'a dit dans l'ambulance ? Elle m'a dit de ne pas m'inquiéter.

Les larmes me piquèrent les yeux.

— Quelle gamine incroyable.

— Je sais. Lucinda renifla. Je me demande combien de temps va durer l'opération.

— Ils doivent réparer la veine. Je pense que c'était une veine, pas une artère.

— Comment le sais-tu ?

— Si c'était une artère, comme la carotide, le sang aurait jailli à chaque pulsation cardiaque.

2 - Le lacrosse est un sport d'équipe américain d'origine autochtone dans lequel les joueurs se servent d'une crosse munie d'un filet pour envoyer une balle dans le but adverse.

J'espérais avoir raison. Toutes les informations médicales dont je disposais provenaient de dépositions pour faute professionnelle, dont j'avais rédigé des centaines. J'étais greffier, ce qui faisait de moi une mine d'informations sur des sujets complètement aléatoires. Ce n'était pas toujours une bonne chose.

— Nous étions censées aller chercher une robe pour le bal demain. Elle en avait trouvé une qui lui plaisait au centre commercial. Elle l'avait vue avec Courtney.

Je m'en souvenais. Allison m'avait montré une photo sur son téléphone. La robe était jolie, blanche avec de fines bretelles. Elle lui serait très bien allée. Elle avait la silhouette élancée et musclée d'une sportive. Elle craignait que cela ne fasse paraître ses fesses plates.

Allison, tes fesses ne sont pas plates.

P'pa, tu n'en sais rien. Tu m'aimes, c'est tout.

J'avais tellement de surnoms pour elle. Al, Alsford, la duchesse d'Alfordshire et le « tube digestif », parce qu'elle mangeait comme un ogre. Elle m'appelait « P'pa » ou « vieux ». Selon ma femme, j'étais un père très présent. Je m'impliquais beaucoup dans la vie de mes enfants. Je vendais des billets de tombola et j'achetais d'énormes barres chocolatées que je distribuais au travail. J'avais appris à mes deux enfants à lancer une balle et j'avais remarqué qu'Allison était la meilleure athlète. Lucinda renifla à nouveau.

— Je suppose qu'ils vont la garder quelques jours, n'est-ce pas ?

— Oui.

— Je pourrais aller la chercher à sa place.

— Chercher quoi ?

Ethan me regarda, les yeux brillants de larmes.

— La robe, papa.

— Ah oui.

J'étais trop bouleversé pour réfléchir, mais ça ne se voyait pas. Je ne suivais pas la conversation. Ma femme parlait davantage quand elle était émue, mais moi, je parlais moins. J'étais perdu dans mes pensées. J'étais perdu, tout court. Lucinda s'essuya le nez.

— J'espère qu'elle pourra quand même aller au bal. Elle a tellement hâte. Je crois qu'elle aime vraiment Troy.

— Je sais.

Troy était le petit ami d'Allison depuis deux mois, une relation déjà plus longue que la précédente. J'aimais bien Troy parce qu'il était aussi intelligent qu'elle, à la fois sportif et studieux. Il était d'un tempérament plutôt calme, mais j'avais appris avec Ethan que les introvertis cachaient souvent bien leur jeu. Mon fils avait un cercle d'amis, mais il avait aussi besoin de temps pour lui.

— Je lui ai pris rendez-vous chez le coiffeur le jour du bal. Elles veulent toutes y aller le matin, mais elles ne veulent pas rater le match. C'était mission impossible, mais j'ai réussi.

La voix de Lucinda trahissait une fierté maternelle indéniable.

— Bravo !

— Elle veut des ondulations façon plage.

Des ondulations façon plage. J'avais souvent entendu cette expression. Je savais que c'était à la mode. Allison avait de beaux cheveux, mais elle trouvait qu'ils manquaient de volume.

P'pa, je déteste mes cheveux, ils sont trop plats.

Comme tes fesses ?

Lucinda demandait :

— Tu crois qu'ils vont nous donner des nouvelles bientôt ?

— Oui, dès qu'ils le pourront. Ils savent ce qu'ils font.

— C'est vrai. C'est un bon hôpital.

— Oui.

Je serrai sa main dans la mienne. Nous avions souvent discuté des mérites relatifs de l'hôpital Paoli, régulièrement classé parmi les meilleurs de la région de Philadelphie. Lucinda avait fait des recherches sur les hôpitaux avant que nous déménagions ici, et elle était devenue une experte sur ce sujet et celui des écoles, comparant les dépenses des districts en matière d'éducation par rapport aux moyennes nationales et de l'État.

Ma femme était du genre prévoyant ; nous avions cela en commun. Sa mère était pareille, et son père avait été PDG de PennValue, une grande société de courtage en assurances à Allentown. Mon père disait souvent qu'elle venait de chez les riches, comme si c'était un endroit réel. Richeville.

— Papa, tu crois que Moonie va bien ?

Ethan me regardait, les yeux pleins de chagrin. Ils étaient bleus, d'une teinte plus claire que ceux d'Allison. J'étais le seul à avoir les yeux bruns dans la famille. Enfin, moi et Moonie.

— Oui, lui répondis-je.

Nous avions laissé le chien dans la voiture de police, car la Mercedes avait été mise en fourrière.

— Ne lui en veux pas.

Ethan baissa la tête, dévoilant une touffe de cheveux bruns gominés, peignés sur le côté. Je supposais que cette coiffure était inspirée de Justin Bieber, mais Lucinda et moi espérions tous les deux qu'elle serait rapidement passée de mode.

— Je ne lui en veux pas. Pourquoi je lui en voudrais ?

— Je pensais que tu allais dire que c'était sa faute, mais ça ne l'est pas.

— Non, ça ne l'est pas.

Je lui adressai un sourire pour le rassurer, mais Ethan ne me le rendit pas. Son visage était plus rond que celui d'Allison, ses yeux étaient plus rapprochés et il était plus mince. J'avais tendance à le définir par rapport à sa sœur, ce qui n'était pas une bonne chose, je le savais, mais en tant qu'enfant unique, je trouvais leurs différences fascinantes. Son teint était également plus pâle. Il avait quelques petites taches de rousseur sur son nez retroussé, car il avait hérité de ma peau claire d'Irlandais.

Le visage d'Ethan s'assombrit.

— C'est ma faute.

Lucinda lui prit la main.

— Ethan, non, ce n'est pas ta faute. Pourquoi tu dis ça ?

— J'aurais dû mieux le tenir. Si je l'avais fait, Allison irait bien. Je n'aurais pas dû le laisser sauter.

Le regard déchiré de Lucinda croisa le mien. Nous savions tous les deux que notre fils ne pouvait pas supporter ce fardeau. Il était le plus sensible des deux, portant ses blessures sur ses épaules comme un sac à dos. Il s'était mis à regarder ses mains, où le sang avait séché dans les lignes de sa paume.

— Ethan, écoute.

Je lui serrai l'épaule.

— Ce n'est pas ta faute.

— Pourquoi ?

Le regard troublé d'Ethan se leva vers moi, et sa lèvre se colla à son appareil dentaire, comme quand il avait la bouche sèche. Je savais qu'il voulait une réponse, car c'était le genre d'enfant qui avait besoin d'entendre des arguments, pas seulement des affirmations. « Parce que je te le dis », aurait répondu mon père, mais cela ne marchait pas avec mon fils.

— Ethan, tu dis qu'Allison irait bien si tu n'avais pas lâché Moonie, c'est ça ? Mais c'est un mauvais raisonnement. Le fait que tu l'aies lâché n'est qu'une cause secondaire.

Je puisais dans mes cours de droit civil de première année, avant que je ne laisse tomber mes études.

— Il y a plein d'autres causes secondaires, et aucune d'entre elles n'est la vraie cause.

— Qu'est-ce que tu veux dire ?

— Eh bien, réfléchis-y. Qu'est-ce que tu dirais de : « Allison irait bien, si nous n'avions pas gagné le match » ? Ou « Allison irait bien, si nous n'étions pas restés tard fêter ça » ? Ou « Allison irait bien, si nous n'avions pas acheté une nouvelle Mercedes » ?

Je vis Lucinda grimacer, alors je passai à autre chose.

— Les causes secondaires, c'est le même piège que « et si… ». Tu te rends fou avec des possibilités. Il n'y a qu'une seule cause, et ce sont les voleurs de voiture. Ce sont eux qui ont fait ça. C'est leur faute.

— Mais Moonie…

— Pas Moonie, pas toi. Eux.

Mon visage s'empourpra. Je me sentis soudainement envahi par la rage, mes émotions à fleur de peau.

— Ces deux-là, ce sont des ordures. Des hommes violents, stupides et malfaisants. Ils ne valent pas un cheveu de la tête de ta sœur. C'est eux les coupables, et je veux qu'ils pourrissent en prison. Je veux qu'ils souffrent chaque jour de leur vie et…

— Il y en a un qui est déjà mort, papa.

Les yeux de Lucinda s'écarquillèrent.

— Chéri, nous parlions d'Ethan.

— C'est ce que je fais. Je ne veux pas qu'il se sente responsable de ce que cette ordure a fait à Allison.

Ethan baissa les yeux.

— Je comprends, papa.

Lucinda semblait secouée.

— Ton père est bouleversé, c'est tout.

Je me détournai, essayant de me calmer. J'aurais préféré savoir comment se passait l'opération d'Allison. J'aimais cette enfant de tout mon cœur. Elle était tout ce que j'aurais jamais pu rêver d'avoir comme fille. Forte, intelligente, drôle, audacieuse. Plus directe que diplomate. Plus sensible qu'elle ne le paraissait. Mon père disait toujours qu'elle était comme un cheval de trait, de ce point de vue. Grande et forte, mais pas toujours rude et turbulente. Quand j'étais enfant, nous avions un magnifique cheval de trait brun, appelé Soldat Chocolat.

C'est un gentil géant, celui-là. Pas la peine de tirer sur la bride.

Allison s'inquiétait plus qu'elle n'aurait dû, pour tout. Ses cheveux, son corps, ses notes, ses activités extrascolaires, ses cours de préparation au PSAT[3] et ses points noirs « sur la zone T », quoi que cela puisse être. Elle ressemblait à Lucinda, mais ses yeux bleus étaient plus étroits, elle avait un long nez droit et un grand sourire, maintenant qu'elle n'avait plus d'appareil dentaire. Elle avait les cheveux bruns et voulait faire des mèches plus claires *et* plus foncées. Pour elle, rien n'était jamais assez bien. Je n'ai jamais compris. Je n'aurais rien changé chez elle. *Assez bien pour travailler dans la fonction publique,* disait toujours mon père.

Je m'agitai sur ma chaise. J'avais la bouche sèche. Il semblait impossible qu'Allison soit allongée sur une table d'opération, au bout du couloir, derrière une double porte. Tous mes instincts me poussaient à être à ses côtés. Puis je me souvins que j'avais été à ses côtés sur Coldstream Road. Elle avait perdu son sang sur la chaussée, alors que j'étais juste à côté d'elle.

Cette pensée me rendait furieux, et je bouillais de rage intérieure contre les voleurs de voiture, contre le monde entier, et surtout contre moi-même.

---

3 - Le PSAT est l'examen préparant les lycéens américains au Scholastic Assessment Test, QCM standardisé destiné à évaluer les compétences académiques des élèves désirant s'inscrire dans des universités aux USA.

Papa ?

J'aperçus deux hommes en costume entrer dans la salle d'attente et regarder autour d'eux d'un air solennel. Ce devaient être les inspecteurs de police du comté, qui étaient censés nous retrouver ici.

Je me levai d'un bond.

3.

Les inspecteurs se dirigèrent vers nous. Le plus âgé semblait avoir une bonne cinquantaine d'années, avec une épaisse chevelure grisonnante, des yeux bruns aux paupières lourdes, et un teint bronzé avec une zone plus claire autour des yeux, la marque des lunettes de soleil. Ses joues étaient tombantes et ses lèvres formaient une ligne sombre. Il était plutôt grand et mince, et tenait un dossier dont la couverture en plastique marron était ornée d'un emblème doré. L'autre homme était plus jeune, et sa veste de sport sombre semblait trop grande pour lui. Ses cheveux étaient lissés en arrière et son nez avait une bosse prononcée. Je tendis la main au plus âgé.

— Je suis Jason Bennett, je suppose que vous êtes les inspecteurs.

— Oui. Inspecteur Bill Willoughby, du bureau du procureur du comté de Chester. Voici mon coéquipier, Jim…

— Vous l'avez attrapé ? l'interrompis-je, incapable de me retenir.

— Non, pas encore. Mon coéquipier s'appelle Jim Balleu. Nous sommes désolés pour votre fille. Nous savons que c'est un moment diff…

— J'ai donné aux policiers la description du conducteur, du pick-up, de la plaque d'immatriculation, tout. Je ne sais pas s'ils vous l'ont dit…

— Si, ils l'ont fait. Maintenant, si nous pouvions vous parler...

— Bien sûr, pas de problème. Je vous en prie.

Je leur indiquai les chaises, puis je me rendis compte que je n'avais pas présenté Lucinda et Ethan, alors je le fis.

L'inspecteur Willoughby s'assit.

— Mme Bennett, nous sommes désolés de vous déranger dans un moment pareil.

— Je comprends, répondit Lucinda en hochant la tête.

— Nous n'en avons pas pour longtemps.

L'inspecteur Willoughby ouvrit son dossier, qui contenait un bloc-notes neuf et un stylo Cross argenté. L'inspecteur Balleu s'assit à côté de lui et sortit un carnet de reporter de la poche de sa veste pendant que je commençais à parler.

— Vous ne devriez pas avoir de mal à retrouver le type. Il conduisait une camionnette noire, une Chevrolet. Elle doit avoir cinq ou six ans.

— Nous en avons été informés.

L'inspecteur Willoughby nota quelque chose.

— En plus, vous avez l'autre type, mort sur les lieux. Vous pouvez sûrement découvrir qui il est. Il a sans doute son portefeuille ou son téléphone sur lui. Ses empreintes digitales doivent être sur l'arme.

— Nous nous en occuperons, soyez-en assuré...

— Vous devez absolument trouver le conducteur. C'est lui qui a tiré sur ma fille. *Il a tiré sur ma fille.*

Je crachai ces mots. Je ne pouvais pas m'en empêcher. Toute cette rage sortait de mon corps.

— Je veux que vous l'attrapiez et que vous le poursuiviez avec toute la rigueur de la loi. Je veux qu'il passe le reste de sa vie en prison.

Lucinda s'essuya les yeux. Ethan s'affaissa, les mains sur les genoux.

— D'accord, acquiesça l'inspecteur Willoughby. Maintenant, si vous pouviez nous raconter ce qui s'est passé ?

— Comme je l'ai dit aux policiers, ils se sont arrêtés devant nous, puis ils ont dit qu'ils allaient prendre la voiture.

— Et vous avez résisté ?

— Non. Pourquoi l'aurais-je fait ? Je me soucie de ma famille, pas d'une voiture.

L'inspecteur Willoughby fronça les sourcils.

— Mais l'un des agresseurs a été tué...

— Je ne l'ai pas tué, je n'ai tué personne.

Je compris qu'ils pensaient que c'était moi. J'aurais aimé que ce soit vrai. J'aurais dû le faire.

— L'autre voleur l'a tué. Les flics ne vous l'ont pas dit ? Je leur ai expliqué.

Lucinda eut un mouvement de recul.

— Mon *mari* n'a tué personne. Il n'aurait jamais fait ça. L'inspecteur Willoughby regarda Lucinda, puis moi.

— Vous me dites donc que le premier agresseur a tué le second ?

— Oui.

Cela me dérangeait que les policiers sur place ne le leur aient pas dit. Je me demandais quelles autres informations ils avaient omises. Mais je devais faire confiance à ces gars. Lucinda s'éclaircit la gorge.

— Nous essayions d'aider notre fille. Nous étions penchés sur elle, et Jason tentait d'arrêter l'hémorragie. J'ai entendu un autre coup de feu, et puis, euh, eh bien...

— Je vais raconter, l'interrompis-je pour lui éviter de continuer. Nous avons entendu le coup de feu, nous nous sommes retournés et nous avons vu que le conducteur avait tiré sur le passager.

L'inspecteur Willoughby jeta un regard sceptique à son collègue, ce qui me mit en colère.

— Ne me dites pas que vous ne me croyez pas.

— Nous n'avons pas dit...

— Vous n'aviez pas besoin de le formuler. Ne me cherchez pas, pas ce soir. Ma fille est en salle d'opération, elle se bat pour sa vie.

Lucinda grimaça, les yeux écarquillés, et je réalisai que j'avais dit quelque chose qu'il ne fallait pas. Nous n'avions pas reconnu le fait qu'Allison se battait pour sa vie. Je ne savais même pas que je le pensais avant que cela ne sorte de ma bouche.

— M. Bennett, vous comprenez bien qu'il est inhabituel qu'un seul agresseur…

— C'est pourtant ce qui s'est passé. J'élevai la voix, incapable de contrôler mon ton. Ce n'était pas mon genre, mais je m'en fichais. Je vous dis la vérité !

Lucinda me prit le bras.

— Chéri, calme-toi. Allons.

Le détective Willoughby pinça les lèvres.

— Désolé, nous sommes partis du mauvais pied.

— Les accusations ont souvent cet effet, criai-je en réponse.

Je ne pouvais pas m'excuser. Pas ce soir.

— Alors reprenons à zéro. Que s'est-il passé ?

— Ils se sont arrêtés devant nous et ont bloqué la route. Puis ils sont sortis de la camionnette et se sont dirigés vers nous.

— Avaient-ils sorti leurs armes ?

— Non, pas au début. Ils parlaient. Je me souvins d'un détail qui m'avait jusqu'alors échappé. Le conducteur a dit au passager : « Va à gauche, Junior. »

Lucinda me jeta un coup d'œil. Ethan cligna des yeux.

J'ajoutai :

— Bien, donc vous connaissez son nom, ou son surnom, si vous ne l'avez pas trouvé dans son portefeuille.

L'inspecteur Willoughby prit des notes dans son carnet. Son stylo Cross brillait sous les lumières du plafond.

— Vous l'avez entendu ?

— Non. J'étais encore dans la voiture.

— Alors comment savez-vous ce qu'il a dit ?

— J'ai lu sur ses lèvres. Je distinguais son visage dans la lueur des phares.

L'inspecteur Willoughby cligna des yeux.

— Donc vous ne savez pas avec certitude ce qu'il a dit.

— Si, j'en suis sûr. Je sais lire sur les lèvres.

Ethan s'illumina soudain.

— C'est vrai. Ma sœur dit que c'est son super-pouvoir.

Je fis un sourire forcé à Ethan, puis me tournai vers l'inspecteur Willoughby.

— Je lis sur les lèvres, en tant que greffier agréé.

— Quelle est la différence avec un greffier classique ?

— J'ai une licence pour exercer dans des domaines spécialisés.

— Quel est le rapport avec la lecture labiale ?

— Mon travail exige de la précision. La lecture labiale l'améliore.

— Vous travaillez au tribunal ?

— Non, nous sommes une société privée. Les greffiers qui travaillent au tribunal sont des employés de l'État.

Je voulais parler de ma fille, pas de mon travail, mais l'inspecteur Willoughby prenait des notes.

— Où se trouve votre entreprise ?

— À West Chester. Pouvons-nous revenir à ce qui s'est passé ?

— D'accord, continuez, s'il vous plaît.

Je repris mes explications, donnant tous les détails du mieux que je pouvais, contrôlant mes émotions en me mettant en mode travail, comme si cette série de questions-réponses était une transcription. Je visualisais mes phrases telles que je les aurais écrites, dans la police Courier à l'ancienne que nous utilisons encore, si épaisse qu'elle semble en relief sur la page. Le témoignage ferait partie d'un dossier officiel, considéré comme la vérité devant n'importe quel tribunal, et à la dernière page de l'original, je signerais sous serment, garantissant que ces mots étaient vrais et exacts.

À ce moment-là, un médecin d'un certain âge, vêtu d'une blouse blanche, apparut à l'entrée de la salle d'attente. Il avait les cheveux gris coupés court et portait d'épaisses lunettes à monture métallique. Son regard balaya la pièce.

Lucinda se redressa.

— C'est son médecin ? Il nous cherche ?

Je me levai, mais le médecin se dirigea vers le couple âgé, leur serra la main, puis ils se levèrent et ils quittèrent la pièce tous les trois. Lucinda soupira, inquiète.

— Ils sont arrivés après nous, n'est-ce pas ?

Je me rassis.

— Je ne m'en souviens pas.

— Ce n'est pas comme au *Cheesecake Factory*, maman, intervint Ethan.

L'inspecteur Willoughby ferma son dossier et y glissa son stylo Cross.

— Bon, je pense que ça ira pour ce soir. Nous vous recontacterons dans les prochains jours.

L'inspecteur Balleu referma son carnet.

— Oui, merci.

— Alors on pourra se parler plus tard ?

Je me levai pour leur serrer la main.

— Bien sûr, acquiesça l'inspecteur Willoughby. Nous vous tiendrons informés de l'évolution de l'enquête. Nous ferons tout notre possible pour traduire cet homme en justice. Au fait, nous vous demandons de ne pas parler aux journalistes. Et de ne rien publier sur les réseaux sociaux.

— Nous n'en avions pas l'intention.

— Bien sûr que non, renchérit Lucinda.

Ils nous saluèrent rapidement et partirent. L'instant d'après, le médecin aux cheveux gris réapparut au seuil de la salle d'attente, croisant mon regard derrière ses lunettes. Ses yeux sombres me transmirent quelque chose d'homme à homme, quelque chose de primitif. Je ne savais pas si j'imaginais cela. Ce n'était pas possible. Je me demandai soudain s'il avait fait sortir le couple âgé pour nous laisser en privé. *Non, non, non.* Je me surpris à secouer la tête. Le médecin s'avança vers nous, son visage ridé se creusant de plis graves.

— M. et Mme Bennett ? Je suis Mark Chen, le chef du service des urgences chirurgicales.

Lucinda se leva d'un bond.

— Comment va-t-elle ?

— Asseyez-vous, je vous en prie.

Le Dr Chen nous indiqua les chaises, puis s'assit en face de nous, et nous nous effondrâmes tous les deux sur nos sièges.

Non, pensai-je. *Non, ce n'est pas possible. Non, je ne veux pas entendre ça.* Le Dr Chen prit les mains de Lucinda.

— Je suis désolé, Mme Bennett, M. Bennett. Votre fille est décédée. Nous avons tout essayé. Nous n'avons rien pu faire.

Non, vous ne pouvez pas dire ça, non, non, non et non.

Mon cœur se serra si fort que j'en perdis le souffle. C'était comme une onde de choc qui se propageait dans ma poitrine. Le monde devint flou, confus et lointain. Le médecin, la salle d'attente, la télévision.

— Non ! hurla Lucinda, ce qui me ramena à la réalité.

Je réagis instinctivement, la serrant contre moi pour essayer de la calmer. Ethan fondit en larmes, alors je mis mon autre bras autour de lui et les enlaçai tous les deux. Je voulais pleurer, crier, gémir et hurler de rage et d'incrédulité. Lucinda sanglotait, les larmes coulant à flots de ses yeux. Ethan pleurait comme un petit garçon, un son dont je ne me souvenais plus jusqu'à présent. Je savais que nous ne pouvions pas tous nous effondrer en même temps. J'étais Papa. J'étais le pilier, et le pilier devait tenir bon. J'essayai de comprendre. Ma voix s'étrangla.

— Qu'est-ce que… qu'est-ce qui s'est passé ?

— Le projectile a sectionné ses veines jugulaires et déchiré d'autres vaisseaux et muscles. Elle a subi une importante perte de sang.

Les sourcils du Dr Chen s'affaissèrent comme un toit sous le poids de la neige.

— Je suis vraiment désolé. Nous avons tout tenté.

— Expliquez-moi, s'il vous plaît.

J'avais besoin de comprendre. J'essayais de saisir quelque chose d'incompréhensible.

— La veine jugulaire externe est large et se trouve au-dessus du muscle qui permet de tourner la tête. Elle a été sectionnée par la balle, qui est entrée par l'avant de son cou, à gauche, et est ressortie par l'arrière, ce qui a provoqué une hémorragie massive.

Mon regard se posa sur les mains du médecin. Je réalisai qu'elles étaient les dernières à avoir touché ma fille vivante.

— Une personne jeune a environ cinq litres de sang. À partir d'un cinquième de sang perdu, le corps entre en état de choc. Votre fille en a perdu près de la moitié.

Le souvenir horrible ressurgit comme un flash dans mon esprit. Je ne pouvais pas parler. Je l'entendais à peine.

— Nous lui avons fait une transfusion, mais elle a fait un arrêt cardiaque.

Je secouai la tête.

— Son… cœur ? Son cœur est… parfait, il est fort. C'est une athlète, une athlète exceptionnelle.

— Oui, mais avec une perte de sang aussi importante…

— J'ai essayé de l'arrêter avec ma chemise.

— C'était la procédure à suivre. Vous avez tout fait correctement. Vous avez fait tout ce que vous pouviez.

Je savais pourquoi le médecin disait cela. Je pouvais le lire dans ses yeux compréhensifs et l'entendre dans le ton doux de sa voix. Il ne voulait pas que je m'en veuille. Mais je ne lui avais pas posé la question parce que je voulais recevoir l'absolution.

Je ne m'absoudrais jamais. Jamais.

4.

Les heures suivantes à l'hôpital me parurent floues, tant je les passai dans un état second. Le Dr Chen nous annonça qu'ils devaient pratiquer une autopsie sur Allison, ce qui fit pleurer Lucinda encore plus fort — *ils ne peuvent pas lui faire ça, nous ne pouvons pas les laisser faire* — à l'idée qu'on l'éviscère, comme si c'était elle qui était vidée de ses organes, une mère réduite à l'état de coquille vide. Je la serrai contre moi. Elle voulait voir le corps d'Allison, et ils nous conduisirent dans une salle d'opération. Nous laissâmes Ethan dans l'antichambre avec une infirmière, pensant que ce serait trop dur pour lui, et nous fîmes bien. La salle était vide, froide et immaculée, remplie d'équipements rutilants et bordée d'armoires. Le plafonnier avait la forme d'une soucoupe et seules quelques lumières étaient allumées, éclairant un brancard en plastique moulé sur lequel reposait un corps recouvert d'un drap blanc. Il y avait une grosse bosse en haut - la tête - et de petites bosses en bas - les pieds. Lucinda éclata de nouveau en sanglots, et je réussis à ne pas m'effondrer en la conduisant jusqu'au brancard et en écartant le drap, juste assez pour voir le beau visage de ma fille. Ce n'était pas possible que je la voie ainsi, maintenant. Cela ne pouvait pas être vrai.

Ses yeux étaient fermés. Sa peau était blafarde. Ses cheveux étaient plus foncés à la racine, à cause de la sueur séchée du match. Son bandeau avait disparu. Une légère ligne rougeâtre laissée par un masque à oxygène entourait sa bouche, où se trouvait encore quelques heures auparavant un protège-dents bleu. Elle portait encore une gouttière la nuit.

Je n'osais pas baisser le drap d'un centimètre de plus. Je savais que nous ne supporterions pas de voir la blessure au cou d'Allison. Je recouvris son visage et Lucinda s'effondra en sanglotant contre la poitrine de notre fille. Je caressai le dos de ma femme, mais je ne succombai pas à l'émotion. Je ne pouvais pas. Lucinda se pencha pour serrer Allison dans ses bras, en pleurant si fort que je craignis qu'elle ne s'arrête jamais.

Au bout d'un moment, une infirmière s'approcha de la fenêtre et croisa mon regard. Je compris qu'ils avaient besoin de la salle. Je lui fis signe de nous laisser encore quelques minutes. J'essayais de gagner du temps, je ne voulais pas laisser ma fille ici, derrière moi, pour de bon, pour toujours. Je me retrouvai à glisser ma main sous le drap pour toucher une dernière fois la joue d'Allison. Elle était fraîche, mais douce, comme l'est la peau des jeunes, pleine de promesses.

Je sentis mon cœur se briser. Les larmes me brouillèrent la vue. Ma fille aurait pu faire n'importe quoi, elle aurait pu être n'importe qui. Je voulais qu'elle suive sa voie. Je voulais qu'elle soit *en vie*. J'avais pris sa *vie* pour acquise. La détresse me tenaillait, et je compris soudain pourquoi les personnes en deuil déchiraient leurs vêtements. Je me surpris à répéter « Je suis tellement désolé, je suis tellement désolé », avant de réaliser que j'entrais dans un territoire émotionnel dangereux ; ma rage refaisait surface. Je serrai les dents si fort que je ne parvins plus à prononcer un mot.

Lucinda s'essuya les yeux avant que nous n'allions récupérer Ethan, et elle s'effondra de nouveau quand nous fûmes conduits à la voiture de police, où Moonie aboyait de joie, inconscient de la situation. Ethan prit le chien dans ses bras, enfouit son visage dans son pelage rêche et le serra contre lui sur la banquette arrière, en pleurant tout au long du chemin jusqu'à la maison.

Nous montâmes tant bien que mal à l'étage, et Lucinda et moi emmenâmes Ethan dans notre chambre, où nous nous blottîmes avec lui sur le lit. La chambre était plongée dans la pénombre, à l'exception de la lumière ambiante provenant de la fenêtre qui donnait sur la rue. Les rideaux étaient ouverts et je distinguais les bardeaux de cèdre du toit des Brophy et la ligne en zigzag du pare-vent des Whitman de l'autre côté de la rue. Le drapeau bleu des Nittany Lions devant la maison des Corbuz, juste à côté. Tous les repères de ma vie étaient toujours là. Sauf que tout avait changé.

Les larmes de Lucinda se tarirent, ses sanglots cessèrent enfin. Ethan s'endormit rapidement. Je fermai les yeux et me concentrai sur le rythme de sa respiration, une inspiration, une expiration, le souffle qui entrait et sortait de ses poumons. Je ne savais pas quoi faire ni quoi penser. Je ne comprenais pas. Tout s'était passé si vite. C'était comme si elle m'avait glissé entre les doigts. Mes mains étaient encore couvertes de son sang, maintenant sec, qui s'écaillait. Ça me démangeait. Ça me brûlait.

J'avais besoin de redéfinir qui j'étais. J'étais toujours son père, mais elle n'était plus là. Je n'avais plus qu'un seul enfant vivant, juste un garçon, mon fils.

Je serais toujours le père d'Allison, même sans Allison.

Lucinda murmura :

— Tu es réveillé ?

— Oui.

— Je ne réalise pas… notre petite fille. Je la serrai plus fort dans mes bras, dans l'obscurité. C'est… c'est… irréel.

— Je ressens la même chose.

— Nous sommes ici… sans… elle. Elle est trop… jeune… elle avait tout… toute sa… *vie*. Lucinda se remit à pleurer. Pourquoi… pourquoi elle… pourquoi ? Elle était si… formidable… c'était une *petite fille* incroyable… et maintenant, maintenant, c'est *fini* ? C'est ça… sa vie ? Toute… *toute sa vie* ?

Je fermai les yeux.

— Elle n'avait même pas 16 ans… on parlait justement… du genre de… fête…

Je déglutis péniblement. Allison aurait eu 16 ans le 18 janvier. La plupart de ses amis avaient déjà 16 ans. Elle détestait ça. C'était une compétitrice dans l'âme.

— Elle ne pourra pas… obtenir son diplôme ? Aller à… l'université ? Se marier ?

Je ne pouvais même pas me projeter aussi loin.

— Ça lui est arrivé… à elle ? Ça arrive, des choses pareilles ?

Je partageais son ressenti : c'était incompréhensible.

— Qu'est-ce qu'on va… faire ? Quoi ? Comment ? Lucinda se tut un instant, puis murmura : Tu sais ce qui est… le pire ?

— Tout, répondis-je sans réfléchir.

— Oui, acquiesça Lucinda au bout d'une minute. C'était… ma meilleure amie.

— Je suis vraiment désolé, ma chérie, dis-je.

C'était vrai. Lucinda et Allison étaient les meilleures amies du monde. Ma femme avait d'autres amies, comme Melissa. Elles étaient toutes les deux mères de joueuses de hockey sur gazon et de lacrosse, elles se promenaient ensemble, faisaient du yoga le lundi et le jeudi. Mais aucune de ses amies n'était aussi proche qu'Allison.

— On se ressemblait… comme deux gouttes…

Elle n'avait pas besoin de finir sa phrase. Je le disais tout le temps. La mère et la fille se ressemblaient tellement qu'elles étaient presque identiques. Non seulement physiquement, mais aussi dans leur démarche, légèrement en canard. Elles parlaient toutes les deux trop vite. Elles étaient toutes les deux très impliquées dans tout. Intenses, fortes.

— Je l'aimais… Je l'aime tellement… Ethan l'aimait… nous l'aimions tous…

— Nous l'aimerons toujours.

Lucinda pleurait de plus belle. Les larmes me montaient aux yeux, mais je les retenais. Je sentais déjà le poids des tâches difficiles qui nous attendaient. Je devrais appeler les pompes funèbres le lendemain matin. Prendre rendez-vous pour choisir un cercueil. Il nous faudrait prévenir les amis d'Allison, les nôtres. Troy, son nouveau petit ami. Les entraîneurs, l'école. Lucinda devrait annuler le rendez-vous tant attendu chez le coiffeur pour lui faire des ondulations façon plage. Elle devrait choisir la robe que porterait Allison.

Pas pour le bal de *homecoming*. Pour l'éternité.

Je me réveillai au son des aboiements de Moonie en bas, puis de la sonnette. J'attrapai mon téléphone pour regarder l'heure. Trois heures et quart du matin. Je n'avais aucune idée de qui cela pouvait être à une heure pareille, puis je réalisai que c'étaient sans doute les inspecteurs. Ils avaient peut-être arrêté le type.

Je sautai hors du lit et sortis en courant de la chambre, toujours en tee-shirt taché de sang. Je me précipitai en bas et trouvai Moonie qui aboyait et sautait dans le hall d'entrée, ses griffes claquant sur le parquet.

Je regardai par la fenêtre de la porte d'entrée et vis deux hommes en costume. Celui qui était devant était un Afro-Américain élancé, d'allure sportive, à peu près de mon âge. Il m'aperçut et brandit un portefeuille à deux volets avec un badge doré au-dessous duquel était inscrit « FBI ». Derrière lui se tenait un homme blanc plus jeune, à la carrure trapue et aux cheveux bruns courts, portant des lunettes à monture métallique. Lui aussi brandissait son badge du FBI.

Je ne savais pas ce qu'ils me voulaient, mais j'ouvris la porte.

— Bonjour…

— M. Bennett, je suis l'agent spécial Dom Kingston du FBI, du bureau de Philadelphie. Voici mon coéquipier, l'agent spécial Michael Hallman. Nous vous présentons nos condoléances pour le décès de votre fille. Je suis désolé de vous déranger à cette heure-ci. Pouvons-nous entrer ?

— D'accord.

Je m'écartai et ils entrèrent. Moonie les accueillit en reniflant leurs chaussures.

— En quoi le FBI est-il impliqué ? Je croyais que le comté de Chester s'occupait de l'affaire.

— Plus maintenant.

L'agent spécial Kingston avait l'air grave.

— Vous avez arrêté le type ?

— Non, pas encore. Pouvons-nous vous parler, à vous et à votre femme ?

— On est au beau milieu de la nuit et elle s'est enfin endormie.

— C'est important. Pouvez-vous la réveiller ?

— Maintenant ?

— Le temps presse.

5.

J'étais assis sur le canapé entre ma femme et mon fils, face aux agents spéciaux Kingston et Hallman. Les yeux gonflés et épuisée, Lucinda avait retiré ses vêtements maculés de sang et enfilé une chemise en lin et un jean avant de descendre. Ethan portait toujours son tee-shirt Nike et son jean. Je l'aurais bien laissé dormir, mais les aboiements de Moonie l'avaient réveillé.

Nous avions fait les présentations dans le salon, où l'agent spécial Kingston en imposait par sa seule présence, qui dégageait une autorité tranquille. Son visage était long et rectangulaire, avec une forte mâchoire et une petite bouche. Il avait les cheveux courts et une calvitie naissante. Il était à peu près de ma taille et musclé, vêtu d'un costume sombre bien coupé.

L'agent spécial Hallman le laissait occuper le terrain, une expression impassible sur son visage rond. Ses joues creusées de fossettes lui donnaient l'air encore plus jeune. L'agent spécial Kingston s'éclaircit la gorge.

— M. et Mme Bennett, et Ethan, permettez-moi de vous présenter nos sincères condoléances.

— Merci, répondis-je au nom de tous.

Ethan fixait les agents du FBI du regard, et je réalisai qu'il n'en avait jamais vu de vrais auparavant, contrairement à moi qui, à l'occasion d'un contrat pour le gouvernement, avais été amené à recueillir des dépositions à Guantánamo Bay. Tous les agents fédéraux que j'avais rencontrés étaient comme ces deux-là, calmes et professionnels.

— Comme je vous l'ai dit, nous sommes désolés de vous déranger, mais le temps presse. Nous sommes en contact avec les inspecteurs du comté de Chester et les agents qui se sont rendus sur la scène de crime.

— D'accord, répondis-je, ne sachant pas où il voulait en venir. Alors, pourquoi le FBI est-il impliqué ?

— J'y reviendrai dans un instant. Tout d'abord, nous avons identifié le meurtrier de votre fille. C'est un certain John Milo.

Je serrai les mâchoires. Je connaissais désormais le nom de l'homme qui avait pris la vie de ma fille.

Cela me semblait irréel de l'entendre dans le salon familial rempli de souvenirs d'Allison. Sa dernière photo scolaire trônait sur la cheminée ; nous avions fait l'acquisition d'un cadre 20 × 25 cm. La table basse était encombrée de flacons de vernis à ongles Holo Taco, de tubes de baume à lèvres à la pastèque, d'un élastique à cheveux noir et d'un tube de chewing-gums Mentos à la menthe poivrée, qu'elle aimait tellement que nous la surnommions « Miss Mentos ». Ses claquettes Adidas et une paire de chaussures Toms rouges usées étaient empilées près du meuble TV. Ma fille nous entourait, mais elle était absente. C'était un salon familial sans famille.

— Nous avons également identifié son complice, l'homme tué sur les lieux. Il s'appelle George Veria, junior. On l'appelle simplement Junior.

Ethan leva les yeux.

— Papa, tu avais raison. Tu te souviens, tu avais lu sur ses lèvres ? Tu avais dit qu'il s'appelait Junior.

J'avais oublié mon soi-disant super-pouvoir. Je répondis à Ethan d'un hochement de tête, mais mes pensées me ramenèrent brusquement sur Coldstream Road. Je me rendis compte que le sac à dos, le sac à main et la crosse de hockey d'Allison étaient toujours dans la voiture. Du jour au lendemain, les affaires de ma fille étaient devenues ses effets personnels.

— Jason, nous savons que Junior Veria a été abattu par John Milo, et non par vous.

Même si j'étais toujours en colère que quelqu'un ait pu remettre cela en question, j'étais soulagé d'apprendre que les soupçons avaient été levés.

— Bien.

— Les deux hommes étaient membres de l'Organisation George Veria, ou GVO, un dangereux réseau criminel qui distribue et vend de l'Oxycodone, du fentanyl et d'autres opiacés dans le centre et le sud-est de la Pennsylvanie.

— Oh non, m'écriai-je, horrifié.

Lucinda me prit la main. Ethan serra Moonie dans ses bras. Il y avait une trace de sang séché sur la patte avant du chien.

— Tout d'abord, laissez-moi vous donner quelques informations. Un vol de voiture se produit généralement pour l'une des trois raisons suivantes : premièrement, la voiture est volée pour fuir le lieu d'un crime. Deuxièmement, la voiture est volée parce qu'il s'agit d'un modèle spécifique, dans le cadre d'un réseau spécialisé.

L'agent spécial Kingston compta sur ses doigts fins et agiles.

— Troisièmement, la victime se trouve au mauvais endroit au mauvais moment.

Lucinda intervint :

— C'était parce qu'ils voulaient une Mercedes ?

— Non. Nous avons des raisons de croire qu'ils avaient besoin de votre voiture pour fuir les lieux d'un autre crime. Il y a eu un double homicide hier soir, environ une heure avant celui de votre fille. Nous pensons qu'il a été commis par Milo et Junior. Ils avaient besoin de se débarrasser de leur pick-up, alors ils ont voulu prendre votre voiture.

J'essayai d'assimiler l'information. Il m'était difficile de penser à ce qui s'était passé avant le meurtre d'Allison.

P'pa, ils ont des armes.

Je demandai :

— Pourquoi prendre une voiture avec une famille à l'intérieur ? N'est-ce pas risqué ?

— Ils n'avaient pas le choix. Ils prennent ce qui se présente.

— Où a eu lieu le double homicide ? Qui a été tué ?

L'agent spécial Kingston marqua une pause.

— Milo et Junior ont tué deux hommes à Jennersville. Ils s'appelaient Walter Jersey et Gary Reid. C'étaient des dealers de drogue de la même organisation.

— Ils ont tué leurs propres hommes ? Pourquoi ? Je repensai à Milo tirant sur Junior. Qu'est-ce qui ne va pas chez ces types ? Ils se retournent contre les leurs ?

— Les luttes intestines ne sont pas rares dans une organisation criminelle. Ils se battent pour le pouvoir.

— Mais pourquoi tuer des hommes de rang inférieur ? En quoi cela les aide-t-il à gravir les échelons ?

— Nous ne savons pas. Il y a plusieurs scénarios envisageables.

— Comme quoi ?

L'agent spécial Kingston pinça les lèvres.

— Il est possible que Milo ait accusé à tort les deux autres de détournement, puis les ait tués pour s'attirer les faveurs du patron. Le chef de l'organisation est le père de Junior, George Veria, senior. On l'appelle Big George. Même dans les familles criminelles, il y a du népotisme. Junior était destiné à prendre la tête de l'organisation. Donc, si Milo voulait la place, il devait tuer Junior.

C'était horrible, mais cela avait du sens.

— Pensez-vous que Milo avait *prévu* de tuer Junior lors du vol de notre voiture ?

— Non. Nous pensons qu'il a profité de l'occasion offerte par l'attaque du chien.

Ethan baissa les yeux vers Moonie. Je serrai mon fils plus fort contre moi.

— Cela m'amène à la raison de notre présence ici.

L'agent spécial Kingston se pencha en avant ; ses yeux sombres étaient encadrés de pattes-d'oie qui semblaient durement acquises.

— Bien entendu, Milo ne peut pas dire à Big George que c'est lui qui a tué Junior. Nous pensons que Milo va raconter que vous avez résisté, que vous avez désarmé Junior et que vous l'avez abattu. En fait, Milo compte vous faire porter le chapeau pour le meurtre de Junior.

Lucinda en eut le souffle coupé. Ethan regarda dans ma direction. Je sentis ma poitrine se serrer. Je ne l'avais pas vu venir, mais c'était une hypothèse logique. C'était aussi ce qu'avaient cru les inspecteurs du comté de Chester.

L'agent spécial Kingston fronça les sourcils.

— Big George était très proche de son fils. Nous pensons que l'organisation s'en prendra à vous et à votre famille en représailles. Nous estimons que vous êtes en danger, dès à présent.

— Oh non ! Lucinda eut un mouvement de recul, bouche bée.

J'avais du mal à assimiler l'information.

— Mais ils ne vont pas apprendre par les journaux que Milo a tué Junior ?

— Non. Nous ne divulguerons pas cette information.

— Pourquoi pas ? C'est la vérité et cela m'éviterait de porter le chapeau.

— Si nous révélons que Milo a tué Junior, il s'enfuira. Cela compromettrait nos chances de l'appréhender.

— Mais si vous avez raison, alors pourquoi Milo ne m'a-t-il pas tué hier soir ? Ou pourquoi ne nous a-t-il pas tous tués ? Il aurait très bien pu mentir à Big George.

— Excellente question.

L'agent spécial Kingston sourit d'un air grave.

— Nous n'avons récupéré qu'une seule arme sur les lieux, un revolver de calibre .45. La balle retrouvée dans le corps de Junior était de calibre .45. Nous n'avons pas encore le rapport balistique complet, mais nous pensons qu'elle provient de l'arme de Junior. En d'autres termes, Milo a tiré sur Junior avec son propre revolver.

— Comment savez-vous qu'elle ne provenait pas de l'arme de Milo, puisque vous ne l'avez pas ?

L'agent spécial Kingston hésita.

— La balle retrouvée dans le corps de votre fille était de calibre .22. Nous savons qu'elle provenait de l'arme de Milo, donc Milo portait une arme de calibre .22.

C'était difficile à entendre. Je m'efforçai de garder mon sang-froid. L'horrible injure que représentait cette balle qui avait déchiqueté le cou de ma fille défiait l'imagination.

— Une question logique serait : pourquoi Milo a-t-il changé

d'arme pour tuer Junior ? Nous pensons que c'était par excès de prudence, au cas où les résultats balistiques seraient divulgués. Big George n'aurait jamais cru que vous pouviez désarmer Milo, Jason. Il est costaud, vous l'avez vu. Il a commencé dans l'organisation comme homme de main et a gravi les échelons.

Mon esprit était en ébullition.

— Mais mes empreintes ne sont pas sur l'arme.

— Milo ne pouvait rien y faire. Il devait tenter sa chance. Il ne pouvait pas revenir sans son arme. Il n'aurait pas pu l'expliquer à Big George.

— Mais comment Milo a-t-il pu prendre l'arme de Junior ? Nous étions juste à côté.

— Nous nous sommes posé la même question. L'agent spécial Kingston plissa les yeux. Alors laissez-moi vous demander : avez-vous vu Milo tirer sur Junior ?

Ce souvenir me donnait la nausée.

— Non, nous étions avec Allison. Nous leur tournions le dos.

— C'est bien ce que nous pensions.

L'agent spécial Kingston jeta un coup d'œil à l'agent spécial Hallman.

— Pendant que vous étiez avec votre fille, Milo a dû prendre l'arme des mains de Junior et lui tirer dessus. Plus tard, avez-vous remarqué si Milo tenait une arme dans chaque main ?

Je réfléchis.

— Non, je l'ai vu lâcher une arme. J'ai supposé qu'il n'avait rien dans l'autre main.

Lucinda secoua la tête, bouleversée.

— Je ne m'en souviens pas.

L'agent spécial Kingston marqua une pause.

— Vous m'avez demandé pourquoi Milo ne vous avait pas tous tués. La raison est simple. Il n'avait plus de balles. Il ne restait qu'une balle dans l'arme de Junior. Il aurait achevé son travail avec son propre revolver si l'autre voiture n'était pas arrivée sur les lieux.

Ces mots eurent un impact considérable. J'eus du mal à

retrouver mes esprits. Nous serions tous morts. Lucinda. Ethan. J'essayai d'assimiler ce qu'il me disait.

— Pourquoi Junior aurait-il porté une arme partiellement chargée ?

— Nous pensons qu'il a commis les meurtres à Jennersville avec son arme. L'agent spécial Kingston fronça les sourcils, visiblement inquiet. En résumé, votre famille est en danger. Vous êtes les témoins oculaires du meurtre de votre fille. Vous devez entrer dans le programme de protection des témoins.

— *Quoi ?* m'écriai-je, sous le choc.

Lucinda porta la main à sa bouche.

L'agent spécial Kingston pinça les lèvres.

— Nous sommes ici pour vous emmener immédiatement dans un lieu sûr temporaire.

— Ce soir ?

— Oui. Maintenant.

Lucinda retint un cri. Les yeux d'Ethan se remplirent de larmes.

Je secouai la tête, résistant instinctivement.

— Partir, maintenant ? Quitter notre maison ? Nous vivons ici.

Lucinda eut un mouvement de recul, horrifiée.

— Mais notre fille vient de… souffla-t-elle. Nous devons organiser ses funérailles, et Ethan a ses amis, son école…

— Je ne veux pas partir, l'interrompit Ethan, anxieux. Je ne veux pas aller dans un endroit où je ne connais personne.

L'agent spécial Kingston acquiesça d'un air grave.

— Je sais que c'est difficile après une telle tragédie. Mais vos vies sont en danger.

Je n'arrivais pas à assimiler ses propos.

— Mais j'ai une société. Ma femme aussi. Nous sommes indépendants. Nous travaillons. Nos entreprises sont ici.

Lucinda secoua la tête.

— Et je ne peux pas quitter ma mère. Elle est en maison de retraite. Elle n'a pas d'autre famille que nous.

L'agent spécial Kingston se pencha vers elle, pressant.

— Nous pouvons garantir votre sécurité si vous acceptez de participer au programme. Vous serez relogés dans un quartier similaire. Vous pourrez commencer une nouvelle vie.

Je sentais mon monde s'écrouler. Je ne voulais pas d'une nouvelle vie. Je voulais retrouver l'ancienne. Je voulais retrouver ma fille. Au lieu de cela, je répondis :

— Comment vais-je subvenir à nos besoins ? Comment vais-je gagner ma vie ?

— Le gouvernement vendra votre entreprise et vous aidera à vous installer dans une autre profession.

L'agent spécial Kingston regarda sa montre.

— Nous aurons le temps d'en discuter plus tard. Nous devons partir maintenant. Ils sont peut-être déjà en route.

— Comment pourraient-ils nous trouver ? Je n'arrivais pas à comprendre. La police n'a même pas divulgué le nom d'Allison.

— Les nouvelles vont vite. Les informations fuitent. Ils ont votre numéro d'immatriculation. Ils ont peut-être un scanner pour identifier les plaques.

Lucinda continuait de secouer la tête.

— Et ma mère ? Et nos amis ? Qu'allons-nous leur dire ? Nous allons simplement *disparaître* du jour au lendemain ?

— Il ne doit y avoir aucune communication…

— Non ! Vous êtes sérieux ?

— Je suis désolé, mais…

— On n'est pas *obligés de* partir, n'est-ce pas ? Vous ne pouvez pas nous y forcer, si ?

L'agent spécial Kingston pinça les lèvres.

— Non. C'est votre choix. Vous pouvez choisir de rester, mais nous vous le déconseillons fortement.

— Alors nous ne partirons pas, rétorqua Lucinda.

— Pas question, ajouta Ethan, les larmes aux yeux. C'est ici que nous vivons.

Je me levai.

— Messieurs, nous devons en discuter.

— Comme je vous l'ai dit, le temps presse…

— Nous allons en discuter. Je tendis la main à Lucinda. N'est-ce pas, chérie ?

6.

Je pris place au bout de la table de la cuisine, tandis que Lucinda et Ethan s'asseyaient à leur place habituelle. La lampe diffusait une lumière tamisée et l'air était encore imprégné de l'odeur du pain à l'ail que nous avions mangé avec des spaghettis, dans ce qui semblait déjà être une autre vie. La chaise d'Allison était vide, comme elle le serait désormais pour toujours.

— Jason, tu le crois, ça ? C'en est trop.

Lucinda secoua la tête, le visage blême. Ses yeux étaient injectés de sang et gonflés. Son nez fin était rougi au bout et ses narines étaient enflées. Elle avait un visage en forme de cœur, s'incurvant vers un menton pointu, mais elle s'inquiétait des rides sur son front. Je ne les avais jamais remarquées avant ce soir.

— Non. Ça paraît irréel, je sais. Je tendis la main par-dessus la table pour saisir la sienne. Mais je pense que nous devrions partir.

— Vraiment ? Les yeux de Lucinda s'écarquillèrent.

— Non ! s'écria Ethan, les larmes aux yeux. Papa, s'il te plaît, non. On ne peut pas rester ? On sera prudents. On fera attention. On peut y arriver.

Mon cœur se serra pour lui.

— Je sais que ce n'est pas ce que tu veux, ni ce que nous

voulons. Mais c'est dangereux de rester.
— Non, pas si on fait attention ! Ça s'appelle la « conscience situationnelle », on l'a appris à l'école !
— Ce n'est pas si simple, Ethan.
— Mais on a une alarme anti-effraction. On ne l'utilise jamais. On pourrait commencer à s'en servir !
— Ce n'est pas suffisant. Nous n'avons pas installé de détecteurs aux fenêtres, seulement aux portes.
J'avais lésiné sur les moyens, mais cela n'avait plus d'importance maintenant.
— Alors on mettra des détecteurs aux fenêtres ou autre chose !
— Ce n'est pas suffisant, mon grand.
— Si, ça ira. Je ne veux pas partir. Ce n'est pas juste !
— Je sais bien.
Je me tournai vers Lucinda, qui essayait de retenir ses larmes. Sa lèvre inférieure tremblait.
— Qu'est-ce que tu en dis, chérie ?
— Je ne sais pas. Je n'arrive pas à me décider, je ne peux pas.
Lucinda s'essuya les yeux en se mordant la lèvre. Je ne l'avais jamais vue aussi bouleversée, même après la mort de sa sœur Caitlin. Elle avait l'air plus que désespérée. Elle semblait brisée.
— Discutons-en.
Je lui serrai la main.
— Je ne peux pas décider aussi vite. Ils attendent.
— Ce n'est pas grave. Dis-moi ce que tu en penses.
Ethan lui toucha le bras, anxieux.
— Maman, on ne peut pas rester ? S'il te plaît ? On *vit* ici !
— Je ne sais pas, chéri, répondit Lucinda, puis elle se tourna vers moi.
— Et maman ? Elle n'a personne. Je ne veux pas la quitter, mais je ne veux pas nous mettre en danger.
— Je sais.
J'aimais beaucoup ma belle-mère, qui souffrait d'Alzheimer et vivait à Bay Horse, une maison de retraite médicalisée située à proximité.
Ethan intervint :
— Maman, tout ira bien si on utilise l'alarme anti-effraction !

— Mon grand, dis-je doucement. Laisse-nous discuter, ta mère et moi. Nous savons ce que tu en penses et nous comprenons pourquoi.

Ethan renifla et s'essuya les yeux.

— D'accord, mais ce n'est vraiment pas juste.

Lucinda lâcha ma main et posa ses paumes sur la table.

— Je ne peux pas abandonner ma mère comme ça. Je dois m'assurer qu'on prend bien soin d'elle. Tu sais, il faut être là, sur place.

Je saisissais ce qu'elle voulait dire. Lucinda était très impliquée, une fille et une mère formidable. Elle rendait visite à sa mère deux fois par semaine et, lorsque les enfants étaient à l'école primaire, elle était représentante des parents d'élèves et accompagnait toutes les sorties scolaires. C'était elle qui apportait les tranches d'orange et les collations après les matchs. Elle collectait les dons pour l'entraîneur, ce qui finissait toujours par me coûter plus cher.

— Son infirmière principale, Susan, est généralement très efficace, mais Marjorie, qui vient le lundi et le mercredi, ne sait pas s'y prendre. Si elle ne comprend pas ce que veut dire ma mère, elle fait semblant de ne pas l'entendre.

Je savais que ma femme avait raison là-dessus aussi. Bay Horse était un excellent établissement, mais il n'était pas parfait. Les soins prodigués à ma belle-mère étaient payés par l'héritage de mon défunt beau-père, même si j'avais été vraiment stupéfait du coût de l'aide à la vie autonome dans l'aile réservée aux patients atteints de troubles de la mémoire.

— Parfois, j'ai l'impression qu'ils sont méchants avec elle simplement parce qu'elle a de l'argent. Ils pensent qu'elle a eu la vie facile, mais ce n'est pas vrai. Ça n'a jamais été le cas. Elle a toujours travaillé dans le bureau de mon père, mais elle n'était pas payée. Le visage de Lucinda s'assombrit. Elle aurait fait n'importe quoi pour moi et Caitlin. Tu te souviens comme elle a été formidable quand Caitlin est tombée malade ? Elle a tout laissé tomber.

— Oui. Toi aussi.

Ma belle-mère et Lucinda s'étaient mobilisées pour prendre soin de Caitlin pendant son traitement contre le cancer.

— Bien sûr, avec la famille, c'est toujours différent.

— C'est pour ça que je veux être là.

Je ne savais plus quoi dire, ayant involontairement abondé dans son sens.

— Nous ne devrions pas rester, mais… c'est tellement difficile de tout abandonner. L'école d'Ethan, ses amis, tout ce qu'il fait.

Lucinda le regarda.

— Je sais que c'est terrible pour toi de partir. Je le sais, chéri. Ton père le sait aussi.

Ethan renifla.

— Alors on ne peut pas rester ?

— J'essaie de trouver une solution avec ton père.

Lucinda se tourna vers moi, bouleversée.

— Et je déteste l'idée de quitter nos amis, Melissa et tous les autres, tout le monde. La maison. Cette maison. Notre *foyer*. Elle se mit à secouer la tête en expirant lentement.

— Je me souviens du jour où nous l'avons ramenée de l'hôpital, tu te rappelles ?

— Bien sûr.

Je savais qu'elle parlait d'Allison.

— Elle était si petite dans son siège auto. Nous avons dû le poser par terre, juste ici. Nous n'avions même pas de table. Les meubles étaient en rupture de stock. Nous n'avions rien, tu te souviens ?

Je m'en souvenais. Une grande maison vide. Une petite fille. Nous étions au paradis.

— Même la couleur de la cuisine, nous l'avons choisie ensemble, elle et moi.

Je m'en souvenais aussi. Un week-end, mère et fille avaient enchaîné les émissions sur HGTV, puis s'étaient rendues au magasin de peinture. Elles avaient choisi la teinte Lumière de Toscane, qu'Allison adorait.

Ça me rappelle le soleil à Rome.

Al, tu n'es jamais allée à Rome.

Je peux l'imaginer.

Tu peux imaginer Rome ?

Pas toi, P'pa ?

Je ne pouvais pas penser à ça maintenant. Allison n'irait jamais à Rome. Nous n'avions jamais voyagé à l'étranger. Je n'avais pas pu prendre assez de congés. Je ressentis une vague de regret, pour les projets non concrétisés, les étapes jamais franchies, la trop courte vie de ma fille, ma femme et moi qui lui avions survécu, le pire cauchemar de tous les parents.

— Et ses arbres ? Lucinda fit un geste vers la fenêtre, en direction du jardin.

Je regardai dehors, où il faisait encore nuit. Je distinguais à peine les contours des deux conifères qu'Allison utilisait comme poteaux de but. Elle les avait baptisés Scylla et Charybde, car elle étudiait la mythologie grecque à l'époque. Elle m'avait montré le livre d'Edith Hamilton.

Bon sang, P'pa, comment ça se prononce, Charybde ?

Ne dis pas « bon sang ».

Mais ça, j'arrive à le prononcer.

— Et ça ?

Lucinda se leva et traversa la cuisine jusqu'au seuil, puis passa un doigt sur la moulure blanche. Nous avions suivi la croissance des enfants au fil des ans, leurs noms et les dates griffonnés sur la peinture du mur, avec des lignes tracées au crayon gris, au crayon de couleur, au stylo et au feutre. Mon regard déchiré s'arrêta là où Allison avait écrit en grosses lettres au crayon de couleur : « JE SUIS TELLEMENT GRANDE !!!!!!! »

Lucinda secoua la tête.

— Je ne sais pas quoi faire.

Moi, je le savais.

— On ne peut pas passer le reste de notre vie à regarder par-dessus notre épaule. On ne peut pas, chérie. C'est trop dangereux de rester ici.

Le regard de Lucinda se porta sur Ethan, et son joli visage se creusa de rides douloureuses. Elle ne dit rien, mais je savais ce qu'elle pensait : *nous avons perdu notre fille. Nous ne pouvons pas perdre aussi notre fils.*

— Je ne me le pardonnerais jamais, dit doucement Lucinda.

— Moi non plus, lui répondis-je.

Je savais que c'était vrai.

J'étais déjà incapable de me pardonner.

7.

Nous quittâmes nos vies en silence. J'étais assis sur la banquette arrière d'une camionnette blanche banalisée, Lucinda endormie contre une de mes épaules et Ethan contre l'autre. L'agent spécial Kingston conduisait, avec l'agent spécial Hallman à côté de lui. Moonie était à l'arrière dans sa cage de transport, endormi lui aussi.

Nous avions eu quinze minutes pour faire nos bagages, et j'avais pris des vêtements et de l'argent dans le coffre-fort. Lucinda avait choisi ses plus beaux bijoux et quelques vêtements, puis s'était précipitée dans la chambre d'Allison. Je l'avais trouvée en larmes, en train de fourrer des souvenirs dans le sac matelassé d'Allison, un cadeau d'anniversaire offert par une fan de Vera Bradley à une autre.

Maman, c'est le nouveau motif ! Je l'adore !

Au plus profond de moi, je ressentais la plus grande tristesse que j'avais jamais connue, une tristesse qui avait défait ses bagages, pris ses quartiers et élu domicile en moi. Je ressentais la douleur muette de la perte, mon cœur était si lourd qu'il pesait sur mes poumons, m'empêchant de respirer. Je ne me sentais pas le droit de le faire, alors qu'Allison ne le pouvait plus.

L'agent spécial Kingston me jeta un coup d'œil dans son rétroviseur, alors je me déportai vers la fenêtre. Le soleil matinal grimpait dans le ciel, essayant en vain d'éclairer l'intérieur de la camionnette à travers les vitres teintées. Je regardai les voitures défiler à toute vitesse, observant les chauffeurs en uniforme qui livraient des journaux, un fleuriste qui écoutait de la musique et chantait en rythme, une camionnette blanche avec une croix rouge sur la portière et une pancarte sur le pare-brise indiquant « livraison de sang ».

Je détournai le regard. Je ne voulais pas penser à mes efforts pour arrêter le sang d'Allison, pour essayer de le garder à l'intérieur d'elle avec ma paume, de l'absorber avec ma chemise, de faire n'importe quoi pour le contenir, le sang de ma fille, ce sang qui la maintenait en vie. J'avais envie de pleurer, mais j'étais le pilier, et je continuais à tenir bon.

Nous dépassâmes un grand panneau vert indiquant le port de Wilmington, en direction du sud sur la I-95. Je n'avais pas souvent emprunté cette route. Nous étions quelquefois allés à Baltimore pour emmener les enfants à l'Aquarium national. Je me souvenais qu'Allison adorait les macareux, qu'elle appuyait sa petite main contre la vitre et que, lorsque ses doigts s'étaient courbés vers l'arrière au niveau des articulations, j'avais réalisé qu'elle était hyperlaxe. Cette particularité allait faire d'elle la vedette de la famille, et elle pouvait tordre son coude ou enfoncer son poing entier dans sa bouche.

Al, tu es un vrai phénomène de foire.

Tu es jaloux ?

Le soleil se leva, nous quittâmes la I-95 et prîmes la Route 1 vers le sud. La circulation était dense à Smyrna, et lorsque nous passâmes devant la base aérienne de Dover, des avions militaires volaient au-dessus de nos têtes comme des ombres grises à travers les nuées. À mesure que nous approchions de la côte, les camions se firent plus rares, puis les voitures. Les agents du FBI n'échangeaient pas le moindre mot. Ils savaient où nous allions, sans avoir besoin de consulter un GPS.

Nous dépassâmes un *Arby's*, un *Chick-fil-A*, un *McDonald's* et un *Dunkin' Donuts*, avant de quitter la Route 1. Nous traversâmes une série de communes balnéaires, aux rues tranquilles bordées de maisons, dont beaucoup étaient construites sur pilotis. Chacune était différente de la suivante : des constructions modernes en verre, de vieilles maisons en bardeaux battues par les intempéries agrémentées de porches grillagés, des maisons neuves à plusieurs étages ornées de revêtements en aluminium coloré, décorées de drapeaux fantaisie avec des homards et des poissons de dessin animé. Les mouettes sillonnaient le ciel, et peu à peu, les maisons s'espacèrent. Le paysage changea radicalement, et je levai les yeux pour l'embrasser du regard, essayant de me repérer.

Il y avait des parcelles boisées ici et là, mais à mesure que le temps passait, on ne vit presque plus d'arbres, ni même de terre.

Nous traversâmes de vastes étendues marécageuses, où poussaient de grands roseaux vert et brun et de nombreuses autres variétés de plantes aquatiques que j'étais incapable d'identifier. Une myriade de canaux et de cours d'eau aux eaux brunes et troubles serpentaient à travers la végétation. Des étangs apparaissaient au hasard de chaque détour, leur surface recouverte de mousse et d'algues.

Je me sentais de plus en plus dépaysé. J'étais un père de famille qui vivait en banlieue, et un garçon de la campagne dans l'âme. La disparition de la terre ferme me désorientait, comme si le sol sous mes pieds s'effondrait. Ou peut-être était-ce simplement mon humeur, car je comprenais que plus rien ne me serait jamais familier.

Je m'entendis dire :

— Je ne savais pas qu'il y avait autant de marécages ici.

L'agent spécial Hallman se tourna vers moi.

— Nous roulons à la lisière d'une réserve naturelle.

— Ah bon.

— Mais le fait est qu'environ quatre-vingt-dix pour cent du Delaware est constitué de zones humides. Au fait, ce n'est pas un marécage, c'est un marais.

— Bon à savoir. Je n'avais pas conscience qu'il y avait une différence.

— C'est le cas. Un marécage est généralement une étendue d'eau stagnante. Ce que vous voyez ici est un marais salé qui est soumis à l'action des marées. Il se jette dans la baie du Delaware.

— On dirait que vous êtes bien informé.
— Je suis d'ici. J'ai grandi à Lewes.
L'agent spécial Kingston sourit.
— Maintenant, vous savez pourquoi on le surnomme Wiki. C'est Monsieur Wikipédia, une encyclopédie sur pattes.
L'agent spécial Hallman pouffa, et la camionnette commença à ralentir. Du sable brunâtre dérivait jusque sur l'asphalte, crissant sous nos pneus, et nous tournâmes dans une rue qui ne comptait que quelques maisons. Elles étaient en retrait de la route, cachées par de larges pins de Virginie et des thuyas.
J'aperçus des façades en bardeaux, de grands porches et des terrasses au deuxième étage qui offraient une vue imprenable sur le marais. Nous passâmes devant une petite maison délabrée avec des déchets rouillés dans le jardin, qui détonnait parmi les demeures plus cossues du quartier. Il n'y avait pas une seule voiture garée dans la rue ou dans les allées, et je supposai qu'il s'agissait de maisons de vacances pour riches, inoccupées à cette période de l'année.
Je m'éclaircis la gorge.
— Comment s'appelle cette ville ?
— Reeford, répondit l'agent spécial Kingston en regardant dans le rétroviseur. Votre maison se trouve au bout de la rue, dans une impasse. Trois chambres, deux salles de bains et une salle d'eau. Vous avez le marais derrière et la plage devant.
Je voyais bien qu'il essayait de me remonter le moral, ce que j'appréciais.
— Ça a l'air sympa.
— Nous serons dans la suite au pair, qui est indépendante. Cela garantit l'intimité de votre famille. Il y a également un jardin clôturé pour le chien.
— Merci.
J'essayais de me faire à l'idée. Je n'avais même pas prêté attention au nom de la rue.
— Combien de temps allons-nous rester ici ?
— Six mois, le temps que la procédure soit terminée. Ensuite, vous déménagerez définitivement. Nous y serons dans quelques minutes. Vous devriez réveiller votre femme et votre fils.

Je ne répondis pas. Je ne voulais pas les réveiller. Je voulais que Lucinda reste dans le monde de rêve où elle se trouvait, car il était forcément meilleur que celui-ci, où sa fille bien-aimée, sa meilleure amie, ne vivait plus. Ethan aussi. Il adorait sa sœur, et je ne savais pas s'il serait assez fort pour vivre sa vie après l'avoir vue se faire tuer, alors qu'il se sentait responsable. Je ne savais pas non plus si nous pourrions lui faire suivre une thérapie dans le cadre du programme de protection des témoins. Je ne connaissais rien de celui-ci, à part ce que j'avais vu dans les films. C'était la seule chose sur laquelle je n'avais jamais eu à recueillir de déposition.

Nous arrivâmes au bout de la rue, puis tournâmes dans une grande allée carrée. Elle était recouverte de coquillages broyés et bordée de solides traverses de chemin de fer qui retenaient les broussailles et les arbres. Des éclats crissèrent sous nos pneus lorsque nous ralentîmes pour nous arrêter, et l'agent spécial Kingston coupa le contact.

Le silence soudain fit résonner les ronflements d'Ethan, dont le nez était encore congestionné. Lucinda ne se réveilla pas, mais remua, soulevant la tête de mon épaule et se tournant, toujours assoupie, vers la fenêtre.

— Jason, vous devriez réveiller...

— Attendez. Je me levai, contournai Ethan et sortis de la camionnette, prenant mes repères. Ça vous dérange si je jette un œil ?

— Prenez votre temps.

L'agent spécial Kingston saisit son téléphone.

J'observai la maison, sur pilotis, grande et de style traditionnel, avec une façade en bardage brun élégamment patinée. Un escalier en bois menait à un porche avec deux fauteuils à bascule et une porte d'entrée vert forêt. Il y avait de nombreuses fenêtres, aux cadres blancs délavés, aux deux étages.

En dessous, des cabines de douche extérieures côtoyaient des climatiseurs et des bonbonnes de propane sur des plateformes surélevées. À côté de la maison se trouvait une version plus petite sans porche, sans doute destinée aux agents du FBI. Je distinguais le jardin clôturé à droite et, à gauche, un sentier menant au marais, avec ses hauts roseaux, son ruisseau brunâtre et son vaste ciel nuageux. L'air était lourd et sentait le sel et la matière organique en décomposition.

Je me détournai et m'apprêtais à retourner à la voiture quand, de l'autre côté, j'aperçus un chemin menant à la plage.

Sur un coup de tête, je m'y engageai. Le sable était brun clair et grossier, jonché d'algues saumâtres et de roseaux creux qui craquaient sous mes pas. Le chemin traversait une petite dune parsemée d'herbe et de cactus, bordée d'une clôture en bois. Je continuai jusqu'à la longue étendue de plage, qui était déserte.

Le littoral de la baie formait une courbe paresseuse et infinie. L'eau était gris-bleu et venait lécher la plage, et les vagues formaient des stries bleu foncé et noires. La brise rafraîchissante sentait le sel et le soleil émergea d'un écran de cirrus, scintillant brièvement sur l'eau.

Cette vue me fit remonter le temps, et je me souvins du jour où j'avais appris à Allison à faire la planche dans la baie de Long Beach Island. Je me rappelais avoir placé mes mains sous son petit corps mince alors qu'elle était allongée sur le dos, ses bras fins tendus, les paumes vers le haut. Elle n'avait que 3 ans, mais elle n'avait pas peur.

Lâche-moi, papa ! Lâche-moi ! Je peux le faire toute seule !

Garde la tête en arrière. Reste droite.

Lâche-moi !

Alors je l'avais fait, et Allison avait flotté, en fermant les yeux tandis que l'eau s'engouffrait dans ses oreilles.

C'était déjà si difficile de la lâcher à l'époque. C'était impossible maintenant.

Je sentis ma gorge se serrer et émettre un son que je n'avais jamais produit auparavant. Je n'arrivais pas à croire que ma fille était partie. J'étais seul, à la frontière entre la terre et la mer, entre le ciel et la terre, entre la vie et la mort.

Soudain, un magnifique héron bleu passa en vol au-dessus de ma tête, battant ses ailes anguleuses, son long cou en avant, gracieux et puissant, de la couleur du ciel lui-même.

Les larmes me montèrent aux yeux. Je pris le héron comme un signe. Cela résonna en moi. J'avais l'impression que l'âme d'Allison, belle, forte et fière, s'était libérée et s'envolait.

Je t'aime, Al.

Elle me manquait tellement. Je ne l'en aimais que davantage. Mais je lui avais fait défaut en tant que père.

Ma fille croyait que j'avais des super-pouvoirs, mais ce n'était pas le cas. Je pensais être un bon père, mais je ne l'étais pas. Je ne lui avais pas sauvé la vie. Je l'avais laissée tomber. Cela me brisait, m'anéantissait, me réduisait à néant. Je ne pouvais plus être un pilier. Je ne pouvais plus tenir une seconde de plus.

Je tombai à genoux dans le sable grossier.

Et je pleurai, je pleurai pour ma petite fille bien-aimée.

8.

Je me réveillai le lundi matin après une nuit agitée, et ma première pensée fut pour Allison. Je refermai les yeux, espérant que ce n'était pas vrai. Que cela ne s'était pas produit. Mais je savais bien que si.

Allongé sur le dos, j'essayai de me rappeler ce que nous avions fait la veille, mais c'était une journée perdue. Lucinda et Ethan s'étaient couchés, alternant entre pleurs et siestes, puis j'avais pris une douche, vérifié qu'ils allaient bien et déballé nos quelques affaires. D'une manière ou d'une autre, nous avions survécu à cette journée et à cette nuit.

Je me forçai à ouvrir les yeux. C'était le début du reste de ma vie, comme le disaient les affiches. Elles voulaient dire que tout pouvait changer pour le mieux. Elles ne disaient jamais que cela pouvait changer pour le pire. Ma fille me manquait tant que je le ressentais dans toutes les fibres de mon être. Je savais que je penserais à elle chaque matin. C'était comme ça après le décès de mon père. Je me disais : *peut-être que j'ai rêvé.*

J'avais mal au cœur, ce que je ne croyais pas possible physiquement. J'avais perdu ma mère, mon père et Caitlin, mais je ne m'étais jamais senti comme cela. Paralysé, souffrant, coincé entre l'incrédulité muette et le désespoir abject. Lucinda dormait à côté de moi, le dos tourné. Dieu merci, elle avait enfin trouvé le repos. Elle avait pleuré presque toute la nuit.

Je regardai autour de moi pendant une minute pour reprendre mes repères. Les murs étaient peints en blanc et la pièce était ensoleillée, avec une baie vitrée de chaque côté. À droite, on voyait l'allée, et à gauche, le marais derrière la maison.

Une brise fraîche et iodée et le cri des mouettes flottaient à travers les stores, faisant onduler les rideaux à motifs de coquillages bleus. Des aquarelles représentant des plages étaient accrochées aux murs et nous avions un couvre-lit bleu à motifs de poissons. Deux commodes blanches, assorties aux tables de chevet, étaient placées en face du lit, également blanc. La seule note discordante était un système d'alarme haut de gamme. Il fonctionnait comme le nôtre à la maison, mais était équipé de capteurs sur les fenêtres et de détecteurs de mouvement.

Je me glissai hors du lit et enfilai un tee-shirt et un short de sport avant de quitter la chambre, sans oublier de désactiver l'alarme. De l'autre côté du couloir central, il y avait deux autres chambres, une grande et une petite. La petite était moins agréable, mais Ethan l'avait choisie, peut-être par habitude. Si Allison avait été là, elle se serait précipitée dans la plus grande chambre et l'aurait revendiquée avec un large sourire.

Je jetai un coup d'œil dans la pièce d'Ethan et le trouvai endormi tout habillé, blotti contre Moonie. Il semblait perdu sur le grand matelas avec sa tête de lit en pin. La chambre contenait également une commode en pin et un ensemble bureau-chaise. Je me souvins que nous avions acheté un bureau pour Allison, une erreur de parents débutants.

P'pa, enlève ce stupide bureau de ma chambre, s'il te plaît.

C'est là que tu es censée faire tes devoirs. Prends de bonnes habitudes de travail.

OK, boomer.

Je fermai la porte et descendis à pas de loup jusqu'au salon, meublé d'un canapé beige et de fauteuils assortis disposés autour d'une table basse blanche. Contre le mur se trouvait un meuble TV blanc avec une télévision à écran plat. J'essayai de nous imaginer vivre ici. Une belle maison, mais pas la nôtre. Une maison qui retenait son souffle en attendant de devenir un foyer. Je ne savais pas si nous pourrions en créer un sans

Allison. Je n'étais pas sûr de vouloir essayer.

Je traversai la pièce, déverrouillai la serrure de la porte d'entrée et l'ouvris en grand, respirant l'air du marais. Devant, s'étirait l'allée, et des arbres et des buissons cachaient la maison de la rue. La camionnette du FBI était garée dos à la maison. Elle avait une plaque d'immatriculation du Delaware, pas une plaque du gouvernement.

Je me dirigeai vers la cuisine à l'arrière de la maison, une longue pièce rectangulaire équipée d'appareils électroménagers standard, de placards en chêne, de plans de travail en Corian blanc et d'un double évier. Au-delà se trouvaient la buanderie, les toilettes et une porte arrière, que j'ouvris.

Je sortis sur une petite terrasse équipée de chaises pliantes en toile bleue disposées autour d'une table en teck et d'un barbecue au propane de marque Weber. Des canards passèrent en silence et je crus apercevoir un plongeon huard[4], mais je n'en étais pas sûr.

Je retournai dans la cuisine et ouvris le réfrigérateur, qui contenait du lait, de la crème, un pack de six canettes de Coca Light, des pommes et des oranges dans des sacs en plastique. Nous avions à peine mangé la veille, nous nous étions contentés de quelques grains de raisin et de pommes. Le freezer renfermait des canettes de jus d'orange concentré et un sac en plastique de café moulu de chez *Dunkin' Donuts*.

— Bingo !

Je repérai la cafetière Mr. Coffee flambant neuve et préparai du café. J'étais toujours le premier debout, car les tâches matinales faisaient partie de mon ADN. Un samedi ordinaire à la maison, Allison aurait été à l'étage en train d'écouter Lady Gaga par-dessus le bruit du très coûteux sèche-cheveux Dyson que nous lui avions offert à Noël.

Papa, maman, c'est génial !

Il y a intérêt, avais-je répondu. Je grimaçai intérieurement en me remémorant cette scène. Avec le recul, je détestais avoir dit cela. J'étais économe, comme mon père. Nous devions l'être, dans une ferme, mais cela m'était resté. Aujourd'hui, je

---

4 - Oiseau aquatique au plumage noir et blanc.

lui achèterais un million de sèche-cheveux Dyson. Je paierais n'importe quel prix.

Je trouvai une tasse sur laquelle était inscrit « Réserve naturelle de Nanticoke », me servis un café noir et retournai dans le salon, où je m'assis sur le canapé rigide, trouvai la télécommande et allumai la télévision pour voir si les informations parlaient de ce qui s'était passé. Je sirotai mon café, zappant d'une chaîne à l'autre à la recherche d'informations. Mon cœur se mit à battre à tout rompre. Je ne savais pas si je supporterais de regarder le récit du meurtre d'Allison, mais il fallait que je sache. Les prévisions météo succédèrent à l'info trafic, suivies d'un reportage sur un bébé panda, puis d'autres concernant successivement un incendie de poubelles, un accident de semi-remorque, les cours de la bourse et le prix de l'essence. Rien sur le meurtre d'Allison ni sur le double homicide.

Je sursautai en entendant des pas sur le porche.

Nous pouvons garantir votre sécurité si vous participez au programme.

— Qui est là ? demandai-je en me levant, nerveux.

— Jason, c'est Dom. Vous êtes levé ?

L'agent spécial Kingston. Je me souvins que nous nous appelions désormais par notre prénom.

— Bien sûr, répondis-je.

Je me dirigeai vers la porte et l'ouvris. Dom se tenait devant moi. Il portait un polo blanc et un pantalon kaki, et il était si fraîchement rasé qu'il avait encore de la crème dans l'oreille. Il tenait un sac de courses et une sacoche noire était passée en bandoulière sur sa solide épaule.

— Bonjour, lança Dom. Il sourit, dévoilant de belles dents régulières. J'ai pris des œufs frais et des fruits et légumes. Je me suis dit que je pouvais faire mieux que les oranges.

— Merci. Je saisis le sac, surpris qu'il se montre si attentionné. Du nouveau concernant Milo ? Vous l'avez retrouvé ?

— Non, je vous tiendrai au courant.

— Est-ce qu'ils ont des pistes ? Je veux dire, en plus de ce que je leur ai donné ?

— Pas encore. Dom s'attarda sur le perron. Puis-je entrer ?

— Oh, oui, bien sûr.

Je me sentais vaguement mal à l'aise, je ne savais pas comment me comporter. Je me demandais s'il viendrait nous voir tous les matins, et si nous étions censés devenir amis. Je lui tins la porte ouverte.

— Entrez.

Dom s'exécuta et regarda autour de lui.

— La maison vous plaît ?

— Oui, merci.

Je me dirigeai vers la cuisine et il me suivit.

— Nous avons essayé de tenir compte du fait que vous êtes une famille. Normalement, c'est un motel minable près de la 95.

— Merci. Je posai les courses sur le comptoir. Je suppose que nous n'avons pas le profil habituel des... comment vous nous appelez ?

— Les candidats. Dom posa son sac à bandoulière sur une chaise. Quoi qu'il en soit, l'enquête sur le meurtre de votre fille bat son plein.

— Comment est-ce possible, puisque vous êtes ici ?

Je déballai les œufs, les grosses oranges et la laitue romaine et les mis dans le réfrigérateur.

— Wiki et moi ne faisons pas partie de l'équipe chargée de l'enquête.

— De quelle équipe faites-vous partie ?

Je plaçai un morceau de fromage Cabot et un paquet de dinde en tranches au frais.

— On nous appelle le Club des baby-sitters.

— Très drôle.

Je souris.

— Cette blague commence à sentir le réchauffé, répliqua Dom en riant. Mon équipe se charge de votre processus de candidature, puis passe le relais aux marshals. Ce sont eux qui gèrent le programme de protection des témoins.

— Alors qui mène l'enquête ?

Je rangeai les pommes, le raisin et les yaourts à la vanille.

— Les agents de l'équipe d'enquête.

— Comment s'appellent-ils, je veux dire ?

— Joe Watanabe est l'agent chargé de l'affaire et Matt Reilly est son bras droit. Reilly me garde dans la boucle et je vous tiens informés.

Dom s'appuya contre le comptoir.

— Est-ce que je peux leur parler directement si je veux ?

Je rangeai le lait demi-écrémé et un pot de glace à la vanille de la marque Turkey Hill.

— Oui. Ils vous contacteront bientôt pour recueillir toutes les informations dont vous disposez.

— Mais rien de nouveau sur Milo ? Ils ont déjà tellement d'éléments.

Je sortis un paquet de biscuits à l'emballage vert et pliai le sac de courses vide.

— C'est trop tôt.

Il avait peut-être raison, mais je n'avais presque pas dormi, repassant les événements en boucle dans ma tête. Je n'arrivais toujours pas à enlever le sang d'Allison incrusté sous mes ongles. Je ne savais pas si je le voulais vraiment. J'étais à moitié dans ma vie, à moitié en dehors. Ma nouvelle vie. Notre nouvelle vie.

— À partir de maintenant, si vous me faites une liste, je peux vous procurer tout ce dont vous avez besoin. De la nourriture, des produits de première nécessité, tout ce que vous voulez.

— Donc on ne fait plus les courses nous-mêmes ?

— Non. Ne vous en faites pas, j'ai pris des Tate's. Les meilleurs cookies aux pépites de chocolat qui existent. Dom sourit malicieusement en montrant les biscuits. Ils sont bien pour le petit-déjeuner aussi.

— C'est une suggestion ? J'ouvris le sac, libérant une odeur sucrée. Vous en voulez un ?

— Et même deux.

Dom accepta les biscuits avec empressement, me rappelant Allison.

Elle va te ruiner en nourriture, disait mon père.

Je pris une bouchée du biscuit, qui était moelleux à souhait et délicieux.

— Waouh.

— N'est-ce pas ?

Dom sourit tout en mâchant.

— Ma fille adorait les cookies aux pépites de chocolat, m'entendis-je dire.

Le sourire de Dom s'effaça ; sa compassion était évidente.

— Je suis vraiment désolé. J'ai deux filles, de 16 et 12 ans. Je n'ose imaginer ce que vous traversez, vous et votre femme.

— Merci. J'avais la gorge serrée. Je devais changer de sujet. Un café ?

— Non merci, j'en ai déjà pris une tasse. Après ça, je vais aller courir.

— Moi aussi, je cours.

Je finis mon cookie.

— Je vais courir avec vous.

Je courais avec Allison, faillis-je dire. C'était notre truc.

— Vous n'êtes pas obligé.

— Si, je le suis. C'est mon travail.

— Comme un garde du corps ?

— Exactement.

C'était étrange de penser que j'avais besoin d'un garde du corps.

— Le FBI sait que je cours ? C'est pour ça qu'ils vous ont choisi pour être notre...

— Agent superviseur ? compléta Dom. Non. On court tous, sauf Wiki. Lui, il reste assis.

Je souris.

— Et si je veux aller à la quincaillerie ou ailleurs ?

— Nous y allons pour vous. Nous pouvons vous trouver un ou deux vélos pour faire de l'exercice. Si vous allez vous balader avec, nous vous accompagnerons.

— Et le chien ? On le promène ?

— Non, laissez-le simplement sortir dans le jardin. Dom prit une bouchée de son deuxième cookie. Comment va votre femme ?

— Pas très bien, répondis-je sans donner plus de détails. Parler de Lucinda avec lui me mettait mal à l'aise. Et pour la scolarité d'Ethan ?

— Il est en quatrième, c'est ça ?

C'était étrange que Dom en sache autant sur nous.

— Oui, c'est son avant-dernière année de collège.

— On lui trouvera un tuteur ou vous lui donnerez vous-mêmes des cours à la maison.

Mon cœur se serra pour mon fils. Tous ses amis allaient passer au lycée sans lui. Même chose pour Allison. Elle n'obtiendrait jamais son diplôme, elle ne passerait même jamais en première. Elle aurait 15 ans pour toujours, mais je refusais d'y penser.

— Au fait, j'ai d'autres choses à vous donner.

Dom s'essuya les doigts, fouilla dans son sac à bandoulière et en sortit trois ordinateurs portables Apple et des téléphones à clapet à l'ancienne. Ils atterrirent sur la table de la cuisine avec un bruit métallique, accompagnés d'une enveloppe blanche scellée.

— C'est pour vous.

— Merci. Qui paie tout ça ?

— Les contribuables. Notre budget est confortable, mais nous faisons attention. Dom me fit un clin d'œil. Les Tate's, c'est moi qui les ai payés.

— Merci, répondis-je, commençant à sincèrement l'apprécier.

J'étais moi aussi très scrupuleux en matière de déductions fiscales. Puis je me rendis compte que cela n'avait plus d'importance désormais.

— Les ordinateurs portables ont été vidés et disposent d'une connexion Wi-Fi sécurisée. Mais ils ne sont pas équipés d'un compte e-mail. N'en créez pas de nouveaux. Vous ne devez communiquer avec personne, que ce soit par e-mail, SMS ou téléphone. D'accord ?

— D'accord.

— Les téléphones sont basiques, mais ils feront l'affaire. J'ai enregistré nos numéros pour que vous puissiez nous joindre à tout moment. Vous pouvez nous appeler pour n'importe quelle raison, de jour comme de nuit. Nous sommes là pour vous. L'un de nous sera toujours présent dans l'appartement à côté.

— Merci.

J'examinai le téléphone à clapet, regrettant mon iPhone qui contenait tous mes contacts, mes e-mails et mes documents sur Dropbox. Puis je réalisai que cela n'avait plus d'importance non plus. Je songeai à mes photos d'Allison.

— Toutes mes photos sont dans le cloud. On y a toujours accès ? Ma femme utilise aussi le cloud pour ses photos. Vous savez, elle a une entreprise de photographie.

— Non, pas encore. Le ton de Dom devint grave, officiel. N'accédez pas à votre cloud sous votre nom avant que nous ne l'ayons vérifié.

— D'accord.

Je compris que nous vivions désormais selon les règles du FBI.

— Au fait, il y a des caméras de surveillance autour de la propriété. Pour votre sécurité, évidemment.

— Où ? demandai-je, surpris, avant de réaliser que je n'aurais pas dû l'être. Pas dans la maison, n'est-ce pas ?

— Non. À l'extérieur. À la porte de derrière, à la porte d'entrée et dans les arbres.

— Dans les arbres, vraiment ?

— Oui. Nous nous occupons de la vidéosurveillance depuis notre appartement.

Dom me tendit un des ordinateurs portables, l'ouvrit et appuya sur le bouton d'alimentation. L'écran s'alluma, affichant l'arrière-plan flou de Catalina, le système d'exploitation d'Apple.

— Wiki les a configurés. Ils fonctionnent. Sentez-vous libres de naviguer sur le Web, à condition, comme je l'ai dit, que vous ne communiquiez avec personne.

— Quel est le mot de passe ?

— Attendez. Dom se pencha sur l'ordinateur portable et appuya sur quelques touches, puis le navigateur s'afficha. Il y a un document avec les mots de passe dans l'enveloppe. N'hésitez pas à en changer. C'est votre ordinateur, pas le nôtre. En d'autres termes, il n'y a pas de logiciel espion, au cas où vous vous poseriez la question.

Je n'y avais pas pensé. J'étais encore en train d'assimiler la présence des caméras de surveillance dans les arbres.

— En ce qui concerne les réseaux sociaux, vous ne pouvez pas aller sur Facebook, Instagram ou toute autre plateforme qui vous identifie en tant qu'utilisateur en direct. Vous ne pouvez pas créer de nouveaux comptes sous des pseudonymes. Évidemment, vous ne pouvez rien acheter en ligne. Vous ne pouvez utiliser aucune carte de crédit. Vous ne pouvez rien faire de plus actif que regarder. Compris ?

J'acquiesçai.

— Dès que possible, nous aurons besoin des mots de passe de vos comptes sur les réseaux sociaux afin de pouvoir les surveiller.

— D'accord. Je jetai un œil à la télévision allumée en arrière-plan. Vous savez, je n'ai rien vu aux informations concernant ma fille ou le double homicide.

— Il n'y aura rien, comme je vous l'ai dit.

— C'est difficile à croire. Je peux vérifier sur Internet ?

Je m'entendis demander la permission, comme Ethan. Je me connectai à Google et tapai mon nom et « vol de voiture », ce qui me mit très mal à l'aise. Je n'obtins aucun résultat.

— Rien.

— Exact.

— Essayons Allison Bennett et…

J'hésitai, ne voulant pas prononcer le mot « meurtre ». Je le tapai quand même, et il y eut plusieurs résultats, ce qui m'horrifia. Je les parcourus rapidement, réalisant que chacun représentait une famille en deuil, les répercussions de la violence. Mais aucun des résultats ne concernait Allison.

— Donc, il n'y a aucune mention ? Officiellement, cela ne s'est jamais produit ?

— Exact, répéta Dom.

Je ne savais pas si je devais en être heureux ou bouleversé. Je posai la main sur l'ordinateur portable, dont la surface métallique était lisse sous mes doigts.

— D'accord. Merci.

— De rien. Dom sourit. Je vais y aller. Appelez-moi si vous avez besoin de quoi que ce soit, ou passez me voir quand vous voulez. Si vous avez la moindre demande, n'hésitez pas.

— Entendu, merci, répondis-je, préoccupé.

J'avais hâte de retourner sur Internet pour en apprendre davantage sur John Milo, Junior Veria, Big George Veria et le double homicide de Jennersville.

— Je vous laisse. À plus tard.

Dom se dirigea vers la porte d'entrée et partit. Je m'assis. Un instant plus tard, je réalisai que j'avais oublié de lui poser la question la plus importante.

Je me précipitai derrière lui.

9.

— Dom ?

Je le rattrapai au bas de l'escalier ; il leva les yeux, puis je me souvins des caméras dans les arbres. Je descendis les marches en scrutant les branches, mais ne vis rien. La matinée était ensoleillée et claire, et une brise fraîche soufflait depuis la baie. Les mouettes piaillaient au-dessus de nos têtes, un fond sonore constant que j'aurais adoré en vacances, mais pas maintenant.

Quand j'arrivai dans l'allée, je demandai :

— Combien d'arbres ont des caméras ?

— Quatre, devant la maison.

Je clignai des yeux.

— Tant que ça ?

— Oui. C'est moins cher que du personnel. Plus sûr. C'est notre solution préférée.

— Je ne les vois pas.

Dom sourit.

— Tant mieux.

— Où est la caméra du porche ? Vous avez dit qu'il y en avait une près de la porte d'entrée.

— Dans le luminaire.

Je levai les yeux vers la lampe en question, en fer forgé avec du verre jaune, comme une lanterne ancienne.

— Il y en a une à la porte de derrière aussi ?

— Oui, et plusieurs à l'arrière de la propriété.

— Elles peuvent aussi nous entendre ?

— Non. Pas d'audio.

— Il n'y a pas de micros à l'intérieur de la maison, n'est-ce pas ?

— Non, répondit Dom, reprenant son ton officiel. Le but est de vous protéger, pas de vous espionner. Bon, vous aviez besoin de quelque chose ?

— Je voulais vous parler de l'organisation des… funérailles de ma fille. Je n'arrivais toujours pas à croire que je prononçais ces mots. Savez-vous quand son corps sera, euh, disponible ?

— Il sera rendu dans environ sept jours. Cela prend plus de temps en cas d'autopsie.

Je grimaçai intérieurement, mais restai concentré sur le sujet.

— Euh, Lucinda et moi en avons discuté hier soir. Comment faire pour organiser les funérailles ? Et où est-ce qu'elles auront lieu ? Doit-on choisir un cercueil ici, ou bien… ?

— Vous pouvez choisir en ligne ou je peux vous procurer des brochures. Dom hésita. Mais Jason, vous ne pouvez pas assister aux funérailles. Pour des raisons de sécurité.

— Quoi ? Je ne comprenais pas. Je parle des funérailles d'Allison.

— Je sais, je suis désolé. Vous ne pouvez pas y aller.

Je restai bouche bée.

— Mais c'est ma fille, notre fille. Bien sûr qu'on va aller aux funérailles. C'est *nous* qui les organisons.

— Non, ce n'est pas la procédure.

— Écoutez, je comprends qu'on ne puisse pas inviter ses amis ni les nôtres. Mais nous, nous y allons. Nous sommes sa famille.

— Vous devez suivre la procédure…

— Et ne pas aller aux funérailles de ma propre fille ?

Soudain, je n'étais plus si sûr que Dom et moi allions devenir copains. Notre moment de complicité autour des cookies Tate's était passé.

— Vous ne pouvez pas me dire qu'il y a une procédure pour les funérailles de ma fille.

— Il y en a une, et si vous réfléchissez, vous comprendrez pourquoi. Dom pinça les lèvres. Le seul lien que Milo et

Big George ont avec vous, c'est votre fille. Imaginons qu'ils commencent à sonder le terrain. Qu'ils se mettent à appeler les pompes funèbres de la région. Dom marqua une pause, le regard dur sous les rayons du soleil. Ils savent que vous allez vouloir y assister.

— Et si leurs repérages ne vont pas aussi loin ?

— Le Delaware n'est pas si éloigné que ça.

— Alors pourquoi ne sommes-nous pas allés plus loin ? C'est vous qui avez choisi le Delaware, pas nous. Je prendrais n'importe quel vol pour pouvoir enterrer ma fille. Je ferais n'importe quoi, j'irais n'importe où pour qu'elle soit entourée de sa famille… entourée… d'amour. Ma voix se brisa et je cessai de parler.

— Comment prendriez-vous l'avion ? Sous quel nom ? Nous n'avons même pas commencé à établir votre nouvelle identité.

Le regard de Dom s'adoucit. Je voyais bien qu'il compatissait, alors j'étais incapable d'être en colère contre lui.

— Vous ne pouvez pas en créer une temporairement ?

— Non.

— Pourquoi pas ? Les adolescents arrivent à obtenir un faux permis de conduire. Pourquoi pas le FBI ?

— Ce n'est pas la procédure.

— Alors, faites-nous voyager dans un avion militaire. Quand je suis allé à Guantánamo, c'est ce que nous avons fait.

— Nous n'avons pas d'avion militaire à notre disposition. Nous ne sommes pas l'armée.

— Alors utilisez un avion privé. Ne me dites pas que vous n'en avez pas. Comment voyage le directeur du FBI ? En classe éco ?

— Ce n'est pas comme dans les films. Dom fronça les sourcils, l'air peiné. Nous avons un budget à respecter.

— Je paierai. Je ne pouvais pas me résigner, pas pour Allison. Elle doit absolument avoir des funérailles.

— Oh, ne vous méprenez pas, elle aura des funérailles. Nous réserverons un funérarium et nous l'enterrerons dignement. Mes collègues agents seront présents…

— Quoi ? Je reculai. Le *FBI* va enterrer ma fille ? Qui ira ? Quels agents ?

— Le Club des baby-sitters s'y rendra. Nous avons aussi des agentes. Nous nous ferons passer pour des couples, des familles.

— Vraiment ? Pourquoi ? Si vous utilisez un salon funéraire sécurisé, pourquoi se donner tout ce mal ?

— Nous couvrons nos arrières.

Je m'efforçai de réfléchir.

— Attendez, j'ai une idée. S'il y a des agents féminins déguisés en fausses mères, pourquoi Lucinda ne pourrait-elle pas se faire passer pour l'une d'entre elles ?

Dom secoua la tête.

— Milo a vu votre femme. Il sait à quoi elle ressemble.

— Et si ce n'est pas Milo qui surveille ?

— Ils ont sa photo. Elle prend des selfies avec les mamans de l'équipe et ses amies. Il y en a partout sur sa page Facebook. Je savais à quoi elle ressemblait avant de vous rencontrer. Ils la tueront, soyez-en certain.

— Et si l'une de *vos* filles était tuée par balle ? Je savais que c'était cruel, mais je voulais qu'il ressente ce que je ressentais. Seriez-vous seulement capable de tenir votre femme à l'écart ?

— Si ma famille était en danger comme la vôtre, je ne la laisserais pas y aller. Jason, je sais que c'est difficile. Vous pourrez tous regarder la cérémonie sur un circuit de télévision fermé.

— À la télévision, vraiment ? *À la télé* ?

Je baissai les yeux, les mains sur les hanches, luttant pour contrôler mes émotions. Je me demandais si les caméras cachées dans les arbres nous enregistraient. Ou si l'agent spécial Hallman nous regardait sur son ordinateur portable.

— Écoutez, notre objectif est d'assurer votre sécurité. C'est votre premier test. Malheureusement, c'est le plus difficile. Si vous voulez, je peux l'expliquer à Lucinda.

— Oh non, certainement pas, lui dis-je en le regardant droit dans les yeux.

Je retournai dans la maison, allai à la cuisine et me servis un verre d'eau, l'esprit en ébullition. Il me semblait impossible que nous n'assistions pas aux funérailles d'Allison. Ma fille, enterrée sans moi. Je n'avais même pas pu la voir une dernière fois pour lui dire au revoir. J'avais supposé qu'il y aurait une veillée funèbre, privée, juste pour nous. Je voulais lui laisser un mot, un souhait dont je n'avais pas eu conscience avant cet instant.

Je bus une gorgée d'eau, essayant de me ressaisir. Lors de la veillée funèbre de mon père, j'avais glissé un mot sous sa main, qui tenait un chapelet en plastique bleu crayeux. J'avais touché sa peau et du maquillage était resté sur mes doigts. Je me souvenais qu'il était froid, dur et étrangement collant. Je ne voulais pas penser à ce que je lui avais écrit.

J'espère être un père aussi merveilleux que toi. Je t'aime, papa.

Je posai le verre dans l'évier, essayant de chasser ces pensées de mon esprit. La maison était toujours silencieuse et mon regard se posa sur l'ordinateur portable ouvert. Je m'approchai, me connectai à Google et cherchai des images de John Milo. L'écran afficha une série de photos provenant de tout le pays. J'ajoutai « Philadelphie » à la recherche et un visage me sauta immédiatement aux yeux.

Lui. Je réagis viscéralement, comme si mon corps se souvenait de Milo. Ses yeux sombres luisaient. Ses pommettes étaient saillantes et ses joues étaient comme des blocs de marbre, se terminant par une large mâchoire. Je frissonnai, puis déplaçai la souris sur son image, cliquai et l'enregistrai dans un dossier sur le bureau. Je ne savais pas comment nommer le dossier. Je m'en abstins.

Je tapai ensuite « George Veria, Jr. » et, après quelques recherches, je dénichai une photo de Junior. L'image était granuleuse et pixélisée, tirée d'un journal datant de quelques années. Ses yeux étaient ronds et bruns, son nez épais et ses joues bouffies. Je me souvins du regard dégoûtant qu'il avait posé sur Allison. J'enregistrai malgré tout l'image dans le dossier sur le bureau.

Je recherchai ensuite Big George Veria, Sr., que j'identifiai grâce à sa ressemblance frappante avec son fils, qui avait hérité de son nez large et de ses lèvres charnues. Les yeux de Big George étaient plus petits que ceux de Junior. Il avait les cheveux grisonnants, implantés en V sur son petit front. Il avait été photographié au tribunal fédéral de Market Street, l'air sombre, la cravate flottant au vent tandis qu'il avançait d'un pas pressé. Junior se hâtait à ses côtés, souriant dans un costume mal ajusté, et à sa droite se trouvait Milo, avec ses cheveux longs et sa veste en cuir noir.

J'enregistrai la photo, puis je me mis à chercher des articles sur Milo. L'un des plus récents provenait du *Philadelphia Inquirer*[5] :

ARRESTATION DANS L'AFFAIRE DU MEURTRE D'UN HOMME DE LA RÉGION

Un suspect a été arrêté dans le cadre de l'affaire du meurtre par balle, le 10 juin, de Daniel Mozer, 27 ans, d'Avondale, en Pennsylvanie. John Milo, 32 ans, de Kennett Square, en Pennsylvanie, a été appréhendé alors qu'il tentait de s'enfuir du domicile de la victime, mais s'est fait attaquer par le pitbull de cette dernière. Les autorités pensent que le meurtre a été commis dans le cadre d'un règlement de dette liée à la drogue. Le procureur Jay Gold a salué le travail de l'unité d'enquête criminelle (CIU) de la police de l'État de Pennsylvanie à Avondale, en ces termes : « La brigade J de la police de l'État de Pennsylvanie continue d'exceller dans sa mission de protection des citoyens. »

Milo avait été placé en détention et inculpé d'homicide, de vol qualifié, d'agression avec une arme et d'infractions liées aux armes.

L'avocat de Milo avait publié une déclaration au nom de son client, niant toute culpabilité. Aucun autre détail n'avait été divulgué.

Mon cœur se mit à battre à tout rompre. C'était forcément le même John Milo. Avondale se trouvait dans le sud du comté de Chester, à environ une heure de chez nous. Mais quelque chose clochait. Si Milo avait été arrêté pour meurtre l'année dernière, pourquoi était-il en liberté ? S'il avait été pris en

5 - Journal quotidien couvrant l'actualité de Philadelphie et de sa région.

flagrant délit de fuite, il n'avait aucune chance de s'en tirer. Il aurait dû être condamné.

Je parcourus les autres articles, mais il n'y avait aucune mention de son procès ou de sa condamnation.

Je fis une pause pour réfléchir. Tous les procès pour meurtre ne faisaient pas la une des journaux, mais j'aurais pensé que celui-ci aurait été médiatisé. Une autre possibilité était que Milo ait passé un accord avec le procureur, mais même cela aurait fait la une des journaux lors du prononcé de la sentence.

Je cherchai le nom de l'avocat de la défense dans l'article, mais il n'était pas mentionné. Cela n'avait pas de sens non plus. La plupart des avocats pénalistes faisaient sans vergogne leur auto-promotion, et s'empressaient de claironner leur nom dans les médias. Ils auraient dû se vanter d'avoir représenté Milo. Je me connectai à la base de données du tribunal pénal en me servant de mon code d'accès professionnel. Cela n'enfreignait aucune règle du FBI, et je ne leur demandais pas leur avis de toute façon. La base de données contenait toutes les décisions des juges, qu'elles aient été publiées ou non. Si l'affaire Milo avait été jugée, elle se trouverait forcément ici.

Je saisis son nom dans la barre de recherche, et un avis non publié apparut à l'écran sous le titre « L'État de Pennsylvanie vs. Milo » :

Pour toutes les raisons exposées ci-dessus, l'affaire est rejetée avec préjudice. Il est ainsi ORDONNÉ.

Je clignai des yeux. Milo s'en était tiré sans aucun dommage. Je cliquai et parcourus l'avis du tribunal. L'avocat de la défense avait obtenu le rejet de l'affaire avant qu'elle ne soit soumise au jury, en supprimant des preuves pour des raisons de procédure. C'était un travail habile, et je ne comprenais pas pourquoi l'avocat n'en tirait pas gloire.

Je retournai au dossier, qui comportait une liste des requêtes déposées dans l'affaire. Je cliquai sur la requête initiale de tout avocat de la défense, celle par laquelle il s'instituait officiellement représentant légal du défendeur. Paul Hart, du cabinet

Lattimore & Finch, représentait Milo.

Après avoir cherché le nom de Milo, je me mis en quête de celui de Junior et de son père. Ils avaient été arrêtés à plusieurs reprises, mais avaient échappé à toutes les accusations pour des raisons de procédure : perquisition abusive, témoignages inclus à tort, témoignages exclus à tort et, plus inquiétant, des témoins qui s'étaient rétractés ou, dans un cas particulièrement sinistre, avaient tout simplement disparu. Cela me donna des frissons. Et chaque victoire avait été remportée par Paul Hart, du cabinet Lattimore & Finch.

Je me mis à cogiter. Lattimore & Finch était l'un des cabinets les plus prestigieux de Philadelphie, ses membres étaient diplômés de l'Ivy League ou greffiers à la Cour suprême. J'en avais rencontré beaucoup, et ils représentaient des entreprises du Fortune 500, des banques et des compagnies d'assurances. Depuis quand s'occupaient-ils d'un voyou comme Milo ?

Je fis défiler le site web de Lattimore & Finch et cherchai Paul Hart. La photo d'un homme blond à l'allure BCBG, avec des lunettes à monture d'écaille et un nœud papillon, apparut à l'écran. Je n'arrivais pas à croire que des gens ressemblaient encore à ça, mais la Main Line[6] regorgeait de types qui s'habillaient chez *Vineyard Vines* et portaient des shorts en seersucker[7]. Hart avait le visage mince, un long nez et un sourire qui semblait fait pour les clients, avec des facettes dentaires qui témoignaient de sa richesse.

Je parcourus sa biographie. Hart avait un an de plus que moi ; diplômé de Princeton et d'Harvard, rédacteur en chef de la revue juridique, assistant du procureur fédéral pour le district est de l'État de Pennsylvanie, président du groupe chargé de la criminalité en col blanc chez Lattimore & Finch. Pas étonnant que Hart n'ait pas voulu que son nom apparaisse dans le journal. Lattimore & Finch ne voulait pas être associé publiquement à John Milo.

Je fixai la photo de Hart. Autrefois, j'admirais tellement les avocats que je voulais devenir l'un d'eux, mais c'était avant de

6 - La Main Line est une région périurbaine de Philadelphie concentrant certaines des plus riches communautés de Pennsylvanie et des USA.

7 - Tissu de coton gaufré à fines rayures bleues et blanches.

mieux connaître la profession. J'avais été élevé dans la conviction que la loi menait à la justice, mais j'avais appris depuis que la loi pouvait être source d'injustice, comme lorsqu'elle permettait à des meurtriers d'être acquittés pour des détails techniques. J'accordais de l'importance aux garanties procédurales, mais la forme primait trop souvent le fond.

J'étais désormais confronté à cette réalité. Milo était dans la rue et avait pu tuer ma fille à cause d'avocats comme Hart. Je me demandais s'il savait ce qu'il avait fait. Je ne comprendrais jamais les avocats qui utilisaient la loi comme une arme contre la justice.

Et maintenant, j'en connaissais le prix. Allison.

10.

Je montai les escaliers, l'esprit en ébullition à cause de tout ce que j'avais appris sur Internet. Je ne savais pas encore si j'allais en parler à Lucinda, car je devais d'abord la prévenir pour les funérailles d'Allison, ce qui allait la dévaster. Elle et Ethan n'étaient pas encore descendus pour le petit-déjeuner, et je voulais voir s'ils allaient bien.

J'arrivai sur le palier et les entendis parler dans la chambre d'Ethan, alors j'ouvris la porte. Ils étaient assis contre la tête de lit et regardaient un de nos vieux albums photos. Je reconnus immédiatement sa couverture bordeaux, même si je ne savais pas que Lucinda l'avait emmené en quittant la maison. Je ne pouvais pas supporter l'idée de le regarder. Je savais que j'en serais incapable.

— Salut, vous deux.

Je masquai mon émotion, traversai la chambre et embrassai Lucinda sur la joue.

— Comment ça va ?

— On tient le coup, répondit Lucinda en levant les yeux avec un faible sourire.

Elle avait les yeux gonflés et ses lunettes de lecture étaient posées sur le sommet de sa tête.

— Salut, papa.

Ethan sourit, même si ses yeux brillaient de larmes. Je ne savais pas ce qui avait poussé Lucinda à lui montrer l'album, mais si elle espérait lui remonter le moral, on aurait dit que ça marchait.

— Qu'est-ce que vous faites là, à regarder des photos ? Vous n'avez pas faim ? Je m'assis sur le bord du lit, en jetant un coup d'œil à l'album. Il était ouvert sur une photo d'Allison tenant Ethan bébé dans ses bras à l'hôpital, le jour où elle l'avait vu pour la première fois, l'air comiquement perplexe. Je fixai un sourire sur mon visage, comme j'aurais mis une cravate pour aller travailler.

— Regarde son petit visage. Lucinda tapota la photo avec son ongle, ce qui fit un léger bruit. Elle a l'air déconcertée, pas vrai ?

Ethan acquiesça.

— Elle a même l'air énervée.

Ils pouffèrent tous les deux, mais j'avalai ma salive avec difficulté. J'avais beau savoir que chacun vivait son deuil différemment, je ne m'attendais pas à ce que le mien soit si différent du leur.

— Devinez quoi, nous avons de nouveaux ordinateurs portables et de nouveaux téléphones.

— C'est vrai ?

Ethan se redressa, immédiatement intéressé.

— Par contre, il y a des règles, et tu n'as le droit de communiquer avec personne. Pas de SMS, pas de WhatsApp, pas de Snapchat, pas de réseaux sociaux, rien.

— Et les jeux vidéo ?

— Pas ceux en ligne, sinon ça va. Je jouerai avec toi.

— Pas de Facebook ? intervint Lucinda, dont l'expression résignée me disait qu'elle connaissait déjà la réponse.

— Non, rien où les gens peuvent voir que tu es en ligne.

— Je me demande ce que les gens disent de nous. Ils doivent commencer à spéculer. Son regard troublé se posa à nouveau sur la photo, tout comme celui d'Ethan, et je cédai.

— Où est-ce que tu as trouvé cet album ?

— Dans sa chambre. C'était sur son lit, je me suis souvenue qu'elle me l'avait demandé. Elle photographiait certaines des plus vieilles photos. Elle voulait les poster sur Instagram.

Je me rappelai que Lucinda lui avait expliqué que nous

envoyions autrefois nos photos à développer.

Tu avais aussi une calèche, maman ?

— Papa, il y a une autre photo que tu devrais regarder. Elle est marrante.

— Ah bon ? Je me préparai psychologiquement. Montre.

— Voyons voir.

Lucinda se mit à feuilleter l'album, passant une photo d'Allison à 3 ans, en train de rire tandis qu'elle tenait Max, notre chat gris tigré, enroulé dans une couverture de bébé d'Ethan. Ses yeux brillaient, son sourire s'étendait d'une oreille à l'autre, et je pouvais presque l'entendre glousser.

Mon cœur se serrait de plus en plus à mesure que Lucinda tournait les pages.

C'était trop tôt pour moi. J'avais encore du mal à accepter qu'Allison soit partie. Que Milo l'ait assassinée. Que des avocats comme Hart lui aient permis de le faire. Elle aurait dû être en vie, en chair et en os, pas enfermée dans un album photo, aplatie derrière du plastique.

— C'est notre préférée jusqu'à présent, dit doucement Lucinda. Ses doigts effleurèrent le visage d'Allison sur la photo, qu'elle avait prise elle-même. C'était à Pâques, tu te souviens ? Elle essayait de trouver les œufs.

Ethan acquiesça.

— Les œufs en plastique. Vous mettiez des bonbons ou un dollar dedans.

— Oui, répondis-je en réprimant ma tristesse. La photo montrait Allison, âgée d'environ 6 ans, en train de courir dans notre jardin, les cheveux au vent. Elle portait une robe jaune et des chaussures noires brillantes, qui lui donnaient l'air d'un poussin en pleine course.

Ethan la désigna.

— C'est ma photo préférée. Elle a l'air totalement elle-même dessus. Ça l'énervait toujours quand je trouvais plus d'œufs qu'elle.

— Je sais.

Je me forçai à sourire. Ma fille était née avec l'envie de gagner, et au fil de son adolescence, je l'avais souvent taquinée à ce sujet, surtout quand c'était vis-à-vis d'Ethan.

Al, pourquoi est-ce que tu es toujours aussi compétitive ? Laisse-le gagner pour une fois.

Pas question.

Lucinda renifla.

— Celle-ci fait partie de notre sélection.

Je la regardai.

— Comment ça ?

— Je prépare une vidéo pour les funérailles.

Mon cœur se serra. Je redoutais le moment où je devrais lui dire que nous n'irions pas aux obsèques, mais je voulais attendre d'être seule avec elle. Ou peut-être essayais-je de reculer l'inévitable instant.

Ethan désigna une autre photo.

— Papa, qu'est-ce que tu penses de celle-là ?

Je me penchai et vis Allison, âgée d'environ 10 ans, en train de lécher des vermicelles en sucre multicolores sur un cornet de glace à la vanille. Personne n'aimait autant la glace que ma fille. Ses parfums préférés étaient la vanille, le caramel et la menthe-chocolat, mais pas celle de couleur verte, rien d'artificiel. Cela ne me dérangeait jamais d'aller chez *Wawa* lui acheter un pot de Häagen-Dazs pendant qu'elle révisait ses examens.

La glace a des super-pouvoirs, papa.

Ses mots résonnaient dans ma tête, mais je doutais du concept même de super-pouvoirs. Peut-être que cela n'existait pas. À moins d'être un avocat nommé Paul Hart.

Je me demandais comment il aurait annoncé à sa femme qu'elle ne pourrait pas assister aux funérailles de sa propre fille.

J'en informai Lucinda dans le salon, pendant qu'Ethan s'habillait à l'étage.

— Quoi ? Ses yeux se remplirent de larmes d'indignation. On ne peut pas y aller ? Le FBI va *se faire passer* pour des personnes en deuil ? Ils vont faire semblant de pleurer pendant qu'on regardera la cérémonie *à la télé* ? Tu plaisantes, j'espère ! Tu leur as dit qu'on refusait ?

— Oui, bien sûr que je leur ai dit…

— Vraiment ? Lucinda me lança un regard plein de ressentiment. Ou tu as accepté pour éviter le conflit ? Tu aurais dû piquer une crise.

Je ne répondis pas, la laissant se défouler. Nous avions déjà eu cette discussion. Elle prétendait que je *fuyais les conflits*, alors que je me considérais simplement comme quelqu'un de facile à vivre, comme mon père. De plus, dans mon métier, je voyais des avocats se battre toute la journée, argumentant pour le plaisir d'argumenter. Ce que j'avais appris en tant que greffier, c'était que le tribunal n'était pas la solution.

— Pourquoi ils ne nous ont pas dit ça avant qu'on vienne ici, hein ? Les yeux de Lucinda se plissèrent, sa colère se transformant en suspicion. Ils voulaient qu'on accepte l'accord, voilà pourquoi. Ils savaient qu'on refuserait si on ne pouvait pas assister aux funérailles. C'est un piège !

— Je ne pense pas qu'ils nous aient intentionnellement trompés. Je pensai à Dom. Je lui fais confiance.

— Pourquoi ?

— Je pense qu'il se soucie de nous…

— Sérieusement, Jason ? ricana Lucinda. Ils ne se soucient de nous que parce que nous sommes des témoins. Ça s'appelle le programme de protection des *témoins*, pas le programme de protection des *victimes*.

— Quelle que soit la raison, ils essaient de nous protéger.

— C'est ce qu'on va voir. Lucinda cria en direction de l'étage : Ethan, papa et moi, on va voir les agents à côté !

11.

— Dom, vous avez une minute ? demandai-je à travers la moustiquaire, debout à côté d'une Lucinda fulminante.

— J'arrive, répondit Dom avant d'ouvrir la porte. Bonjour, Jason, Lucinda.

— Bonjour, répondit Lucinda d'un ton sec, et nous entrâmes dans leur appartement, que nous n'avions jamais vu. La fenêtre donnait sur l'allée, et le petit salon était meublé d'un canapé bleu, de fauteuils à carreaux assortis et d'un meuble TV avec une petite télévision et une console de jeux vidéo. La minuscule cuisine était équipée d'une table en chêne recouverte de plusieurs ordinateurs portables, de tasses vides et d'un journal ouvert à la page des sports. Je supposai que Wiki était sous la douche, car j'entendais l'eau couler.

Dom sourit poliment.

— Comment allez-vous, Lucinda ?

— À votre avis ? Lucinda croisa les bras et planta les pieds dans le sol. Vous avez dit à mon mari qu'on ne pouvait pas aller à l'enterrement de notre fille. Vous nous l'avez caché intentionnellement. Vous saviez qu'on ne viendrait jamais ici si on était au courant.

Dom cligna des yeux, et son sourire s'effaça.

— Nous ne vous l'avons pas caché…

— Pourquoi ne nous l'avez-vous pas dit ?

— D'accord, j'aurais dû. Je suis désolé. Ce n'est pas la

première chose qui m'est venue à l'esprit ce soir-là. La situation était urgente. Nous étions inquiets pour votre sécurité. C'était notre priorité.

— Peu importe, je vous le dis tout de suite, vous ne m'empêcherez pas d'assister aux funérailles de ma fille. Si vous essayez, je contacterai moi-même l'hôpital, je récupérerai le corps de ma fille et j'organiserai ses funérailles.

Dom fronça les sourcils.

— Je vous en prie, ne faites pas ça. Les Veria peuvent deviner dans quel hôpital votre fille a été transportée. Nous avons déjà mis son dossier médical sous scellés. Les employés de l'hôpital ont reçu pour instruction de rediriger toute demande vers un numéro que nous surveillons.

— Les hôpitaux respectent les lois HIPAA[8]. Ils ne divulguent pas d'informations personnelles ou médicales.

— En général, c'est vrai. Mais vous ne pensez pas que quelqu'un divulguerait des informations pour 5 000 dollars ? Et pour 10 000 ? Il suffit qu'un seul employé leur dise que vous avez appelé. Ils sauront où vous êtes.

Lucinda secoua la tête.

— Mais c'est notre fille. Je suis prête à prendre un risque pour pouvoir l'enterrer.

— Vous êtes prête à risquer votre vie ? Celle d'Ethan ?

— Vous exagérez, rétorqua Lucinda.

— Pourquoi je ferais ça ?

— Pour nous obliger à faire ce que vous voulez.

Je grimaçai intérieurement. Ma femme était d'une franchise déconcertante. Je me demandais si elle avait raison. Peut-être avais-je trop compartimenté mes sentiments, comme elle disait.

Dom pinça les lèvres.

— Je peux vous prouver l'existence d'un danger, si nécessaire.

— Eh bien faites-le.

— Par ici.

Dom se dirigea vers la table de la cuisine, appuya sur quelques touches de l'ordinateur portable, puis orienta l'écran

---

8 - Lois de 1996 régulant la protection de la confidentialité des données médicales aux USA.

vers nous. Nous nous approchâmes et regardâmes une vidéo en couleur montrant notre maison, celle des Corbuz juste à côté avec leur drapeau bleu des Nittany Lions, et la majeure partie de notre rue. La scène était ensoleillée et calme, et d'après l'horloge en bas de l'écran qui indiquait l'heure et la date, les images étaient prises en temps réel.

— Vous voyez, nous avons une équipe qui surveille votre maison à l'aide de caméras. Ces images sont des éléments bruts destinés à alimenter l'enquête. Nous ne sommes pas autorisés à vous les montrer, mais il faut que vous compreniez pourquoi nous ne pouvons pas vous laisser y aller.

Lucinda referma brusquement la bouche.

Je ne pus ignorer le pincement au cœur que je ressentis en voyant notre rue. Le jardin devant la maison. La pelouse et les parterres, avec mon paillis tout frais. Notre *chez-nous*. Sans nous. Sans Allison.

— Alors cette vidéo vient des agents chargés de l'enquête ? Watanabe et Reilly ?

— Oui.

Lucinda haussa un sourcil en entendant ces noms inconnus, et je pris mentalement note de lui expliquer plus tard.

— Maintenant, je vais revenir en arrière.

Dom rembobina la vidéo, et le temps recula à l'écran, notre rue passant de la lumière du soleil à l'obscurité, puis revenant à la lumière à toute vitesse. Les Patel promenaient leurs lévriers adoptés dans un refuge. Les Slater-Dobb sortaient et rentraient leurs poubelles de tri. Chacun allait et venait dans son allée, ouvrant et fermant le hayon ou le coffre de son SUV.

Dom ralentit la vidéo et dit :

— Maintenant, regardez. C'est ce qui s'est passé huit minutes après votre départ de la maison, cette première nuit.

Je fixai l'écran sombre qui montrait notre rue de nuit, en retenant mon souffle. Soudain, une berline passa lentement devant notre maison, silencieuse comme une ombre. Je ne reconnus pas la voiture, qui descendit notre rue et disparut au coin.

Mon cœur se mit à battre à tout rompre.

— C'est eux ? Veria et sa bande ?

— Oui, répondit Dom.
Lucinda en eut le souffle coupé.
— Vous voulez dire qu'on est partis juste à temps ?
— Exactement.
Dom fixait l'écran de l'ordinateur portable.
— Mon Dieu.
Lucinda porta la main à sa bouche, et je pris conscience de la gravité de la menace comme jamais auparavant.
— Dom, qui conduisait ? C'était Milo ?
— Non. Nous pensons que c'était quelqu'un d'autre. Un subalterne.
— Qui ?
Je me voyais déjà rechercher ce nom sur Google.
— Je n'ai pas le droit de vous le dire.
Je tentai une autre approche.
— Un subalterne, c'est-à-dire d'un rang inférieur à ceux qui écoulent la drogue ?
— L'équivalent.
— Comment savez-vous qui c'était ?
— Grâce à la plaque d'immatriculation.
Je plissai les yeux en scrutant la vidéo. Je distinguais à peine les contours de la voiture dans l'obscurité, encore moins la plaque d'immatriculation.
— Comment pouvez-vous le savoir, dans le noir ?
— Notre laboratoire l'a identifiée.
— Vous n'allez pas l'arrêter ? demandai-je, mais je connaissais déjà la réponse grâce à mon année d'études de droit.
— Nous n'avons pas assez de preuves…
— Vous ne pouvez pas l'arrêter quand même ? Lui demander où se trouve Milo ?
— Encore une fois, nous ne voulons pas les alerter.
Mes pensées se bousculaient dans ma tête.
— J'ai une autre question à vous poser. Milo et d'autres membres de cette organisation ont été arrêtés à plusieurs reprises, mais ils s'en sortent toujours. C'est exact ?
— Oui.
Lucinda me regarda.
— Comment tu sais ça, Jason ?

— J'ai fait des recherches sur Internet.

— Attendez.

Dom appuya sur une touche et la vidéo avança. Il s'arrêta sur une autre image de la même voiture, puis désigna le bas de l'écran.

— C'est lui, dix minutes plus tard, qui fait le tour du pâté de maisons. Il a fait ça jusqu'à midi. Nous pensons qu'ils essayaient de déterminer si vous alliez revenir. À présent, ils ont sûrement compris que vous aviez intégré le programme. C'est pourquoi il est contraire à la procédure que vous alliez aux funérailles d'Allison, même si c'est difficile à accepter.

Dom arrêta la vidéo tout en parlant.

Sur un coup de tête, je sortis mon téléphone à clapet de ma poche et pris une photo de l'écran. Dom se retourna au son du déclencheur.

— Jason, vous venez de prendre une photo ?

— Oui.

— Supprimez-la, s'il vous plaît. Je n'étais pas censé vous montrer ça.

— Je ne dirai rien.

Je glissai le téléphone dans ma poche.

Dom avait l'air peiné, comme si j'avais trahi sa confiance, mais Lucinda me jeta un coup d'œil approbateur.

J'avais donc choisi le bon camp. Nous étions unis, mari et femme, nous autorisant ce petit acte de rébellion en contrepartie de notre absence aux obsèques de notre fille assassinée.

Je voulais savoir qui était ce conducteur.

12.

Je me séchais dans la salle de bains après ma douche, en repensant à cette longue journée pourrie.

Quelque chose me disait que tous les jours à partir de maintenant seraient comme celui-ci. D'ordinaire, prendre une douche avant d'aller me coucher me détendait, mais mes anciennes habitudes ne fonctionnaient plus. Je me sentais mal à l'aise depuis que j'avais vu la vidéo de Dom montrant la voiture qui roulait dans notre rue, mais je n'avais pas eu l'occasion d'étudier ma photo ni d'informer Lucinda de mes précédentes découvertes, car Ethan était là. Je m'étais servi des téléphones et des ordinateurs portables pour le distraire, mais cela n'avait fonctionné que temporairement.

J'enfilai mon short et entrai dans la chambre, où Lucinda était assise en tailleur sur le lit, son ordinateur portable ouvert. Elle portait un tee-shirt et ses cheveux étaient attachés en queue-de-cheval. Elle semblait bouleversée. Ses lunettes de lecture d'un rouge vif et pétillant semblaient incongrues.

Je m'approchai d'elle et m'assis à mon tour.

— Qu'est-ce qu'il y a, chérie ?

— Tout le monde s'inquiète pour nous.

— Tu n'es pas sur Facebook, n'est-ce pas ?

— Non, sur Next Door, le site du quartier. On ne voit pas quand on est en ligne.

— Ah oui, c'est vrai.

Je connaissais cette plateforme, où l'on pouvait trouver les publicités des entrepreneurs locaux, les affiches de chiens perdus et les signalements d'insectes nuisibles.

— Les amis d'Allison lui ont envoyé des SMS, et comme elle ne répond pas, ils l'ont chacun dit à leur mère, qui l'a dit à une autre mère, qui l'a dit à une autre, qui a appelé les Corbuz ou l'un des autres voisins pour leur demander s'ils nous avaient vus, mais personne ne nous a vus.

Lucinda balaya l'écran d'un air misérable.

— C'est terrible de faire subir ça à des gens qui nous aiment. Je me sens tellement coupable. On doit les laisser s'inquiéter ? Les laisser se poser des questions ?

— On n'y peut rien. Tu as vu la vidéo.

— Je sais, mais tu imagines ce que ressent Melissa ? On va toujours marcher ensemble le samedi matin. Elle est sûrement en train de m'envoyer des SMS et de m'appeler.

Je ne savais pas quoi répondre. Melissa était la meilleure amie de ma femme après Allison.

— J'aimerais juste pouvoir lui dire.

— Ce serait contre-productif.

— Vraiment ? Elle n'en parlerait à personne. Et les autres mamans ? Nous étions en train de nous organiser pour la demi-finale, de décider qui apporterait quoi, tout ça. Elles vont appeler elles aussi.

— Nous n'avons pas le choix.

Je m'assis en jetant un coup d'œil à la télévision. Une publicité se terminait et le journal de 23 heures commençait, avec le fait divers principal. L'écran montrait une devanture en feu que je reconnus immédiatement.

— C'est mon *bureau* !

Je bondis, horrifié. Des flammes jaillissaient de mon bureau et du restaurant chinois voisin. Je n'en croyais pas mes yeux.

— Non ! Lucinda arracha ses lunettes. Oh mon Dieu !

La voix off disait :

« *Nous sommes en direct d'un centre commercial de Newtown Square, où un incendie a détruit plusieurs commerces, dont un restaurant, un cabinet de greffiers, un salon de manucure et un pressing.* »

Lucinda se leva, bouleversée. Nous regardions ensemble, stupéfaits.

« *Les autorités pensent que l'incendie s'est déclaré dans le salon de manucure après sa fermeture. Aucun blessé n'est à déplorer. Les pompiers du comté voisin de Montgomery ont été appelés sur les lieux.* »

— Il a bien dit « après la fermeture », n'est-ce pas ? demandai-je, paniqué. Donc il n'y avait personne, c'est bien ça ? Aucun blessé ?

— Oui, c'est ce qu'il a dit.

— Oh non, c'est pas vrai.

Je passai une main dans mes cheveux mouillés, sous le choc. L'écran de télévision passa à des images de fumée grise s'échappant du restaurant, puis le reportage se termina par une photo d'un semi-remorque renversé.

Lucinda me toucha l'épaule.

— Chéri, je suis vraiment désolée.

— Qu'est-ce que cela signifie ? Marie doit être dans tous ses états.

Marie était ma responsable administrative, une greffière de premier ordre et une mère célibataire.

Lucinda secoua la tête.

— Ils sont sans doute en train d'essayer de te joindre.

— C'est sûr. Qu'est-ce qu'elle va faire maintenant ? Qu'est-ce qu'ils vont tous faire ? C'est horrible. Mon entreprise, *disparue* ? Comment va faire le gouvernement pour la vendre maintenant ?

Lucinda me serra dans ses bras et je m'accrochai à elle pendant un moment. J'aimais mes employés, et elle aussi. Nous tenions tous les ans une fête de fin d'année chez nous. J'organisais des apéritifs le vendredi chez *Baxter's*. Nos tee-shirts de softball portaient l'inscription « Notre parole est loi ». Nous travaillions tous les six ensemble depuis des années, nous connaissions les enfants les uns des autres, nous assistions aux anniversaires et aux remises de diplômes. Ils auraient été dévastés d'apprendre le décès d'Allison. Et maintenant, ça.

— Je suis assuré, mais quand est-ce que l'indemnisation sera versée ? Comment allons-nous garder nos employés ? Est-ce qu'ils auront droit à une indemnité de licenciement ?

— Bon sang.

Lucinda s'effondra sur le lit et je m'assis à côté d'elle. J'avais passé toute ma vie à bâtir cette entreprise et je devais tellement à mes employés. Je m'assurais qu'ils recevaient des primes et je leur versais une commission standard de trente pour cent sur leurs dépositions. Mon revenu annuel net était passé à 420 000 dollars, une somme dont je n'aurais jamais osé rêver. Mon père travaillait sans relâche et n'avait jamais gagné plus de 100 000 dollars.

Ce n'est que de l'argent, disait-il tout le temps.

Bizarrement, je pensai à ma salle de conférences, récemment rénovée pour accueillir des avocats venus d'autres villes ou des juristes indépendants. Des écrans rétractables automatisés. Des tableaux blancs de qualité. Un équipement audio et de projection à la pointe de la technologie. J'avais même fait l'acquisition d'un buffet en chêne massif, pas en placage. J'avais dit que je voulais y être enterré, alors nous l'avions baptisée « salle de conférences Jason Bennett ».

— Ma salle de conférences...

Lucinda secoua la tête.

— Tout ce travail...

— Le tien aussi.

Ma femme avait choisi la moquette, pure laine, avec un motif bleu marine. Les chaises ergonomiques, des Herman Miller avec soutien lombaire, pas des imitations. Des patins en verre, pas en plastique, sous les chaises de bureau.

— Et les machines à sténographier ?

— Elles sont assurées, mais bon sang, il y en a pour 40 000 dollars.

— Tous tes projets...

— Ils étaient déjà partis en fumée.

Je voulais ouvrir un bureau à Philadelphie dans deux ou trois ans, puis peut-être une franchise dans la Mid-Atlantic Region[9].

— On devrait appeler Dom.

9 - Région de la côte Est des USA incluant les États de New York, du New Jersey, de Pennsylvanie, du Delaware, du Maryland, de Virginie, de Virginie-Occidentale et la capitale Washington DC.

— Je me demande s'il est déjà au courant.

Soudain, mon téléphone portable se mit à sonner. Je me levai et me dirigeai vers la table de chevet. J'ouvris le téléphone : c'était lui.

— Dom, vous voyez ce que je vois ? Mon bureau est en feu.

— Votre *bureau aussi* ?

Horrifiés, nous regardâmes la vidéo sur l'ordinateur portable de Dom. Un incendie violent ravageait notre maison, la transformant en une boule de feu orange.

Des flammes jaillissaient des fenêtres, en haut et en bas. Une fumée noire s'échappait du toit. Les pompiers envahissaient la pelouse devant la maison, leurs silhouettes rendues floues par l'ardeur du brasier, dirigeant leurs lances vers le feu. Les camions de pompiers étaient alignés le long du trottoir, leurs formes carrées se détachant dans la fumée.

Ma maison. Notre *foyer*. *J'adorais* cette maison. J'en connaissais chaque centimètre carré. J'avais réparé les cloisons sèches et peint les plinthes. J'avais réparé le tuyau à l'arrière de la machine à laver. Ma plus grande fierté était d'avoir trouvé la fuite dans le mur du salon. Il fallait refaire un peu de joint sur la façade en pierre.

— Oh mon Dieu, fut tout ce que je pus dire.

Lucinda secoua la tête.

— C'est eux qui ont fait ça, n'est-ce pas ? Ils ont brûlé notre maison.

— Et mon bureau, ajoutai-je, comme si personne ne l'avait encore compris. Vous n'étiez pas au courant, Dom ?

— L'équipe l'était probablement déjà, mais ils n'ont pas encore eu l'occasion de me le dire. Nous sommes débordés ce soir.

Dom regarda Lucinda, puis moi. Les agents du FBI étaient habillés comme nous, en tee-shirts et shorts de sport. Wiki se tenait derrière Dom, le laissant prendre les commandes.

— J'ai d'autres mauvaises nouvelles. Votre studio de photographie a été vandalisé.

Lucinda gémit, bouleversée.

— Vous êtes sûr ? Comment le savez-vous ?

— Nous avons reçu un rapport des autorités locales. Cela s'est produit en début de soirée, selon eux. J'étais sur le point de vous appeler quand nous avons appris pour la maison.

— Ont-ils dérobé quelque chose ?

— Nous ne savons pas encore. Quels objets de valeur aviez-vous là-bas ?

— Mon appareil photo est un Nikon D6, il n'a qu'un an. L'appareil de secours ne vaut pas autant, mais il est quand même d'un certain prix, et les objectifs coûtent une fortune. Le 105 mm 1.4, que j'utilise tout le temps, vaut 2 000 dollars. Elle secoua la tête. Je les garde dans un placard. Je n'ai même pas de coffre-fort. Je suis là depuis six ans et je n'ai jamais eu de problème.

— Je suis désolé, ma chérie.

Je posai ma main sur son épaule.

Dom acquiesça.

— Y a-t-il autre chose de valeur, Lucinda ?

— Les fonds, je les loue tous les deux. Ce sont des Oliphant, les meilleurs. J'avais un projecteur et un écran pour montrer les photos aux clients.

— Et les photos ? Elles sont sauvegardées, non ?

— Oui, mais quelle importance ? Qu'est-ce que c'est que ce cauchemar, bon sang ? Lucinda s'effondra sur une chaise de cuisine. Elle se frotta le visage, y laissant des traces rosées. Mon studio, son bureau, notre maison. Toutes mes photos des enfants. La chambre *d'Allison*, toutes ses affaires...

— Je sais, chérie. Je m'assis et passai un bras autour d'elle, tout en regardant Dom. Il est évident qu'il s'agit d'une attaque coordonnée. Ils essaient de nous faire peur.

— Oui, c'est de l'intimidation de témoin. Milo a dû convaincre Big George que vous aviez tué Junior. Ils sont tous les deux après vous, mais pour des raisons différentes. Big George veut se venger. Milo veut vous empêcher de témoigner.

— J'ai une question, intervint Lucinda. Vous avez filmé l'incendie de la maison, donc vous saviez ce qui se passait. Pourquoi ne les avez-vous pas arrêtés ? Vous les avez laissés brûler la maison ?

Je clignai des yeux, perplexe.

— Dom, vous les en auriez empêchés, n'est-ce pas ? Même si cela signifiait dévoiler votre jeu ?

Dom eut un mouvement de recul.

— Bien sûr que nous l'aurions fait.

Wiki prit la parole.

— Pour votre information, c'est nous qui avons appelé les pompiers. Nous coopérons avec les autorités locales. Personne ne saura comment l'incendie a été découvert.

Je ne comprenais pas.

— Mais comment ont-ils pu mettre le feu, si vous les surveilliez ? Vous avez une équipe chargée des caméras, non ? Comment cela a-t-il pu se produire ?

— Nous ne savons pas. Pour être clair, cela ne relève pas de notre compétence. C'est l'équipe d'enquête qui a quelqu'un chargé des caméras, pas nous. Ils mènent des investigations en ce moment même.

— L'équipe d'enquête enquête sur elle-même ? Super. Quand le feu a-t-il pris ? Comment a-t-il pu se propager aussi vite ?

— Nous supposons qu'ils ont utilisé un accélérateur. Dom marqua une pause, l'air contrit. Nous réglerons cela financièrement. Je ferai de mon mieux pour que vous obteniez un dédommagement équitable.

— Et les entreprises ? Tout ce que nous possédions a disparu.

— Jason, Lucinda, vous devez comprendre quelque chose. Notre travail consiste à vous protéger, vous et votre famille. Vos biens ne sont pas notre responsabilité…

— Encore une chose qu'on ne nous a pas dite, l'interrompit Lucinda. Mais ma mère, alors ? Et s'ils lui font quelque chose ? C'est une personne, pas un bien. Vous allez la protéger ?

Dom hésita.

— Non, je suis désolé, vraiment, mais la famille élargie n'est pas prévue au budget. Nous n'avons pas les effectifs nécessaires…

— Vous êtes sérieux ? Lucinda éleva la voix. Soit vous protégez ma mère, soit je refuse de témoigner !

Je comprenais sa colère.

— Dom, ma belle-mère fait partie de la famille. Faites-la venir ici, vous n'aurez pas besoin de personnel supplémentaire.

— Nous ne pouvons pas faire ça dans son état.

— Je m'occuperai d'elle, rétorqua Lucinda, agitée. Je l'ai déjà fait, je peux le refaire. Et s'ils découvrent qui sont mes amis ? Il leur suffit de regarder ma page Facebook. Ils s'en prendront à eux aussi ?

Dom leva les mains.

— D'accord, je comprends. Je ferai part de vos préoccupations à mon patron. Nous ne nous attendions pas à ce qu'ils aillent aussi loin.

— Vous auriez dû, rétorqua sèchement Lucinda.

Je n'en rajoutai pas. Je voyais bien à l'expression de Dom qu'il se sentait déjà assez mal.

— Écoutez, je peux vous promettre une chose, dit-il en levant un doigt. Je défendrai votre vie et celle d'Ethan au péril de la mienne. Vous avez ma parole.

Wiki acquiesça, une expression solennelle sur son jeune visage.

— La mienne aussi.

Lucinda resta silencieuse, tout comme moi. Ils venaient de jurer de prendre une balle pour nous, et j'accordais à leurs paroles tout le poids qu'elles méritaient. Ma femme et mon fils étaient tout ce qui me restait, tout ce qui comptait désormais. Perdre tout ce que j'avais m'avait permis de clarifier mes priorités. Si le FBI pouvait assurer la sécurité de ma famille, c'était tout ce dont j'avais besoin. Ma colère s'estompait.

Je les remerciai tous les deux.

Lucinda ne dit rien, se contentant de croiser les bras.

13.

J'essayai en vain de dormir, pensant à la maison, au bureau, au studio de Lucinda. Je ne savais pas comment le gouvernement allait déterminer la valeur de mon entreprise ou de la sienne, mais tout cela n'était qu'une broutille en comparaison d'une chose.

Allison.

J'ouvris les yeux et regardai l'heure. Le cadran phosphorescent affichait quatre heures et quart du matin. La chambre paraissait étrangement illuminée, et je me rendis compte que la lueur venait du côté de Lucinda. Je me retournai et vis qu'elle avait tiré la couverture par-dessus sa tête et que de la lumière filtrait par en dessous. On aurait dit une petite fille qui lisait en cachette avec une lampe de poche.

— Chérie ?

Je soulevai la couverture et fus consterné de la trouver devant son ordinateur portable.

— Je ne voulais pas te réveiller.

Lucinda ferma l'ordinateur portable, mais pas avant que j'aie aperçu l'écran, et je gémis.

— Facebook ?

— Ne t'inquiète pas, j'utilise le compte de ma stagiaire d'été. Tu te souviens d'elle, Rebecca Robertson ? Je lui avais créé un compte pour qu'elle puisse contacter mes clients. Je n'ai jamais pris la peine de le fermer.

— Et si Rebecca comprend que tu utilises son compte ?

— Elle l'a oublié, j'en suis sûre. Elle n'a rien posté depuis juillet. L'expression de Lucinda s'assombrit. Je suis allée sur la page de Melissa, et c'est horrible. Elle est au courant de l'incendie de la maison, et les camions de pompiers sont toujours là. Notre rue est bouclée. Ils ont vu aux informations que ton bureau avait brûlé aussi.

— Oh non.

— Alors elle est allée à mon studio, et les policiers lui ont dit qu'il avait été vandalisé. Tu devrais voir ce qu'elle a posté.

Lucinda rouvrit l'ordinateur portable, appuya sur une touche et l'écran afficha la page Facebook de Melissa. La photo de couverture montrait Melissa et son mari, Seamus, avec leur fille, Courtney, à Avalon.

Je me redressai sur mes coudes et lus le texte affiché sur l'écran lumineux.

J'envoie tout mon amour à ma chère amie Lucinda, ainsi qu'à Jason, Allison et Ethan.

Voir le nom d'Allison me perturba, et je dus me rappeler que Melissa n'était pas au courant. Je continuai ma lecture.

Je ne sais pas où vous êtes ni ce qui s'est passé et je suis morte d'inquiétude. Je sais que tu verras ce message et je t'en supplie, appelle-moi, Lucinda. À n'importe quelle heure du jour ou de la nuit, j'ai juste besoin d'entendre ta voix et de savoir que tu vas bien. Je sais que vous êtes une famille merveilleuse et aimante et que ces rumeurs ne peuvent pas être vraies.

Je clignai des yeux.

— Quelles rumeurs ?

— Je ne sais pas, gémit Lucinda. J'aimerais pouvoir leur dire que nous sommes dans le programme de protection des témoins.

— Non. On ne peut pas. Ne fais pas ça.

— Et s'il leur arrive quelque chose à cause de nous ? Il faut les prévenir, ils pourraient être en danger.

— On en parlera à Dom demain matin.

— Regarde. Lucinda commença à faire défiler les commentaires, qui étaient déjà au nombre de 175. Tout le monde s'inquiète. Regarde ces commentaires.

Je les parcourus rapidement, et ils provenaient principalement des parents des amis d'Allison et d'Ethan :

Judy Wright-Cobb Nous vous aimons, Lucinda et les Bennett ! Nous espérons que vous allez bien et nous prions pour vous ! S'il vous plaît, faites attention à vous ! XOXO

Sally Liatsis Qu'est-ce qui se passe ? C'est complètement fou ! Je venais de les voir au match ! Qu'est-ce qui leur est arrivé ? Ils ont peut-être été kidnappés ! Je suis tellement inquiète pour Lucinda ! Elle est géniale !

Deb Gallagher Et s'ils sont morts dans l'incendie ? Quelqu'un y a pensé ? Et s'ils dormaient quand le feu s'est déclaré ? Ils sont peut-être tous morts !! Pourquoi est-ce que la police n'a fait aucune annonce officielle ? #Louche

April DelVecchio Tu as vu que son studio a été saccagé aussi ? Elle a pris une photo de nous il y a deux ans et je l'ai toujours en photo de profil. C'est un vrai mystère dans notre propre quartier ! Je sens qu'il s'est passé quelque chose de pas net ! Lucinda, je t'adore et je m'inquiète pour toi !

Ali Choudhoury J'ai envoyé des SMS et appelé Lucinda, mais elle ne répond pas. Mon fils Jake connaît Ethan et il ne décroche pas non plus ! Je ne veux pas être alarmiste, mais il doit vraiment se passer quelque chose de grave. Ce n'est pas leur genre. Pas du tout !

J'en avais assez lu. Je passai un bras autour de Lucinda et son ordinateur portable glissa sur le côté.

— Chérie, il vaut mieux ne pas aller sur Facebook.

— Ça m'aide. C'est notre vie.

Plus maintenant, pensai-je sans le dire.

— Je déteste qu'ils soient bouleversés et qu'on ne puisse rien faire. C'est horrible de traiter les gens comme ça. Ils nous aiment. Lucinda me regarda, exaspérée. Ils ne vont pas nous oublier du jour au lendemain.

— Il va bien falloir.

— Mais qu'est-ce qui va se passer ? Qu'est-ce qu'ils vont faire ? Lucinda secoua la tête. Le FBI ne fait pas son travail. S'ils ont laissé brûler la maison, c'est qu'ils sont loin d'être efficaces ! Et ton bureau ? Mon studio ? Pourquoi ils n'ont pas prévu ça ? C'est comme s'ils n'avaient pas réfléchi.

— Tu l'as entendu. Ils se concentrent sur nous, pas sur les biens matériels.

— J'espère de tout cœur que nous avons pris la bonne décision en venant ici.

Lucinda détourna le regard et je lui touchai le bras.

— Bien sûr que oui. Tu as vu, nous sommes partis juste à temps. Ils nous auraient tués, chérie. Ils n'auraient pas hésité une seconde. Tu comprends, n'est-ce pas ?

— Oui, répondit Lucinda d'une voix étouffée. Elle retira ses lunettes de lecture, les yeux brillants de larmes.

— Nous devons donner l'exemple à Ethan. Il ne voulait pas sortir du lit. Il ne voulait pas descendre. Il s'est à peine intéressé à l'ordinateur portable.

— Il a besoin de temps.

— Nous devons nous assurer qu'il ne contactera personne. Si tu as trouvé un moyen, il pourrait aussi.

— C'est tellement terrible, sanglota soudain Lucinda. J'essaie, j'essaie vraiment… mais je ne pense qu'à elle.

Mon cœur se serra. Je pris ma femme dans mes bras et la serrai fort contre moi tandis qu'elle se mettait à pleurer.

— Et… elle est si jeune, ce n'est qu'une enfant… c'est tellement *injuste* qu'elle… ne soit pas avec nous… elle est dans une morgue, toute seule et maintenant, nous ne pourrons même pas assister à ses funérailles… Je veux juste… J'aimerais pouvoir tout changer… revenir en arrière.

— Je sais, je sais, répétai-je, ne sachant quoi dire d'autre.

La seule façon de sortir de cet enfer était de le traverser, et tout ce que je pouvais faire était de la tenir enlacée jusqu'à ce qu'elle s'endorme enfin, à l'aube.

14.

Je me réveillai, enfilai le même tee-shirt et le même short de sport que la veille et désactivai l'alarme, laissant Lucinda dormir. Je jetai un coup d'œil dans la chambre d'Ethan, qui ronflait en serrant Moonie contre lui, puis descendis. J'ouvris la porte d'entrée sur une matinée ensoleillée et me dirigeai vers l'ordinateur portable dans la cuisine sans faire de café. Je voulais voir s'il y avait des informations sur l'incendie de notre maison.

Je m'assis à la table et fis des recherches en ligne, mais ne trouvai rien. Je tâchai de trouver des informations sur l'incendie de la galerie commerciale, mais il n'y avait rien là-dessus non plus. Néant aussi concernant le studio de Lucinda. Si le FBI avait fait taire les médias, je ne voyais pas l'intérêt. Nos voisins avaient vu l'incendie et ils allaient se demander pourquoi il n'en était pas fait mention.

Je pensai à mes employés, qui n'avaient pas eu de nouvelles de moi. Ils avaient déjà dû faire le lien. Je me promis de parler à Dom pour faire en sorte qu'ils reçoivent des indemnités de licenciement. Je pensai aux dégâts matériels causés au mobilier du bureau, puis je me rendis compte que je n'avais pas vérifié mon cloud, où se trouvaient mes fichiers professionnels sur Dropbox.

Je me connectai et les dossiers qui avaient été automatiquement sauvegardés apparurent à l'écran. Le premier, *Clennic vs. Exxon*, était une importante affaire antitrust pour laquelle j'avais recueilli une déposition vendredi après-midi. Avant le week-end, il y avait une éternité. À ce moment-là, je l'attendais avec impatience, ce week-end, à commencer par le match d'Allison.

P'pa, est-ce qu'on a une chance contre Radnor ?

Absolument. Vous pouvez les battre.

Tu devrais recevoir l'Oscar du meilleur papa.

Je m'essuyai les yeux ; je me sentais à vif et vidé. J'avais un goût amer dans la bouche. J'avais conscience que ma vie serait désormais divisée entre Avant et Après. Je ne savais pas comment les autres pères survivaient à la perte d'un enfant. J'aurais aimé pouvoir parler à l'un d'entre eux, rien qu'un. Que quelqu'un me dise quoi faire. Ça semblait impossible, et pourtant, des gens y arrivaient tous les jours. Je ne savais tout simplement pas comment.

Je fixai l'ordinateur portable. On était lundi matin, mais je n'avais pas à partir au bureau ni à aller où que ce soit. Je n'avais rien à faire. J'avais toujours travaillé : à la ferme après l'école, en alternance pendant mes études, dans le bâtiment aux vacances d'été, et dans un cabinet d'avocats pendant mes études de droit. Mon premier billet d'un dollar était accroché dans le bureau qui venait de brûler.

Je me souvins soudain de quelque chose. Je pris mon téléphone, l'ouvris et fis défiler les photos jusqu'à celle de la voiture passant devant ma maison, que j'avais prise sur l'ordinateur portable de Dom. Je ne pouvais pas l'agrandir sur mon téléphone, et elle était trop petite pour que je puisse reconnaître la marque ou le modèle.

Je tins l'image devant l'ordinateur portable et utilisai l'application Photo Booth pour la prendre en photo, avant de l'enregistrer sur le bureau. Cela me permit de mieux distinguer la voiture, et j'agrandis encore l'image. J'aurais aimé avoir Adobe Photoshop, mais je ne pouvais rien commander en ligne. D'un clic, je zoomai sur la photo et tentai de discerner la marque de la voiture. Le contour ressemblait à celui d'une BMW.

Je parcourus le site de BMW et fis défiler les modèles bas

de gamme, à la silhouette remarquablement similaire. Puis je remarquai quelque chose sur la photo. Il y avait une ombre sur le côté droit du pare-chocs de la voiture. Cela pouvait être un défaut de l'agrandissement. Ou bien la trace d'un choc sur la carrosserie, mais d'une forme étrangement verticale, comme si le conducteur avait heurté un poteau en reculant.

Qui était le conducteur ?

Je retournai sur Internet et fis une recherche dans les archives du tribunal, puis consultai les affaires les plus récentes dans lesquelles George Veria, Junior ou Milo figuraient comme défendeurs. Je cliquai sur la première et passai directement à la section « Faits », où les éléments à l'appui de l'accusation étaient expliqués en détail. La plupart des gens ne se rendent pas compte que les documents judiciaires, en particulier dans les affaires pénales, contiennent une grande quantité d'informations accessibles au public.

La section « Faits » décrivait comment Milo avait tenté de vendre de la cocaïne, comment la transaction avait été observée par la police et conduit à son arrestation sur-le-champ. Je poursuivis ma lecture : des paragraphes indiquaient les lieux où les autres coaccusés avaient été appréhendés en train de vendre de la drogue, en précisant ce qu'ils avaient tenté d'écouler. Je parcourus les plaidoiries, me faisant une idée des endroits où la GVO exerçait ses activités : des coins de rue qu'ils appelaient des « magasins ». La GVO opérait dans tout le comté de Chester, à Downingtown, Thorndale, Coatesville, Parkesburg et, plus récemment, à New Cumberton, ainsi que dans les villes autour de Kennett Square, comme Toughkenamon, Avondale, West Grove, et même jusqu'à Paradise, à l'ouest, en territoire amish. Certaines villes étaient plus rurales que d'autres et présentaient un éventail d'ethnies et de niveaux économiques différents, preuve que les opiacés s'étaient répandus partout.

— Jason, vous êtes levé ? demanda Dom à travers la moustiquaire.

— Oui. Je fermai mon ordinateur portable, rangeai mon téléphone dans ma poche et me dirigeai vers la porte, au seuil de laquelle se trouvait Dom en tenue de jogging, un sac marron à la main.

— Bonjour. Entrez.

Je m'effaçai pour laisser passer Dom et il me tendit le sac.

— Des croquettes Purina. Comment ça va ?

Dom sourit, hésitant, comme s'il n'était pas sûr d'où en étaient nos rapports après la nuit dernière.

— Ça va, merci. Comment saviez-vous que j'étais levé ?

— Vous ouvrez la porte à la même heure tous les jours. Les habitudes ont la vie dure. C'est mon travail de remarquer les vôtres. Vous comprendrez ce que je veux dire quand on se mettra au travail, dans environ deux semaines. J'essaie de vous laisser un peu de temps, à vous et Lucinda.

Je sentais qu'il était en train d'essayer de régler la question des funérailles télévisées d'Allison, ce que j'appréciais.

— Du nouveau sur Milo ?

— Non, pas encore. On est sur le coup.

— Et les incendies ?

— On s'en occupe aussi.

— J'ai regardé sur Internet, il n'y a rien de nouveau dans les actualités.

— Il n'y aura rien. Encore une fois, je suis désolé.

Dom grimaça, et je sentis notre ancienne complicité se raviver.

— Ne vous en faites pas. Écoutez, après la nuit dernière, je suis reconnaissant du fait que nous soyons sains et saufs.

Le front de Dom se détendit.

— Comment va Lucinda ?

— Elle n'a presque pas dormi.

— Nous avons un médecin qui peut lui prescrire de l'Ambien[10] ou quelque chose comme ça.

— Elle ne voudra jamais en prendre, elle préfère les produits naturels. Nous nous inquiétons aussi pour Ethan.

— S'il a besoin de voir quelqu'un, on peut s'en occuper.

Je m'étais déjà posé la question.

— Vous pouvez lui trouver un thérapeute dans le cadre de la protection des témoins ?

— Oui.

---

10 - Médicament contre l'insomnie.

Dom me regarda avec sérieux.

— Cela va sans dire, mais je me soucie de votre famille, et pas seulement parce que vous êtes des témoins.

— Merci, répondis-je, soulagé d'être rassuré sur ce point.

D'après mon expérience, les choses qui allaient sans dire avaient parfois besoin d'être dites.

— Alors, ça vous tente d'aller courir ? Je vous ai attendu.

— Non, répondis-je instinctivement.

La dernière fois que j'avais couru, c'était avec Allison.

— Ne vous inquiétez pas. Vous ne risquez rien. Dom désigna un pli dans son polo marron. J'ai mon arme dans un étui à la taille. C'est pour ça que je porte un tee-shirt foncé.

— Vous êtes bon tireur ?

— Le meilleur.

Je n'avais pas l'impression qu'il plaisantait. Il était calme et serein. Il inspirait confiance.

— De toute façon, je suis plus en sécurité avec vous qu'en solo.

Dom fit un sourire en coin.

— Il n'y a pas beaucoup d'autres Noirs dans le quartier, répliqua-t-il.

Je ris, mal à l'aise.

— Alors pourquoi l'avoir choisi ?

— C'est désert à cette période de l'année. Dom se dirigea vers la porte. Allez, venez. Lucinda et Ethan vont tenir le coup sans vous. Wiki veillera sur eux. Vous ne pourrez pas les aider si vous n'êtes pas en forme.

— D'accord, acquiesçai-je à contrecœur.

— Bien. Je vais lui dire.

Dom envoya un SMS, et j'enfilai mes chaussettes et mes baskets, que j'avais laissées sur le sol du salon. Dom activa l'alarme, sortit la clé d'une poche de son short de jogging et verrouilla la porte. Nous descendîmes les marches du porche.

Je pris une grande inspiration, réalisant que je n'étais pas sorti depuis un certain temps. L'air était frais et vivifiant, mais je ne me sentais pas en droit d'en profiter. Le ciel était d'un bleu limpide et le soleil se levait derrière un monticule de nuages blancs, les éclairant par-derrière. Cela me faisait mal aux yeux, comme si c'était trop beau pour être vu. Peut-être était-il trop tôt pour aller courir sans Allison.

— Dom… commençai-je.

— Échauffez-vous.

Dom s'étira au bas de l'escalier, une jambe, puis l'autre, méthodiquement.

— D'habitude, je ne le fais pas.

— Vous devriez.

— Je sais, je suis vieux. J'ai 47 ans. Je réalisai qu'il le savait déjà. Écoutez, je ne pense pas pouvoir…

— Allons-y.

Dom partit; j'hésitai, puis je le suivis, traversant l'allée en courant. Nous tournâmes à gauche dans la rue, nous éloignant de la plage de la baie. Du sable brun grossier dérivait sur l'asphalte, crissant sous mes baskets. Des pins de Virginie et des chênes bordaient la rue, et il n'y avait aucune autre maison en vue. Les mouettes criaient et un avion argenté brillait dans le ciel.

Nous courions sans parler, et j'essayais de suivre le rythme de Dom, dont la foulée était plus longue que celle d'Allison. C'était tellement étrange de courir avec lui.

Il était très concentré, regardant droit devant lui et balançant ses bras musclés. Allison et moi ne prenions pas autant la course au sérieux. Elle me poussait et je la chatouillais.

Papa, arrête !

Ha ! Si tu me cherches, tu me trouves !

Dom jeta un coup d'œil par-dessus son épaule.

— Il y a un circuit de cinq kilomètres et un autre de dix autour du marais. Lequel vous choisissez ?

— Cinq.

Je ne savais même pas si j'arriverais jusqu'au bout. Mes jambes étaient déjà lourdes comme du plomb. Mes bras me faisaient mal. J'étais à bout de souffle.

— Ça va ? Je peux ralentir.

— Non, ça va.

Je ne pouvais pas empêcher les souvenirs d'Allison de ressurgir. Elle mâchait toujours du chewing-gum quand elle courait, tout en parlant sans arrêt. Elle jacassait à propos de Troy et de sa mère fouineuse. Ou de sa nouvelle prof de français, qui en disait trop sur sa vie privée. Ou de son entraîneur de hockey sur gazon qu'elle adorait.

— Quand avez-vous couru pour la dernière fois ?

— Avec ma fille, fut tout ce que je pus répondre.

Je savais qu'il voulait savoir quand, mais je ne m'en souvenais pas. Tout ce qui s'était passé avant Coldstream Road avait disparu.

— En général, on courait trois fois par semaine, voire quatre, mais je suis déjà fatigué.

Dom resta silencieux un instant.

— C'est le deuil, mon vieux. Ça s'installe en nous. Notre corps en porte le poids. Ça *prend racine*.

— Vous croyez ?

— Je le *sais*.

J'ignorais si je devais lui demander à quoi il faisait allusion ou si c'était indiscret. Nous n'avions jamais vraiment discuté, sauf de cookies. Je ne savais toujours pas si nous étions censés être amis. Je n'avais pas eu d'ami proche depuis la mort de mon père. Lucinda était ma meilleure amie.

Dom s'éclaircit la gorge, en balançant toujours les bras d'avant en arrière.

— J'ai perdu mon coéquipier. Je n'ai pas toujours fait partie du Club des baby-sitters.

— Ah bon ?

Je sentais que cela le bouleversait encore. Des gouttes de sueur perlaient sur son front lisse et haut.

— Je travaillais sous couverture, jusqu'à ce qu'une opération d'infiltration tourne mal.

La voix de Dom s'affaiblit.

— Ça m'a détruit.

— Ça fait longtemps ?

— Trois ans, cet hiver. J'ai continué après, je pensais que j'allais bien. Mais ce n'était pas le cas. Mon corps le savait. J'ai ralenti. J'étais tout le temps fatigué. J'avais un temps de retard, mentalement. Dom haussa les épaules. Finalement, j'ai suivi une thérapie. Je n'en ai pas honte. Maintenant, ma vie est différente. Denise préfère ça. Le travail d'infiltration est dangereux.

— Je m'en doute.

Je pris note du nom de sa femme.

— Et j'aime bien ce boulot-ci. Wiki est un type bien.

— Il en a l'air.

— Laissez-le parler à votre fils. Il l'emmènera dans le marais et lui expliquera tout là-dessus. Il connaît les oiseaux, les plantes, les rats musqués. Dom pouffa. Il est comme un interrupteur. Vous l'actionnez et il se met à parler.

— Bon à savoir.

— En attendant, gardez une routine. Courez. Restez fort. Vous devez les aider à traverser cette épreuve. Soutenir Lucinda.

— D'accord, répondis-je, car ses mots trouvaient un écho en moi. C'était quelque chose que mon père aurait pu dire. Il *fallait* que le pilier tienne bon. J'avais eu raison de le penser.

— Je sais que c'est lourd à gérer, sans compter l'incendie de la maison.

— Je n'ai rien vu à ce sujet sur Internet.

Dom acquiesça en s'essuyant le front.

— Pourquoi ? Je veux dire, les voisins sont au courant.

— Pour limiter les dégâts.

— Mais nos amis ne sont pas stupides. Ils ont additionné deux et deux. Ils font le lien entre l'incendie de la maison et celui du bureau.

— Comment le savez-vous ?

Merde. J'avais baissé ma garde. Je ne savais pas si je devais lui avouer que Lucinda allait sur Facebook. Mais elle ne faisait rien de mal, alors je le lui dis.

— Elle se cache sous le nom d'une stagiaire ?

Dom pinça les lèvres.

— Elle a suivi les règles.

— Elle va être tentée de publier quelque chose.

— Non, elle ne le fera pas, répondis-je, sur la défensive. Concentrons-nous plutôt sur ce qu'elle sait, plutôt que sur la façon dont elle l'a appris. Facebook change la donne. Tous ses amis sont en ligne. Ils sont au courant pour la maison, son studio, mon entreprise.

Dom accéléra le rythme, sans répondre.

— Avez-vous pu parler de ma belle-mère à votre patron ?

— J'ai envoyé un e-mail hier soir. Il m'a dit qu'il me recontacterait.

J'avais un terrible point de côté.

— Et Melissa, la meilleure amie de Lucinda ? Nous pensons que vous devriez lui envoyer un message pour lui dire que nous sommes entrés dans le programme de protection des témoins. Elle publie des messages au sujet d'une battue. Si vous ne prenez pas les devants, elle va lever une armée.

Dom sourit malicieusement.

— Avec des torches et des fourches ?

— Oui, pouffai-je. Alors, qu'en pensez-vous ?

— De leur envoyer un message ? Nous ne l'avons jamais fait.

— Vous avez déjà eu à le faire ? Ou eu une famille parmi les candidats ?

— Non.

— Eh bien nous, on a des relations. Des amis, l'école, des employés, des gens. Les familles normales ont des relations, et nous sommes une famille normale. Vous allez devoir faire une exception.

— Non, on ne fera pas d'exception. Dom secoua la tête. Nous ne sommes pas en train de négocier. Ce n'est pas de cela que nous étions convenus. Le marché impliquait que vous suiviez les règles.

— Vous venez de dire qu'il n'y avait jamais eu de famille. Il y a de nouvelles règles pour une famille. Vous *devez* faire des compromis. Moi j'en fais, je n'irai pas à l'enterrement de ma fille.

Nous courions à bonne allure, haletants. Je priais pour que mon point de côté passe. Devant nous, il y avait une rangée de boîtes aux lettres peintes à décor de poissons, de coquillages et de crabes. Certaines portaient des noms de famille. Lovell, Sinclair, Tyson. Les maisons étaient cachées par les bois. Il n'y avait aucun signe de présence humaine, comme des poubelles de recyclage ou des journaux livrés.

— Dom, dites-moi, qui sont les candidats habituels ? Des membres de gangs ? Des meurtriers ? Des dealers de drogue ? Avez-vous déjà eu un candidat sans casier judiciaire ?

— Où voulez-vous en venir ?

— Donc, en général, vous vous occupez d'un témoin qui est lui-même un criminel. Quelqu'un qui a retourné sa veste, c'est ça ?

Dom me jeta un regard noir.

— Je connais le jargon. Je suis un greffier de choc.

Dom éclata de rire.

— OK, oui, un mouchard.

— D'accord, et leur crédibilité est nulle. Je parie que la défense utilise toujours le même argument. « Mentiez-vous à l'époque ou mentez-vous maintenant ? »

Nous passâmes devant une rangée de pancartes grossièrement peintes à la main – bois de chauffage gratuit, tondeuse Toro à vendre, voiture en bon état à vendre – regroupées devant une maison dont le terrain était rempli de machines à laver, d'un réfrigérateur sans porte, de quelques voitures cabossées, d'un camion rouillé calé par des parpaings et d'autres déchets. La boîte aux lettres indiquait le nom « Thatcher », et un vieil homme en train de fumer un cigare dans un fauteuil inclinable nous regardait passer.

— Il y en a un dans chaque quartier. Dom leva les yeux au ciel. J'ai un type comme ça dans ma rue. Il me rend fou.

Je ne voulais pas m'éloigner du sujet.

— En tout cas, nous sommes de bons témoins, des citoyens respectueux des lois. Nous n'avons même pas eu de contravention pour excès de vitesse. Nous allons mettre Milo derrière les barreaux pour de bon.

Dom sourit.

— Bien parlé.

— Nous sommes d'excellents témoins parce que nous sommes une famille normale, mais d'un autre côté, parce que nous sommes une famille normale, nous avons de la famille et des amis. Vous ne pouvez pas avoir le beurre et l'argent du beurre. Ma douleur au côté commençait à s'estomper. Vous ne pouvez pas profiter des avantages d'une famille normale sans nous offrir une contrepartie. C'est l'argument que vous devez présenter à votre patron.

— Mais qu'est-ce que vous voulez ?

— Protégez ma belle-mère et Melissa. Mettez quelqu'un dans

leur rue ou installez des caméras, faites comme vous voudrez. Et dites à Melissa qu'on est dans le programme de protection des témoins.

Dom resta silencieux un instant.

— Ça dépend de mon patron.

— Qu'est-ce qu'il va dire ?

— Je ne sais pas.

— Bien sûr que si, allons.

Dom balançait toujours les bras d'avant en arrière.

— Je pense qu'on peut organiser la surveillance de votre belle-mère. Peut-être aussi celle de votre amie. Melissa.

Dieu merci.

— Ce serait formidable.

— Mais on ne lui enverra pas de message.

— Pourquoi ?

— Et si elle le dit à ses amis ?

J'avais fait la même remarque à Lucinda.

— Elle ne le fera pas si vous lui dites que nos vies sont en danger.

— Où est-ce que ça s'arrête ? Combien d'amis voulez-vous qu'on prévienne ?

Je n'allais pas me laisser décourager par un argument spécieux.

— C'est la seule. Vous devez prendre les devants. Je connais cette femme, elle est aussi en contact avec les mères des joueurs de hockey sur gazon, celles des joueurs de lacrosse, celles des élèves de la chorale, et du club de théâtre. C'est…

— La cheffe de la bande ? suggéra Dom.

Je ris.

— Bingo. C'est le gang des mères de banlieue. L'organisation Vera Bradley.

Dom éclata de rire.

— Ne m'en parlez pas. Ma femme en fait partie.

— Alors vous voyez ce que je veux dire. S'il vous plaît, faites le nécessaire. Ça aiderait vraiment Lucinda. Ça la mine.

Dom s'essuya à nouveau le front.

— Je vais en parler à Gremmie.

— Votre patron ?

— Oui, Richard Volkov. On l'appelle Gremmie. Le Gremlin du Kremlin.

Je souris.

— Il vient de Russie ?

— Non, de Cleveland.

Je me sentis soudain de meilleure humeur.

— Encore une chose. Mes employés. Je veux leur verser des indemnités de licenciement. J'ai de l'argent sur le compte de l'entreprise. Il faut que ce soit fait cette semaine. Peu importe comment.

— J'en parlerai aussi à Gremmie.

— Merci.

Je détestais devoir demander quoi que ce soit. Mon père m'avait appris à être autonome, et je l'étais. Jusqu'à présent.

— Alors, Jason, d'où êtes-vous à l'origine ?

Je commençai à répondre, puis m'interrompis.

— Vous connaissez déjà la réponse. Pourquoi vous ne me le dites pas vous-même ?

Dom pouffa.

— D'accord. Vous avez grandi dans une ferme de neuf hectares à Hershey. Votre père, William, était un agriculteur de deuxième génération…

— *Éleveur laitier*, pas agriculteur.

— Au temps pour moi. Votre mère est morte d'une crise cardiaque. Vous n'aviez que 9 ans. Ça a dû être difficile.

— Oui, en effet.

J'aimais ma mère, mais je ne me souvenais pas beaucoup d'elle. Un visage rond encadré de boucles rousses et un doux sourire. Une vague sensation de chaleur, de bras tendres, de baisers, de mots gentils, d'eau de rose et de cigarettes More 100.

— Comment c'était, à Hershey ?

— Le paradis. J'avais l'impression d'aller à l'école dans un magasin de bonbons.

— Je m'en doute. Je suis accro au chocolat.

— Moi aussi.

Dom me regarda, surpris.

— Vous n'avez pas été écœuré à force ?

— Jamais.
— J'ai travaillé chez *McDonald's* et je ne veux plus jamais en manger.
— Le chocolat, c'est différent.
— Je suis d'accord. Ça devrait être considéré comme une drogue.
Je souris.
— Aujourd'hui, Hershey a un centre médical et tout, l'endroit est en plein essor. À l'époque, c'était la confiserie qui était au centre de tout. Tous mes tee-shirts étaient des articles défectueux provenant du magasin de l'entreprise. Nous avions des torchons décorés de barres chocolatées Hershey. Des salières et poivrières en forme de Kisses[11].
Je me replongeai dans cette époque, surpris que ces souvenirs me reviennent si facilement. Je sentais ma gorge se serrer, sans savoir pourquoi.
— Mon père *idolâtrait* Milton Hershey. Milton S. Hershey. Nous l'appelions tous MS. Être producteur laitier pour lui était un honneur. Nous avions une petite ferme, avec seulement une cinquantaine de têtes, mais il nous a permis de tenir le coup. Nous avions une photo de lui sur la cheminée. L'émotion me rendait bavard. Alors, dites-moi, qu'est-ce que j'ai fait après ?
— Vous étiez le défenseur vedette de l'équipe de foot au lycée. Vous avez fait des études de sciences politiques à Bucknell. Vous avez obtenu votre diplôme avec mention. Vous avez fait un an de droit à la faculté de Dickinson, puis vous avez abandonné.
Je détestais le mot « abandonné », même si c'était le cas.
— Je n'avais pas les moyens.
— Hé, je ne vous juge pas. Dom haussa les épaules. Votre père est mort quand vos enfants étaient petits. Vous avez vendu la ferme.
— Nous avions des dettes. J'avais des prêts étudiants à rembourser.
— Vous avez développé votre activité de greffier, et obtenu votre accréditation. Vous êtes l'un des treize seuls greffiers du

11 - Célèbres chocolats en forme de goutte emblématiques de la marque Hershey's.

pays à avoir été sélectionnés pour aller à Guantánamo Bay. Le plus jeune, aussi. On vous a accordé une habilitation spéciale.

— Oui, de niveau top secret. Je ne pus m'empêcher de sourire. Aucun civil n'a jamais été aussi fier d'une habilitation. J'avais l'impression d'être un général bardé de médailles.

Dom rit.

— Et vous ? Je n'ai pas de dossier sur vous, moi.

— J'ai grandi à Philadelphie Ouest.

— Né et élevé à Philadelphie Ouest[12] ?

Dom sourit.

— Tout le monde dit ça. Je ne sais jamais si je dois remercier Will Smith ou le frapper.

— J'aime bien Will Smith.

— Tous les Blancs l'aiment.

Je sentis que j'avais mis les pieds dans le plat. Pendant un instant, je ne sus pas quoi dire ni comment réagir. Je n'avais pas d'amis proches noirs et un seul de mes employés l'était.

Dom ajouta :

— Détendez-vous, moi aussi, j'aime bien Will Smith.

Je ris.

— Et alors, vous êtes allé où ensuite ?

— Au lycée à l'University City High de Philadelphie, puis j'ai intégré le programme de justice pénale à Temple, et je suis entré à Quantico. Ensuite, comme je l'ai dit, j'ai travaillé sous couverture pendant douze ans. Maintenant, je gère le Club des baby-sitters.

— Où habitez-vous ?

— À Villanova. J'ai été élevé par ma grand-mère et mon oncle Tig. Il avait une agence d'encaissement de chèques au croisement des rues Gibbons et Masterman. J'y étais tous les jours, je travaillais après l'école. Ma grand-mère détestait ça. Elle disait que c'était dangereux. Elle avait raison. Il s'est fait braquer quatre fois. Heureusement, il n'a jamais été blessé. C'est pour ça que je suis entré dans les forces de l'ordre. J'ai vu ce qu'il devait endurer.

12 - Référence à la chanson du générique de la série américaine des années 1990 *Le Prince de Bel-Air* avec Will Smith dans le rôle principal (« In West Philadelphia, born and raised... »).

— Je comprends.

— Pourtant j'aimais bien ce travail. Je me sentais utile.

— Je ressentais la même chose à la ferme. C'est un autre monde dans une entreprise familiale. J'ajoutai : Notre propre monde.

— On travaille pour *soi-même*.

— Exactement.

Dom resta silencieux un instant.

— Je ne sais pas ce qui m'a fait penser à ça. Je n'ai pas vu mon oncle depuis bien trop longtemps.

— Ça doit être dur d'être loin de chez vous pendant des mois avec nous… les candidats.

— C'est mon travail.

— Que pensent vos voisins de votre métier ? Vous leur dites que vous travaillez pour le programme de protection ?

— Non, je leur dis que je voyage beaucoup, que je travaille dans l'approvisionnement. Personne ne sait en quoi ça consiste, et ça a l'air trop ennuyeux pour qu'ils posent des questions.

Je souris.

— Alors vous aimez ça ? La protection de témoins ?

— Dans le cas présent, absolument. Dom s'illumina. Votre famille est sympathique, et le logement est incroyablement bien situé. D'habitude, je suis dans un motel pourri avec un sociopathe.

J'éclatai de rire.

— Il y a juste un problème.

— Quoi ?

— On peut accélérer le rythme, papy ?

15.

Après mon jogging, je gravis les marches du porche, impatient d'annoncer à Lucinda que j'avais fait des progrès pour obtenir une protection pour maman et Melissa. Je montai au deuxième étage et jetai un œil dans la chambre d'Ethan. Je trouvai Lucinda assoupie à côté de lui, Moonie roulé en boule au pied du lit. Lucinda ouvrit les yeux et me fit signe de venir.

Je m'approchai du lit et je l'embrassai.

— Tu veux un café ?

— Non.

Lucinda écarta une mèche de cheveux de son visage. Moonie releva la tête de ses pattes.

— Et un petit-déjeuner ? Je vais faire des œufs.

— Non, merci. Où étais-tu, tu es en sueur ?

— Je suis allé courir avec Dom.

Lucinda haussa un sourcil, ce que j'interprétai comme de la désapprobation, car les sourcils de ma femme expriment tous les sentiments qui peuvent exister au sein de notre couple.

— C'est lui qui me l'a demandé.

Je regardai Ethan, endormi dans le tee-shirt *Call of Duty* qu'Allison lui avait donné.

— Comment il va ?

— Ça va.

Je m'apprêtais à m'asseoir, mais Moonie grogna, ce qui était inhabituel.

— Moonie, non.
Lucinda se redressa.
— Moonie ?
Le mouvement réveilla Ethan, qui cligna des yeux.
— Qu'est-ce qui se passe ?
Moonie grogna plus fort, montrant les crocs. Ses yeux bruns écarquillés se fixèrent sur moi.
— Moonie, non.
Je me redressai et Moonie bondit en avant en grognant.
Lucinda recula, surprise.
— Fais attention. Je crois qu'il veut te mordre.
Ethan tendit la main vers le chien, qui se laissa attraper.
— Il croit que tu es en colère contre lui.
— Pourquoi ?
— Tu sais, pour ce qui s'est passé.
Lucinda et moi échangeâmes un regard. Je sentais qu'on ne parlait pas vraiment du chien.
— Eh bien, je l'aime et je ne suis pas en colère contre lui.
— Tant mieux.
Ethan s'affala de nouveau avec le chien, qui se blottit contre lui tout en gardant un œil sur moi.
Je m'assis et tapotai le pied d'Ethan.
— Comment ça va, mon grand ?
— Ça va.
— Tu veux des pancakes ?
— Non.
— Des pancakes à la banane ?
— Non, merci.
Ethan se rallongea entièrement et ferma les yeux.
— Et si tu te levais ? Je voulais qu'il garde un rythme normal. Il fait beau. Allons nous promener sur la plage. On verra peut-être un héron.
— Un quoi ?
— C'est un oiseau. Ils sont énormes et ils ont les plumes bleues. Ils sont incroyables. Dom dit que l'autre agent sait tout sur eux. Il connaît aussi le marais. On pourrait peut-être lui proposer de venir avec nous.
— Non, ça va. Je suis fatigué.

Lucinda secoua la tête pour me signifier de ne pas insister.

— D'accord, une autre fois peut-être. Devinez quoi, j'ai une bonne nouvelle. Dom va obtenir une protection pour maman et Melissa.

— C'est génial.

Lucinda sourit.

— En plus, je lui ai demandé d'envoyer un message à Melissa pour lui dire de ne pas s'inquiéter pour nous.

— Il va le faire ?

— Il a rétorqué que c'était peu probable, mais j'ai insisté. Je lui ai dit qu'ils devaient prévenir Melissa, sinon elle allait lever une armée sur Facebook.

— Attends, dit Lucinda. Tu ne lui as pas dit que j'étais allée sur Facebook, n'est-ce pas ?

— Si, mais tu ne faisais rien de mal.

— Sérieusement, tu le lui as dit ?

Les yeux de Lucinda s'écarquillèrent, signe d'une désapprobation encore plus grande.

— Il fallait bien que je lui dise comment je l'avais su.

— C'était entre nous. Tu aurais dû en discuter avec moi avant.

Ethan s'illumina.

— Maman, tu es allée sur Facebook ?

Lucinda se tourna vers Ethan.

— Pas avec mon compte. J'ai utilisé celui de ma stagiaire.

Ethan se redressa dans son lit.

— Je peux aller sur Instagram ?

— Non, répondis-je, car Lucinda me lançait un regard qui voulait dire « regarde ce que tu as fait ». Dom ne veut pas qu'on...

— Jason, l'interrompit Lucinda. Dom est en colère contre moi maintenant ?

— Non, ce n'est pas grave.

— Ce n'est pas grave de *cafter* sur moi ? Auprès du *FBI* ?

Ethan regarda sa mère, puis moi, puis de nouveau sa mère, et je compris que la conversation prenait une mauvaise tournure.

— Chérie, c'est bon, vraiment. Il va en parler à son patron et...

— Oh, super. Lucinda leva les yeux au ciel. Qu'est-ce qu'il a dit exactement ? Dis-moi.

— Je croyais que tu voulais que je leur obtienne une protection après l'incendie…

— Quel incendie ? m'interrompit Ethan, et nous nous tournâmes tous les deux vers lui, nous rappelant au même moment que nous ne lui avions pas encore dit.

Lucinda lui toucha le bras.

— Ethan, il s'est passé quelque chose hier soir pendant que tu dormais. Ces criminels, les hommes qui, tu sais… ils ont mis le feu à la maison.

Ethan eut un mouvement de recul, bouche bée.

— Ils ont brûlé notre maison ? Ils ont brûlé nos affaires ? À l'intérieur ?

Les yeux de Lucinda se mirent à briller de larmes, alors je répondis à sa place.

— Oui, j'en ai bien peur.

— Toutes nos affaires ? Ethan avait l'air bouleversé, les sourcils froncés. J'avais des cendres dans ma chambre. Celles de Wendy et Max. Leurs cendres. C'est comme leur *tombe*.

Il parlait de notre chien et de notre chat décédés. Il n'avait pas évoqué ces animaux depuis des années.

Notre vétérinaire nous avait remis leurs cendres dans de petites boîtes en cèdre, et Ethan les avait rangées dans sa chambre, ce dont Allison se moquait.

Frérot, tu es le gardien de la crypte.

— Tu te souviens, papa ? Tu sais si elles ont brûlé ?

— Je pense que oui, je suis désolé, répondis-je doucement.

— Mais on ne peut pas brûler des cendres. Ethan passa sa langue desséchée sur son appareil dentaire. Papa, on peut aller vérifier ? Il y a des gens qui retournent chez eux pour récupérer ce qui n'a pas brûlé après un incendie. Je l'ai vu aux informations.

— On ne peut pas faire ça maintenant.

— Pourquoi ? Ou peut-être que le type du FBI peut le faire ? Dom, ton ami ?

Lucinda croisa mon regard en entendant les mots « ton ami ».

— Écoute, Ethan, je lui en parlerai. Nous avons le droit de demander.

— Toi et tes droits, répliqua Lucinda, sur les nerfs.

— Qu'est-ce que tu veux dire ?

Mon cœur comprit avant mon cerveau. Je revis la nuit où Allison avait été assassinée, quand Milo avait commencé à nous suivre de près et que je ne voulais pas accélérer.

On a le droit de profiter de la route.

Je savais que c'était à ça qu'elle faisait allusion, mais ça paraissait indicible. Le mariage, c'est lire dans les pensées de l'autre, mais savoir ce qui doit rester inexprimé. Ça me tuait de penser qu'elle me reprochait la mort d'Allison, même si je m'en voulais déjà, ce que j'avais réussi à refouler jusqu'à présent.

Lucinda serra Ethan dans ses bras.

— Rendors-toi, mon chéri.

Ethan se blottit contre elle, avec Moonie.

— Je suis fatigué.

— Je vais manger, dis-je, la gorge soudainement nouée.

Secoué, je me détournai et sortis.

16.

Je descendis, essayant de mettre de l'ordre dans mes pensées. Je ne me sentais jamais bien lorsque Lucinda et moi étions en désaccord. Notre mariage était solide, la terre ferme sur laquelle je bâtissais ma vie, mais nous traversions une période de turbulences. Si Lucinda me tenait vraiment pour responsable du meurtre d'Allison, je ne savais pas quoi faire.

Je me dirigeai vers la porte d'entrée, poussé par le besoin de prendre l'air. Je n'étais pas encore allé du côté du marais et c'était plus près que la plage. Je quittai la maison, descendis les escaliers et passai sous les pilotis qui soutenaient la maison. À l'arrière, un sentier traversait les broussailles et je me frayai un chemin à travers les pins de Virginie, dont les aiguilles me griffaient les avant-bras.

Ma chemise collait à ma peau et l'air était lourd d'humidité. J'arrivai à la clairière et admirai la vue sur l'eau. Le soleil scintillait à la surface, créant des ombres mouvantes de lumière et d'obscurité. Des canards battirent des ailes en se posant. Les moustiques et les taons bourdonnaient. J'inspirai, mais l'air sentait la décomposition.

— Jason ? appela Dom derrière moi.

— Oh, vous êtes là, répondis-je, surpris, avant de me souvenir des caméras.

— J'ai parlé à mon patron, c'est confirmé. Ils vont mettre en place une équipe de surveillance à la maison de retraite de votre belle-mère et dans la rue où habite Melissa, pour une durée indéterminée.

Je me forçai à sourire.

— C'est formidable, merci.

— Et nous sommes en train d'organiser le versement des indemnités de licenciement à vos employés. Nous devons encore régler les détails.

J'affichai un nouveau sourire.

— Merci, encore une fois.

Dom pencha la tête de côté.

— Qu'y a-t-il ? Je pensais que vous seriez content.

— Lucinda est furieuse que je vous aie révélé qu'elle était allée sur Facebook. Vous ne l'avez pas dit à votre patron, n'est-ce pas ?

— Si, et il a refusé que j'envoie un message à Melissa.

— C'est une mauvaise décision. Vous lui avez expliqué qu'elle n'allait pas abandonner ?

— Oui, j'ai essayé. En fait, il m'a dit qu'elle avait signalé la disparition de votre famille à la police locale.

— Oh non. Ma poitrine se serra. Que va-t-il se passer maintenant ? Que va faire la police ?

— Rien.

— Ils savent qu'on est avec vous ?

— Oui, mais seulement au plus haut niveau.

— Vous lui avez présenté mes arguments ?

— Oui, c'est comme ça que j'ai obtenu la mise en place d'une protection.

— Je peux lui parler ? demandai-je impulsivement. Vous venez juste de l'avoir au téléphone, non ? Rappelons-le maintenant. Comment vous avez dit qu'il s'appelait ? Gremmie ?

— Non, il ne sait pas qu'on l'appelle Gremmie. C'est Richard Volkov.

Dom sortit son téléphone de sa poche, appuya sur la touche de numérotation rapide et lança :

— Richard, je suis avec Jason Bennett. Vous avez une minute pour lui parler ? Merci. Je vous le passe en haut-parleur. Dom appuya sur la touche. Jason Bennett est en ligne.

Je n'hésitai pas.

— Alors vous êtes le patron de Dom ?

— Oui. L'agent spécial Volkov s'éclaircit la gorge. Veuillez accepter mes condoléances. Nous savons que c'est un moment difficile pour vous et votre femme. Nous apprécions votre coopération et…

— Merci, mais pourquoi est-il si difficile de trouver Milo ?

— L'équipe d'enquête travaille sans relâche sur…

— Alors je veux leur parler directement.

— M. Bennett, laissez-moi d'abord vous dire qu'il y a eu un développement important dans votre affaire. Nous avons appris que Milo avait fui le pays. Nous pensons qu'il se trouve au Mexique.

— Attendez... Je n'arrivais pas à comprendre. Il s'est enfui ?

— Non, nous ne voyons pas les choses ainsi. Nous l'appréhenderons là-bas et le traduirons en justice. Nous avons un accord d'extradition avec le Mexique.

— Mais il est quand même *parti*. Il est *en fuite*. Je luttais pour contrôler mes émotions. Comment est-il arrivé au Mexique ? Comment est-ce possible ?

— Nous sommes aussi déçus que vous, mais…

— *Déçu* ? C'est ce que vous croyez que je suis ? Essayez plutôt *furieux* ! Je sentais ma mâchoire se crisper. Il ne *peut pas* s'en tirer après avoir tué ma fille.

— Il ne s'en tirera pas. Nous sommes en contact avec la DEA, le DHS[13] et les autorités mexicaines. Cette affaire est notre priorité absolue.

— Comment savez-vous qu'il est au Mexique ?

— Je ne peux pas vous le dire.

— Où ça au Mexique ?

— Je ne peux pas vous le dire non plus.

— Est-il lié au trafic de drogue là-bas, à un cartel par exemple ? Je n'arrivais pas à croire que ces mots sortaient de ma bouche. Je ne savais rien des cartels de la drogue. C'était comme dans les séries télévisées.

— Nous ne pouvons pas non plus divulguer cette information.

---

13 - Department of Homeland Security, agence fédérale américaine chargée de la sécurité intérieure.

— Il n'est pas mexicain, n'est-ce pas ?
— Non.
— Comment est-il arrivé là-bas ? Est-ce qu'il a pris l'avion ?
— Nous ne le pensons pas.
— Quand cela s'est-il passé ? Je regardai Dom, qui n'avait pas dit un mot à ce sujet pendant notre jogging. Pourquoi est-ce que je ne l'apprends que maintenant ?
— Nous venons de l'apprendre. Je viens d'en parler à Dom.
Dom acquiesça, compatissant.
— J'étais sur le point de vous le dire.
Au moins, Dom ne me l'avait pas caché.
— Je veux que vous me teniez au courant, tous les deux. Je veux savoir tout ce que vous savez dès que vous l'apprenez. Être pris au dépourvu ne fait qu'empirer les choses.
L'agent spécial Volkov répliqua :
— Dom vous tiendra au courant.
— Bien, et je pense vraiment que vous devriez prévenir Melissa, la meilleure amie de ma femme. Vous devez lui expliquer la situation.
— Ce n'est pas la procédure.
— Vous faites une erreur. Comme je l'ai dit à Dom, nous sommes une famille, nous avons des amis, et vous devez vous en préoccuper.
— Je vais y réfléchir.
J'essayai de rassembler mes idées.
— Pensez-vous que le départ de Milo a un rapport avec l'incendie de notre maison et de mon bureau ?
— Nous ne pensons pas qu'il ait mis le feu, si c'est ce que vous sous-entendez. Je vous présente mes excuses. Nous ne nous attendions pas à ce qu'ils fassent ça.
Vous auriez dû, pensai-je, mais je ne le dis pas, contrairement à Lucinda.
— Savez-vous qui a mis le feu ?
— Pas pour l'instant.
— Ça doit être quelqu'un qui travaille avec Milo et Big George, non ?
— Nous avons des raisons de croire que c'est quelqu'un de la GVO, en effet.

— Qui ? Comment s'appelle-t-il ?

— Je ne peux pas vous le dire.

J'aurais voulu lui demander si c'était le conducteur de la BMW, mais je n'avais pas l'intention de causer des ennuis à Dom, puisqu'il nous avait fait voir une vidéo qu'il n'était pas censé nous montrer. Je savais que l'agent spécial Volkov n'aurait de toute façon rien confirmé ni infirmé.

— Dans quel état est notre maison, vous l'avez vue ?

— Pas en personne.

— Je suppose que le feu est éteint ?

— Il semblerait que oui, depuis tôt ce matin.

— Quels sont les dégâts ?

— On m'a dit qu'il allait falloir la démolir.

Je ressentis un terrible pincement au cœur.

— Avez-vous des agents sur place ?

— Oui. Nous sommes en train de récupérer ce qui peut l'être.

— Alors j'ai une demande à vous faire, de la part de mon fils. Il y avait certaines choses dans sa chambre, de petites boîtes en cèdre qui contenaient les cendres de ses animaux de compagnie. Évidemment, ce ne sont pas les animaux qui comptent.

— Dom m'a parlé des problèmes de votre fils.

Je jetai un coup d'œil à Dom. Les *problèmes* de mon fils étaient désormais connus du FBI. Je compris soudain ce qui avait perturbé Lucinda.

— Si vous avez un agent sur place, puis-je lui parler ?

— Oui. Je lui dirai quel numéro appeler.

Il s'avéra qu'une agente spéciale, Devi Gupta, se trouvait sur place, et elle m'appela sur FaceTime depuis le téléphone de Dom pour que je puisse voir par moi-même.

Cette vision me brisa le cœur, et ma seule consolation était d'avoir épargné cette épreuve à Lucinda. Rien de ce qu'elle pouvait imaginer n'était aussi grave que la réalité. Le voir rendait les choses réelles, et la réalité était horrible.

Notre maison était carbonisée et fumait encore. Les poutres de soutien étaient toujours debout, mais le salon et la salle de séjour avaient presque entièrement disparu. Je distinguais clairement la cheminée de la salle de séjour, dont les briques étaient noircies. Le feu avait ravagé la façade du deuxième étage, recouvrant le bardage blanc de traces qui remontaient vers le haut depuis les fenêtres. Le toit était effondré par endroits. Une fumée grisâtre s'élevait dans le ciel, comme un brouillard.

Les pompiers ramenaient les tuyaux vers les camions, et des ouvriers en bottes ratissaient les débris et transportaient des sacs poubelles vers une benne bleue dans l'allée. Des bardeaux et du bois brûlé jonchaient la pelouse, profondément creusée et labourée par des empreintes de pas pleines d'eau stagnante. Les rosiers de Lucinda étaient piétinés et cassés. J'avais paillé les parterres après qu'elle y avait planté des bulbes une semaine auparavant, me tachant les mains de brun.

Je m'éclaircis la gorge.

— Quelle est l'ampleur des dégâts à l'intérieur ?

— Je ne sais pas, répondit l'agent spécial Gupta d'un ton compatissant. Seuls les pompiers sont autorisés à entrer, compte tenu des dégâts structurels.

— Pouvez-vous fouiller le contenu d'une chambre au deuxième étage, celle au bout du couloir ? C'est celle de mon fils. Je cherche des petites boîtes en cèdre.

— Ne quittez pas, je vais voir.

L'agent spécial Gupta traversa la pelouse en ruines en direction d'un tas de débris, faisant trembler l'écran du téléphone. Elle passa devant une pile de mes vieux manuels de droit complètement détrempés. Droit de la responsabilité civile et Contrats. Les couvertures vertes avaient viré au noir. Puis notre télévision, carbonisée, qui gisait au milieu de verres. Une pile de vaisselle, un tas de sacs à main de Lucinda. Les débris de notre famille.

L'agent spécial Gupta coupa le son, et j'attendis. Au bout de quelques minutes, elle reprit la communication, et le téléphone recommença à trembler tandis qu'elle se remettait en route.

— Monsieur, les objets provenant de la chambre de votre fils sont alignés devant nous. Nous allons jeter un œil pour voir si les boîtes sont là, d'accord ?

— Merci, répondis-je, et l'écran de mon téléphone afficha la collection de Rubik's Cube d'Ethan, dont les couleurs vives contrastaient avec la pelouse boueuse. Puis vint une pile de baskets et de vêtements.

L'agent spécial Gupta continua à balayer la rangée, et parmi une multitude de vieux jeux vidéo, j'aperçus les deux boîtes en cèdre.

— Les voilà ! Mon cœur s'emballa. C'est celles-là.

— Super.

L'agent spécial Gupta ramassa les deux boîtes et les montra à la caméra.

— Je vous en suis très reconnaissant. C'est très gentil de votre part.

J'avais la gorge serrée, les émotions à fleur de peau. Je me sentais comme une épave, comme si j'étais la maison incendiée, une coquille vide privée de structure, incapable de supporter le poids du monde.

— Alors, mission accomplie ?

— Oui, et si vous voyez des photos de notre famille, cela ferait très plaisir à ma femme. Elle est photographe.

— J'en ai vu quelques-unes.

— Pourriez-vous les mettre de côté avec les boîtes en cèdre, et nous les envoyer ici ?

— Bien sûr, avec plaisir.

— Merci.

— Autre chose ?

Une idée me vint.

— Oui, une dernière chose.

Dom rangea le téléphone dans sa poche.

— Je suis content que vous ayez récupéré les boîtes.

J'avais encore la poitrine oppressée.

— Mais qu'est-ce que ça veut dire concrètement, que Milo soit au Mexique ?

— Ça veut dire qu'on va le chercher là-bas.

— Ce n'est pas si simple, je le sais bien. Je ne pouvais m'empêcher de désespérer. Il a tué Allison et maintenant, il a quitté le pays.

— Ce n'est pas facile, mais c'est faisable. La DEA connaît les personnes impliquées aussi bien que nous. Mieux même.

— Dom, dites-moi la vérité. Ne me racontez pas de conneries.

— Je ne vous raconte pas de conneries. Je ne ferais jamais ça.

L'expression compatissante de Dom me radoucit.

— Vous êtes en train de me dire que la DEA est au courant pour Milo, Junior et l'organisation ? Des petits dealers de drogue de la banlieue de Philadelphie ?

— Oui. La GVO n'a rien d'une petite organisation.

J'avais tellement envie de le croire.

— Vous n'allez pas prétendre que c'est une bonne nouvelle.

— Ce n'est pas ce que je dis. Mais ce n'est pas non plus une catastrophe.

— Pour moi, ça l'est. Nos chances de l'attraper sont plus minces qu'avant.

— C'est un revers, tout au plus.

— C'est quoi, ça, de la sémantique ? Je levai les mains au ciel. Il s'est échappé pendant que vous le cherchiez !

Dom grimaça, et je vis que je l'avais heurté, ce qui me mit mal à l'aise. Cet homme avait juré de prendre une balle pour nous.

— Dom, je ne parle pas de vous en particulier, et je n'ai pas dit à votre patron que vous nous aviez montré la vidéo.

— J'ai remarqué. Dom croisa mon regard. Merci.

— Je crois que c'était une BMW. C'était bien ça ? C'est ce type-là qui a incendié ma maison et mon bureau ?

— Je n'ai de réponse à aucune de ces deux questions. Pour être honnête, ils ne me le disent pas. C'est strictement confidentiel, et le Club des baby-sitters n'a pas besoin de le savoir. Dom secoua la tête. Mon travail consiste à vous garder en vie, vous et votre famille, et si possible, à rendre votre séjour ici agréable. Ce sera plus difficile si nous ne nous faisons pas confiance. Vous devez avoir confiance en moi.

— Je peux ?

— Oui. Dom pencha la tête. Mais est-ce que moi, je peux vous faire confiance ?

— Bien sûr. Je me sentis pris de court. Pourquoi n'auriez-vous pas confiance ?

— Quand je vous ai montré la vidéo, vous avez pris une photo. Maintenant, vous essayez d'identifier la voiture et le conducteur. C'est exactement ce que je voulais éviter.

Je réalisai qu'il avait raison.

— D'accord.

Dom me tendit la main avec un sourire.

— Recommençons à zéro.

Je lui serrai la main en souriant à mon tour.

— OK.

— On va coincer ce type, Jason.

— Je vous crois, lui dis-je en m'efforçant de m'en convaincre.

17.

Je retournai dans la maison, me connectai à Internet et fis des recherches sur les cartels mexicains, désireux d'en apprendre le plus possible. Je cliquai et recliquai, lisant un article sinistre après l'autre, y passant des heures d'affilée, tombant dans un terrible puits sans fond rempli de noms aussi tristement évocateurs que Sinaloa, Jalisco et Pablo Escobar, accompagnés de nombres vraiment terrifiants de meurtres, décapitations et autres carnages.

Je me préparai du café et un sandwich au fromage alors que l'après-midi avançait ; Lucinda et Ethan ne descendirent pas. Je restai en ligne et tapai successivement « cartel mexicain » et « Avondale », « John Milo », « George Veria », « Big George » et « George Veria, Jr. » pour voir s'il y avait des liens signalés. Je savais que c'était probablement inutile, mais c'était tout ce que j'avais pour avancer. Il n'y avait aucun article.

Sur un coup de tête, je tapai notre nom de famille pour voir si nous étions mentionnés dans les actualités. Le premier résultat me prit au dépourvu : le lien affichait « QU'EST-IL ARRIVÉ AUX BENNETT ? »

Stupéfait, je cliquai et fus redirigé vers le site web d'un certain Bryan Krieger, qui se présentait comme le meilleur détective amateur des États-Unis, au-dessus d'une photo d'un homme d'âge moyen portant des lunettes aviateur à monture métallique, avec des cheveux poivre et sel et une barbe plus foncée.

Au-dessus, il y avait un titre, « AFFAIRES », et la première était « LA FAMILLE BENNETT ».

Consterné, je cliquai et lus :

Mes amis, il semble qu'un véritable mystère se soit produit dans la banlieue de Philadelphie, où une famille entière a disparu en une nuit : Jason Bennett, sa femme Lucinda, leur fille Allison et leur fils Ethan. Non seulement cela, mais leur maison a brûlé, son cabinet de greffiers a été incendiée et le studio de photographie de la mère a été saccagé, le tout en une seule nuit. Et la famille s'est volatilisée.

J'ai dressé l'oreille lorsque mon cousin m'en a parlé. Votre détective amateur préféré (moi !) quitte New York pour enquêter. Les médias traditionnels passent à côté de cette histoire, mais pas nous. Jason semble diriger une entreprise florissante, mais qui sait ? Son site web répertorie de nombreux clients, mais encore une fois, est-ce vraiment le cas ? Le site montre des photos du personnel du bureau, et il y a une jolie jeune femme. Est-ce que c'est la clé du mystère ? Jason aurait-il eu une liaison, puis tué sa famille avant de s'enfuir ?

J'eus un mouvement de recul. Je ne savais pas qu'il existait des détectives amateurs, et encore moins qu'ils spéculaient sur ma famille. La « jolie jeune femme » ne pouvait être que mon employée Justine Vanderlost, qui se trouvait être lesbienne.

Vous savez ce que je dis toujours : regardez près de vous, parmi vos proches ! On ne sait jamais ce qui se passe derrière les portes closes, et je travaille sur une théorie de meurtre familial. Supprimer toute sa famille, ça arrive. On pense aussitôt à John List[14], pas vrai ? Mais où sont les corps ? Quand vont-ils être découverts ? Lançons une enquête participative !

Je secouai la tête, incrédule. Je parcourus les commentaires de la communauté en ligne :

---

14 - Criminel américain qui tua sa mère, sa femme et ses trois enfants en 1971 dans le New Jersey et vécut près de dix-huit ans sous une fausse identité avant d'être arrêté.

JellyBelly Rick, je comprends pourquoi il aurait brûlé la maison, puisque c'était peut-être la scène du crime, mais pourquoi son bureau ? Et pourquoi cambrioler le studio de sa femme ? Tu penses que c'était pour l'assurance ? Et comment pourrait-il toucher l'argent s'il est en fuite ? Et surtout, OÙ SONT LES CORPS ?

Dark Horse Je pensais la même chose, Jellybelly, mais il aurait pu faire ça pour faire croire que quelqu'un d'autre est responsable ! Nous devons creuser davantage. Je vais enquêter moi aussi et je vous tiendrai tous au courant ici. Je n'habite pas très loin, je suis sur la côte du New Jersey.

Slim Jim Je sais que vous vous prenez pour des expertes, mesdames, mais vous avez tout de suite supposé que le père avait tué sa famille. Et si c'était la mère ? Et si elle avait fait comme Susan Smith[15] et avait précipité sa famille dans la rivière à bord de son véhicule ?

Professor Outlaw Slim Jim, vous devriez mieux vous informer. Le familicide, ou le meurtre de toute une famille, est plus souvent commis par des hommes que par des femmes. Une étude publiée dans le *Howard Journal of Criminal Justice* rapporte que sur 71 cas de familicide, 59 des auteurs étaient des hommes. Le « tueur de famille » est généralement un homme d'âge moyen, qui semble bien

15 - Criminelle américaine qui noya ses deux fils dans son véhicule en 1994 et fit croire à un vol de voiture avec kidnapping.

gagner sa vie et qui « apparaît aux yeux de ses voisins comme un mari dévoué et un père attentionné ». Je paraphrase le professeur Jack Levin, professeur émérite de sociologie et de criminologie à la Northeastern University de Boston. En résumé, lisez les articles sur le sujet. Il y a de fortes chances que ce soit papa, pas maman.

Soudain, j'entendis Lucinda et Ethan descendre et je fermai l'ordinateur portable. Il était presque 17 heures et ils avaient passé toute la journée dans la chambre d'Ethan. Je n'avais pas vu Lucinda depuis notre dispute de ce matin. Je ne savais pas à quoi m'attendre de sa part.

Je me levai alors qu'ils entraient dans la cuisine, l'air abattu.

— Coucou, comment ça va, vous deux ?

— Ça va.

Ethan s'affala sur la table, le visage enfoui dans ses mains, et j'ébouriffai ses cheveux bruns, si doux sous ma paume.

— Coucou, mon grand. Tu dois être affamé.

J'essayai de croiser le regard de Lucinda, mais ses yeux se posaient partout dans la cuisine.

— Jason, il a été fait quand, ce café ?

— Il y a trop longtemps, mais viens par ici. Je pris son bras et l'attirai vers moi pour l'embrasser sur le front. Je t'aime.

— Je t'aime aussi. Lucinda se blottit contre moi et passa ses bras autour de ma taille. Désolée d'avoir été de mauvaise humeur tout à l'heure.

— Ce n'est pas grave. Le repas est en route. J'ai commandé quelque chose de spécial. Ça devrait arriver d'une minute à l'autre.

Je lâchai Lucinda, qui se dirigea vers la cafetière, et je me tournai vers Ethan.

— Mon grand, comment tu te sens ?

— Ça va.

— Je t'ai pris ton plat préféré pour le dîner.

— Cool.

Je remarquai qu'il ne me demandait pas ce que c'était. Ses yeux bleus semblaient délavés et sa peau était pâle, comme quand il était malade.

— Tu as attrapé un rhume ?

— Non, je suis juste fatigué. Ethan tourna la tête au moment où Moonie entrait dans la pièce en trottinant. Il a fait caca dans ma chambre.

— C'est bizarre. Moonie, viens.

Je fis signe au chien, qui me suivit jusqu'à la porte de derrière, et je le regardai descendre les marches, puis je le laissai. Je revins dans la cuisine, consterné de trouver Lucinda sur mon ordinateur portable, en train de consulter le site web du détective amateur.

— Jason, qu'est-ce que c'est ? Lucinda décrocha ses lunettes de lecture de son col et les mit pour lire le contenu du site. Ça parle de nous ?

— Ne t'en fais pas.

— Ils disent que tu nous as tués. Que tu nous as *assassinés*.

Ethan se rapprocha et s'appuya sur ses avant-bras.

— Quoi ? Papa nous a tués ?

Lucinda eut un mouvement de recul.

— Jason, ils ne peuvent pas dire ça à ton sujet. Ça va ruiner ta réputation.

D'un geste, je balayai ses inquiétudes.

— Chérie, on va changer de nom. Ma réputation n'a plus d'importance.

— Mais c'est scandaleux. Lucinda continuait de lire sur l'écran, les yeux écarquillés derrière ses lunettes, qui les agrandissaient encore. Ils te traitent de tueur de famille.

Je lui pris l'épaule.

— Ce n'est rien.

Ethan avait l'air bouleversé.

— Papa, qui c'est ? Comment est-ce qu'ils peuvent enquêter sur nous ?

— Ils ne le feront pas. Ce sont des gens qui suivent les affaires criminelles, c'est tout. C'est leur passe-temps.

— Comme *Dateline* ? Et *48 Hours* ?[16]

— Exactement, répondis-je, et Moonie se mit à aboyer derrière la porte.

Je l'ignorai, car Lucinda était en train de taper, la mâchoire crispée, l'air déterminé.

— Chérie, qu'est-ce que tu fais ?

— Je regarde ma page.

Moonie continuait d'aboyer, alors je le laissai entrer. Il trottina jusqu'à sa gamelle et renifla les croquettes inconnues.

— Oh non. Lucinda fronça les sourcils en regardant l'ordinateur portable. Jason, certains de nos amis pensent aussi que tu nous as assassinés. C'est dingue !

Ethan se pencha.

— Ce ne sont pas mes amis, hein ? Qu'est-ce qu'ils disent ?

Je m'approchai et lus les messages des autres parents, que je connaissais de l'école ou des matchs :

Julie Carruthers Jason a toujours eu l'air d'un bon gars, mais les gens les plus discrets sont parfois les plus dangereux.

Melody Frank-Yoli Je suis d'accord ! Il faut se méfier de l'eau qui dort !

Susanna Burlemann Ne dites pas de mal des Bennett. Quel genre d'amis êtes-vous ?

Les yeux d'Ethan s'écarquillèrent.

— Mme Carruthers, c'est la mère de Jared C. Qu'est-ce que ça veut dire, « il faut se méfier de l'eau qui dort » ?

— Ça veut dire que les gens calmes cachent parfois des choses.

— Je ne fais pas ça, et je suis calme.

— C'est vrai, c'est juste une expression. N'y fais pas attention.

Lucinda soupira.

16 - Émissions de télévision américaines consacrées aux affaires criminelles.

— Oh non. Melissa a signalé notre disparition.

— Je sais. J'avais beaucoup à lui dire, mais je jetai un coup d'œil à Ethan. Et dans la catégorie des bonnes nouvelles, le FBI a récupéré les boîtes contenant les cendres dans la maison.

— Cool, répliqua Ethan d'un ton absent, distrait par Facebook. Madame D, la mère de Kyle, du club de foot, pense aussi que tu nous as tués, papa. Ça veut dire que Kyle le pense aussi, et tous mes autres potes vont finir par le penser.

— On ne peut pas contrôler ce que les gens pensent ou disent, alors on ne doit pas s'en préoccuper. Je tapotai l'épaule de Lucinda. Chérie, j'ai quelque chose à te dire.

— Quoi ? demanda Lucinda en levant les yeux.

Elle avait la peau claire et, lorsqu'elle était bouleversée, comme à ce moment-là, son visage et son cou se couvraient de petites taches rouges.

— J'ai parlé à Dom et à son patron. J'ai de mauvaises nouvelles, un revers. Le FBI dit que Milo est au Mexique, mais ne perds pas espoir. Je voulais minimiser la situation devant Ethan. Ils travaillent avec les autorités mexicaines et d'autres agences fédérales. Ils sont convaincus qu'ils vont l'attraper.

Les yeux de Lucinda s'écarquillèrent.

— Ils ne vont pas le laisser s'échapper, n'est-ce pas ? Il ne va pas s'en tirer comme ça ?

— Non, non, chérie. Je lui serrai l'épaule. Ils sont tous sur le coup, j'ai parlé au patron de Dom. Ils vont le ramener ici.

Ethan eut l'air surpris.

— Comme dans la série sur Pablo Escobar ?

Lucinda secoua la tête.

— Comment ont-ils pu laisser cela se produire ? Ils recherchent Milo, et il quitte le pays. Ils ont installé des caméras pour surveiller notre maison, et elle a brûlé. Ils ne peuvent pas faire les choses correctement ?

J'entendis frapper à la porte, ce devait être Dom.

— J'arrive ! lui criai-je.

— D'accord ! répondit-il à travers la moustiquaire.

Lucinda me lança un regard noir.

— Qu'est-ce qu'il veut ?

— Il apporte le dîner. Je baissai la voix pour éviter que Dom ne m'entende. Et ne lui en veux pas pour Milo. Ce n'est pas sa faute. Il ne fait pas partie de cette équipe.

Les yeux de Lucinda lancèrent des éclairs.

— Et toi, de quelle équipe tu fais partie ?

Je laissai tomber, quittai la cuisine et me dirigeai vers la porte.

— Bonsoir, Dom.

— Bonsoir.

Dom s'empressa de me tendre la boîte à pizza, et je compris qu'il avait entendu notre conversation.

— Merci.

Je laissai la porte se refermer et retournai dans la cuisine, où je posai la boîte sur la table.

— Surprise !

Lucinda esquissa un sourire, essayant de jouer le jeu.

— Oh, c'est gentil ! Ethan, regarde, de la pizza.

J'ouvris la boîte, révélant une pizza appétissante garnie de champignons.

— Waouh, ça sent bon !

Ethan regarda la pizza, l'air consterné, ce que je ne comprenais pas.

— Qu'est-ce qui se passe, mon grand ? Tu adores les champignons, non ?

— Ce n'est pas mon tour, c'est celui d'Allison. Elle prend toujours des poivrons.

Lucinda bondit.

— Moonie, non !

Je me retournai et vis le chien en train de déféquer sur le sol.

18.

La nuit était tombée le temps que nous finissions de dîner, et je me tenais à présent dans le jardin, attendant que Moonie se soulage. À vrai dire, j'avais besoin d'air. Ma pizza surprise avait été un échec, et Ethan avait mangé en silence, les larmes aux yeux. Même maintenant, je l'entendais dans la cuisine avec Lucinda : il ne lui répondait que par monosyllabes.

Je respirai profondément l'air saumâtre du marais, auquel je commençais à m'habituer. L'odeur qui m'avait évoqué la pourriture avait maintenant un parfum organique, vivant, et tout autour de moi s'étalaient des étendues d'eau, de spartine maritime et de grands roseaux. Le soleil était bas dans le ciel, ses derniers rayons donnant à l'eau des reflets de bronze. Les cimes irrégulières des arbres perçaient un ciel strié de violet et de rose. Des sons remplissaient l'air : des cris de mouettes et de hiboux, de grillons et de rainettes, ainsi que d'autres, plus sporadiques, que je ne pouvais identifier. Je n'avais jamais été à proximité d'autant d'eau, et maintenant elle m'entourait. Je me sentais étrangement comme une île, seul au monde.

Un mouvement soudain parmi les arbres me fit sursauter, et une silhouette sombre émergea des bois derrière notre clôture. Moonie courut en aboyant vers le fond du jardin.

— Qui est là ?

Je me figeai, alarmé, jusqu'à ce que je reconnaisse l'agent spécial Hallman.

— Désolé ! répondit Wiki. Je ne voulais pas vous faire peur. Je peux entrer ?

— Bien sûr.

Je m'avançai à sa rencontre et Wiki pénétra dans le jardin. Il passa les doigts sur son front moite pour repousser ses cheveux en arrière, et lissa son polo bleu qui collait à son corps massif. Son pantalon chino était mouillé jusqu'aux mollets et ses baskets étaient trempées. Moonie les renifla avant de s'éloigner en courant.

— Qu'est-ce que vous faisiez par là-bas ? demandai-je, avant de réaliser qu'il était probablement là pour nous protéger. Vous faites une ronde ?

— On n'appelle pas ça comme ça, mais oui.

— Merci. Cela me rassérénait, mais je me sentais aussi un peu coupable. Vous faites ça souvent ?

— Plusieurs fois par nuit.

— Quand, afin que je sache à quel moment je dois m'attendre à vous voir ?

— On change régulièrement les horaires, selon la procédure.

— Oh, je vois. C'était logique. Merci de faire ça.

— C'est notre travail, mais j'aime bien. Ça me vide la tête. J'en ai marre de répondre aux e-mails.

— Je comprends, répliquai-je, car j'avais aussi l'habitude de m'en plaindre auparavant. Je n'osais imaginer ma boîte de réception en ce moment. Tous les avocats qui attendaient des réponses, toutes les dépositions qui devaient être programmées ou reportées. Je n'aurais su dire si cela me manquait ou non.

— Comment ça va ? demanda Wiki en remontant ses lunettes sur son nez.

— On tient le coup.

— Comment va votre fils ?

— Ça va.

Je réalisai que c'était une personne de plus à être au courant des problèmes d'Ethan.

— J'ai entendu dire qu'il aimait les jeux vidéo. S'il veut jouer, je pourrais le faire avec lui.

— Merci, Wiki, dis-je, touché.

— À quels jeux il joue ? Je joue à *Apex, Minecraft, Star Wars Battlefront, Call of Duty*...

— Il aime bien *Call of Duty*.

— Super. Dites-lui que c'est quand il veut. Nous souhaitons que ça se passe le mieux possible pour votre famille. C'est pour ça qu'on a choisi cet endroit. C'est surtout des marais salés, mais il y a aussi des vasières et plein d'animaux sauvages. Ici, tout est intéressant : la végétation, les oiseaux, la géologie. Je crois que je vous ai dit que j'avais grandi à Lewes. J'habite à Dover. J'ai fait mes études à l'université du Delaware.

— Ça doit être difficile. Être si près de chez vous et pourtant si loin, d'une certaine manière.

— Non, ça me convient. Je suis divorcé, sans enfants. Je suis solitaire, pas comme Dom. Tout le monde aime Dom. Il s'entend bien avec tout le monde. Il a même été témoin au mariage d'un de nos candidats. Wiki rit. Votre famille est entre de bonnes mains.

— Merci.

— Vous devriez emmener votre fils dans la forêt fantôme. Il adorerait. Envoyez-moi un SMS si vous y allez, je garderai un œil sur vous. La marée sera haute, mais la promenade est facile. Par une nuit de pleine lune comme ce soir, ce sera incroyable.

— C'est quoi, une forêt fantôme ?

— Par ici, dis-je en prenant Ethan par la main et en l'entraînant dans les bois.

Le clair de lune filtrait à travers les arbres, éclairant un sentier étroit que Wiki m'avait décrit. Ma lampe torche projetait un cône de lumière tremblotant sur les troncs d'arbres et les broussailles. Moonie tirait sur sa laisse, mais Ethan commençait à traîner des pieds.

— Je me fiche de cette forêt fantôme.

— Wiki a dit que c'était cool.

— Je ne veux pas y aller. Rentrons.

— Ça ne sera pas long. Il veille sur nous. N'aie pas peur.

— J'ai pas peur. Je trouve ça idiot.

— Ne juge pas avant d'y être allé.

Moonie renifla un buisson, puis urina, ce qui était une

victoire en soi. J'espérais que le chien ferait ses besoins dehors pour changer.

— Beurk, j'ai les pieds mouillés. C'est un marécage.

— Ce n'est pas un marécage, c'est un marais. Tu veux savoir la différence ?

— Non.

Je laissai tomber. Nous avancions péniblement dans les bois, guidés par la lampe torche.

— D'après Wiki, des forêts fantômes apparaissent partout dans la Mid-Atlantic Region, et il y en a pas mal dans le Delaware. Malheureusement, c'est le résultat du changement climatique. Les glaciers fondent, le niveau de la mer monte et l'eau salée envahit les forêts et tue les arbres.

— Fascinant.

Je laissai passer cela aussi.

— Quoi qu'il en soit, l'eau salée tue les arbres mais ne les fait pas tomber, et ce qui reste s'appelle une forêt fantôme.

— Rentrons.

— Non, continuons. Je veux voir ça. On y est presque.

Je remarquai que les arbres avaient moins de feuilles et que la végétation devenait plus humide. Le sol également.

— Wiki m'a dit qu'il y avait toutes sortes de plantes locales comme la spartine maritime, et que cette période de l'année était incroyable pour faire de l'ornithologie - ça veut dire observer les oiseaux.

— De *l'ornithologie* ? répéta Ethan en ricanant.

Je l'ignorai. Mon fils était un chat d'intérieur. C'était Allison qui avait toujours vécu dehors, vingt-quatre heures sur vingt-quatre, sept jours sur sept. Elle allait courir même quand moi, je ne le faisais pas.

Al, il pleut.

Tes cheveux vont friser, vieux ?

Je chassai ce souvenir. Je devais arrêter de comparer Ethan à sa sœur.

— Ethan, tu sais, il y a beaucoup d'espèces d'oiseaux à observer par ici. Il y a des grandes aigrettes et des râles tapageurs. Il y a aussi des hérons et même des super-hérons.

— C'est nul, papa.

J'essayais de le faire rire.

— Beaucoup d'oiseaux passent par ici pendant leur migration, en octobre. Il y a des réserves ornithologiques, mais nous avons notre propre poste d'observation privé.

— C'est Wiki qui t'a dit ça ?

— Oui.

Ethan ricana à nouveau.

Moonie haletait, tirant sur sa laisse comme s'il cherchait à s'étrangler avec. Nous avancions en faisant jaillir des éclaboussures à chaque pas.

— Il a dit qu'il jouerait à *Call of Duty* avec toi. C'est un gamer.

— Est-ce qu'il est censé être mon nouvel ami, comme Dom est le tien ?

Je soupirai intérieurement.

— Je ne sais pas quoi te dire, Ethan. Je l'aime bien. Je les aime bien tous les deux. Ils essaient de nous aider.

— Eh bien, je n'ai pas besoin de leur aide et j'ai déjà des amis. Zach, Christopher, Scott et les autres. Je n'ai pas besoin d'un vieux du FBI comme ami.

— Il a 35 ans.

— C'est vieux.

— On se rapproche.

Je remarquai que l'environnement s'éclaircissait à mesure que les branches des arbres se dénudaient, et nous arrivâmes dans une clairière. Nous entendions des battements d'ailes et d'autres cris et piaillements, la stridulation des grillons et d'autres insectes. La lune était ronde comme un impact de balle.

— Ça doit être ici, dis-je en éteignant la lampe torche.

J'attendis que mes yeux s'habituent à l'obscurité, puis Ethan poussa un sifflement. Tout autour de nous, il n'y avait que des arbres morts, leurs troncs blanchis comme des squelettes, leurs branches privées de toute vie s'étendant dans toutes les directions, brillant comme des éclairs contre le ciel noir. Ils s'élevaient d'un tapis de spartines sombres qui ondulaient dans la brise, comme si elles étaient vivantes. L'eau de la marée serpentait partout, obéissant à l'attraction de la lune. Cet endroit me frappa comme une convergence entre une vie que je ne pouvais pas voir et la mort qui me regardait en face. Les larmes me montèrent aux yeux et le chagrin m'envahit, comme s'il m'avait attendu là, en embuscade, depuis le début. Ce n'était peut-être pas une bonne idée d'aller dans une forêt fantôme si tôt après Allison. Mais Ethan poussa une exclamation de ravissement.

— Papa, c'est trop cool !

Ah bon ? Je m'éclaircis la gorge.

— Oui, c'est vrai.

— Comment tu as dit que ça c'était fait, déjà ?

— L'eau salée tue les arbres, parvins-je à dire, la gorge serrée.

Ethan me toucha le bras en me regardant.

— Ça va ?

— Oui, ça va, répondis-je en m'éclaircissant à nouveau la gorge.

— Papa, arrête, tu ne vas pas bien.

Je me sentis démasqué, vulnérable malgré l'obscurité.

— Tu as raison. Je suis triste à cause d'Allison.

— Mais tu ne pleures pas comme maman. Elle pleure tout le temps. Moi aussi. Toi, tu ne pleures pas.

— Je pleure quand je suis tout seul.

— Pourquoi ? Tu as pleuré quand tante Caitlin est morte.

— Je ne sais pas.

Je retins mes larmes.

— Maman a dit que tu lui avais dit que tu ne pleurais pas parce que si tu commençais, tu avais peur de ne plus pouvoir t'arrêter.

Cela me prit de court. J'avais oublié que j'avais dit cela, mais c'était ce que je ressentais. Je baissai les yeux vers Ethan, éclairé par la lune.

— Je t'aime, mon grand. Tu le sais, n'est-ce pas ?

— Je t'aime aussi, papa.

Je passai mon bras autour de ses épaules et le serrai contre moi.

— On est là les uns pour les autres. Tout ira bien.

— Maman est triste qu'on ne puisse pas aller à l'enterrement.

— Moi aussi. Et toi ?

Ethan hésita.

— C'est grave si je n'ai pas envie d'y aller ? Je ne veux pas non plus le regarder à la télévision.

— Non, bien sûr, ce n'est pas grave. Je l'étreignis à nouveau. Nous savons que tu aimais Allison et qu'elle te manque.

Ethan se tut un instant.

— Elle aurait trouvé ça cool, ici. J'aimerais qu'elle soit là.

— Moi aussi.

— Je n'arrive pas à croire qu'elle ne soit plus… en vie. Je n'arrête pas d'oublier.

— Je sais. C'est horrible.

— Et puis je me réveille et je m'en souviens.

Ethan leva les yeux vers moi et je vis son expression douloureuse. Le clair de lune se reflétait sur son appareil dentaire.

— Moi aussi, dis-je en le serrant plus fort contre moi.

— Tu crois qu'elle est devenue un fantôme ? Je veux dire, vraiment ? Tu crois qu'elle est au paradis ou qu'elle se déplace partout ?

Je n'étais pas prêt pour cette conversation.

— Eh bien, je crois qu'elle est toujours avec nous. Son âme est avec nous.

— Je le crois aussi. Je lui parle, papa. Tu trouves ça bizarre ?

— Non, pas du tout. Je lui parle aussi, et j'entends sa voix. Je repense à nos conversations.

— Moi aussi. Ça me revient à l'esprit. C'était pareil avec papy. Je me souviens de choses qu'il disait. Comme « Bon sang de bonsoir » et « Saperlipopette ! »

Je souris, surpris.

— Tu t'en souviens ? Tu étais si jeune à l'époque.

Ethan acquiesça.

— Il y a des moments où tu dis quelque chose qu'il aurait dit, ou tu fais quelque chose qu'il faisait. Comme quand tu fais claquer ta langue.

— Oh non.

Je souris.

— Papy me manque.

— À moi aussi. On dit que le temps guérit toutes les blessures. Je crois que c'est vrai pour papy. Je pense beaucoup à lui, mais ça ne me rend pas toujours triste.

— Ça n'arrivera jamais avec Allison. Je serai toujours triste en pensant à elle.

Mon cœur souffrait pour lui. C'était trop dur à supporter à son âge. Non seulement la perte, mais aussi l'horreur.

— Tu ne le sais pas encore, mon chéri. C'est vraiment très dur maintenant, mais j'espère que ça le deviendra moins plus tard.

— Non, papa. Ce sera toujours dur.

— Pas pour toujours, mon chéri.

— Si, *pour toujours*.

Je craignais qu'il n'ait raison, mais ce n'était pas ce que je devais dire. Je le regardai dans les yeux et posai une main sur son épaule.

— Mon grand, écoute-moi. C'est difficile, très difficile. On peut consulter un thérapeute si tu as besoin de parler à quelqu'un.

— Je sais, maman me l'a déjà dit. Elle appelle ça un psy. Elle m'a dit qu'elle était allée en voir un après la mort de tante Caitlin.

J'étais content que Lucinda lui en ait parlé. C'était à elle de le faire, puisque j'avais déjà révélé suffisamment de ses secrets.

— Oui, elle y est allée, et ça l'a aidée. Je l'ai vu.

— Et toi, tu es déjà allé chez un psy ?

— Non, mais je vais peut-être y aller maintenant.

— Zach P. y va tous les jeudis après l'école. Miles a vu le numéro dans son téléphone et s'est moqué de lui, et puis tout le monde s'est mis à le traiter de fou.

— Ce n'est pas bien. C'est méchant de traiter quelqu'un de fou, et c'est une bonne chose de parler à un thérapeute. On pourrait y aller en famille.

— Mais on n'est plus une famille.

— Comment ça ? Je me souvins d'avoir pensé la même chose dans notre salon, le premier soir. On est toujours une famille, Ethan.

— Pas sans Allison, ce n'est plus pareil. Plus rien n'est pareil.

— Ce n'est pas pareil, mais nous sommes toujours une famille. J'essayais de trouver comment présenter la situation, car Ethan avait besoin d'arguments. Vois les choses comme ça.

Nous sommes toujours une famille, et Allison fait toujours partie de notre famille, même si elle n'est pas là physiquement. Elle fera toujours partie de notre famille. Je réfléchissais tout en parlant. Les gens que tu aimes, comme papy et Allison, et même les animaux que tu aimes, comme Max et Wendy, ils ne te quittent jamais, tant que tu les aimes. Tu les auras toujours près de toi tant que tu les aimes. Et tu les aimeras pour toujours. C'est ça qui dure pour toujours. L'amour.

Nous cessâmes tous les deux de parler, écoutant les sons des choses que nous ne pouvions pas voir. L'eau coulait inexorablement vers la baie, dans un murmure précipité.

— Papa, je sens sa présence ici. Toi aussi ?

— Oui, répondis-je.

Mon téléphone portable émit alors un bip pour signaler l'arrivée d'un SMS. Je le sortis de ma poche et regardai l'écran. C'était un message de Lucinda.

> Reviens dès que possible. Je suis chez
> Dom. Nous avons un problème.

19.

Nous trouvâmes Lucinda, Dom et Wiki dans l'appartement des agents, rassemblés autour de l'ordinateur portable de Lucinda. Elle était bouleversée, la peau du visage et du cou marbrée de rouge. Dom et Wiki avaient l'air sombres, les mains sur les hanches. La tension dans la pièce me parut palpable dès que j'entrai, à bout de souffle.

— Qu'est-ce qui se passe, chérie ? demandai-je en m'approchant d'elle.

— Maman, ça va ?

Ethan lâcha la laisse de Moonie, qui s'éloigna en flairant le sol.

— Je vais bien. Lucinda se força à sourire, puis me regarda. Melissa est allée voir maman à Bay Horse.

— Pourquoi ? demandai-je, surpris.

— Elle me cherchait. Elle sait que j'y vais le lundi soir.

— Oh non.

J'avais oublié, avec tout ce qui se passait. Lucinda rendait visite à sa mère tous les lundis soir et je restais généralement à la maison avec les enfants. Avant, nous avions l'habitude de l'accompagner, mais ma belle-mère ne reconnaissait plus personne à part ma femme et parfois Allison.

— Regarde.

Lucinda désigna l'ordinateur portable : l'écran affichait une publication Facebook de Melissa.

Lucinda, je suis avec ta mère. Tu n'es pas venue et tu n'as pas appelé. Quelque chose doit t'empêcher de venir, sinon tu serais là. Que se passe-t-il ? Dis-moi que tu vas bien !

Mon cœur se serra. Sous le message, il y avait une photo de Melissa, avec sa chevelure flamboyante, ses taches de rousseur et ses lunettes sans cerclage, une expression inhabituellement sombre sur le visage. Elle était assise à côté de ma belle-mère, Claire Romarin, que j'aimais comme ma propre mère. Claire avait été très belle dans sa jeunesse, et ma femme tenait d'elle ses yeux écartés, son nez droit et sa jolie bouche, mais sur la photo, ma belle-mère fronçait les sourcils, l'air bouleversée. Lucinda lança un regard noir à Dom.

— Ma mère est perturbée. Elle ne comprend pas ce qui se passe. Elle ne se souvient pas de Melissa et elle ne sait pas où je suis. Tout cela aurait pu être évité. Il suffisait de dire à Melissa que nous étions dans le programme. Elle n'en aurait parlé à personne et elle ne serait pas allée à Bay Horse.

— Je vais parler à mon patron… commença Dom.

— C'est un peu tard, vous ne croyez pas ?

— Nous avons des procédures.

— Et regardez où elles nous ont menés ! C'est déjà assez dur pour moi d'abandonner ma mère, et maintenant elle est morte d'inquiétude pour moi !

Dom avait l'air grave, et je savais qu'il se sentait très mal, ce qui me frustrait encore plus.

— Bon, dis-je à Lucinda, voilà ce que je pense, chérie. On ne peut pas regarder en arrière.

— Pourquoi pas ? rétorqua Lucinda en levant les yeux vers moi et en repoussant mon bras.

— Parce qu'il ne s'agit pas de blâmer qui que ce soit. Il s'agit de décider ce que nous allons faire maintenant.

— Ne prends pas leur parti, Jason !

— Ce n'est pas ce que je fais.

Je sentis le regard d'Ethan se poser sur Lucinda, puis sur moi. Nous perdons de vue l'essentiel en nous faisant des reproches aux uns et aux autres. Je me tournai vers Dom.

— Ce message révèle où vit ma belle-mère. Je pense que

ça la met en danger. Avez-vous déjà affecté quelqu'un à sa protection ?

— Je ne suis pas sûr. J'ai fait la demande ce matin. Normalement, cela prend un jour ou deux.

Dom fit signe à Wiki, qui sortit son téléphone et commença à envoyer un SMS.

— On va vérifier.

Lucinda porta la main à sa bouche.

— Je n'y avais même pas pensé ! Ils pourraient aller là-bas et la tuer, bon sang !

— Chérie, on va s'en occuper. On peut arranger ça.

— Comment ? Ma mère est en danger ! Lucinda se tourna vers Dom, des larmes de colère aux yeux. Vous avez laissé Milo s'enfuir. Vous avez laissé notre maison brûler. Maintenant, ma mère est dans leur collimateur parce que vous n'avez pas dit à Melissa que nous allions bien !

Dom pinça les lèvres.

— Lucinda, nous allons…

— Vous ne pouvez pas laisser quoi que ce soit arriver à ma mère ! C'est une personne merveilleuse, *merveilleuse* ! Elle a vécu l'enfer ! Elle a perdu ma sœur, elle est en train de se perdre *elle-même*. Elle n'a jamais fait de mal à personne, pas une seule fois !

— Chérie, tout va bien se passer.

Je passai à nouveau mon bras autour de Lucinda, mais elle avait l'air alarmée, sa respiration était saccadée et sa poitrine se soulevait.

— Jason… mon cœur bat… très fort…

— D'accord, assieds-toi.

Je l'aidai à s'asseoir sur une chaise, et Lucinda écarquilla les yeux de peur.

— Jason… Je crois que je fais une crise cardiaque.

— Maman ! Ethan se précipita vers elle et Dom s'agenouilla devant elle.

— Lucinda, est-ce que vous ressentez une douleur dans le bras gauche ?

— Je ne sais pas… mon cœur bat trop vite.

— Elle a un souffle cardiaque, dis-je à Dom.

Ethan la serra dans ses bras, bouleversé.

— Maman, qu'est-ce que tu as ?

— Ça va aller.

Lucinda lui tapota l'épaule d'une main tremblante. Son regard effrayé croisa le mien.

— Chérie, il faut qu'on t'emmène à l'hôpital. Dom, on appelle le 911 ou c'est plus rapide de l'emmener ?

— Emmenons-la.

— Je m'en occupe.

Je soulevai Lucinda et la portai jusqu'à la porte, tandis que Dom se précipitait devant moi et l'ouvrait à la volée. Wiki se chargea d'Ethan, et nous descendîmes tous les escaliers en courant, suivis par Moonie.

Dom fila vers la camionnette blanche et ouvrit la portière côté passager.

— Jason, mettez-la à l'intérieur. Je conduis.

— Reste calme, chérie.

J'installai Lucinda sur le siège, elle respirait avec difficulté, la bouche légèrement entrouverte.

— J'ai peur, murmura-t-elle, ce qui ne lui ressemblait pas.

— Tout va bien, lui dis-je, mais je ne pourrais plus jamais m'empêcher d'envisager le pire scénario. J'étais déjà en train de le vivre.

— Maman ! Ethan se faufila jusqu'à elle et se mit à pleurer. Il faut que tu ailles bien, s'il te plaît !

— Ça va aller. Lucinda se força à sourire, nerveuse.

Je posai ma main sur l'épaule d'Ethan.

— Ethan, reste ici avec Wiki.

— Jason, non, vous ne pouvez pas venir !

Dom se précipita du côté conducteur.

— Si, je viens !

Je tendis la main vers la portière arrière, mais Wiki me retint avec une force surprenante.

— Jason, restez là.

Il croisa mon regard avec une autorité nouvelle.

— Vous compromettriez sa sécurité. Dom s'en occupe.

— Dom ? l'appelai-je, et il me fixa en hochant la tête, me donnant la réponse dont j'avais besoin.

Lucinda regarda dans ma direction, terrifiée.

— Je t'aime, articula-t-elle à travers la vitre.

Je n'eus pas besoin de lire sur ses lèvres.

Pendant ce temps, Dom avait fait démarrer le moteur et était déjà en train de partir. Des éclats de coquillages volèrent dans l'allée alors que la camionnette fonçait vers la rue. Ethan noua ses bras autour de ma taille et nous regardâmes le véhicule disparaître dans l'obscurité, ses feux arrière rouges avalés par la nuit.

Je me tenais derrière la moustiquaire de la porte d'entrée, en train de regarder dehors. L'allée était sombre, calme et silencieuse, à l'exception des bruits de la nature.

Il n'y avait rien à voir, mais j'étais trop nerveux pour m'asseoir. Je supposais que Dom et Lucinda étaient arrivés à l'hôpital et j'étais sur des charbons ardents.

Ethan était recroquevillé sur le canapé avec Moonie, en larmes et épuisé. La télévision était allumée, mais nous ne la regardions pas. J'essayais de chasser la frustration qui montait en moi. Je détestais rester là pendant que ma femme était emmenée à l'hôpital par un agent du FBI. J'aurais dû le faire moi-même. Et s'il y avait une décision à prendre ? Je devais être là. Elle l'aurait été pour moi, cela ne faisait aucun doute.

Ethan poussa un soupir, et je traversai la pièce pour m'asseoir à côté de lui sur le canapé. Moonie tourna brusquement sa tête hirsute vers moi en grognant.

— Non, lui dis-je sèchement. Ethan, qu'est-ce qui lui prend, à ce petit monstre ?

— Il déteste cet endroit.

— Je comprends.

Je passai un bras autour d'Ethan, et Moonie se réinstalla de l'autre côté de mon fils.

— Papa, elle va s'en sortir ? Tu as dit qu'elle avait un souffle au cœur. Ethan ramena ses genoux contre sa poitrine et enroula ses bras autour. C'est quoi, ça ?

— C'est courant.
— Pourquoi vous ne m'avez rien dit ?
— Ce n'était pas important.
— Je m'inquiète aussi pour Muggi.
Ethan appelait ma belle-mère Muggi, car il n'arrivait pas à dire « mamie » quand il était petit.
— Je ne veux pas que ces types horribles lui fassent du mal.
— Ils ne le feront pas. Le FBI va la protéger. Wiki nous l'a dit.
Soudain, mon téléphone portable sonna sur la table d'appoint, et je me précipitai pour le prendre et regarder ce qui s'affichait sur l'écran.
— C'est Dom, dis-je à Ethan. Dom, comment va-t-elle ?
— Elle va bien. C'est une crise de panique.
Dieu merci. Je répétai pour Ethan :
— Donc ce n'est pas une crise cardiaque, c'est une crise de panique ?
— Oui. Ils vont lui donner quelque chose pour la calmer. Nous serons de retour ce soir.
— Merci. Je soupirai de soulagement. Vous pouvez me la passer ?
— Non, elle est avec le médecin. Je suis sorti pour passer l'appel.
— Je peux la contacter ? Elle a toujours son téléphone sur…
— Non. C'est trop risqué, quelqu'un pourrait vous entendre.
— D'accord. Dites-lui que je l'aime.
Je m'étais résigné. Un agent du FBI allait dire à ma femme que je l'aimais. Nous raccrochâmes et je posai le téléphone.
Ethan fronça les sourcils.
— C'est quoi, une crise de panique ?
— Ça veut dire que maman est bouleversée à cause de Muggi. Ça lui a causé un gros choc. D'un seul coup.
— Elle ne va pas mourir ?
— Non, pas du tout. Elle n'est même pas malade. On n'a pas à s'inquiéter, elle sera bientôt rentrée.
Je le serrai dans mes bras, masquant mon inquiétude. Lucinda n'avait jamais eu de crise de panique de sa vie. J'avais l'impression que nous commencions tous à tomber en pièces.
Moonie se remit à grogner.

Et même si j'avais de la compassion pour tous les membres de la famille, je commençais à perdre patience avec lui.

— Chut, lui dis-je.

20.

Lucinda posa sa tête sur ma poitrine, une jambe par-dessus moi, dans l'obscurité de la chambre. Elle appelait cela son « cocon conjugal », sans doute parce qu'elle pensait que je la protégeais. Nous savions maintenant tous les deux que ce n'était qu'une chimère.

— Je suis tellement stupide, dit Lucinda doucement. J'ai vraiment *cru* que je faisais une crise cardiaque.

— Non, ne dis pas ça. Les symptômes se ressemblent.

J'avais lu des articles sur les crises de panique sur Internet pour me renseigner.

— J'ai l'impression d'avoir fait un drame pour rien.

— Ce n'est pas vrai, répondis-je sincèrement.

Ma femme ne se plaignait jamais en temps normal.

Elle accomplissait tout ce qu'elle entreprenait, quoi qu'il arrive.

— Je n'aurais jamais pensé être le genre de personne à avoir une crise de panique.

— Tu es un être humain. Tout le monde a ses limites.

Lucinda ne répondit pas. Le chant des grillons nous parvenait à travers la fenêtre ouverte, porté par l'air frais à l'odeur terreuse. Je sentis que j'avais dit quelque chose de mal, il était donc temps de changer de sujet.

— À l'hôpital, comment ça s'est passé ? Tu as pu parler d'Allison au médecin ?

— Oui, Dom m'a donné le feu vert. Le *feu vert*. Maintenant, je parle le langage du FBI. Lucinda rit sans joie. Enfin, il est resté avec moi. Je lui ai demandé de me tenir la main.

— C'est bien.

Je souris.

— Je me sentais ridicule.

— Non. Tu aimes qu'on te tienne la main. Tout le monde aime ça. Je pris sa main et la serrai. Tu vois ? La boucle est bouclée.

— On va ensemble, comme les pièces d'un puzzle. Tu te souviens, on disait ça ?

— Bien sûr.

Je ressentis une lueur de bonheur, comme un rayon de lumière dans l'obscurité, une porte qui s'entrouvrait sur une chambre qui avait été la mienne, dans une maison où je ne vivais plus.

— Dom a attendu dehors pendant que je parlais au psy.

— Comment ça s'est passé ?

— Bien. J'ai surtout pleuré.

— Oh, ma chérie.

Je la serrai plus fort, me sentant terriblement mal pour elle.

— Il m'a prescrit de l'Ativan[17], mais ça me rend somnolente. Je ne pense pas en avoir besoin, en fait.

— Prends-le, au moins jusqu'aux funérailles.

Lucinda renifla.

— Je suis désolée d'avoir fait peur à Ethan.

— Il s'en remettra, lui dis-je, même si je n'en étais pas sûr.

— C'est juste le fait d'avoir vu maman. On l'abandonne.

— Nous n'avons pas le choix, répliquai-je, sachant bien que je me répétais.

— Elle ne le sait pas. Lucinda changea de position. Le psy a dit que nous souffrions d'un « deuil aigu et… d'un syndrome de stress post-traumatique ». Il a dit que nous devrions tous suivre une thérapie, pas seulement Ethan. Tu veux bien ?

— Bien sûr, répondis-je.

Je n'avais pas pensé au syndrome de stress post-traumatique.

---

17 - Médicament contre l'anxiété.

Cela rendait tout ceci tellement réel.

— Je n'arrête pas de me rappeler que quand c'est arrivé, c'est toi qui as pris les choses en main. Tu as *géré la situation*, comme ça, directement. Tu as enlevé ta chemise. Tu savais quoi faire.

— Je n'ai pas l'impression d'avoir géré la situation, répondis-je, surpris.

Je ressentais exactement le contraire. J'avais honte.

— Mais tu l'as fait, vraiment. Tu as en fait plus que moi, je n'ai absolument pas réagi. Je l'ai juste tenue dans mes bras, complètement paniquée. Je n'ai rien fait pour l'aider, je veux dire, je n'ai pas essayé d'arrêter le sang, je n'ai pas pris le téléphone et j'ai tout raté quand j'ai essayé d'appeler la police depuis la voiture.

— Mais tu as essayé, ne te culpabilise pas.

Je me rendis compte que quelle que soit ma propre sensation de culpabilité, c'était encore pire pour Lucinda.

— Mais si, je culpabilise. J'ai toujours pensé que j'étais douée pour agir dans les situations d'urgence.

— Tu l'es. Tu te souviens quand elle a été frappée par une balle au lacrosse ? En plein sur le front ? Tu as réagi immédiatement.

— Oui, je sais, mais là… c'était trop. Je n'arrivais pas à croire que c'était vraiment en train de se passer, et le sang était si chaud, tellement *chaud*. Lucinda renifla et se mit à pleurer. Je l'ai dit au psy… Je pense à elle tout le temps, mais… quand ils ont commencé à me mettre les électrodes de l'ECG… J'ai dit : « S'il vous plaît, ne me laissez pas mourir »… et je me sens coupable… Je voulais… vivre.

— Oh, ma chérie, ce n'est pas grave.

Je ressentais le poids de ses mots sur ma poitrine.

— Et c'est vrai, je ne veux pas… sombrer, mais j'ai l'impression que c'est ce qui va arriver… mais j'ai Ethan, et je t'ai toi, et nous devons… Je me sens si mal… comme si nous étions un train qui quittait la gare… en laissant Allison… notre petite fille… et ma mère, nous les *abandonnons* tout simplement…

— Non, ce n'est pas vrai, nous ne les abandonnerons pas, chérie.

Je ne savais pas comment la consoler, car je ressentais la même chose. Il était important de continuer, mais en même temps impossible de continuer. Et c'est finalement ce que je lui dis.

Mais à ce moment-là, elle pleurait trop pour m'écouter.

21.

La semaine précédant les funérailles commença mal. Le FBI n'avait aucune nouvelle de Milo. Ils étaient en contact avec une autre agence fédérale, l'OCDETF, la brigade chargée de la lutte contre le crime organisé et le trafic de drogue, qui traquait les plus gros trafiquants. Dom affirma que cela allait ajouter *du carburant* à leur chasse à l'homme. Je fis bonne figure devant Lucinda, mais j'étais désespéré à l'idée de savoir qu'ils avaient perdu la trace de Milo pour de bon.

Je continuai à courir avec Dom, en le questionnant sur l'affaire, mais je n'appris rien de nouveau. Il compatissait, mais ne cessait de me répéter de garder espoir. Je sentais que la crise de panique de Lucinda avait été un tournant pour lui et qu'il comprenait mieux notre situation qu'auparavant. Le patron de Dom refusait toujours de transmettre un message à Melissa, malgré le fait qu'elle et nos autres amis aient fouillé le Lagersen Tract après qu'un voisin avait signalé que Coldstream Road avait été bouclée par la police. La communauté locale spéculait, le consensus étant que j'avais assassiné ma famille.

Marie et Justine, de mon bureau, avaient été invitées à commenter l'affaire, mais elles avaient refusé. Dieu seul savait ce qu'elles pensaient.

Lucinda s'inquiétait pour sa mère, et je m'inquiétais pour elle et Ethan. Tout ce qu'il voulait, c'était rester dans sa chambre avec Moonie, dormant par intermittence. Le jeudi, il ne se réveilla qu'en milieu d'après-midi, et je le fis descendre pendant que Lucinda prenait une douche.

Il voulait des pancakes à la banane, même si c'était presque l'heure du dîner, et je les préparai malgré tout, puis je m'assis avec lui. Ses cheveux étaient en bataille, il avait la tête posée sur sa main et le regard baissé. Il mangeait à peine, promenant lentement un morceau de pancake dans le sirop d'érable, tenant sa fourchette d'une main molle. Moonie était assis par terre à côté de lui, ses yeux ronds et bruns fixés sur lui, espérant obtenir une miette.

— Mon grand, tu n'aimes pas les pancakes ?

— Je n'ai pas très faim.

— Le premier était raté, mais après j'ai pris le coup de main, non ?

— Ils sont bons.

— Comment tu te sens ?

— Ça va. Je suis juste fatigué.

J'avais de la peine pour lui.

— Non, tu es triste, je le sais. Moi aussi, je suis triste. C'est une période difficile. C'est normal d'être triste, comme on l'a dit.

— Je ne suis pas triste, je suis fatigué.

Je le regardai, ne sachant soudain plus comment lui parler, le faire sortir de sa réserve, ou même le réveiller. Tout mon instinct me disait de le faire sortir. C'était dans mes gènes.

Il n'y a rien que l'air frais ne puisse guérir, disait toujours mon père.

Je savais que ce n'était pas aussi simple, mais ma plus grande crainte était qu'Ethan sombre dans la dépression, voire qu'il pense au suicide. J'avais lu les gros titres des journaux sur le sujet, tout comme Lucinda.

— Ethan, on va se promener ? Tu n'as pas encore vu la plage. On pourra marcher sur le sable. On sera tout seuls.

— Une autre fois peut-être.

— Tu te souviens de nos randonnées à Sedona ? C'était génial.

— Oui.

Je me remémorai nos dernières vacances en famille, trois ans auparavant. La sécheresse et les étendues plates de l'Arizona étaient complètement différentes de la Pennsylvanie, mais je m'étais tout de suite entiché du désert. J'aimais l'orange foncé des rochers escarpés, striés de veines dorées, ambrées et d'un rouge intense. Des broussailles vertes poussaient dans les crevasses, avec des figuiers de Barbarie et une végétation que je n'avais jamais vue. Un matin, Ethan et moi avions suivi un sentier qui serpentait jusqu'en haut de la colline, mais il s'était arrêté, inquiet.

Papa, on devrait faire demi-tour. C'est trop haut.

On peut le faire.

Ethan avait hésité. *Passe devant.*

Non, toi passe devant, je te soutiendrai.

Je ne suis pas Allison, papa.

Tu peux le faire. Tu es plus fort que tu ne le penses. Vas-y.

Ethan s'était détourné et avait commencé à gravir le rocher. Je l'avais regardé grimper, et lorsqu'il avait atteint le sommet, il avait levé les bras en l'air et poussé un cri de joie. J'étais si fier de lui, et il était fier de lui-même. C'était le genre d'enfant qui avait besoin d'un coup de pouce pour s'envoler.

Je me levai, m'approchai et touchai son épaule, saillante sous ma paume.

— Ethan, allons dehors. Si ce n'est pas pour marcher, alors au moins dans le jardin.

— Non, j'ai dit que j'étais fatigué.

— Fais-le pour moi. Il faut que Moonie fasse ses besoins. Le chien fait caca à l'intérieur parce qu'on ne sort pas assez.

— Ce n'est pas pour ça.

— Fais-moi plaisir.

Je le soulevai de sa chaise, et il se laissa faire, repoussant bruyamment celle-ci.

— Allez.

Ethan grogna, et je le guidai vers l'arrière de la maison, Moonie trottant derrière nous. J'ouvris la porte et nous sortîmes ensemble sur la terrasse. Le soleil avait disparu derrière les arbres, transformant leurs sommets déchiquetés en couronnes flamboyantes. L'air avait son odeur organique caractéristique et les mouettes piaillaient au-dessus de nos têtes. Je scrutai le ciel à la recherche d'un héron ou de quelque chose d'intéressant à montrer à Ethan, mais je ne vis rien.

— Papa, il fait trop chaud pour se promener.

— Pas si chaud que ça, répondis-je, même si l'atmosphère était moite.

— Je suis pieds nus.

— Où sont tes baskets ?

— Je crois qu'elles sont à l'étage.

Je cachai ma consternation, et Ethan montra du doigt Moonie, qui courait vers la clôture en aboyant.

— Papa, c'est le type du FBI ?

Je regardai dans cette direction et vis Wiki s'approcher de la clôture. Il nous fit un signe de la main que je lui rendis.

— Oui.

— Qu'est-ce qu'il fait là ?

— Il surveille.

— Nous ?

— Oui. C'est un gars sympa. Allons lui dire bonjour.

J'avais essayé toute la semaine de faire passer du temps ensemble à Ethan et Wiki. Je lui fis descendre les marches.

— C'est lui qui veut jouer aux jeux vidéo avec toi.

Ethan leva les yeux au ciel.

— Mon grand, ces hommes assurent notre sécurité. Tu peux les remercier.

Je lui lançai un regard entendu quand nous atteignîmes le sol. Wiki franchissait déjà le portail ; ses lunettes glissaient sur son nez et ses cheveux châtains étaient humides. Il s'avançait vers nous d'un pas lourd, vêtu d'un polo bleu marine et d'un pantalon chino, et tirait sur son polo pour le décoller de son torse. Je remarquai qu'il cachait ainsi le contour de son arme.

— Salut, les gars. Wiki sourit, l'air décontracté, en désignant le tee-shirt *Call of Duty* d'Ethan. Cool, ton tee-shirt. J'ai le même. J'espérais tomber sur vous. J'ai quelque chose à montrer à Ethan.

— Super. Je souris. Merci de veiller sur nous.

— Oui, merci, dit Ethan au bout d'un moment.

— Pas de quoi. Vous voulez voir quelque chose de cool ?

Wiki fouilla dans sa poche et en sortit un petit objet blanc en forme de dent épaisse, vaguement blanchâtre et crayeux. C'est une bélemnite, un fossile. C'est un céphalopode, apparenté au calmar.

Ethan y jeta un coup d'œil, mais ne répondit pas.

— Waouh, dis-je, bien que j'aie oublié ce qu'était un céphalopode. Vous l'avez trouvé par ici ?

— Non, mais ça vient d'ici. Je l'ai apporté de chez moi pour le montrer à Ethan. Je savais que je le croiserais tôt ou tard. Wiki se tourna vers lui. Comme je l'ai dit à ton père, j'ai grandi ici. À l'école, on allait souvent voir la formation géologique de Mount Laurel, le long du canal. On en trouvait plein là-bas.

Je jetai un coup d'œil à Ethan pour voir sa réaction, mais il regardait Moonie, qui creusait dans un coin éloigné du jardin. Je demandai à Wiki :

— De quand est-ce qu'il date ?

— Du Trias.

Je donnai un coup de coude à Ethan.

— Tu as entendu ? C'est comme dans Triassic Park.

— Papa, c'est *Jurassic* Park.

— Je sais, je plaisantais.

— C'est encore plus ancien que ça, poursuivit Wiki d'un ton vaguement professoral. Le Trias est antérieur au Jurassique, c'était il y a environ deux cent cinquante millions d'années. Tous les continents étaient réunis. On appelait ça la Pangée. Vous en avez déjà entendu parler ?

— Rafraîchissez-nous la mémoire, répondis-je.

Ethan observait toujours Moonie.

— Pendant le Trias, il y a eu une extinction massive des espèces marines et terrestres, et lorsque la vie est revenue, les animaux terrestres sont devenus majoritaires. Les dinosaures commençaient à évoluer. Wiki désigna le fossile. Ethan, à ton avis, où est sa bouche ? Devine.

Ethan haussa les épaules.

— Ici, à l'avant, là où c'est large. Il avait des yeux et dix bras avec des ventouses.

— Moonie est en train de mâcher quelque chose. Ethan se précipita. Moonie, non !

Je soupirai intérieurement.
— Désolé. Il n'est pas dans son assiette.
— Ce n'est pas grave.
Je regardai Ethan caresser le chien, surpris de voir que son bras était si mince, dépassant de son tee-shirt comme une allumette.
— Alors, comment ça va, Jason ?
— Ça va, répondis-je, mais je me surpris à scruter mon fils. Ses genoux semblaient plus saillants que d'habitude et ses omoplates ressortaient. Il avait toujours été fin, mais jamais aussi maigre.
— Merci de courir avec Dom. Il est tellement rapide que je n'arrive pas à le suivre.
— Moi non plus.
J'esquissai un sourire, préoccupé. Ethan avait perdu beaucoup de poids, et cela ne faisait même pas une semaine que nous étions ici.
— Il est hyperactif. Il a besoin de courir pour dépenser son énergie.
— Ah oui.
Je savais que Wiki essayait de faire la conversation, mais je pensais à Ethan. Il sautait des repas, car nos horaires étaient complètement décalés.
— Il m'a dit que vous aviez grandi à Hershey. On y allait aussi en excursion scolaire. C'est joli là-bas.
— Oui. J'essayais de me souvenir de ce qu'Ethan avait mangé ces derniers jours. Parfois, il mangeait avec Lucinda, et il nous arrivait de grignoter. Le bouleversement de notre routine m'empêchait d'être sûr de quoi que ce soit.
— J'adorais la visite de l'usine en petit train, même si c'était une reconstitution. L'odeur était géniale. Le mieux, c'était la boutique de souvenirs. J'ai mangé tellement de Reese's Pieces[18] que j'ai vomi dans le bus sur le chemin du retour.
— Beurk.
Je n'écoutais que d'une oreille.
— Il m'a aussi dit que vous étiez allé à Guantánamo. Ça a dû

18 - Bonbons américains au beurre de cacahuète voisins des M&Ms.

être incroyable. Dom a dit qu'il fallait faire partie de « la crème de la crème » pour être sélectionné. Qu'est-ce que vous faisiez là-bas ? Vous travailliez au tribunal ?

— Pendant les audiences 806 ? Non.

J'observais toujours Ethan, me demandant si Lucinda avait remarqué à quel point il avait maigri.

— Ça veut dire quoi, 806 ?

— C'est comme ça qu'ils appelaient les auditions des détenus. Les greffiers n'étaient pas présents.

Je repensai aux audiences, qui portaient sur des abus présumés commis lors des interrogatoires des détenus après le 11 septembre. Traduire l'affaire en justice avait pris si longtemps que la plupart des procédures préliminaires étaient encore en cours aujourd'hui.

— Où travailliez-vous, si vous n'étiez pas dans la salle d'audience ?

— Nous avions notre propre bâtiment. On nous donnait les enregistrements audio et nous en faisions une transcription le jour même.

— Vous savez ce que je ne comprends pas ? Pourquoi est-ce qu'ils ont besoin de greffiers s'ils ont des enregistrements audio ? Ils ne peuvent pas utiliser un logiciel de dictée ?

On me posait si souvent cette question que je pouvais y répondre en pilote automatique.

— L'audio ne permet pas de distinguer quand différents locuteurs s'interrompent ou parlent en même temps, et à Gitmo[19], il fallait composer avec les accents.

— Les plages devaient être belles.

— Nous n'avions pas beaucoup de temps libre, mais Glass Beach était sympa.

Je remarquai Ethan qui courait sur la pelouse, ses jambes semblaient filiformes.

— Je ne me suis pas baigné. Il y a des requins gris.

Wiki pouffa.

— Vous ne vous êtes pas promené en bateau ? Mon père a un bateau avec lequel on navigue sur la baie de Chesapeake.

---

19 - Abréviation utilisée par les Américains pour désigner Guantánamo.

— Une seule fois. On a descendu la rivière jusqu'au panneau qui disait que si on allait plus loin, on se ferait tirer dessus.

Wiki rit, et je profitai de l'occasion pour prendre congé.

— Je devrais faire rentrer Ethan.

— D'accord. Wiki me tendit le fossile. Vous pouvez le lui donner.

— Merci. Je souris, touché. Wiki n'avait pas le contact facile comme Dom, mais je l'aimais bien aussi. C'est gentil d'accepter de vous en séparer.

— Pas de problème. J'ai encore ma collection de CM2.

Je ris, mais je n'étais pas certain qu'il plaisantait.

22.

Je posai le fossile sur la table au moment où Lucinda entrait dans la cuisine vêtue d'un tee-shirt blanc et d'un short, les cheveux enveloppés dans une serviette. Ses yeux étaient gonflés, alors je devinai qu'elle avait pleuré sous la douche. Je m'approchai d'elle et l'embrassai sur la joue.

— Salut, mon cœur.

— Salut. Lucinda croisa mon regard, me remercia tacitement, puis s'assit. Qu'est-ce que c'est que ça, un coquillage ?

— Non, un fossile trouvé par Wiki.

— Il me l'a donné.

Ethan le prit et l'examina.

— C'est sympa, non ? Je lui ébouriffai les cheveux. Mon grand, si tu allais prendre une douche toi aussi ?

— D'accord. Ethan quitta la pièce, suivi de Moonie qui trottinait derrière lui, et je m'assis en face de Lucinda, tendant le bras à travers la table pour lui tapoter la main.

— Tu veux du café ou autre chose ?

— Non, merci.

— Tu as faim ?

— Pas vraiment.

— Tu n'as rien mangé depuis ce matin, si ?

— Je ne crois pas, non.

Lucinda haussa les épaules.

— Et Ethan ? Il a pris son petit-déjeuner avec toi ?

— Non, il était dans sa chambre.

— Je lui ai fait des pancakes, mais il n'a presque rien mangé. Je venais de débarrasser l'assiette sale. Je ne sais pas s'il a mangé quoi que ce soit de toute la journée. Tu le sais, toi ?

Lucinda cligna des yeux.

— S'il a faim, il mangera.

— Écoute, je crois qu'on perd nos repères. À partir de maintenant, après mon jogging, je vous réveillerai et vous descendrez. Je préparerai le petit-déjeuner pour tout le monde. Je serrai sa main dans la mienne. Ensuite, vers midi et demi, je préparerai le déjeuner. On pourra faire à dîner ensemble à 18 heures, ou je m'en occuperai, ça ne me dérange pas.

— D'accord, mais pourquoi ? Lucinda retira la serviette de sa tête et passa ses doigts dans ses boucles humides.

— Je veux qu'on mange ensemble. Qu'Ethan reprenne une routine. À la maison, on mangeait ensemble quand on pouvait.

Lucinda me regarda, peinée.

— On ne peut pas le laisser un peu tranquille? Il doit vraiment faire des tâches ménagères ?

Je me souvins qu'Allison me taquinait aussi à ce sujet.

Papa, laisse-moi dormir. Il n'y a rien à traire ici.

— Ce n'est pas ça, chérie. Il passe toute la journée dans sa chambre, ce n'est pas sain. Il a le teint pâle. Il ne sort pas. Nous vivons en face d'une plage, et il ne l'a même pas vue. Je me mordis la lèvre en remarquant Lucinda grimacer, réalisant qu'elle non plus ne l'avait pas vue. Je ne pense pas que ce soit une bonne habitude, et il me paraît maigre.

Lucinda fronça les sourcils, pensive.

— Maintenant que tu le dis, j'ai touché son dos ce matin et j'ai senti sa colonne vertébrale.

— D'accord. Il faut qu'on se procure une balance.

— Il y en a une dans la salle de bains. J'ai perdu plus d'un kilo. Mon short me va comme un gant. Lucinda esquissa un sourire, mais il s'évanouit rapidement. Jason, qu'est-ce qu'il y a ? Tu t'inquiètes vraiment pour son poids ?

— Je m'inquiète de notre manque de routine. Je sais comment y remédier. J'ai besoin que tu m'aides.

Les yeux de Lucinda s'écarquillèrent d'inquiétude.
— Je me souviens qu'il n'a presque pas mangé de pizza. Je pensais que c'était parce que c'était le tour d'Allison.
Je voyais les rouages de son esprit tourner à toute vitesse.
— Ne t'inquiète pas...
— Oh non, je pense que tu as raison ! Lucinda se redressa sur sa chaise. Les garçons peuvent aussi souffrir de troubles du comportement alimentaire. Toutes les conditions sont réunies pour qu'il en développe un. Regarde ce qu'il a traversé, il va vouloir reprendre le contrôle d'une manière ou d'une autre. C'est une question de contrôle, pas de nourriture. Nous devons prendre les choses en main.
Je commençais à regretter d'avoir abordé le sujet.
— D'accord, mais...
— Il m'a dit qu'il se sentait toujours responsable parce qu'il avait laissé échapper Moonie. Lucinda fronça les sourcils. Il faut qu'on le fasse suivre une thérapie.
— On le fera, et en attendant, on va s'assurer qu'il mange. On peut le faire se peser...
— Non. Ça en ferait un problème. Il ne faut pas faire du poids un *problème*. Lucinda se frotta le visage. Je crois que j'ai contribué à cette situation. On reste dans sa chambre et on parle d'Allison. Je pensais que s'il exprimait ses sentiments et se reposait, il se sentirait mieux.
— Tu as raison, et ce n'est pas toi qui as causé ça.
— Mais je le laisse faire. Je le sais. C'est juste que c'est difficile.
— Je sais, ma chérie, je comprends, vraiment. Je regardai son visage s'assombrir, puis je m'approchai et passai mon bras autour d'elle. Ses cheveux mouillés étaient frais. Ne t'inquiète pas, on va surmonter ça.
— Comment ? rétorqua Lucinda.

23.

Reprenant du poil de la bête, Lucinda se mit à préparer des tacos au poisson pour le dîner, le deuxième plat préféré d'Ethan. Les coques à tacos étaient alignées sur un plat blanc, attendant d'être garnies. Elle glissa un plat en pyrex contenant trois morceaux de sole fraîche sous le gril, assaisonnés d'huile d'olive, de jus de citron et de poivre concassé. Du persil haché formait une pyramide verte sur la planche à découper, à côté d'avocats taillés en dés et d'oignons rouges crus.

J'avais déjà mis la table, j'étais donc libre et je m'appuyais contre le comptoir, une bouteille de Stella Artois à la main. La bière était fraîche sur ma langue et je sentais mon moral remonter. J'adorais passer du temps avec elle dans la cuisine, et cela me faisait du bien de la voir faire un effort. La perte de poids d'Ethan avait été un signal d'alarme pour nous deux.

— Ce repas va être délicieux, dis-je en lui tapotant le dos.

— Je le pense aussi.

Lucinda entrouvrit la porte du four, puis se redressa en écartant une mèche de cheveux de son visage. Sa peau était rougie par la chaleur et elle était jolie : on reconnaissait un peu l'ancienne Lucinda.

— Le poisson était tellement frais. Wiki l'a acheté au marché aux poissons. Tu devrais voir la liste de leurs produits. Ils ont des coquilles Saint-Jacques fraîches, de la mer et de la baie.

— J'oublie toujours lesquelles sont lesquelles.

— Les coquilles Saint-Jacques de la mer sont les plus grosses. Retiens simplement que la mer est plus grande que la baie. Lucinda sourit. J'aime bien Wiki. Il a pris tout ce qu'il fallait et il est revenu en un rien de temps.

— Je l'aime bien aussi.

Je pris une goulée de Stella, puis lui tendis la bouteille et elle en but une gorgée.

— Il me fait penser à un grand gamin maladroit. C'est drôle pour un agent du FBI.

— Comme un chiot avec une arme à la ceinture.

Lucinda rit, un son qui me réchauffa le cœur.

— Chérie, Dom aussi est un type bien. Tu devrais lui donner une chance.

— Je sais qu'il l'est. Il a été formidable à l'hôpital, et je pense qu'il se soucie vraiment de nous. J'ai été dure avec lui, alors que ce n'est pas lui qui tire les ficelles. Je me rattraperai.

Lucinda regarda l'horloge murale.

— Le dîner sera prêt dans cinq minutes.

— Je réveille Ethan ?

J'étais monté à l'étage environ une heure auparavant et j'avais été consterné de le trouver endormi avec Moonie.

— Dans une minute ou deux. Tu sens l'odeur du poisson ?

— Oui. Je me mis à saliver. J'ai faim.

— Moi aussi. Lucinda pencha la tête, ses cheveux tombant sur ses épaules. Cette odeur me rappelle toujours *Rubette's*.

— Le restaurant de fruits de mer que tes parents adoraient ?

— Oui, à Barnstable.

— Tu te souviens quand je les ai rencontrés pour la première fois ?

Je souris en repensant à cette soirée. Je m'étais mis sur mon trente et un, soucieux d'impressionner Kevin et Claire Romarin, qui étaient arrivés en short et tee-shirt. C'est là que j'avais appris que les gens riches n'en font jamais trop en matière d'habillement. Seuls les pauvres le font, quand ils veulent avoir l'air riches.

Lucinda sourit.

— Tu as mangé deux paniers de palourdes d'Ipswich.

— Tes parents nous ont surpris en train de nous embrasser

près de la cabine téléphonique.

— Ils t'ont aimé dès le début. Comme moi.

Lucinda me lança un regard qui me faisait toujours battre le cœur plus vite.

— Je t'aime.

— Moi aussi, je t'aime.

Nous nous retournâmes tous les deux en entendant Ethan descendre les escaliers avec Moonie, les griffes du chien cliquetant sur le parquet. Nous échangeâmes un regard lorsqu'il entra dans la cuisine en se frottant les yeux.

— Salut, mon grand.

Je m'approchai, lui ébouriffai les cheveux et embrassai le sommet de sa tête.

— Salut, répondit Ethan d'une voix endormie. Son regard se posa sur le persil, les avocats et l'oignon, et un sourire illumina son visage.

— Des tacos au poisson ?

— Oui, nous répondîmes à l'unisson, pleins d'enthousiasme. Lucinda me lança un regard qui voulait dire « Fais comme si de rien n'était ».

— Youpi, je meurs de faim ! s'exclama Ethan, criant presque de joie.

— Moi aussi.

Intérieurement, je poussai un soupir de soulagement.

— Ça tombe à pic. Lucinda attrapa des gants de cuisine rouges en forme de pinces de homard que nous avions trouvés dans un tiroir. Je crois que c'est prêt.

— Tacos au poisson dans trois... deux... un... Ethan commença le compte à rebours, et Lucinda sortit le plat en pyrex contenant trois magnifiques filets de sole qui grésillaient dans l'huile d'olive.

— Ce poisson a l'air délicieux.

Je posai ma bière.

— Merci.

Lucinda commença à apporter le plat en pyrex vers le comptoir, mais elle trébucha sur Moonie et fit basculer le plat.

Les filets de poisson glissèrent sur le sol et se brisèrent en morceaux. L'instant d'après, Moonie se mit à les engloutir.

— Oh ! s'écria Lucinda, tenant toujours le plat vide.

— Moonie, non ! Ethan se précipita vers le chien pour le retenir, mais le poisson était de toute façon déjà éparpillé par terre.

Lucinda leva les yeux et croisa mon regard. Pour je ne sais quelle raison, elle se mit à rire. Je l'imitai, car c'était tellement ridicule de voir notre plan secret échouer ainsi.

Ethan regarda dans notre direction, puis éclata de rire à son tour.

— Maman, tu t'es complètement plantée ! Comme dirait papy : tu as foiré en beauté !

Soudain, on frappa à la porte et j'entendis Dom appeler :

— Jason ?

— Entrez ! répondis-je, et Dom s'exécuta, portant un grand sac bleu IKEA. Il nous regarda avec un large sourire.

— Qu'est-ce qu'il y a de si drôle ?

— J'ai fait tomber un super dîner, voilà ce qu'il y a de drôle.

Lucinda attrapa un rouleau de papier essuie-tout, en déchira un morceau et s'essuya les yeux.

Ethan gloussa.

— Moonie a mangé les tacos au poisson.

Dom sourit.

— Vous voulez que je commande chinois ou autre chose ?

— Non, merci. Lucinda commença à nettoyer le poisson par terre. On va manger des œufs.

— Tu as besoin d'aide, chérie ? demandai-je, mais elle me fit signe que non. Je regardai Dom. Qu'est-ce qu'il y a dans le sac ?

— Les affaires que vous vouliez récupérer dans la maison. Devi les a déposées.

— Vous voulez dire Max et Wendy ? demanda Ethan. Son visage s'assombrit.

— Oui.

Dom sortit les boîtes en cèdre du sac et les tendit à Ethan, qui les serra contre sa poitrine.

— Merci.

— De rien. Dom leva les yeux vers moi. Et l'autre chose que vous vouliez ? Ils ont pu la récupérer.

— Je ne m'en souviens pas, répondis-je en regardant Ethan.

Il essayait de ne pas pleurer. Je sentais l'odeur de fumée qui imprégnait les boîtes.

— Ça ? Dom commença à sortir quelque chose du sac. Ça vient de la cuisine ?

Cette vue me frappa comme un coup de poing dans le ventre. C'était la moulure de la cuisine avec les tailles des enfants au fur et à mesure de leur croissance. J'avais oublié que je l'avais demandée, mais le moment n'aurait pas pu être plus mal choisi. La moulure portait diverses marques au crayon de couleur, au stylo et au feutre, avec les dates griffonnées sur la surface peinte. Le bord éclaté du bois était noirci. Je sentais l'ambiance changer dans la pièce. J'avais honte que nous ayons ri. Allison avait été assassinée il n'y avait pas si longtemps. Nous nous amusions déjà sans elle.

— Merci, Dom. Je lui pris la moulure des mains comme si c'était un objet inconnu, quelque chose d'un autre monde, ce qui était le cas. Notre ancien monde s'écroulait sur notre nouveau.

— Ça vient de notre… commença Lucinda, stupéfaite, mais elle ne finit pas sa phrase. Elle s'essuya les mains sur une serviette en papier propre.

Je me forçai à sourire.

— J'ai pensé qu'on voudrait peut-être la garder.

— Comment ils l'ont eue ? Lucinda s'avança d'un pas hésitant, son regard douloureux fixé sur la moulure.

— Je leur ai dit que si elle n'était pas abîmée, ils pouvaient la récupérer.

Je tendis la moulure à Lucinda, qui la prit et examina les mesures des tailles. La phrase écrite par Allison, « JE SUIS TELLEMENT GRANDE !!!!!!! », était juste sous son nez.

— J'aurais dû te le dire.

— Non, ce n'est pas grave. Lucinda se mordit la lèvre, le regard toujours fixé sur les mesures. Je la veux. On devrait la garder en sécurité.

Ethan nous regarda tour à tour, Lucinda et moi.

— Je monte, dit-il en se détournant.

24.

Le lendemain matin, Dom et moi allâmes courir sous un ciel gris et nuageux. J'étais déjà essoufflé alors que nous venions à peine de partir. Nous courions généralement en silence au début, ce qui me donnait le temps de m'échauffer. La rue était déserte, comme d'habitude. Il n'y avait pas un souffle d'air et l'atmosphère était lourde. Nous courûmes le long des arbres, nos pas crissant sur le sable. Les mouettes criaient au-dessus de nos têtes, volant entre les nuages. Je commençais à avoir un point de côté.

— C'est dur, m'entendis-je dire.

— Je peux ralentir.

— D'accord, adieu ma fierté.

Dom modéra le rythme.

— Ce qui vous manque, c'est le *swag*.

— Je n'ai jamais eu de swag. J'ai porté une charlotte.

— Je ne vois pas de quoi vous parlez.

— Croyez-moi, vous ne voulez pas le savoir, et je ne peux pas parler avec un point de côté.

Dom sourit.

— Vous aviez du swag à Gitmo, M. Top Secret.

— C'est *Colonel* Top Secret pour vous.

Dom rit.

— Au fait, désolé pour hier soir. On dirait que je suis arrivé au mauvais moment.

— Je voulais lui faire une surprise. Malheureusement, la surprise était mauvaise.

— Ça l'a bouleversée ?

— Oui.

Lucinda avait pleuré presque toute la nuit, même si elle voulait la moulure. Nous avions parlé de notre sentiment de culpabilité à l'idée d'avoir pris du bon temps.

— Je pense que nous allons être tristes pendant très longtemps. C'est *normal* de l'être. Mais ça a empiré les choses, vous voyez ? Nous passions un bon moment.

— Je comprends ce que vous voulez dire, mais la vie doit continuer.

— Pas tout de suite, rétorquai-je.

Dom resta silencieux pendant quelques foulées.

— Je ne voulais pas paraître désinvolte. Vous savez que c'est normal, les hauts et les bas. Tout cela est normal. Cela fait partie du deuil.

— Je sais.

— Oui, c'est vrai. Vous avez perdu votre père.

— Oui. J'y avais pensé, mais cela ne m'aidait pas. C'est différent. Peut-être que toutes les morts sont différentes, mais mon père, je m'y attendais. J'avais eu le temps de me préparer. Nous le savions, il le savait. Je me remémorai cette période. Je lui ai tenu la main à l'hospice. Je l'ai aidé à se changer. Je lui ai essuyé la bouche. Il était en paix. Il est parti tranquillement. Je n'avais jamais trouvé cette expression appropriée jusque-là, mais elle lui convenait vraiment. Il est parti.

— Vous avez eu de la chance.

— Mais là, c'est différent.

J'avais la poitrine oppressée.

— On n'est pas censé enterrer son enfant.

— Je sais. La voix de Dom s'adoucit. Comment va Ethan ?

— Pas bien. Il est temps que nous commencions une thérapie, en famille.

— C'est une bonne idée.

Je repensai à cette nuit-là, sur Coldstream Road. Le coup de feu, le sang.

— Comment arrivez-vous à gérer la violence dans votre

travail ? Je veux dire, quand vous étiez sous couverture.

— J'ai été formé pour ça. Vous non, et votre famille non plus.

— Vous ne souffrez pas de stress post-traumatique ?

— Non, je fais juste des cauchemars.

Dom sourit, l'air désabusé.

— À part ça, en ce qui concerne ma belle-mère, y a-t-il un moyen de permettre à Lucinda de lui rendre visite ? Juste une fois, pour qu'elles puissent se voir ? Ma femme s'inquiète pour elle.

— Pourquoi ? Elle est à Bay Horse. C'est un endroit agréable.

— Oui, mais Lucinda s'inquiète quand même, et je la comprends.

Mon point de côté commençait à s'estomper. Nous passâmes devant la maison au jardin plein de vieille ferraille.

— Les funérailles approchent. J'ai juste besoin que quelque chose de bien lui arrive, rien qu'une fois.

— Pourquoi pas un coup de fil ? Je parie que je peux vous en obtenir un.

— Non, ma belle-mère ne comprendrait pas ce qui se passe. Un appel vidéo sur Zoom, ça irait. On pourrait dire qu'on n'a pas pu venir la voir, alors on fait ça par ordinateur.

— Et le personnel ?

— Appelez le directeur général. Il gardera ça confidentiel. Vous êtes du FBI, bon sang.

— Le problème, c'est le personnel, les autres patients, les visiteurs. Si votre entourage sait que vous avez disparu, le personnel doit le savoir aussi. Des gouttes de sueur perlaient sur le front de Dom. Votre femme ne peut pas soudainement passer un appel à sa mère sur Zoom sans éveiller les soupçons. Pourquoi fait-elle ça ? Où est-elle ? Pourquoi n'est-elle pas venue ? C'est une vraie boîte de Pandore.

— Nous devons trouver un autre moyen. Appelez Gremmie et passez-le-moi. Je le supplierai s'il le faut.

— Vous n'aurez pas à supplier Gremmie, c'est moi qui le ferai.

— Dom, il faut que je vous parle d'autre chose. Vous avez déjà vu ces soi-disant détectives amateurs sur Internet ?

— Oui, quels emmerdeurs.

— Eh bien, il y en a beaucoup, et l'un d'eux en particulier, Bryan Krieger… il a écrit que j'avais tué ma famille et que j'étais en fuite.

— J'ai vu ça.

— Alors vous le saviez ? demandai-je, surpris.

— C'est mon travail de le savoir. Je suis incollable sur les Bennett.

— Pourquoi vous ne m'avez rien dit ?

— Parce que ce sont des conneries et que vous ne devriez pas vous en préoccuper.

— Vous dites ça, mais Lucinda l'a vu sur Internet. Ethan aussi. Ce qui m'inquiète, c'est qu'ils ne vont pas s'arrêter là. Ce détective amateur, Bryan, il va enquêter. J'étais allé sur Internet la nuit dernière et j'avais consulté le site web. Il est passé devant notre maison et a pris des photos des ruines. Il a fait la même chose avec mon bureau et le studio de Lucinda.

— J'ai vu. Vous ne devez pas y prêter attention.

— Comment vous gérez ce genre de choses ? Vous devez avoir l'habitude.

— Euh, non, ricana Dom. Il n'y a pas beaucoup de citoyens qui se mêlent des affaires de nos candidats habituels. Quoi qu'il en soit, je vais parler à Gremmie.

Je me sentais épuisé, je ralentissais le rythme.

— Du nouveau concernant Milo ?

— Non, désolé.

— J'ai peur qu'on l'ait perdu, Dom. J'ai peur qu'on ne l'attrape jamais. Qu'il ne soit jamais jugé. Qu'il ne paie jamais pour ce qu'il a fait à Allison.

— Faites-moi confiance. On s'en occupe. Je vous tiens au courant. Dom me jeta un regard peiné. Vous arrivez à dormir ? On ne dirait pas.

— Ça va, répondis-je, mais ce n'était pas vrai.

J'avais passé la majeure partie de la nuit à faire des recherches sur les cartels mexicains, comme si on pouvait apprendre quoi que ce soit sur le sujet avec Google.

— Je veux parler à Gremmie moi-même, d'accord ? À propos de Milo et Bryan Krieger ?

— D'accord. Mais ne l'appelez pas Gremmie.

— Je ne le ferai pas si vous m'obtenez cet appel sur Zoom.

Dom rit.

— Vous avez peut-être du swag, après tout, dit-il avant d'accélérer brusquement l'allure.

25.

Je m'assis à la table de la cuisine tandis que Lucinda tenait le téléphone, attendant le signal de Dom. Il avait organisé un appel FaceTime avec ma belle-mère sur un iPhone sécurisé. Je lui en étais reconnaissant, et Lucinda était aux anges. Le directeur de Bay Horse avait accepté de garder l'appel confidentiel, et aucun membre du personnel de l'unité de soins ne savait que la jeune avocate qui rendait visite à ma belle-mère était en réalité une agente du FBI. Ethan était avec Dom dans le salon, attendant que l'appel commence. J'étais agréablement surpris qu'il veuille y participer. Lucinda me regarda, les yeux brillants d'impatience.

— Je vais lui parler, puis je vous ferai venir, toi et Ethan.

— D'accord.

Je m'écartai pour ne pas déboussoler ma belle-mère. Son Alzheimer en était au stade IV, modérément grave. Toutes les maladies sont terribles, mais la maladie d'Alzheimer a cette cruauté particulière de progresser par étapes. Lucinda avait l'impression de perdre sa mère petit à petit, comme une mort graduelle, un purgatoire qui n'était pas différent de l'enfer. Le stade V était le stade final de la maladie, mais le neurologue ne savait pas quand elle l'atteindrait. Dom nous fit signe, un autre téléphone à l'oreille.

— Bon, ils sont prêts. Appelez, l'agent spécial Lingermann va répondre.

— Merci.

Lucinda appuya sur la touche, le téléphone sonna une fois, puis la communication fut établie.

— Bonjour, Mme Bennett, répondit l'agent spécial Lingermann, et je me penchai pour voir à quoi elle ressemblait.

Grande et plutôt jeune, avec un visage anguleux, des lunettes à monture d'écaille et un sourire professionnel. Elle avait revêtu une chemise blanche amidonnée et le genre de tailleur chic que les avocates ne portaient plus depuis longtemps, mais c'était un effort louable.

— Oui, bonjour, est-ce qu'elle est là ?

— Oui, elle est assise à son bureau. Je lui ai expliqué que vous alliez être sur FaceTime, mais je ne suis pas sûre qu'elle comprenne le concept.

— On va se débrouiller.

— D'accord, c'est parti.

Je m'écartai à nouveau lorsque ma belle-mère apparut sur l'écran du téléphone, toujours charmante malgré la progression de sa maladie. Elle continuait à se faire coiffer chaque semaine au salon de beauté de Bay Horse et avait conservé son dégradé blond foncé, où quasiment aucun cheveu gris n'était visible. Elle portait un cardigan bleu marine et un collier en or, et la seule note discordante était la poupée qu'elle tenait dans ses bras comme si c'était un vrai bébé. La tête de la poupée était en plastique sale, avec des yeux bleus et des boucles blondes peintes, et son corps était fait d'un tissu couleur chair. Mon cœur se serra lorsque je me souvins d'où venait cette poupée. Allison avait toujours eu une relation particulière avec sa grand-mère, si bonne que nous l'appelions « la femme qui murmurait à l'oreille de Muggi ». C'était Allison qui avait eu l'idée de lui donner son ancienne poupée Bitty Baby, car nous avions vu d'autres patients dans les couloirs avec des peluches.

— Maman, bonjour, c'est ta fille, Lucinda ! disait ma femme, et cela me ramena à l'instant présent.

Je me demandai si les souvenirs étaient une bonne chose, s'ils étaient liés au chagrin, et Lucinda en avait eu plus que sa part. Mon beau-père était tombé malade d'une leucémie juste après avoir pris sa retraite, et la maladie l'avait emporté un an plus tard. Puis Caitlin avait eu un cancer du sein, elle avait subi une chimiothérapie, des rayons et une opération, et Lucinda l'avait accompagnée dans son parcours de soins jusqu'à sa mort. Après le décès de Caitlin, ma belle-mère avait commencé à montrer des signes d'oubli, dans une cascade de malheurs que j'aurais eu du mal à croire si je ne l'avais pas vécue. Lucinda s'était occupée de tout, mais je savais que cela l'avait énormément affectée.

— Cindy, je ne te vois pas.

Ma belle-mère regardait autour d'elle, le regard trouble et nerveux. De profondes rides plissaient son front et encadraient sa bouche.

— Regarde l'écran, maman. Tu me vois maintenant ? Lucinda lui fit signe en souriant. Je suis sur l'écran. Je ne peux pas venir en personne, mais nous pouvons nous voir comme ça.

— Je ne comprends pas, dit ma belle-mère en fronçant les sourcils. La poupée glissa et se retrouva coincée sous son avant-bras. Je ne comprends pas.

— Je suis au téléphone. Je sais que c'est déroutant.

Lucinda *prenait en compte les sentiments de la malade*, conformément à l'une des directives que son médecin nous avait données.

— Je ne sais pas ce que nous faisons.

Ma belle-mère tira une mèche de ses cheveux sur le côté, un geste qu'elle faisait lorsqu'elle était agitée. Lucinda me lança un regard inquiet. L'anxiété de ma belle-mère s'était aggravée ces derniers temps, alors les médecins avaient ajusté le dosage de ses médicaments. Elle avait retrouvé son humeur habituelle, joyeuse et agréable, bien que quelque peu décalée. Elle riait facilement, mais sans raison, émettant un petit gloussement étrange. C'était tout de même plus facile à supporter que la colère que j'avais observée chez d'autres patients. L'agent spécial Lingermann réapparut derrière ma belle-mère, pointant le doigt vers l'écran du téléphone.

— Mme Romarin, c'est votre fille, juste ici. C'est elle, en ce moment même.

— Ne soyez pas ridicule ! pouffa ma belle-mère. Ha ha ! Ce n'est qu'une photo !

— Non, ça ressemble à une photo, mais ce n'en est pas une. L'agent spécial Lingermann désigna à nouveau l'écran. Votre fille est au téléphone en ce moment même. Vous pouvez lui parler.

— Arrêtez ! Je crois que vous me faites marcher. Ha ha !

— Mme Romarin, vous n'avez qu'à parler. Elle vous répondra. Vous verrez. Parlez-lui.

Soudain, ma belle-mère focalisa de nouveau son attention sur le téléphone et afficha un sourire éclatant, laissant entrevoir un instant son ancienne personnalité.

— Cindy !

— Oui, c'est moi, je suis là !

Le visage de Lucinda s'illumina, et je ressentis un élan de bonheur pour elles deux. Le lien entre la mère et la fille était palpable, et ma belle-mère était la seule personne à appeler ma femme Cindy.

— Maman, je suis là. Je suis si contente de te voir. Tu me manques, maman !

— Tu me manques aussi, ma chérie ! Oh, comme c'est drôle de te voir ! Comme c'est drôle !

— Je veux savoir comment tu vas. Comment vas-tu ?

— Je vais bien, ma chérie !

— Tu passes une bonne journée ?

— Oui ! Très bonne ! Tout le monde est très gentil ici ! Ha ha !

— Je vais bien, et tout le monde va bien ici aussi.

Lucinda sourit, et j'eus la gorge serrée en la regardant. Je ne savais pas où ma femme trouvait la force de faire croire qu'Allison était vivante.

— C'est bien ! C'est bien d'être avec toi, ma chérie !

— Ce cardigan te va très bien, maman. Le bleu marine te va au teint.

— Merci !

Ma belle-mère rayonnait, lissant son cardigan. La poupée glissa plus bas, ses yeux bleus en plastique fixés sur nous.

— Je le trouve très élégant. Le bleu marine est une couleur très élégante.

— Oui, tu es très jolie aujourd'hui.

— Oh ! Merci ! Tu es très gentille ! Très gentille !

— Toi aussi. C'est toi qui m'as appris à être gentille. Je suis ta fille. Tu es ma mère.

— Oui !

Ma belle-mère éclata de rire, comme si Lucinda avait dit quelque chose d'hilarant. Lucinda sourit malgré tout, les yeux brillants d'amour et de tristesse. Elle m'avait dit un jour qu'elle pleurait sa mère alors que celle-ci était encore en vie, puis nous avions découvert que cela s'appelait le *deuil anticipé*.

— Maman, tu as ton livre ? Ton livre spécial ?

Ma belle-mère cligna des yeux.

— Non.

— Il devrait être sur le bureau. Tu le vois ? Tu sais, ton livre spécial ?

— Je ne le vois pas. Il n'est pas là. Il a disparu.

Lucinda pinça les lèvres.

Le livre spécial était un livret en papier cartonné contenant des photos de nous, accompagnées de légendes expliquant qui nous étions. Les enfants l'avaient fabriqué lorsque ma belle-mère avait emménagé dans la maison de retraite, et ce livre devait servir à nous présenter Ethan et moi lors de l'appel, comme l'avaient suggéré ses médecins. Lucinda me fit signe.

— Maman, je suis avec mon mari Jason. Tu veux dire bonjour à Jason ? Il aimerait beaucoup te saluer.

— Oh ! Oh ! Oui, oui, j'aimerais beaucoup lui dire bonjour.

Je me penchai vers elle en lui faisant signe.

— Claire, comment allez-vous, belle dame ?

— Oh ! Oh là là, tu es bête, tu es tellement bête !

Ma belle-mère gloussa, ce qui me donna un sentiment doux-amer. Mon père l'avait adorée, il disait qu'elle avait de la classe, et ils avaient parfois partagé une cigarette comme deux adolescents effrontés. C'étaient les seules fois où je l'avais vue fumer, car mon beau-père, très strict, désapprouvait. Je lui fis signe à nouveau.

— Je suis ravi de te voir, Claire.

— Eh bien, je suis ravie de voir un si beau jeune homme !

Lucinda rit.

— Il n'est plus si jeune que ça.

— Mais je suis toujours aussi beau, intervins-je.

— Il est si beau ! Mon Dieu ! Ha ha ! Ha ha !

Je ris, sentant mon moral remonter. J'essayais de ne pas penser à l'avenir ni à la façon dont sa maladie allait finir. J'essayais de ne pas penser au passé, car Allison en faisait partie. La mort était partout, dans le présent, dans le passé, dans l'avenir. Je me demandais pourquoi nous attachions autant d'importance au temps.

Lucinda fit signe à Ethan.

— Maman, ton petit-fils Ethan est là. Il aimerait te dire bonjour, lui aussi.

Ethan se précipita, souriant et tournant la tête sur le côté, faisant le clown.

— Coucou Muggi, c'est Ethan ! Ton petit-fils... commença-t-il, mais il grimaça. Pourquoi elle a la poupée d'Allison ?

Je lui touchai le bras.

— Ne fais pas attention, lui murmurai-je, réalisant qu'il ne savait pas pour la poupée.

Ma belle-mère cligna des yeux, fronçant les sourcils.

— Ma Jo a disparu. Je ne vois pas ma Jo.

Ethan parvint à sourire.

— Non, je suis Ethan, ton petit-fils Ethan. Je m'appelle Ethan.

Lucinda lui toucha la main.

— Ethan, Jo, c'est le nom qu'elle donne à sa crème pour les mains. Elle l'appelle Jo.

— Quoi ? Pourquoi elle lui donne un nom ?

— C'est de la marque Jo Malone.

Le visage d'Ethan s'assombrit et je lui pris la main. Il ne savait pas non plus pour la crème. Les médecins nous avaient conseillé de *stimuler les sens* de ma belle-mère, alors Lucinda lui avait offert une crème pour les mains à la lavande, car ma belle-mère en cultivait à Cape Cod. Elle lui avait beaucoup plu, alors Lucinda avait acheté une lotion pour le corps à la lavande, un oreiller, une bougie et des sachets, dont je ne connaissais même pas l'existence. Ma femme préférait en faire trop que pas assez.

Lucinda disait :

— Maman, d'habitude ta Jo est sur ta commode, devant.

Ethan essaya de sourire.

— Je suis Ethan, dit-il, mais ma belle-mère ne le regardait pas, elle s'était tournée vers la gauche.

— Je ne la vois pas. Je ne sais pas où elle est. Je ne vois pas ma Jo.

— Muggi ? l'appela Ethan d'une voix tremblante.

Je le serrai dans mes bras et essayai de l'asseoir sur mes genoux, mais il résista en se raidissant.

— Muggi, c'est moi !

Lucinda disait :

— Maman, regarde sous la lampe sur la commode.

— Je ne la vois pas. Je ne sais pas où elle est.

Ma belle-mère se tirait à nouveau les cheveux. La poupée tomba, mais elle ne s'en aperçut pas.

— Muggi, c'est Ethan, ton petit-fils ! tenta de nouveau Ethan, mais comme ma belle-mère ne réagissait pas, il se détourna.

— Je ne veux plus faire ça.

Claire se tirait toujours les cheveux, le front plissé.

— Je crois que cette fille a pris ma Jo. Elle prend des choses ! Elle prend tout !

— De quelle fille tu parles ?

Lucinda continuait de sourire, pour faire bonne figure. Nous savions que d'autres patients de l'unité de soins pour personnes atteintes de troubles de la mémoire souffraient de délires et pensaient que le personnel leur volait leurs affaires.

— Elle a pris ma Jo !

— Agent spécial Lingermann ? demanda Lucinda en élevant la voix. Voyez-vous un tube de Jo Malone quelque part ? Il devrait être sur la commode, devant.

— Non, répondit l'agent spécial Lingermann, hors champ.

— Elle a pris ma Jo ! Elle a tout pris !

— Agent spécial Lingermann, et sur la table de chevet ?

— Il n'y a rien sur la table de chevet, le bureau ou la commode.

Lucinda hocha la tête.

— Maman, Susan est là aujourd'hui ?

— Susan ? Je ne la connais pas.

Lucinda fronça les sourcils, inquiète, et je lus dans ses pensées.

Susan était l'infirmière préférée de ma belle-mère. Nous ne savions pas si elle l'avait oubliée ou si elle était simplement trop agitée pour le moment. Nous cherchions tous les deux des détails qui pourraient indiquer une détérioration. Lucinda reprit :

— Maman, tu adores Susan. Elle a les cheveux courts. Elle est là aujourd'hui, d'habitude.

— Je ne sais pas.

Je comprenais la confusion de ma belle-mère. L'emploi du temps des infirmières était tellement fragmenté et difficile à suivre. Susan venait les mardis, jeudis et samedis, Linda les mercredis et vendredis, et il y avait une infirmière itinérante les lundis et dimanches, dont j'avais carrément oublié le nom, sans parler des infirmières de nuit. Bay Horse essayait de maintenir une équipe régulière dans l'unité de soins, mais ils avaient leurs limites.

— Agent spécial Lingermann, pouvez-vous essayer d'éclaircir la situation ? Aller demander à quelqu'un où se trouvent sa crème pour les mains et son livre spécial ?

— Mme Bennett, je ne sais pas si je peux faire ça.

— Dom ?

Je regardai Dom, qui acquiesça.

— Dom dit que c'est bon.

— D'accord, je reviens tout de suite, dit l'agent spécial en hochant la tête, avant de quitter la pièce.

— Je n'aime pas ça, dit ma belle-mère en fronçant les sourcils.

— Je suis désolée, maman. Lucinda sourit, avec effort. Je suis très heureuse de te voir. Tu es très jolie.

— Elle m'a pris ma Jo !

Ma belle-mère se mit à se balancer, en positionnant ses bras comme si elle portait encore la poupée. Son expression se relâcha, comme si ses jolis traits avaient glissé de son visage. Son expressivité émotionnelle diminuait lorsqu'elle se détachait de situations stressantes, en se déconnectant mentalement de son environnement.

— Maman ? Maman, c'est ta fille, Lucinda.

Ma belle-mère ne leva pas les yeux, continuant à bercer le bébé imaginaire.

— Regarde le téléphone, maman. Parle-moi de ton bébé.

Ma belle-mère l'ignora, se balançant toujours. L'agent spécial Lingermann réapparut.

— Mme Bennett, votre mère avait raison. Il y a une nouvelle infirmière dans le service, et elle lui a pris sa crème pour les mains.

— Pourquoi ?

Lucinda avait l'air en colère, mais j'étais soulagé que ce ne soit pas un délire.

— La nouvelle infirmière est allergique aux parfums contenus dans les crèmes et les lotions. Elle fait de l'urticaire. Elle a pris tout ce qui avait une odeur. Les produits sont dans une boîte dans le bureau principal.

— Elle a fouillé dans le tiroir à sous-vêtements de ma mère ? Elle a pris ses sachets ? Ils ne sentent presque plus rien. Lucinda fronça les sourcils. Et le livre spécial ? Il n'est pas parfumé.

— Je suis désolée, j'ai oublié de demander pour le livre.

— Agent spécial Lingermann, puis-je parler à la responsable ? Elle s'appelle Joyce.

— Non, on ne peut pas faire ça. Joyce n'a pas été mise au courant.

Je me tournai vers Dom pour vérifier, mais il secoua la tête.

Lucinda pinça les lèvres.

— Comment s'appelle cette nouvelle infirmière ?

— Gabrielle Hook.

Soudain, ma belle-mère se leva et sortit du champ de la caméra.

— Maman ? Maman ? appela Lucinda en élevant la voix. Où tu vas ?

L'agent spécial Lingermann répondit :

— Elle a l'air bouleversée. Elle est allée aux toilettes. Elle a fermé la porte.

— Pouvez-vous vérifier si elle va bien ?

— Je pense que nous devrions raccrocher. L'infirmière m'a dit qu'il allait falloir mettre fin à l'appel bientôt. Elle a dit que c'était presque l'heure du dîner.

— Mais elle ne se lève pas pour partir comme ça d'habitude. Maman ? Maman !

Je tapotai le bras de Lucinda.

— Chérie, elle est peut-être fatiguée. C'est tout nouveau pour elle, le téléphone.

— Oh non. L'agent spécial Lingermann grimaça. Je crois qu'elle pleure.

Lucinda fit à son tour une grimace.

— Pouvez-vous aller la voir ? Lui dire que je veux lui parler ?

— Je vais chercher l'infirmière. Nous devrions raccrocher.

— Maman ? répéta Lucinda alors que l'écran devenait noir.

26.

J'entrai dans la chambre, qui était plongée dans la pénombre, à l'exception de la lueur de la lune qui filtrait à travers les rideaux. Lucinda était sous les couvertures, dos à moi. Un verre vide et une bouteille de vin étaient posés sur la table de chevet. Elle était montée après l'appel à sa mère, et j'avais mis Ethan au lit avant de venir voir comment elle allait.

— Comment tu te sens ?

Je m'assis sur le lit et posai une main sur son bras. Je ne distinguais pas ses traits dans l'obscurité, seulement sa silhouette.

— Je me morfonds. Je me morfonds bien comme il faut.

— Tu as de bonnes raisons.

— J'ai bu trois verres de vin.

— Tu as bien fait.

Je lui tapotai le bras. D'habitude, ma femme ne tenait pas l'alcool. Elle ne buvait pas parce que cela perturbait son sommeil.

— Tu en veux encore ? Tu as le droit d'en reprendre.

— Bon Dieu, non. J'aurais mieux fait de ne pas appeler maman. Ça n'a fait que la perturber.

— Non, ce n'est pas vrai, m'empressai-je de dire. Elle était contente de te voir. Vraiment contente.

— Elle n'est jamais contente. Je ne m'en étais pas rendu compte avant. Elle est malheureuse tout le temps.

— Non, ce n'est pas vrai.

— Elle n'est même pas vraiment *là*. Et maintenant, moi non plus.

— Mais si, elle est là. Je n'avais jamais entendu Lucinda parler ainsi. Elle sourit, elle rit.

— Elle émet des sons et des bruits. Ce n'est pas vraiment un rire.

— Si, c'est un rire, dis-je, mais en vérité, je n'étais pas sûr de ce que c'était.

Lucinda ne répondit pas, et je savais que cela la tuait de devoir abandonner sa mère. Je me souvenais d'une fois, peu après le décès de Caitlin, où Lucinda, Ethan et moi étions sur le point de quitter la maison pour aller voir la finale de lacrosse d'Allison, quand Bay Horse avait appelé pour dire que sa maman était très agitée et que Lucinda devait venir immédiatement. Lucinda voulait aller au match, et Allison était déjà là-bas, elle nous attendait. La finale était très importante, contre Central Bucks West, et même Ethan était tout excité.

Le visage de Lucinda s'était assombri.

Je devrais aller voir maman.

Tu es sûre ? C'était à elle de décider, mais je compatissais.

Pourquoi ne pas y aller après le match ?

Ce sera trop tard. Lucinda avait serré les lèvres. *Vas-y, Monaco.*

Monaco était notre nom de code quand l'un de nous se rendait à un événement en tant que représentant, comme si nous étions les ambassadeurs d'un petit pays, notre pays à nous, essayant d'être à deux endroits à la fois, pour assister aux demi-finales de football, aux récitals de la chorale et à Annie *Get Your Gun*[20]. Je chassai ce souvenir de mon esprit, tandis que Lucinda se retournait dans le lit.

— Jason, tu sais ce que j'ai réalisé en parlant à maman ?

— Quoi, chérie ?

— Que nous avions toutes les deux perdu un enfant, elle et moi.

— Oui.

Je grimaçai. Je n'y avais pas pensé non plus.

— Je l'ai vue traverser cette épreuve après la mort de Caitlin.

20 - Comédie musicale américaine se déroulant au Far-West.

Elle a passé un mois au lit. Nous avons tous pleuré ensemble, comme des gens normaux. Allison était à l'enterrement de Caitlin, tu te souviens ? Elle n'avait que 11 ans.

Je m'en souvenais. C'était le deuxième enterrement auquel s'était rendue Allison. Le troisième serait le sien.

— Je ne peux pas m'empêcher de comparer, tu comprends ? Allison était tellement plus jeune que Caitlin quand elle est morte. Est-ce que c'est plus difficile pour nous, ou plus facile ?

Je n'avais pas de réponse. Ça faisait mal d'y penser.

— On ne peut pas comparer.

— C'est vrai, on ne peut pas, et au final, c'est pareil. On ne veut pas survivre à son enfant, quel que soit son âge. C'est parce qu'on ne peut pas le supporter.

— Je suis désolé, chérie.

— Je ne peux pas supporter d'avoir perdu Allison, je ne peux vraiment pas. Je ne veux plus sortir du lit, jamais. Jamais, jamais. J'utilise Ethan comme excuse. Je veux rester allongée toute la journée. J'abandonne, vraiment.

Je me sentis alarmé. Je lui frottai le dos. Je savais quelle était la seule chose qui pouvait la sortir de cet état.

— Tu dois penser à Ethan.

Lucinda ne dit rien, mais je voyais qu'elle écoutait. Ethan était mon meilleur argument. Elle ne le laisserait jamais tomber. Nous savions tous les deux qu'elle aimait les enfants plus qu'elle ne m'aimait moi. Et je l'aimais plus que je n'aimais les enfants. J'ignorais si cela faisait de moi un bon mari ou un mauvais père. Ou les deux.

— Lucinda, ta mère a perdu Caitlin, mais elle était toujours là pour toi. Elle a toujours été là pour toi, et tu seras là pour lui. Tu ne vas pas t'effondrer, parce qu'il est là.

— Tu as peut-être raison.

— Je sais que j'ai raison.

J'avais besoin qu'elle le croie.

— Je n'y avais pas vraiment prêté attention avant, mais elle tenait la poupée, et en y repensant, et je pense qu'elle était perturbée parce qu'elle l'a fait tomber.

— Je croyais qu'elle était contrariée à cause de la crème pour les mains.

— Non, elle était contrariée parce qu'elle avait *fait tomber* la poupée. Je la connais. Elle n'a jamais raté ne serait-ce qu'une couture de toute sa vie. Elle faisait de la broderie au petit point. C'est une perfectionniste. Lucinda renifla. Je sais ce qu'elle ressent, parce qu'Allison n'est plus là et qu'Ethan ne mange plus, et c'est un désastre. Un *désastre*.

Je ne dis rien. Elle avait raison.

— Jason, tu te souviens, à l'université, le cours de photographie que j'avais suivi ?

Je ne voyais pas le rapport.

— Bien sûr.

— J'adorais ce cours, et la prof avait dit quelque chose de vraiment génial une fois. Elle avait dit : « Lorsque vous prenez quelqu'un en photo, vous et votre sujet êtes dans le présent, mais si vous êtes doué, vous pouvez voir son passé, et même son avenir. »

— Tu penses que c'est vrai ?

— Je ne sais pas. J'essaie, dans les portraits de famille, mais j'ai conscience que ce n'est pas vraiment de *l'art*, tout le monde s'inquiète de sa coiffure, de son cou ou d'autre chose, et essaie juste d'avoir l'air plus beau, plus mince ou plus jeune.

Je ne comprenais toujours pas où elle voulait en venir, mais je ne l'interrompis pas.

— Tout ce que nous avons, ce sont des souvenirs, et en ce moment, j'ai des souvenirs de maman et des souvenirs d'Allison, et ils sont avec moi tout le temps, mais ma mère n'a même pas ça.

— C'est vrai, mais elle a le présent.

— Mais elle ne m'a pas, moi. Je ne peux pas aller voir si elle va bien dans la salle de bains, ni la serrer dans mes bras, ni la toucher, et elle a besoin d'aide, par exemple pour se dessiner les sourcils au crayon ou s'épiler le menton.

Je ne savais pas que ma femme faisait ces choses-là pour sa mère.

— Je vais être honnête avec toi. Je disais que je voulais l'appeler pour elle, mais en réalité, c'était pour moi. Elle me manque. Est-ce que c'est normal de regretter sa maman à mon âge ?

— Bien sûr que oui.

— Je repense sans cesse à l'histoire que tu nous as racontée à propos d'un fermier qui s'était coincé le bras dans une presse à foin. Tu avais parlé d'« amputation traumatique », c'est bien ça ?

— Oui.

J'avais raconté cette histoire à table, et c'est là que j'avais découvert que la vie à la ferme choquait les citadins.

— C'est exactement ce que je ressens depuis la mort d'Allison, comme si quelqu'un m'avait arraché le bras. *Arraché* tout simplement. Maintenant, elle n'est plus là, et aujourd'hui, quelqu'un m'a arraché l'autre bras, parce que je ne peux plus avoir ma mère auprès de moi, et il ne s'agit pas d'elle, ni d'Allison, il s'agit de moi. Lucinda s'agita dans le lit. Je mets du sang partout, il jaillit de moi.

— Je suis désolé, chérie.

Je lui tapotai le dos, mais c'était comme si elle ne sentait pas mon contact, ni même ne m'entendait.

— Jason, c'est trop, tout ce que nous avons perdu. Allison, nos vies, la maison, ton entreprise, mes appareils photo, mes objectifs, mes bijoux, tout a disparu, tout est parti, et à un moment donné, c'est trop difficile à surmonter, on ne peut pas s'en remettre. Ce n'est pas possible de perdre *tout* ce qu'on a et de continuer à vivre. Je te le dis, je suis épuisée, je suis finie…

— C'est juste ce que tu ressens en ce moment, l'interrompis-je.

Je ne pouvais pas la laisser dire ces choses, ni même les penser, même si elles étaient vraies.

— … et si je suis honnête avec toi, et *j'essaie* d'être honnête avec toi, je ne pense pas pouvoir rester ici. Je ne peux pas faire ça.

— Je suis là, chérie, moi, je vais le faire.

Je lui serrai l'épaule.

— Tu ne peux pas, Jason, tu ne peux pas le faire *pour nous*, ce n'est pas comme notre code Monaco, tu ne peux pas y arriver tout seul. Personne ne le peut. Tu ne peux pas me rendre notre famille, tu ne peux pas me rendre notre passé, et je ne sais pas quoi faire parce que je ne suis pas capable de vivre dans le présent et certainement pas capable d'affronter l'avenir. Ethan non plus. Nous sommes en train de sombrer, comme maman, nous sombrons tous les deux.

— Je ne laisserai pas ça arriver, dis-je, bouleversé.

— Qu'est-ce que tu peux y faire ? demanda Lucinda en se mettant à pleurer.

27.

Le week-end fut misérable. Lucinda avait la gueule de bois et terminait la vidéo pour les funérailles d'Allison. Je redoutais l'événement, comptant mentalement les jours qui nous en séparaient, et la morosité s'installa dans la maison comme un brouillard sur le marais. Ethan se retira dans sa chambre avec un Moonie d'humeur grincheuse, même si je m'assurais qu'il mangeait et prenait l'air. Le dimanche soir, je le laissai rester dans sa chambre.

Je m'assis devant mon ordinateur portable dans la cuisine, en pilote automatique. Quand je jetai un coup d'œil à l'horloge murale, il était minuit. J'étais en ligne depuis des heures, faisant défiler les pages sans réfléchir. La maison était silencieuse. Je me sentais à vif, épuisé et brisé, seul avec mes pensées.

Qu'est-ce que tu peux y faire ?

Je manquais à mes devoirs envers Lucinda et Ethan. Je ne pouvais que prier pour que nous puissions commencer une nouvelle vie, mais j'avais des doutes. Un programme destiné aux accusés criminels n'était pas viable pour nous. Peut-être qu'après l'arrestation de Milo, nous pourrions en sortir, mais Dieu seul savait quand cela arriverait.

Après avoir parcouru Internet à la recherche d'informations sur Milo, sans rien découvrir, je me retrouvai à consulter le site web du détective amateur Bryan Krieger. La première page montrait des photos de notre maison incendiée, de mon bureau et du studio de Lucinda, ainsi qu'un nouveau titre qui me retourna l'estomac.

GRANDE INTERVIEW DE MELISSA DELUCA, LA MEILLEURE AMIE DE LUCINDA BENNETT !

J'eus un mouvement de recul, consterné. Le fichier audio de l'interview avait été publié une heure auparavant. Je mis une paire d'écouteurs sans fil, cliquai sur le lien et écoutai l'introduction, qui commençait par une musique pleine de suspense. Bryan Krieger se présenta, avec une voix plus jeune que je ne l'avais imaginée, et Melissa le remercia. Je sursautai en entendant sa voix, familière mais venue d'un autre monde, celui dans lequel je vivais autrefois.

J'écoutai, en imaginant l'interview comme si c'était l'une de mes transcriptions :

Bryan : Vous êtes la meilleure amie de Lucinda Bennett, n'est-ce pas ?
Melissa : Oui, et laissez-moi vous dire que je ne parlerais jamais des affaires de Lucinda à un parfait inconnu. Je fais ça uniquement parce que j'essaie de la retrouver. Je vous ai contacté parce que je veux faire savoir qu'ils ont disparu et faire pression sur la police.
Bryan : Nous devrions expliquer comment vous m'avez trouvé.
Melissa : Des amis ont vu votre site web et m'en ont parlé, alors je vous ai envoyé un e-mail. J'ai l'impression que la police ne se montre pas réceptive à mon égard ni à celui de notre communauté, ce que je ne comprends pas. Je paie mes impôts. Ils ont une responsabilité envers nous, mais ils ne me rappellent même pas.
Bryan : C'est révoltant.
Melissa : Je suis d'accord. Et croyez-moi, je sais que je ne travaille pas dans les forces de l'ordre, mais j'ai du bon sens et je me soucie de Lucinda et de sa famille.
Bryan : Moi aussi, même si je n'ai jamais rencontré les Bennett. J'ai l'impression de les connaître grâce à vos publications et à vos photos.

Melissa : J'apprécie votre soutien et je sais que vous n'êtes pas un professionnel non plus, mais nous essayons tous les deux de résoudre cette disparition. Je tente désespérément d'informer les gens au sujet de Lucinda. Nous devons la retrouver, ainsi que Jason et les enfants. Vous n'avez pas idée d'à quel point les Bennett sont merveilleux.
Bryan : J'en suis sûr, c'est tellement bouleversant.
Melissa : N'est-ce pas ? Vous imaginez ? Votre meilleure amie et sa famille disparaissent de la surface de la terre ? Dès que j'ai su qu'elle n'était pas allée rendre visite à sa mère, j'ai compris qu'il y avait un vrai problème. Il se passe quelque chose de grave. La police dit que je tire des conclusions hâtives, mais je vous assure que c'est vrai. Je me rends compte quand on me prend de haut.
Bryan : Melissa, vous connaissez Lucinda mieux que personne. Ma femme a aussi une meilleure amie, et elle ferait tout pour elle.
Melissa : C'est exactement ce que je ressens. Ce sont les amies qui nous aident à traverser les épreuves. Lucinda était… je veux dire, elle *est* une amie formidable.
Bryan : Je sais que vous ne soupçonnez pas Jason, mais parlons-en. Vous devez comprendre que le mari est la première personne à qui l'on s'intéresse dans ce genre d'affaire. Tous ceux qui regardent *Lifetime TV* le savent, n'est-ce pas ?
Melissa : Jason ne devrait pas être un suspect. Je ne le soupçonne pas du tout.

Je souris, appréciant cette marque de confiance. J'avais toujours bien aimé Melissa, et cela me faisait plaisir de l'entendre me défendre avec une telle conviction.

Bryan : Vous me semblez être une femme instruite et sophistiquée, vous savez donc que les auteurs de violences domestiques n'ont pas forcément l'air d'en être capables à première vue.
Melissa : Je le sais bien.
Bryan : On ne peut donc pas toujours se fier aux apparences.
Melissa : Oui, c'est vrai.

Bryan : Aucun mariage n'est parfait. Le mien ne l'est certainement pas. Le vôtre l'est-il ?
Melissa : Non, et je ne suis pas ici pour dire que le mariage de Lucinda était parfait. Il ne l'était clairement pas.

Je clignai des yeux, surpris. Je ne pensais pas que mon mariage était parfait, mais il était plutôt solide. J'étais persuadé que Lucinda aurait dit la même chose.

Bryan : Qu'est-ce qui vous fait dire que leur mariage n'était *clairement* pas parfait ?
Melissa : Eh bien, il y a eu une période difficile.
Bryan : Quand ? Je suis curieux de savoir si c'était peu de temps avant leur disparition.
Melissa : Eh bien, euh, en vérité, oui. C'était pendant l'été. Elle avait l'impression que Jason passait trop de temps au travail.

Je m'en souvenais. J'avais travaillé tout l'été dernier et cela n'avait pas plu à Lucinda. Nous nous étions disputés une ou deux fois à ce sujet, mais je n'avais pas pensé que c'était une période difficile.

Bryan : Jason travaillait donc tard au bureau ?
Melissa : Non. Quand on est greffier, on ne travaille pas dans son propre bureau. Jason exerçait dans le bureau de quelqu'un d'autre, mais il travaillait le soir.
Bryan : Il pouvait donc être n'importe où.
Melissa : Ce n'est pas ce que je voulais dire.
Bryan : Lucinda savait-elle où il était ces soirées-là ?
Melissa : Oui.
Bryan : Mais elle devait se fier à ce qu'il lui disait. Il aurait pu être n'importe où.
Melissa : Je pense qu'il était là où il disait être...
Bryan : Pendant cette période où il travaillait tard, est-ce que vous ou Lucinda pensiez qu'il pouvait avoir une liaison ?
Melissa : Non, il n'est pas comme ça. C'est un type bien.
Bryan : J'ai vu des photos sur son site web d'une certaine Justine. Elle est très séduisante. Vous voyez de qui je parle ?

Melissa : Croyez-moi, il n'avait pas de liaison avec Justine et je ne vais pas parler de sa vie privée à elle. Lucinda faisait confiance à Jason et moi aussi.
Bryan : Alors pourquoi dites-vous que leur mariage n'était pas parfait ? Pourquoi ont-ils traversé une période difficile cet été s'il n'avait pas de liaison ? Je soupçonne qu'il en avait une, et je ne comprends pas pourquoi vous le couvrez.
Melissa : Quoi ? Je ne le couvre pas.
Bryan : C'est vous qui aviez une liaison avec lui ? C'est pour ça que vous vous impliquez autant ? Vous faites comme si vous vous inquiétiez pour elle, mais en réalité, c'est pour détourner les soupçons...
Melissa : Non, non, ce n'est pas vrai ! Je ne ferais jamais ça, lui non plus, nous n'avions pas de liaison ! C'était *elle* !

Je n'étais pas sûr d'avoir bien entendu. Melissa avait la voix brisée par l'émotion, j'avais dû me tromper. Je cliquai sur « stop », sur « retour en arrière », puis sur « lecture » et je réécoutai.

Melissa : Non, non, ce n'est pas vrai ! Je ne ferais jamais ça, lui non plus, nous n'avions pas de liaison ! C'était *elle* !

J'étais stupéfait, incrédule. Cela me bouleversait au plus profond de moi-même. Ce n'était pas possible. Je cliquai à nouveau sur « lecture » pour voir si elle revenait sur ses propos ou se corrigeait.

Bryan : Vous êtes en train de dire que Lucinda a eu une liaison cet été ?
Melissa : Je ne voulais pas dire ça, c'est juste que votre accusation était tellement ridicule, j'ai...
Bryan : Avec qui avait-elle une liaison ?
Melissa : Je regrette d'avoir parlé de ça, je ne vous le dirai pas. J'ai donné son nom à la police, j'ai besoin que l'on fasse pression pour qu'ils examinent toutes les pistes possibles, et il en est une. Il sait peut-être quelque chose, ou bien où elle était en dernier, ou il peut aider la police d'une manière ou d'une autre.

C'est l'un de ses clients et il connaît beaucoup de monde, et on ne sait jamais où ces choses peuvent mener...

J'écoutais, horrifié. J'en avais la tête qui tournait. Je n'arrivais pas à assimiler tout ça. Lucinda avait eu une liaison ? Elle m'avait trompé, l'été dernier ? Avec un client ?

Bryan : Si Lucinda avait une liaison, c'est une raison de plus pour que Jason l'ait tuée, non ?
Melissa : Non, ce n'est pas ce qui s'est passé...
Bryan : Vous venez de nous fournir le mobile parfait ! Il l'a tuée pour se venger et a pris les enfants. Ou il a tué toute la famille.
Melissa : Non, non. Jason n'aurait jamais...
Bryan : Et s'il avait découvert son infidélité et l'avait tuée ? Ce serait beaucoup plus probable, non ? Ça arrive tous les jours ! Pourquoi essayez-vous de protéger Jason ?
Melissa : Non, vous vous trompez complètement, nous devrions arrêter cette interview...
Bryan : Non, je vous en prie...

Il y eut un clic sur l'enregistrement, puis le silence.

J'étais sous le choc. C'était impossible. Je me levai, voulant aller demander à Lucinda si c'était vrai, me confronter à elle, mais quelque chose d'étrange se produisit. Mon corps s'engourdit, comme si mes muscles étaient gelés. Je n'étais pas sûr d'être capable de faire un pas. C'était comme si mon corps absorbait le choc, *incarnait* le choc.

Je restai là, essayant de donner un sens à ce que je venais d'apprendre, laissant mon organisme assimiler cette révélation.

Cela me prit plusieurs minutes, mais quand j'y fus parvenu, je montai directement à l'étage.

28.

J'entrai dans notre chambre et trouvai Lucinda assise sur le lit, son ordinateur portable devant elle. Je fermai la porte derrière moi, car Ethan dormait dans sa chambre au bout du couloir. Je ne dis rien, je ne pouvais pas, pas encore. J'ignorais comment entamer la conversation. Je savais que j'étais en colère, mais je ne me sentais pas en colère. J'étais sous le choc.

Lucinda retira ses lunettes de lecture, des rides se creusant sur son front.

— Je n'arrive pas à croire que cela m'ait pris autant de temps. Je suis peut-être plus perfectionniste que je ne le pensais. Regarde.

Je me dirigeai vers le lit, en pilote automatique.

Lucinda m'indiqua l'ordinateur portable.

— J'ai choisi la chanson, c'était le plus difficile. J'ai opté pour Sarah McLachlan. Je sais que tout le monde l'utilise, mais j'adore quand elle dit « ne pleure pas sur les souvenirs[21] ».

Mon regard se posa sur l'image figée de la vidéo, qui montrait Allison, encore toute petite, en train d'essayer de sortir de son lit à barreaux en grimpant. Ma gorge se serra, mais Lucinda ne le remarqua pas, concentrée sur la vidéo.

— Écoute.

Elle cliqua sur « Lecture » et les premières notes de guitare me

21 - « Weep not for the memories », extrait de la chanson *I Will Remember You* de l'artiste canadienne Sarah McLachlan.

transpercèrent le cœur. Je luttai pour contrôler mes émotions tandis que la musique jouait derrière une autre photo d'Allison, que j'avais prise. Elle levait sa crosse de lacrosse en l'air après avoir marqué un but, et je partageai ce moment avec elle à travers l'objectif, comme si nous étions toujours connectés à travers l'espace et le temps. Je ne pouvais pas détacher mes yeux de la photo.

— Éteins-la, s'il te plaît, m'entendis-je dire.

— Désolée, je sais.

Lucinda appuya sur « stop » et la vidéo se figea, brouillant le joli visage de ma fille. La musique s'arrêta brusquement et la chambre fut plongée dans un silence complet.

— Tu as eu une liaison, dis-je calmement.

C'était un constat, pas une accusation, pas vraiment. Ma voix était si douce qu'elle en était presque réduite à un murmure.

Je n'avais jamais été du genre à crier. Mon père non plus.

— Quoi ?

Lucinda leva les yeux vers moi en clignant des paupières.

— Tu m'as entendu.

Encore un constat. Ce n'était pas une accusation, puisque c'était la vérité. La vérité avait une résonance particulière, et je pouvais l'entendre sortir de ma bouche.

— Je n'ai pas... commença Lucinda, mais son regard croisa le mien, et je vis la douleur dans ses yeux.

— Dis-moi la vérité.

Lucinda porta la main à sa bouche, les yeux brillants de larmes, et ses traits parurent s'affaisser, ses sourcils s'abaissèrent, sa bouche se tordit.

— Je suis tellement désolée. Je ne voulais pas que ça arrive.

C'était donc vrai. Et sa confirmation ne faisait qu'empirer les choses.

— Jason, je suis désolée, tellement désolée, je t'aime, je te le jure. C'était une erreur, une terrible erreur, c'est fini maintenant...

— Je suis surpris, tellement *surpris*.

— Je suis vraiment, vraiment désolée. Les larmes perlèrent au bord des yeux de Lucinda. C'est arrivé comme ça, je l'ai rencontré en faisant des portraits d'entreprise, l'été dernier...

— Tu as couché avec un portrait d'entreprise ? Tu détestes ce travail, tu détestes ces clients.

— J'ai fait une erreur, une terrible erreur...

— Ne me dis rien, laisse-moi deviner. Médecin ? Avocat ? Chef indien ? Je me rendais compte que je retrouvais ma voix, et qu'elle était sarcastique. Peut-être que l'humour atténuerait le choc, ça avait toujours marché. Il a posé les bras croisés ? Il portait un stéthoscope ? Je trouve toujours ça un peu exagéré, pas toi ? On a compris, t'es médecin.

— Ça n'a pas duré longtemps, j'ai rompu, et ça n'avait pas d'importance, *il* n'avait pas d'importance.

— C'est pire. Je n'arrive pas à croire que tu m'aies trompé avec quelqu'un qui n'avait pas d'importance. Je ne pouvais pas imaginer avec qui elle avait été. Alors c'était qui ? Avec qui est-ce que *c'est arrivé comme ça* ?

— Tu ne le connais pas. Un avocat de Philadelphie.

— Qui ? J'ai hâte de le chercher sur Google.

— Paul Hart.

J'en eus le souffle coupé. Je reconnus immédiatement ce nom.

— Pas le Paul Hart qui représente Milo ?

Lucinda fronça les sourcils, surprise.

— Non, bien sûr que non. C'est un associé chez Lattimore. Ils ne représentent pas des gens comme Milo.

— Oh, que si. Un avocat chez Lattimore nommé Paul Hart représente Milo. Il représente Big George, Junior et la GVO.

Je croisai son regard ; nous étions tous deux horrifiés.

— Ce n'est pas possible !

— J'ai lu les procès-verbaux. Il représente la GVO depuis des années.

J'en avais la nausée. Elle avait couché avec l'homme qui avait permis à Milo de retrouver la liberté, lui donnant ainsi l'occasion de tuer notre fille.

— Non, ce n'est pas possible !

Je ne pouvais plus prononcer un seul mot. J'étais incapable de rester dans la pièce avec elle.

— Jason, attends. Lucinda se leva et me suivit. Ce n'est pas possible que ce soit le même !

— Laisse-moi seul.

Je me précipitai hors de la pièce, descendis les escaliers et me dirigeai vers la porte, mais je m'arrêtai sur le seuil. Si je sortais, Dom ou Wiki pourraient me voir grâce aux caméras de sécurité ou pendant leur patrouille. Je ne voulais pas avoir à répondre à des questions sur ce qui se passait.

Je posai la main sur la poignée de la porte pour me stabiliser. J'étais sous le choc, complètement sonné, comme après une explosion.

Je respirai profondément à plusieurs reprises. L'allée était calme et silencieuse. La nuit enveloppait le marais. Les lumières brillaient à travers une brume légère. Il avait plu et l'air du marais sentait plus fort que d'habitude. Je ne voyais pas une seule étoile dans le ciel, seulement une couverture nuageuse d'un noir impénétrable.

Les larmes me piquaient les yeux. Je ressentais un profond sentiment de trahison, qui me transperçait jusqu'au plus profond de moi-même.

Je me sens trahie, entendis-je une voix dire, sortant de nulle part, et je réalisai qu'il s'agissait d'un souvenir qui refaisait surface. C'était Lucinda, et nous étions dans notre appartement à Carlisle. Je venais de terminer ma première année à la faculté de droit de Dickinson. J'avais passé toute la journée au bureau de la revue juridique, à vérifier des citations et à faire des tâches administratives. J'étais rentré à la maison et lui avais annoncé que j'abandonnais mes études.

Pourquoi est-ce que tu te sens trahie ? lui avais-je demandé. Je m'attendais à ce qu'elle soit mécontente, mais pas à ce point.

Tu ne peux pas abandonner. Tu t'en sors très bien. Tu viens d'entrer à la revue juridique.

Je n'ai pas les moyens de continuer. Ce n'est pas une façon de commencer sa vie, avec 100 000 dollars de dettes en plus.

Les grands cabinets te recruteront. Tu les rembourseras en un rien de temps.

Je ne pourrai pas rembourser mes prêts avant une éternité. Ça m'empêche de dormir toutes les nuits. Je déteste les dettes.

Tu parles comme ton père.

Ça n'a rien à voir, avais-je rétorqué, mais elle avait raison.

C'étaient les mots de mon père qui sortaient de ma bouche. Il détestait les dettes. Il ne faisait pas confiance aux banques. Il connaissait des producteurs laitiers dont l'exploitation avait été saisie. Il cachait de l'argent dans la maison.

Laisse-moi en parler à mon père, Jason. Il sera ravi de t'aider.

Je peux subvenir aux besoins de ma famille.

Si tu le pouvais, tu n'abandonnerais pas tes études.

J'avais cligné des yeux, peiné. *Ce n'est pas ce que tu voulais que je devienne, c'est ça ? Tu voulais que je sois avocat et être la femme d'un avocat.*

Lucinda avait essuyé une larme. *C'était notre projet.*

Les projets changent, ma chérie.

Pas celui-là. Pas sans se battre d'abord.

Je suis toujours moi. Je te promets que je prendrai soin de toi.

Je l'avais prise dans mes bras, mais Lucinda ne s'était pas blottie contre moi comme elle le faisait d'habitude. Je pouvais presque sentir sa présence en cet instant, debout au seuil de la porte, à scruter l'obscurité. Je réalisai que je ne lui avais pas demandé pourquoi elle avait eu une liaison, peut-être parce que je le savais, au fond de moi. Tout remontait à cet après-midi étouffant, dans un appartement à Carlisle.

C'était toujours comme ça, un mariage, compris-je à ce moment-là. Il y avait toujours quelque chose qui vous inquiétait, une petite fissure entre vous deux, et vous espériez qu'elle disparaîtrait, mais elle pouvait s'élargir comme une faille entre deux plaques tectoniques, s'ouvrir soudain sous vos pieds et vous engloutir tout entier.

Soudain, des phares apparurent dans l'allée, et une Chevrolet Tahoe noire vint se garer à côté de la camionnette. Ce devait être l'agent de remplacement dont Dom m'avait parlé, puisque lui, Wiki et le reste du Club des baby-sitters allaient assister aux funérailles d'Allison demain. L'agent s'appelait Matt Reilly et faisait partie de l'équipe d'enquêteurs. J'avais l'intention de le questionner demain, mais je n'étais pas d'humeur ce soir.

Je me mis à l'abri des regards. Heureusement, les lumières du rez-de-chaussée étaient éteintes.

L'agent spécial Reilly sortit du siège conducteur, en train de parler au téléphone. Il avait à peu près mon âge et était habillé de manière décontractée pour un agent du FBI, avec un polo blanc et un pantalon chino. Il prit un sac de sport dans la Tahoe tout en continuant à parler.

J'étais trop loin pour entendre ce qu'il disait.

Mais lorsqu'il passa devant notre porte d'entrée, je lus sur ses lèvres.

29.

Je restai stupéfait, repassant dans ma tête les paroles de l'agent spécial Reilly :

Milo est un psychopathe. Vous ne pourriez pas me payer assez cher pour que j'accepte de m'occuper de lui, mais s'il nous livre Big George, il en vaut la peine.

C'était ahurissant.

Je regardai Reilly traverser l'allée et se diriger vers l'appartement des agents. J'attendis d'entendre ses pas dans l'escalier, un bruit sourd qui s'arrêta au bout d'un moment. La nuit redevint silencieuse, l'air lourd d'humidité.

J'expirai. Je ne m'étais pas rendu compte que je retenais mon souffle. Je repassai à nouveau les mots dans ma tête, visualisant le mouvement de ses lèvres. J'étais sûr de les avoir lues correctement. L'allée était bien éclairée.

Milo est un psychopathe. Vous ne pourriez pas me payer assez cher pour que j'accepte de m'occuper de lui, mais s'il nous livre Big George, il en vaut la peine.

Mon esprit était en ébullition. Cela ne pouvait signifier qu'une chose : Milo travaillait avec le FBI. Ils avaient dû passer un accord avec lui, et ils l'utilisaient pour obtenir des preuves permettant de faire condamner Big George. Milo avait changé de camp et était devenu leur informateur.

Cette révélation me coupa le souffle. Le FBI avait menti en disant qu'il recherchait Milo. Ils savaient exactement où il était. Il n'était pas du tout au Mexique. Ils le surveillaient probablement. Il portait peut-être un micro. Le gouvernement ne nous protégeait pas, il le protégeait, lui.

Le meurtrier d'Allison.

Je me demandai si Dom était au courant. Je lui faisais confiance, mais je ne pouvais être sûr de rien. Peut-être que j'avais juste eu besoin d'un ami. Peut-être qu'il m'avait piégé pour que je ne soupçonne rien. Il me ressemblait beaucoup, un père de famille, un joggeur comme moi, à peu près du même âge. Peut-être que notre amitié n'était qu'une façade, tout comme mon mariage.

Le pire, c'était que si Milo coopérait avec le FBI, il ne serait jamais puni pour le meurtre d'Allison. Dieu seul savait s'il serait condamné à une peine de prison. Ils ne pouvaient pas le laisser s'en tirer, si ? Pas sans nous demander notre avis ? Et Allison ? Et la justice ?

Mes pensées se bousculaient dans ma tête. Je ne connaissais pas la loi. La loi était du côté du gouvernement. C'était moi contre eux, avec leur pouvoir et leur puissance, leur traîtrise et leur corruption.

J'en avais assez de me sentir impuissant. Je devais faire quelque chose.

30.

Je me tenais debout derrière le canapé, face à la télévision, attendant que les funérailles d'Allison commencent. Je ne pouvais pas me résoudre à m'asseoir avec Lucinda, installée à côté d'Ethan, qui avait finalement décidé de regarder. Je n'avais pas dit un mot à Lucinda ce matin-là, et nous nous étions évités pendant que nous prenions notre douche et nous habillions. Bien sûr, je ne lui avais pas dit que le FBI nous avait menti au sujet de Milo. Ce n'était pas le moment, et j'avais besoin de réfléchir.

La télévision s'alluma et les funérailles commencèrent. L'écran montrait des inconnus en costume rassemblés autour d'un cercueil en noyer luisant, posé sur un catafalque recouvert de roses blanches. La caméra devait être installée dans un arbre, car l'angle était élevé et la vue lointaine.

Lucinda renifla et Ethan poussa un gémissement. J'avalai ma salive, mais l'éloignement de la scène atténua son impact. J'aurais pleuré toutes les larmes de mon corps à l'enterrement de ma fille, mais pas devant cette production télévisée.

Je regardai les agents du FBI qui faisaient semblant de pleurer ma fille, me demandant si certains d'entre eux savaient que Milo était un informateur. Ils n'avaient rien à faire aux funérailles d'Allison. Ils protégeaient la racaille qui l'avait tuée.

À la tête des faux pleureurs se tenait un prêtre que je ne connaissais pas. Il commença à prier, mais je pouvais à peine écouter un mot. Lucinda se mit à pleurer, suivie par Ethan. Les agents du FBI baissèrent la tête et mon regard se posa sur Dom et Wiki. Ils se trouvaient à droite du prêtre, là où j'aurais dû être. Je me demandai une fois de plus ce qu'ils savaient.

La cérémonie religieuse s'acheva et Dom s'approcha d'une table sur laquelle se trouvaient un vase de roses blanches et un ordinateur portable ouvert. Il appuya sur une touche et la vidéo commémorative de Lucinda commença à défiler. Les notes de la chanson de Sarah McLachlan résonnaient faiblement dans le micro. Les photos d'Allison étaient trop loin pour que je puisse les voir.

La musique semblait flotter au-dessus de moi et je me sentais étrangement distant. C'était le jour où Lucinda et moi enterrions notre fille, notre premier enfant, et cela aurait dû être un fardeau que nous portions ensemble. Mais plus maintenant. Elle et Ethan pleuraient, et je posai ma main sur l'épaule d'Ethan.

Je reportai mon attention sur le cercueil d'Allison et fis le serment de lui rendre justice.

J'étais son père.

Je le serais tant que je vivrais.

Et même après.

31.

Après les funérailles, je restai en bas, à boire un verre d'eau tout en regardant par la fenêtre de la cuisine. Je me surpris à scruter les arbres à la recherche de caméras, puis balayai du regard la cuisine, soudainement méfiant. Je me demandais si le FBI avait mis la maison sur écoute ou installé un logiciel espion. Je jetai un coup d'œil au plafonnier, puis à mon ordinateur portable.

J'entendis Lucinda descendre les escaliers et entrer dans la cuisine, les yeux rougis et larmoyants, sa robe froissée. Je posai mon verre et m'apprêtai à partir, mais elle m'arrêta en me prenant le bras.

— Jason, il faut qu'on parle.

— Non, ce n'est pas la peine... commençai-je avant de m'interrompre, au cas où la cuisine serait sur écoute. Je levai la main et Lucinda se tut. Je lui indiquai la porte d'entrée.

— J'ai besoin d'air, pas toi ? Je vais te montrer le marais. Je connais un bon coin là-bas.

— D'accord, répondit Lucinda, étonnée.

Elle me suivit jusqu'à la porte et nous sortîmes. Si l'agent spécial Reilly surveillait les caméras, il verrait que nous ne faisions rien d'inhabituel. Nous venions d'enterrer notre fille, il était normal que nous voulions être seuls. Je descendis les marches et pris le chemin qui traversait les broussailles pour rejoindre le marais, puis avançai jusqu'au bord de l'eau.

Lucinda regarda autour d'elle, perplexe.
— Qu'est-ce qu'on fait ici ? Que se passe-t-il ?
— J'avais besoin d'air. Je m'éloignai, ne voulant pas rester près d'elle. Qu'est-ce que tu voulais ?
— Pourquoi tu es si… ?
— Qu'est-ce que tu veux ?
— Je sais que tu souffres, et j'en suis désolée. J'allais te parler de Paul.
Mon estomac se noua.
— J'aurais préféré ne pas savoir pour Paul. Mais maintenant que je sais, je ne vois pas comment je peux rester avec toi. Je ne vois pas comment on peut continuer.
— Mais on doit le faire. Les yeux bleus de Lucinda me suppliaient. On s'aime, et on est dans le programme…
— Ce n'est pas une raison. J'ai une décision à prendre.
Je ne voyais pas comment nous pouvions continuer, mais je ne voyais pas non plus comment nous pouvions arrêter. Tout ce à quoi je pensais, c'était ce jour où je lui avais annoncé que j'abandonnais mes études de droit.
— Tu penses que Paul Hart est mieux que moi parce qu'il est avocat ? Tu te trompes. Tu as tout faux.
Lucinda rougit.
— Ce n'est pas ce que je pense…
— Si, tu le penses, et je te croyais au-dessus de ça, mais je me suis trompé. Tu sais, chérie, on vit dans un monde étrange, et tout le monde ment. Je me mis à vider mon sac. Les avocats mentent, les flics mentent, le FBI ment, le gouvernement ment. Pas moi. Je n'ai jamais menti, je ne mens pas. Je ne suis peut-être pas avocat, mais j'ai prêté serment en tant que greffier. Mon serment dit que tout ce que j'écris est exact, ce qui est un autre mot pour « vrai ». La transcription, les pièces à conviction, tout… quand je signe mon nom au bas d'un document, ça signifie que tout est vrai. J'observe les avocats tous les jours, je suis assis dans la même pièce qu'eux et je les entends mentir. Je sais qu'ils mentent, ils savent qu'ils mentent. J'écris leurs mensonges. Je les consigne dans un document fidèle et exact. Et tu sais quoi ? Je suis *le seul* à respecter mon serment. Parce que je suis comme ça. Je réalisai que je n'y avais jamais pensé

avant cet instant. J'ai prêté un serment et je l'ai respecté. Je t'ai fait une promesse en t'épousant et je l'ai tenue.

— Je suis désolée...

— C'est ça, la personne que je suis, mais tu m'as rejeté au profit d'un menteur. Je sentis les larmes me monter aux yeux, mais je les refoulai. Et je comprends que tu aies ressenti ça quand j'ai abandonné mes études, mais tout le temps que nous avons passé ensemble ne t'a pas fait changer de point de vue ? Tout ce que nous avons traversé, même avant Allison ? Ta sœur, ta mère, ton père ? J'ai été là pour toi, et ça n'a rien changé ? Tu sais quelle est ta plus grande erreur, chérie ? *Tu n'y as pas prêté attention.*

Les yeux de Lucinda s'emplirent de douleur, et je sus que j'avais touché un point sensible.

— De toute façon, ce n'est pas le moment de parler de ça, repris-je. Qu'est-ce que tu veux ?

Lucinda essuya une larme.

— Je te jure, dit-elle d'une voix étouffée, je sais que ça n'aurait jamais dû arriver, mais je t'aime...

Je ne voulais pas entendre ça.

— Qu'est-ce que tu veux ?

— Je ne sais pas par où commencer.

— Qu'est-ce que tu as à dire ?

Lucinda poussa un soupir.

— Il s'est avéré que Paul était très possessif, très exigeant.

— Oh, ton aventure n'était pas aussi amusante que tu l'espérais ? Je compatis.

— Non, ce n'est pas ça. Lucinda écarta une mèche de cheveux de son visage. Il voulait que je te quitte, et il allait quitter sa femme. Il voulait qu'on se marie.

— Pourquoi tu me dis ça ? m'écriai-je, furieux. Je n'ai pas besoin d'entendre ça.

— J'y viens. S'il te plaît. Lucinda s'empourpra de nouveau, bouleversée. La relation a très vite mal tourné, il me collait la pression. Ça le mettait en colère, vraiment en colère. Il a l'habitude d'obtenir ce qu'il veut.

— Crache le morceau.

Lucinda inspira profondément et se redressa.

— À la fin, il m'a fait des menaces.

Je serrai les mâchoires par réflexe.

— Il t'a menacée ?

— Non, il t'a menacé toi.

Je clignai des yeux. Lucinda pinça les lèvres.

— Une fois, on se disputait parce qu'il voulait que je te quitte. Il a dit : « Je peux faire assassiner Jason. Je connais des gens. » Je ne l'ai pas pris au sérieux, mais je ne savais pas qu'il représentait des types comme Milo. Ses yeux bleus se firent plus perçants. Et si Paul avait envoyé Milo pour te tuer ? Et si notre tentative de vol de voiture n'était pas le fruit du hasard ?

J'étais déconcerté.

— Mais si, ça l'était. Nous savons pourquoi ils ont essayé de nous voler la voiture. Ils en avaient besoin après le double homicide.

— Ce n'est pas un peu trop gros comme coïncidence ? Et si Milo nous avait pris pour cible exprès pour pouvoir te tuer ? Imaginons qu'il nous ait fait stopper pour t'assassiner, pour le compte de Paul, mais qu'il ait changé d'avis en cours de route. Il a décidé de tuer Junior pour servir ses propres intérêts. Il ne restait qu'une balle dans le revolver de Junior et, comme l'a dit Dom, il n'a pas pu finir le travail parce qu'une voiture arrivait. En d'autres termes, Milo a trahi Paul.

Je suivais son raisonnement, mais je n'étais pas convaincu.

— C'est possible, je suppose...

— Milo a pu raconter à Hart la même histoire que celle qu'il a racontée à Big George. Que tu t'es débattu, que le coup est parti et que ça a tué Junior.

— Et le double homicide ?

— Tu dois changer ta façon de voir les événements de cette nuit-là. Lucinda se pencha en avant, les rides sur son front se creusant davantage. Dom nous a dit que le FBI avait classé les vols de voitures en différentes catégories. La raison la plus courante est que quelqu'un a besoin d'un véhicule pour s'enfuir. Donc, si Milo veut te tuer, il doit d'abord mettre en scène un crime pour éviter qu'on soupçonne que tu es la véritable cible. Il tue alors deux personnes dont la police ne se souciera pas, comme des petits dealers de drogue.

— Il a tué deux personnes pour éviter d'être soupçonné d'en avoir tué une troisième ? C'est complètement fou.

— Non, c'est contre-intuitif, et c'est pour ça que ça a marché. Le FBI a supposé que le double homicide était le crime principal et que le vol de voiture était un moyen de s'enfuir. Ils n'ont jamais soupçonné que notre vol de voiture était autre chose qu'un hasard à cause du double homicide. Mais je pense que c'est l'inverse. Nous étions le crime principal, et le double homicide servait à faire passer notre agression pour un hasard.

— Je n'y avais pas pensé, dis-je, réfléchissant à voix haute.

— Tu ne pouvais pas. Tu ne savais pas que j'avais une liaison, et je ne savais pas que Paul représentait Milo. Si nous n'avions pas été mis sous protection, Milo t'aurait tué. Il y serait arrivé si nous n'étions pas partis.

Aussi horrible que cela fût, je sentais qu'elle avait raison.

— Jason, comment tu as su que Paul représentait Milo ? Je n'ai pas pu le vérifier.

— J'ai utilisé le compte de Marie pour accéder aux archives judiciaires en ligne. Le nom de Hart figure sur les procès-verbaux.

— Donc nous avions tous les deux des pièces du puzzle, et elles s'emboîtaient.

Je repensai à ce que nous avions toujours dit, que nous allions ensemble comme les pièces d'un puzzle. Lucinda se frotta le visage, y laissant des traces roses.

— Je me sens tellement mal. C'est à cause de moi qu'Allison est morte. C'est moi qui ai fait entrer Milo dans notre vie.

— Ne dis pas ça, articulai-je, avec l'envie de la prendre dans mes bras, mais je me retins. C'est Milo qui avait l'arme. Tu n'es pas responsable de la mort d'Allison, pas plus qu'Ethan.

Lucinda me regarda, les yeux remplis de larmes et vulnérable.

— Mais je me sens tellement coupable.

— Tant mieux. Sens-toi coupable d'avoir trompé le meilleur mari qui soit.

Lucinda esquissa un sourire tremblant.

— Je ne te mérite pas.

— Je suis d'accord, répliquai-je. Je ne plaisantais pas. On en a fini ?

— Il faut le dire à Dom et Wiki quand ils rentreront. Lucinda s'essuya les yeux. Le FBI devrait parler à Paul. Il sait peut-être où est Milo.

— On ne peut pas faire ça.

Je n'avais pas encore dit à Lucinda que le FBI nous avait menti. J'avais passé toute la nuit à faire des recherches et à élaborer un plan.

— Pourquoi pas ?

Je la regardai dans les yeux. Je comptais lui révéler l'essentiel de mon plan, mais pas tout.

Je ne lui faisais plus confiance, à elle non plus.

32.

Le reste de la journée, j'évitai Lucinda, demeurant en bas sur mon ordinateur portable pendant qu'elle était dans notre chambre. Chacun de nous pansait son chagrin et ses blessures. Mes sentiments pour elle me déchiraient, l'amour se mêlant à la trahison. Nous nous relayions pour passer du temps seuls avec Ethan. Au dîner, nous fîmes semblant que tout allait bien, dans son intérêt. Je me demandais s'il existait ne serait-ce qu'un seul couple marié qui n'avait jamais fait cela.

Sur Internet, je consultai le site du détective amateur Bryan Krieger, qui avait publié un nouveau podcast qui me surprit :

Mes amis, si vous avez écouté mon dernier podcast, vous savez que j'ai lâché une bombe ! Selon sa meilleure amie Melissa, Lucinda avait une liaison avec l'un de ses clients. Cela ne fait que renforcer ma théorie selon laquelle Jason l'a tuée après avoir découvert cette liaison, et qu'il a soit enlevé les enfants, soit les a également tués. Mais Melissa a refusé de me dire qui était l'amant de Lucinda, alors je me suis mis au travail. Et devinez ce que j'ai découvert ?

Je continuai à lire, habité par un mauvais pressentiment :

J'ai commencé par le début, en allant sur le site web de Lucinda. Elle prenait des photos de fiançailles et des portraits de famille.

J'ai suivi toutes les pistes possibles, j'ai appelé un tas de cadres moyens et de bons pères de famille, mais je n'ai trouvé aucun suspect. Puis j'ai regardé les portraits d'entreprise, et j'ai senti que j'étais sur la bonne piste. Melissa m'avait dit que l'amant de Lucinda connaissait beaucoup de monde, et j'avais l'impression que c'était quelqu'un d'important.

Un sentiment d'effroi m'envahit, et je poursuivis ma lecture.

J'ai remarqué qu'elle avait photographié trois cadres supérieurs au cours de l'été. J'ai appelé le premier, un PDG, mais il était très âgé. J'ai joint la veuve du deuxième, un directeur financier à la retraite, décédé il y a deux mois. J'ai appelé le troisième, Paul Hart, associé du prestigieux cabinet d'avocats Lattimore & Finch. Hart n'a pas répondu à mes appels à son bureau, mais j'ai trouvé son numéro personnel et je l'ai appelé chez lui. Après plusieurs tentatives, sa femme Pam a répondu. JACKPOT ! Je l'ai eue au téléphone alors qu'elle avait clairement bu quelques verres. Écoutez ce qu'elle m'a dit :

J'eus un mouvement de recul, consterné.
Je mis mes écouteurs et appuyai sur « lecture » :

Bryan : Bonjour, je m'appelle Bryan Krieger. Vous êtes Pam Hart ?
Pam : Oui, c'est moi, la seule et l'unique.
Bryan : Je me demandais si je pouvais vous parler de la famille Bennett...
Pam : Je ne les connais pas, mais bon, je n'ai rien de mieux à faire. J'ai vu toutes les séries sur Netflix. Ha ha !
Bryan : Tout d'abord, puis-je vous demander si votre mari Paul est à la maison ?
Pam : Vous ne le connaissez pas très bien, pas vrai ?
Bryan : Je ne le connais pas du tout.
Pam : Moi non plus, et pourtant je suis mariée avec lui depuis vingt-six ans ! Ha ha !
Bryan : Je vois que vous êtes d'une franchise brutale...
Pam : Ça oui, c'est tout moi ! Je suis franche *et* brutale ! Ha ha !

Bryan : J'enquête pour savoir si votre mari avait une liaison avec une femme nommée Lucinda Bennett. C'est une photographe qui l'a pris en photo l'été dernier.
Pam : Je ne connais personne du nom de Lucinda, mais ça ne me surprendrait pas, Paul couche avec tout ce qui bouge. Elle n'était pas la première et elle ne sera pas la dernière ! Ha ha ! Vous croyez me choquer ?

La femme de Hart rit à nouveau, puis l'enregistrement s'arrêta.

Je soupirai intérieurement. Les ragots sur Lucinda allaient commencer. Son secret était dévoilé. Je savais qu'elle essaierait de le cacher à Ethan.

J'avais mal pour elle, sachant ce qu'elle allait traverser, mais je ne pouvais pas justifier ma compassion à son égard. Je ne savais pas comment cela allait se terminer entre nous.

Je mis cela de côté pour le moment. Demain, tout allait changer.

PARTIE II

Le combat ne s'arrête pas tant que le cercueil n'est pas fermé.
Kaboni Savage, cité dans *U.S. v. Savage*, 970 F.3d 217, 291 (3d. cir. 2020).[22]

22 - Dealer et chef de gang américain condamné à mort en 2013 pour son implication dans plusieurs meurtres à Philadelphie, dont ceux de la famille d'un membre du gang ayant accepté de témoigner contre lui ; sa sentence a été commuée en une peine de prison à perpétuité par le président Joe Biden en 2024.

33.

— Ne t'inquiète pas, mon grand.

Je souris à Ethan en posant une main sur son épaule. Nous étions tous dans l'allée, car c'était mardi matin et il partait pour sa première séance de thérapie. Lucinda l'accompagnait, un seul parent étant autorisé selon la procédure du FBI, ce qui arrangeait mon plan.

— Je ne veux pas y aller, papa.

Ethan leva un regard inquiet exprimant ce que nous ne pouvions pas dire devant Dom, qui attendait près de la Tahoe.

— Tout va bien se passer.

Je le serrai dans mes bras, puis l'accompagnai jusqu'au véhicule et lui ouvris la porte.

— Je t'aime.

— Moi aussi, je t'aime. À plus tard.

— Oui.

Je me forçai à sourire, ne sachant pas quand je le reverrais. Ethan s'approcha pour me serrer à nouveau dans ses bras, et je le fis brièvement, pour ne pas éveiller les soupçons. Lucinda sourit de manière convaincante.

— À plus tard, chéri. Je t'aime.

Ma gorge se serra. Elle n'était pas censée dire ça. Ce n'était pas dans le scénario.

— Je t'aime aussi, dis-je d'un ton léger, alors qu'elle montait dans la Tahoe.

— À plus tard, Jason.

Dom ouvrit la portière côté conducteur. Je leur fis un signe de la main, et Dom grimpa à son tour dans la voiture, démarra et partit, mais je n'eus pas le temps de les regarder s'éloigner. J'avais un horaire à respecter.

Je fonçai jusqu'à l'appartement des agents, montai les marches et frappai à la porte.

— Wiki ?

Wiki vint ouvrir avec un sourire.

— Bonjour.

— Bonjour.

Je lui rendis son sourire, essayant de ne pas me demander une fois de plus s'il savait que Milo était un informateur du FBI.

— Désolé de vous déranger, mais il y a un problème avec la douche extérieure. Je feignis de froncer les sourcils. Vous pouvez peut-être m'aider ?

— Pas de problème, je peux essayer, répondit Wiki en franchissant la porte. Il y a une boîte à outils dans votre buanderie.

— Je l'ai trouvée et je l'ai mise dans la douche.

Je redescendis l'escalier et conduisis Wiki à la douche extérieure, que j'ouvris. Je le laissai passer devant moi, fermai la porte à moitié, puis m'arrêtai.

— Attendez, il faut que j'aille aux toilettes. Je reviens tout de suite.

— D'accord.

Je verrouillai discrètement la porte de la douche, puis m'enfuis en courant.

Je tournai à droite dans l'allée et courus aussi vite que possible le long de la rue, me sentant léger et rapide. Il n'y avait pas un instant à perdre. La porte de la douche était en bois épais, mais je ne savais pas combien de temps elle tiendrait.

J'arrivai à la maison avec la ferraille dans le jardin, où le vieil homme, M. Thatcher, était assis dans son fauteuil inclinable à côté d'un réfrigérateur, lisant le journal avec son cigare humide à la bouche. Thatcher leva les yeux, le regard perçant, quand je courus vers lui, mais je n'avais pas le temps de bavarder.

— M. Thatcher ? J'ai de l'argent et je veux acheter cette Civic blanche.

J'avais remarqué la voiture lors de mon dernier jogging, avec une affiche manuscrite sur le pare-brise indiquant 1 200 dollars. Je sortis mon portefeuille, qui contenait 3 000 dollars provenant du coffre-fort de ma maison.

— D'accord. Thatcher s'illumina en se levant. Vous ne voulez pas l'essayer ?

— Non. Il me faut aussi une plaque d'immatriculation. Vite.

Je lui tendis l'argent et Thatcher prit la liasse, la comptant tout en parlant.

— Il y en a une dessus. Comment vous vous appelez déjà ?

— Je ne vous l'ai pas dit.

— Je vous ai vu courir avec l'autre type.

— J'apprécierais que vous gardiez ça pour vous.

Thatcher haussa un sourcil rebelle.

— Pour ça, il va falloir payer plus cher.

Quelques minutes plus tard, je fonçais dans la rue au volant de la Civic. Je m'arrêtai dans une station-service près de la plage, fis le plein et payai en espèces.

Je cassai mon téléphone et le jetai à la poubelle. Mon esprit tournait à toute vitesse. Wiki devait être sorti de la douche à présent. Il allait appeler Dom. Dom allait prévenir Lucinda, qui lui raconterait l'histoire qui devait nous servir de couverture, à savoir que nous nous étions disputés et que j'étais parti quelques jours pour me changer les idées, comme j'avais l'habitude de le faire. J'espérais que cela me donnerait une longueur d'avance.

Cinq minutes plus tard, j'étais de nouveau dans la Civic, en train d'appuyer sur l'accélérateur. Si je me dépêchais, j'arriverais à temps.

Je jetai un coup d'œil aux arbres qui défilaient, me demandant s'il y avait des caméras. Des caméras de surveillance et des radars sur la route principale. Des caméras de sécurité dans les magasins. Le FBI allait récupérer les enregistrements.

Mais je serais déjà loin.

J'avais manqué à mes devoirs envers ma fille, mais je ne laisserais pas tomber les autres membres de ma famille.

Ils ne pouvaient pas survivre dans le programme, je devais donc éliminer la menace qui pesait sur eux.

J'avais un plan qui, je l'espérais, fonctionnerait. Si ce n'était pas le cas, j'avais un plan B.

B comme « berner l'ennemi ».

34.

À cheval sur la frontière de l'État du Delaware, la vallée de Brandywine abritait des pâturages ensoleillés, des maisons de l'époque coloniale et des paysages peints à l'aquarelle par Andrew Wyeth, enfant chéri de la région. Je passai à toute vitesse devant l'entrée du cimetière historique et des jardins mémoriels de Longwood, mais je me dirigeais vers un autre cimetière. J'allais assister à l'enterrement de Junior. J'avais trouvé la nécrologie en ligne.

Je tournai à gauche, puis à droite, passant devant des maisons pittoresques en pierre brute et de gigantesques demeures cossues en retrait des routes sinueuses. Des chevaux paissaient dans la lumière tamisée du soleil sous les arbres enflammés par les couleurs de l'automne. L'air avait une odeur fraîche et terreuse qui m'était familière, contrairement à l'humidité du marais autour de notre nouvelle maison. Je retrouvais mon équilibre émotionnel, malgré l'endroit où je me rendais. Au bout d'un moment, la route se réduisit à une seule voie et je dépassai des maisons de style Cape Cod en bois et des ranchs construits sur des terrains qui étaient autrefois des fermes.

J'aperçus un panneau indiquant « Cimetière et jardin mémoriel de Hartwood » et je scrutai les environs pour repérer la présence du FBI ou de la police locale.

Les maisons étaient à deux niveaux avec des allées, et seules une ou deux voitures étaient garées dans la rue. Si le FBI surveillait les funérailles, un agent assis dans une voiture garée aurait été facile à repérer. Je n'en vis aucun. La rue était calme et tranquille, et la seule personne dehors était une femme aux cheveux attachés en queue-de-cheval qui courait avec un berger allemand. Je cherchai du regard des camionnettes banalisées, mais je n'en remarquai pas. Des piliers en pierre couleur sable marquaient l'entrée du cimetière. J'entrai et tournai à gauche sur un chemin à l'intérieur de l'enceinte. Le cimetière ressemblait à un parc, avec de vieux chênes disséminés entre des rangées de pierres tombales grises et seulement quelques personnes en deuil. La cérémonie funéraire pour Junior avait lieu en haut de la colline, où un grand groupe d'assistants s'était rassemblé sous un chapiteau bleu.

De longues limousines noires et une file de voitures avec des banderoles orange indiquant « funérailles » étaient garées à proximité.

Je m'avançai dans cette direction, le regard errant vers les arbres à la recherche de caméras. Je n'en vis aucune, mais je supposai qu'il y en avait, maintenant que je connaissais la procédure standard. J'espérais que le FBI ne m'identifierait pas avec ma casquette et mes lunettes de soleil, même s'ils étaient déjà à mes trousses. Personne à l'enterrement de Junior ne me connaîtrait, car je pariais que Milo ne serait pas là. Il devait rester à l'écart, car il se faisait passer pour un fugitif, et Big George devait le croire, ignorant que Milo travaillait pour le FBI.

Je gravis la côte, sentant un frisson de peur me parcourir le dos. Je m'attendais à ce que la plupart, voire tous les membres de la GVO assistent aux funérailles, puisque c'était le fils du patron qui était mort. Je resterais à distance, mais je ne pouvais plus faire demi-tour. Je m'approchai de la file de voitures garées le long du trottoir, cherchant du regard la BMW sombre qui avait été envoyée pour nous tuer, moi et ma famille. Dom avait dit que son conducteur était un membre subalterne de la GVO, il devait donc être là.

Je continuai d'avancer, le regard droit devant moi et l'expression impassible. Deux chauffeurs de limousine en uniforme se tenaient côte à côte, en train de fumer près des voitures.

Une pancarte sur la vitre indiquait « Pompes funèbres Colon, Kennett Square, Pennsylvanie ». Il y avait quelques SUV noirs, une Miata rouge et une BMW deux portes de couleur bleu foncé. Il fallait que je sache si c'était la même BMW.

J'avançai et la dépassai, sans savoir si la plaque d'immatriculation correspondait. Mais je remarquai alors quelque chose sur le pare-chocs côté passager : une trace de choc verticale, une sorte d'ombre, comme si la voiture avait heurté un poteau en reculant. Je me souvins d'avoir vu cela sur la photo que j'avais prise de l'écran de l'ordinateur portable de Dom. C'était bien la même BMW.

J'avais la bouche sèche, mais je continuai, conscient que les chauffeurs de limousine me regardaient. J'atteignis la tête de la file, adressai un sourire forcé aux chauffeurs, puis j'avançai comme si je me rendais sur une autre tombe. Je me garai derrière une vieille Kia blanche avec un autocollant défraîchi « VFW[23] Post 5467 », j'attrapai mon bouquet acheté à la supérette et je sortis de la voiture.

Je descendis l'allée herbeuse entre les tombes surélevées, gardant les funérailles de Junior dans mon champ de vision périphérique. Les personnes en deuil assises sous le chapiteau me faisaient face, et des types costauds en costume se tenaient à l'écart, positionnés tout autour comme des gardes du corps.

Je passai devant des stèles en forme d'ange et de croix celtique, puis devant une rangée de pierres tombales en granit dont le dessus était moucheté et veiné de différentes couleurs. Je me surpris à me demander quel type de pierre tombale nous allions choisir pour Allison. Je ne pouvais pas imaginer ce qu'elle aurait voulu. Elle était trop jeune pour y avoir pensé. Elle était trop jeune pour mourir.

Je chassai cette idée. Je ne pouvais pas me permettre de succomber à l'émotion maintenant. Je lus les noms gravés dans le granit lisse : Gavin, Forster, DiJulio, Rodriguez et Sanchez. Devant moi, un vieil homme s'appuyait sur une canne au

---

23 - VFW est l'acronyme de Veterans of Foreign Wars (Vétérans des guerres étrangères), une organisation américaine qui a pour mission de servir les vétérans, l'armée et les communautés, et de défendre les droits de tous les anciens combattants.

pied d'une tombe dont la pierre tombale indiquait « Helen Westerly, épouse et mère bien-aimée ». Il devait avoir près de 80 ans, voûté dans un pull beige ample et un jean baggy, la tête penchée sous une vieille casquette de l'association des vétérans de guerre. Je remarquai que sa femme était décédée deux ans auparavant.

Nous allons ensemble comme les pièces d'un puzzle.

Je réprimai cette pensée et me concentrai plutôt sur l'opportunité que m'offrait l'homme en deuil. Si je choisissais une tombe près de lui, le FBI ou les gardes du corps présents aux funérailles de Junior supposeraient que nous étions ensemble. Je m'approchai et le vieil homme leva les yeux vers moi.

— Bonjour, dit-il en souriant, dévoilant des dents jaunies.

— Bonjour, répondis-je brièvement, mais ses yeux aux paupières lourdes s'illuminèrent derrière ses lunettes à double foyer.

— C'est agréable de voir un nouveau visage. Je ne vous avais jamais vu ici avant.

Oh oh.

— C'est vrai, je ne vis plus ici. Je suis venu me recueillir sur la tombe de mon père.

Je parcourus les noms gravés sur les pierres tombales : Harvey Villard, James Hernandez, Arthur E. Nielsen. Je déposai le bouquet sur la tombe de Villard.

— Où est-ce que vous habitez ?

— En Californie, répondis-je, car c'était loin. Bizarrement, je ne voulais pas que le vieil homme pense que j'étais un mauvais fils. Mon père disait toujours que j'étais un bon fils. Il méritait un bon fils.

— J'y suis allé une fois. À Coronado.

— Ah oui.

Je n'y étais jamais allé.

— Je suis ici pour ma femme Helen. Le vieil homme reporta son attention sur la pierre tombale, remontant ses lunettes sur son nez. Je viens tous les jours. Elle me manque tous les jours. Les gens disent que ça passe avec le temps, mais ce n'est pas vrai. Il me regarda, ses yeux troubles scrutant mon visage. Ça vous aide, vous ?

— Honnêtement, non, lui dis-je.

Mon père me manquait tous les jours. Maintenant, c'était Allison, tout le temps. Je souffrais, debout là, en cet instant. Mais je ne pouvais tout simplement pas me permettre de le ressentir.

— Désolé de vous déranger. Ma femme répétait toujours que j'étais trop sociable. Elle disait que j'étais même capable de discuter avec un parcmètre. Je vous laisse tranquille. Le vieil homme baissa les yeux. Ça ne vous dérange pas si je parle à Helen ?

— Pas du tout.

Je recentrai mon attention sur les funérailles de Junior. J'aperçus Big George assis au premier rang de l'assistance, large et trapu dans son costume sombre. Il avait maigri depuis les photos que j'avais vues en ligne, et ses tempes étaient devenues grisonnantes. Il s'essuyait les yeux avec un mouchoir, la tête baissée. Il avait perdu un fils, j'avais perdu une fille. Personne ne s'attendait à enterrer son enfant, même si celui-ci était un voyou.

Je balayai du regard les personnes en deuil, des hommes, des femmes et des enfants de tous âges, même des tout-petits et des bébés. Un monde nous séparait, mais ils s'étaient réunis à la mort d'un des leurs, le cœur brisé, dévastés et sous le choc. J'essayai de ne pas projeter sur eux une affinité qui n'existait pas entre nous. Ils faisaient partie de l'organisation criminelle responsable du meurtre d'Allison.

Le prêtre se tenait à la tête du cercueil, entre de grands arrangements floraux. Une photo géante de Junior reposait sur un chevalet, et je frissonnai devant la menace qui émanait de son visage poupin. La photo me rappela son regard lubrique posé sur Allison, le coup de feu assourdissant, les yeux terrifiés de ma fille.

Je chassai cette pensée de mon esprit. Milo n'était pas là, j'avais eu raison. Il y avait environ cinquante assistants, pour la plupart des hommes à l'allure fruste vêtus de costumes mal ajustés et une poignée de jeunes femmes en robes moulantes. Une petite femme pulpeuse, aux longs cheveux bouclés, pleurait plus que les autres, et je me demandai si c'était la petite amie ou la femme de Junior.

J'aperçus quelqu'un d'autre que je reconnus dans la rangée du fond. Paul Hart. Je sentis ma mâchoire se crisper, surpris qu'il soit là, s'associant publiquement à Big George et à la GVO. Les cheveux blonds et les lunettes à monture d'écaille de Hart se remarquaient dans la foule, tout comme son costume bien taillé. Il était assis à côté d'une jolie rousse vêtue d'une robe noire chic, trop jeune pour être sa femme Pam.

Le prêtre ferma son missel ; les funérailles touchaient à leur fin. Je ne pouvais détacher mes yeux de Hart tandis que les assistants se levaient. Une vague de colère m'envahit. Cet homme n'avait même pas été fidèle à Lucinda. Il ne la méritait pas, pas une seule seconde. Cela me rendait fou de ne jamais avoir pu lui donner ce qu'elle voulait, même si c'était une mauvaise chose.

— Sa cuisine me manque, dit le vieil homme, sans préambule.

J'acquiesçai, distrait. Les employés des pompes funèbres distribuaient des roses rouges, et les assistants commencèrent à les déposer sur le cercueil de Junior.

— Elle faisait du gratin de pâtes au thon tous les dimanches. D'ailleurs, j'en ai encore un plat dans le congélateur. J'ai même noté la date dessus. Je ne le mangerai pas. Je ne peux pas m'y résoudre.

— Moi non plus, à votre place, répondis-je distraitement.

Les personnes présentes faisaient la queue pour exprimer leurs condoléances à Big George, lui serraient la main et lui parlaient. J'essayais de lire sur leurs lèvres, mais je ne comprenais que quelques mots ici et là, rien d'important.

— Elle utilisait des pâtes larges, pas des fines. Des pâtes aux œufs. Je sais que ça n'a rien d'extraordinaire, mais c'était pile ce qu'il fallait. C'était copieux et réconfortant.

Mon attention se porta sur la file de voitures derrière les limousines. J'attendais que les personnes en deuil se dispersent. Je voulais voir qui allait s'approcher de la BMW bleu foncé.

— Ça va vous paraître bizarre, mais je ne veux plus jamais goûter ce gratin de pâtes. Même si je l'adorais, je ne veux plus jamais en manger. *Jamais*.

— Je comprends.

Je gardais les yeux fixés sur les funérailles. Big George fut le premier à partir, montant dans la limousine de tête avec deux hommes costauds. D'autres hommes montèrent dans les deuxième et troisième limousines.

— Dites, vous voulez un mouchoir ? Il faut laisser vos sentiments s'exprimer. Ce n'est plus comme avant. Tout le monde pleure de nos jours.

— Non, merci.

Je regardai les personnes en deuil s'éloigner. L'une des femmes tituba en talons hauts jusqu'à la Miata rouge, et deux d'entre elles se dirigèrent vers le Yukon noir, dont la femme aux formes généreuses. Un groupe d'hommes s'approcha de l'une des Escalade, et Hart et sa petite amie montèrent dans une Mercedes 500 couleur charbon. Pas étonnant que Lucinda ait désiré une Mercedes. Elle voulait que je sois Paul Hart.

— Je n'allais pas vous proposer mon mouchoir à moi. J'ai de meilleures manières que ça. Vous ne pensiez pas que j'allais faire ça, pas vrai ?

— Non.

Mon regard se posa sur trois hommes qui discutaient près de la BMW bleu foncé et d'une Lexus bordeaux. Les limousines patientaient au bord du trottoir. J'attendis de voir lequel du trio se dirigerait vers la BMW. Mon intuition me disait que ce serait celui qui se tenait le plus près de la voiture. Il avait le dos tourné, je ne pouvais donc pas voir son visage. Il avait les cheveux mi-longs et foncés, était de taille moyenne, avec des épaules minces, et portait un costume sombre.

— Helen était allemande de Pennsylvanie[24]. Elle parlait même la langue de sa communauté. Peu de gens le peuvent. Les Amish peut-être, mais pas les Anglais, c'est comme ça qu'ils nous appellent.

L'homme le plus proche de la BMW se retourna et j'aperçus son visage. Il avait environ 30 ans, les yeux rapprochés et une barbichette noire. Il fit un signe de la main aux autres et se

24 - « Pennsylvania Dutch » en anglais : groupe ethnique rassemblant les descendants d'immigrés protestants allemands, néerlandais, belges et suisses qui se sont installés aux XVIIe et XVIIIe siècles en Pennsylvanie. Les communautés religieuses des Amish et des Mennonites en font partie.

dirigea vers la voiture, les clés à la main. Mon cœur se mit à battre à tout rompre. C'était à ça que ressemblait un tueur, à une personne normale. Je me demandai s'il avait incendié ma maison.

— Beaucoup de gens ne savent pas que cette langue vient de l'allemand et non du néerlandais. Vous le saviez ?

— Oui, bon, eh bien, c'était sympa de discuter avec vous…

— Ne faites pas ça.

— Pardon ?

Je levai les yeux vers le vieil homme. Il me fixait du regard.

— Tout ça vous dépasse, Bennett.

Je reculai, sous le choc.

— Ne faites pas ça. Vous ne savez pas dans quoi vous vous embarquez.

Je m'éloignai, les jambes flageolantes. Ce n'était pas un vrai veuf. Il devait être du FBI, venu pour les funérailles de Junior.

— Vous allez vous faire tuer.

Je lui tournai le dos et marchai rapidement vers la voiture. Je ne courus pas, car je ne voulais pas éveiller les soupçons.

La première limousine s'éloignait du trottoir, suivie de la deuxième, de la troisième et des voitures avec les banderoles. La BMW démarrait.

Je sautai dans ma voiture et me rangeai à l'arrière du cortège.

35.

J'étais abasourdi : le vieil homme m'avait totalement pris au dépourvu. Je suivais le cortège funèbre à une distance respectable, essayant de retrouver mon sang-froid.

Vous allez vous faire tuer.

Je n'aurais jamais deviné qu'il était agent du FBI. Son âge et ses manières populaires m'avaient induit en erreur. J'aurais juré avoir perçu un véritable chagrin dans sa voix. Peut-être était-ce parce que j'étais moi-même en deuil, mes émotions à fleur de peau.

Peut-être que le vieil homme avait été sorti de sa retraite pour cette mission. Son apparence n'aurait éveillé les soupçons de personne à l'enterrement de Junior. Ils l'auraient ignoré, comme je l'avais fait. Je me demandais soudain si les autres personnes en deuil disséminées ici et là étaient de vrais proches de défunts ou des agents du FBI en civil.

Je continuai d'avancer, suivant la file de voitures qui serpentaient entre les maisons en bois. La route était à deux voies et il n'y avait presque pas de circulation. La Lexus bordeaux était devant moi et la BMW bleu foncé était trois véhicules plus loin. La grosse Mercedes de Hart devançait la BMW de quelques voitures. Je supposais que tous les véhicules du cortège se rendaient au même endroit. Quoi qu'il en soit, le fait que je les suive n'avait rien de suspect. Personne ne dépassait un cortège funèbre.

Je me replongeai dans mes pensées, essayant de comprendre ce qui venait de se dérouler. L'apparition du vieil homme pouvait signifier que je n'avais pas pris l'avance que j'espérais. Le FBI était là pour ses propres raisons, mais maintenant, ils étaient aussi à mes trousses.

Je restai derrière la file de voitures, et nous serpentâmes le long de la route sinueuse. Je savais qu'elle menait à Kennett Square, une ville que je connaissais assez bien. Je n'avais aucune idée du lieu où ils allaient, peut-être dans un restaurant ou chez Big George. J'espérais voir où il habitait, car je n'avais pas réussi à trouver son adresse sur Internet.

Soudain, je remarquai dans mon rétroviseur un SUV noir qui me talonnait. Je distinguais la silhouette d'un homme au volant, mais je ne voyais pas son visage.

Je suivis la Lexus, en gardant un œil sur la BMW devant moi et le SUV derrière. Celui-ci accéléra et se rapprocha.

Cela me rendit nerveux. Était-ce un membre du FBI ? Travaillait-il pour la GVO ? Ou était-ce simplement un conducteur local impatient ? Il ne pouvait pas me dépasser car la route était sinueuse, ni voir les banderoles orange, il ne savait donc peut-être pas qu'il s'agissait d'un enterrement.

Je m'enjoignis de garder le cap. Le SUV commença à me coller au train, à seulement trente centimètres de ma voiture. Était-ce moi qu'il suivait, le cortège funèbre, ou la route vers Kennett ?

Alarmé, j'accélérai. Le SUV en fit autant. Quand je ralentis, le SUV aussi.

Mes pensées se bousculaient dans ma tête. Si le conducteur était du FBI, il cherchait peut-être à me parler, pour me faire revenir dans le programme de protection des témoins. Ils ne pouvaient pas m'arrêter, je n'avais rien fait de mal.

Je jetai un œil à la BMW devant moi. Elle était toujours dans la file. La Mercedes aussi. La calandre chromée du SUV remplissait mon rétroviseur. Je ne voyais toujours pas le visage du conducteur, car l'éclat du soleil se reflétait sur son pare-brise.

La route serpenta à travers des pâturages peuplés de chevaux, puis traversa un champ rempli de vaches. Je me sentais de plus en plus nerveux. Mes mains agrippaient le volant. Je repensais à cette nuit où j'avais été suivi de trop près sur Coldstream Road.

Je clignai des yeux pour m'éclaircir la vue. Je sentis mes dents grincer. Mon cœur s'emballa. Nous arrivâmes à une bifurcation. Je ne voulais pas quitter le cortège funèbre. Il fallait que je voie où allait la BMW ou bien où habitait Big George. Je continuai d'avancer.

Le SUV klaxonna bruyamment. Je sursautai. Soit le conducteur était un agent du FBI qui essayait d'attirer mon attention, soit c'était un membre de la GVO qui savait que je n'avais rien à faire là, soit c'était un civil qui perdait son sang-froid.

L'instant d'après, le SUV avança brusquement et heurta légèrement mon pare-chocs.

— Non !

Je serrai le volant. Le conducteur de la Lexus se retourna, la tête pivotant dans tous les sens.

Je ne pouvais pas me permettre d'attirer l'attention. Devant moi, sur la droite, il y avait une route. Je voulais suivre la BMW, mais je ne savais pas si je le pouvais. La Lexus ralentit, le conducteur se tortillait sur son siège. Je vis qu'il était au téléphone, la tête baissée et tournée vers la droite.

J'étais dans le pétrin. La route sur la droite se rapprochait. Je ne pouvais pas continuer à suivre le cortège funèbre. C'était trop dangereux.

Je tournai à droite, regardant la BMW s'éloigner.

Je jetai un coup d'œil dans le rétroviseur et me figeai. Le SUV était toujours derrière moi, en train d'accélérer. Il me suivait forcément.

Ma bouche s'assécha. J'appuyai sur l'accélérateur et le SUV en fit autant. La route plongeait dans un champ de maïs. J'accélérai encore, le SUV sur mes talons. Des oiseaux s'envolaient des rangées de maïs en criant.

Le conducteur du SUV klaxonna de plus belle.

Un éclair de terreur me traversa. Celui qui conduisait n'était pas du FBI. Pousser des civils hors de la route n'était pas dans le manuel. Le conducteur devait appartenir à la GVO.

J'enfonçai la pédale de l'accélérateur. Ma voiture peina à atteindre 120 km/h, puis 135. J'agrippai le volant et traversai le champ de maïs. Des insectes s'écrasaient sur mon pare-brise. Mes pneus crissaient sur le chemin de terre. Des cailloux heurtaient la voiture.

Mon cœur tambourinait dans ma poitrine. Le champ s'étendait à perte de vue. Je ne savais pas si nous nous dirigions vers la ville ou si nous nous en éloignions.

Boom ! Le SUV percuta mon pare-chocs, encore plus fort qu'avant. L'impact se répercuta dans ma nuque. Je serrai les dents et mis le pied au plancher. Le moteur hurla en signe de protestation. Il ne pouvait pas aller plus vite. J'arrivais au bout du champ de maïs. En en sortant, je fonçai vers une bifurcation de la route. La courbure du virage à droite était douce. Celui de gauche était plus serré, plus dangereux à grande vitesse.

J'avais le choix. Je donnai un coup de volant. La voiture trembla. Les pneus rebondirent. La lumière du soleil inondait la clairière. La route dégagée filait vers moi.

À la dernière minute, je tournai le volant vers la gauche et freinai juste assez pour éviter l'accident. Je pris la voie dangereuse, en espérant qu'elle serait moins prévisible. Je dérapai, fis un tête-à-queue. J'eus du mal à garder le contrôle de la voiture. J'évitai de justesse de heurter une clôture de pâturage de l'autre côté de la route.

Je regardai dans le rétroviseur. Le SUV n'était plus derrière.

Il avait parié que je prendrais à droite.

Je me hâtai de fuir, tout en essayant de m'orienter. Je me dirigeais vers Kennett Square. Je serais bientôt revenu à la civilisation.

Je jetai un nouveau coup d'œil dans le rétroviseur. Le SUV était arrêté sur la route, ses feux arrière allumés. Il devait être en train de décider s'il allait me filer.

Je fonçai droit devant moi, en gardant un œil sur le rétroviseur. Le SUV ne me suivit pas.

Je le laissai derrière moi. Mon cœur continua de battre à tout rompre jusqu'à ce que j'arrive en ville.

La bouche sèche, je m'efforçai de comprendre. Le conducteur du SUV devait être un membre de la GVO, un garde du corps chargé de repérer la présence du FBI ou peut-être même un trafiquant rival.

Tout ça vous dépasse, Bennett.

Pourquoi le vieil homme avait-il dit cela ? Avait-il essayé de m'avertir ? Avait-il repéré le conducteur du SUV ? Savait-il qu'il allait me poursuivre ? Ou bien le vieil homme était-il de mèche avec celui qui conduisait le SUV ?

Je n'avais pas de réponse.

Mais j'avais déjà une autre idée en tête.

36.

Mon cœur avait repris son rythme normal. Le SUV ne me suivait plus. Je traversai Kennett Square à la recherche des limousines ou des autres voitures du cortège. La ville était formée de quelques charmants pâtés de maisons abritant des boutiques d'artistes, des restaurants bio et de pittoresques maisons mitoyennes en briques, dont les fenêtres étaient ornées de croisillons et de vitres en verre bullé d'époque. Il y avait un petit quartier commerçant où des banderoles aux couleurs vives étaient suspendues à des lampadaires à gaz et où de grands chênes projetaient des taches de soleil sur les terrasses des cafés.

J'étais venu ici de nombreuses fois. Quand les enfants étaient petits, je les emmenais à la Fête des champignons, qui avait lieu chaque année ; les fermes environnantes produisaient plus de la moitié des champignons vendus dans le pays. La population de la ville était un mélange hétéroclite de travailleurs sans papiers employés dans les champignonnières et de riches propriétaires de chevaux qui participaient à la chasse à courre du Cheshire Hunt et possédaient des haras où s'entraînaient des cavaliers olympiques.

Je traversai le centre-ville. Les gens allaient et venaient de la banque, de cabinets d'avocats et d'une pharmacie. Il n'y avait pas de circulation, à l'exception d'une flotte de bus scolaires vides qui montaient en brinquebalant vers le lycée. J'ouvrais toujours l'œil pour repérer les voitures du cortège funèbre de la GVO.

Le glacier du coin avait une file d'attente en cette journée douce. Allison adorait cet endroit, et Lucinda l'y emmenait après les matchs à Kennett ou Unionville. Je les chassai toutes les deux de mon esprit, concentré sur ma mission.

Je passai devant le clocher en briques, puis aperçus le panneau indiquant « pompes funèbres Colon », devant une maison coloniale magnifiquement entretenue avec un porche qui en faisait le tour. C'était le funérarium auquel les Veria avaient confié la dépouille de Junior. À côté du bâtiment, il y avait un parking où trois limousines étaient stationnées devant quelques voitures ordinaires.

Sur un coup de tête, je me garai sur le parking. J'ajustai mes lunettes de soleil, sortis de la voiture et me précipitai vers la porte d'entrée, qui était entrouverte. J'entrai et ne vis personne. Immédiatement à ma gauche, une porte béante laissait échapper le bruit d'un aspirateur. L'odeur écœurante des fleurs réfrigérées flottait dans la pièce, et je devinai que c'était là que la veillée funèbre de Junior avait eu lieu. À l'extérieur de la pièce se trouvait un pupitre avec un livre d'or blanc, fermé.

Je l'ouvris et ne fus pas surpris de trouver les pages vierges. Les membres d'une organisation criminelle ne donnaient pas leurs noms et adresses. Je me glissai dans la pièce. Elle était longue et rectangulaire, avec un sol recouvert de moquette, et vide à l'exception d'un homme en bleu de travail qui passait l'aspirateur si bruyamment qu'il ne m'avait pas entendu entrer. Des chaises pliantes blanches étaient alignées contre le mur entre des lampadaires décorés, et à l'avant de la pièce, des compositions florales étaient exposées sur des étagères en fer forgé.

L'homme leva les yeux et éteignit l'aspirateur.

— Je peux vous aider ?

Je réfléchis rapidement.

— Oui, c'est au sujet des funérailles des Veria. Je travaille pour le service de messagerie. Je pense qu'ils sont au déjeuner, mais j'ai oublié où. Vous savez où ils sont ?

— Ils sont retournés à la maison.

Bien noté.

— D'accord. Je suis censé récupérer les cartes qui accompagnent les fleurs.

L'agent d'entretien fronça les sourcils.

— C'est Bill qui s'en charge d'habitude.

— C'est les Veria qui m'ont envoyé. Je fais ce qu'on me dit.

— D'accord. Vous pouvez prendre ça aussi. L'homme désigna une petite boîte près de la plinthe. Des cartes de messe supplémentaires et d'autres choses.

— Super, merci.

Je me dépêchai de ramasser la boîte, et l'homme remit l'aspirateur en marche.

Je me rendis à l'avant de la pièce; chaque composition florale était accompagnée d'une carte blanche dans un support en plastique, exposée pour indiquer l'expéditeur. Elles étaient de formes et de tailles variées, allant d'énormes bouquets de lys calla et de glaïeuls à des compositions plus modestes de marguerites. Certaines avaient un thème: un bouquet d'œillets teints en vert dans un petit casque des Philadelphia Eagles et un bouquet de mini-roses rouges dans une balle de base-ball en céramique des Phillies.

Je pris les cartes et les mis dans la boîte, en faisant vite. Je saluai l'homme en partant, et il me répondit d'un signe de tête. Je me dépêchai de quitter la pièce, de sortir et de rejoindre ma voiture, puis je montai à bord et laissai le parking derrière moi.

Je roulai sur la distance de quelques pâtés de maisons, puis, lorsque le quartier devint résidentiel, je me garai sous un arbre et posai la boîte sur mes genoux. Elle contenait les cartes blanches provenant des compositions florales, mais je les mis de côté pour prendre un épais dossier noir sur lequel était inscrit en relief le nom des pompes funèbres.

J'ouvris le dossier.

Il contenait une facture pour George Veria. Avec une adresse personnelle.

La maison de Big George Veria était une immense demeure avec une façade en pierre brute sur les ailes nord et sud, formant un U autour d'une allée circulaire où se trouvaient un camion de restauration et des voitures garées. La pelouse devant la maison était impeccablement entretenue, avec des plantations étonnamment raffinées sur un terrain d'environ huit hectares. Une haute grille en fer forgé noir longeait l'avant de la propriété, protégée par un portail orné de volutes. À côté, il y avait un interphone avec une caméra de sécurité visible, ainsi que des caméras blanches fixées dans les arbres.

Je me garai de l'autre côté de la rue, à distance de la maison, en admirant cette demeure magnifique. Ceux qui disent que le crime ne paie pas ne savent pas de quoi ils parlent. Mes pensées se tournèrent vers Milo, et je sus qu'il était à l'intérieur. Il n'aurait pas pris le risque de se montrer en public, mais il était en sécurité au sein de la famille criminelle de Big George.

Je scrutai les véhicules garés devant, me demandant lequel était le sien. Je ne me souvenais pas exactement des voitures qui étaient présentes aux funérailles, je ne pouvais donc pas en repérer de nouvelles. Aucune d'entre elles n'avait de banderole orange. Mon regard se posa sur la Mercedes anthracite qui appartenait à Paul Hart. Lui et sa petite amie étaient également à l'intérieur.

Je me redressai sur le siège conducteur, ayant pris mes repères. Je tournai la clé dans le contact. Mon plan était de retrouver Big George et de dénoncer Milo, mais j'avais toujours su que je ne pourrais pas y arriver de cette façon.

Je devais commencer par un terrain plus familier.

37.

J'étais assis dans ma voiture, nerveux, à attendre. Il faisait nuit et une pluie fine tombait sur mon pare-brise, mais je ne mis pas en route les essuie-glaces. Je ne voulais pas être vu par les caméras de surveillance.

J'étais garé entre deux bennes à ordures commerciales sur Buckingham Street, une ruelle étroite du quartier des affaires de Philadelphie. Cette rue m'offrait une vue imprenable sur Colonial Towers East, un immeuble de bureaux monolithique situé en face de moi, sur la 18e rue. À ma gauche se trouvait Colonial Towers West, et à ma droite, les entrées de service des magasins et des restaurants du quartier, fermés pour le moment.

Tu ne savais pas que j'avais une liaison.

Je chassai cette pensée. Paul Hart était dans les bureaux du Colonial Towers East, et j'étais là pour une raison précise. Milo était un informateur confidentiel, il avait donc dû signer un accord de coopération. Ces accords étaient établis sous forme de contrats, rédigés par le gouvernement et négociés par des avocats de la défense. Comme Hart était l'avocat de Milo, cela signifiait qu'il avait négocié l'accord. J'avais relié les points qui m'avaient conduit ici. Hart savait que Milo était un informateur, mais Big George l'ignorait. Tôt ou tard, Hart allait donc devoir rencontrer Milo à l'insu de Big George. Je supposais qu'ils se retrouveraient dans un endroit isolé, seuls et probablement de nuit. Ils ne pouvaient pas prendre le risque de se rencontrer au grand jour et ils ne pouvaient pas se téléphoner, car ils supposaient que le FBI écoutait. Mon plan était de suivre Hart jusqu'à ce qu'il retrouve Milo, puis d'apporter la preuve de cette rencontre secrète à Big George.

J'attendais donc, et l'horloge de mon tableau de bord indiquait 20 h 45. Je savais que Hart était à l'intérieur, car j'avais consulté son site web sur un téléphone prépayé avec Wi-Fi que j'avais acheté aujourd'hui. Selon son emploi du temps, Hart assistait ce soir à une collecte de fonds pour le sénateur américain Mike Ricks, qui, selon la rumeur, envisageait de se présenter à l'élection présidentielle. Demain soir, Hart serait à une collecte de fonds pour la représentante du gouvernement Barbara Caldwell, qui briguait apparemment le siège de Ricks. L'avocat devait jouer sur deux tableaux, n'ayant d'autre intérêt que sa propre notoriété.

21 h 15.

Je me redressai sur le siège conducteur, les yeux rivés sur Colonial Towers East. Son hall d'entrée moderne et élégant était fait de lumineux panneaux de verre s'étirant du sol au plafond, contrastant avec le reste du bâtiment plongé dans l'obscurité, sa façade miroitante se fondant dans un ciel noir et brumeux. Je tournai mon attention vers l'entrée et la sortie du parking souterrain. Je supposais que Hart serait parmi les derniers à quitter la soirée, distribuant ses cartes de visite comme des confettis.

21 h 30.

Les voitures commencèrent à quitter le parking et tournèrent à droite sur la 18e rue. Je distinguais clairement le visage des conducteurs à la lumière des réverbères. C'étaient des hommes et des femmes bien habillés, au téléphone ou en train de fumer. Pas de Paul Hart au volant de sa Mercedes gris anthracite.

Je continuai d'observer et d'attendre, en scrutant chaque conducteur. Une file de grosses Escalade noires quitta le parking, dont l'une transportait le sénateur Ricks en personne. J'aperçus le politicien assis sur le siège arrière, un homme grand, aux cheveux gris, arborant le sourire éclatant de rigueur. Mais toujours pas de Paul Hart. Le cortège se réduisit à quelques voitures et je craignis d'avoir manqué Hart. Peut-être était-il passager dans une autre voiture ou était-il encore à l'intérieur.

21 h 45.

Soudain, j'aperçus Hart qui entrait dans le hall en verre du Colonial Towers East. Il salua les agents de sécurité à la réception en passant devant eux.

Mon cœur se mit à battre à tout rompre. Je démarrai alors que Hart sortait du bâtiment, sa mallette à la main. Il arriva sur le trottoir et s'arrêta avant de traverser, attendant que la circulation s'interrompe. Il avait la tête tournée vers la droite et je suivis son regard jusqu'à une voiture de location noire garée devant le Colonial Towers West. Il n'était donc pas venu avec sa voiture.

Je quittai ma place de parking et remontai lentement Buckingham Street. Deux hommes sous des parapluies rejoignirent Hart sur le trottoir et se mirent à lui parler. Je freinai à une courte distance du haut de la rue, attendant qu'ils aient terminé. Je ne pouvais pas lire sur leurs lèvres, car ma vue était obstruée.

Hart leur fit un signe de la main, descendit du trottoir et commença à traverser la 18e rue. Soudain, sortie de nulle part, une berline sombre fonça dans la rue et le percuta de plein fouet.

J'en eus le souffle coupé, sous le choc. Je n'arrivais pas à croire ce que je voyais. Je dus faire appel à toute ma volonté pour ne pas crier.

Hart hurla. L'impact avec la berline le projeta en l'air et le propulsa sur plusieurs mètres dans la rue. La berline ne s'arrêta pas.

Mon cœur battait à tout rompre. C'était une collision intentionnelle suivie d'un délit de fuite. Je n'avais pas vu de quel type de voiture il s'agissait, j'avais les yeux rivés sur Hart.

Instinctivement, j'accélérai et tournai dans la 18e rue. Des gens couraient sur le trottoir vers le lieu de l'accident.

Hart gisait immobile devant l'entrée du Colonial Towers West.

Je lui jetai un coup d'œil horrifié en passant. Des agents de sécurité se précipitaient vers lui depuis l'immeuble. Une foule commençait à se rassembler.

— Jason ? crus-je entendre quelqu'un dire, alors que je m'éloignais à toute vitesse.

38.

Je fonçai dans la 18e rue. La berline était deux pâtés de maisons devant moi. Dans l'obscurité, je ne pouvais voir ni sa marque ni son modèle. Il n'y avait pas de circulation entre nous.

Nous filions vers Market Street, l'un derrière l'autre. Je fis une embardée pour éviter un SUV, la berline en fit autant pour éviter un taxi. Les piétons nous montraient du doigt.

Le feu passa au rouge, mais la berline ne s'arrêta pas. Les piétons s'écartèrent précipitamment. Les voitures sur Market Street freinèrent dans un crissement de pneus et klaxonnèrent.

Je continuai à rouler, moi aussi. Je poursuivis la berline jusqu'au pâté de maisons suivant, contournant un bus blanc et carré.

La berline tourna à gauche sur Benjamin Franklin Parkway, l'artère principale qui menait vers la sortie de la ville, bordée de lampadaires et de banderoles géantes. Une Honda tenta de dépasser la berline, la forçant à ralentir.

J'enfonçai la pédale, me rapprochant suffisamment pour identifier la berline. C'était la BMW bleu foncé des funérailles de Junior. Elle avait la même trace d'impact sur le pare-chocs.

Les questions se bousculaient dans ma tête. Pourquoi la GVO voulait-elle tuer Hart ?

Et pourquoi maintenant ? Milo était-il au courant ? Était-ce lui qui conduisait la BMW ?

Je commençais à perdre du terrain, ma Civic n'était pas de taille face à la BMW. Elle accéléra à nouveau, contourna l'Eakins Oval devant le musée d'art et se dirigea vers l'autoroute.

La circulation s'arrêta à un feu rouge. Je m'efforçai de rassembler mes pensées, mais elles se bousculaient dans ma tête. Je ne pouvais pas chasser l'image horrible de Hart percuté par la BMW. Je n'avais pris aucun plaisir à assister à sa mort atroce. Je me demandais ce que Lucinda allait dire. Si elle allait le pleurer.

Ma poitrine se serra. Je réalisai que je ne lui avais pas demandé si elle l'aimait. Peut-être que je ne voulais pas connaître la réponse.

Une voiture klaxonna derrière moi et je levai les yeux vers le feu, qui était passé au vert. J'appuyai sur l'accélérateur et avançai, sans savoir exactement vers où.

Puis je me souvins de quelque chose.

Jason ?

Je serrai les dents. Quelqu'un m'avait reconnu sur les lieux. Beaucoup d'avocats de la ville me connaissaient. Ça aurait pu être n'importe qui.

En plus, le conducteur de la BMW allait se souvenir de la Civic. Et les caméras de sécurité avaient sûrement filmé la course-poursuite. La police de Philadelphie voudrait savoir qui conduisait la Civic.

Tout comme le FBI.

Il était temps de changer de stratégie.

39.

La supérette était exiguë et poussiéreuse, une vieille boutique indépendante située près de l'autoroute. Elle se trouvait à côté d'un garage, fermé à cette heure-là, mais qui était la raison de ma présence. Le magasin formait un long rectangle étroit, éclairé par des néons qui clignotaient, fixés à un faux plafond affaissé. Il n'y avait pas d'autre client et aucun caissier en vue. Une vieille télévision diffusait une publicité derrière le comptoir.

Je parcourus les étagères remplies de paquets de bâtonnets de viande séchée Slim Jims, de sachets turquoise brillants de chips Herr's et de boîtes poussiéreuses de Pepto-Bismol[25]. L'air sentait la fumée de cigarette, ce qui n'arrivait plus jamais dans les lieux publics. Cette odeur me ramena dans le passé, car mon père fumait.

Je trouvai ce dont j'avais besoin et me dirigeai vers la caisse. Un homme âgé apparut, venant de l'arrière-boutique, en train de tirer une dernière bouffée de sa cigarette. Il croisa mon regard derrière ses lunettes qui glissaient sur son nez couvert de couperose. Ses cheveux gris étaient gras et il était mal rasé, mais un sourire poli étirait ses joues.

— Je peux vous aider ?

Il écrasa sa cigarette dans un cendrier déjà plein à ras bord

25 - Médicament contre les brûlures d'estomac.

dont la base ronde était recouverte d'un tissu à carreaux.

— Oui, merci. Je posai mes affaires sur le comptoir et sortis un billet de 20 dollars de mon portefeuille. Au fait, savez-vous qui tient le garage d'à côté ? Je dois faire repeindre ma voiture et je ne veux pas aller dans une chaîne trop chère.

Bien sûr, ce n'était pas la vraie raison. La vraie raison, c'était que les chaînes tenaient des registres.

— Bien sûr. L'homme ouvrit la caisse et me rendit la monnaie. Le propriétaire, Ed, est absent pour deux semaines, il se remet d'une opération.

Je masquai ma consternation.

— J'en ai besoin plus tôt que ça.

— Le cousin d'Ed tient aussi un garage.

— Vous pouvez l'appeler ?

— Bien sûr.

— Ce soir ?

L'homme ne me demanda pas pourquoi, et je me vis à travers ses yeux. J'étais un individu qui avait besoin de faire repeindre sa voiture rapidement, pour des raisons que personne ne voulait connaître. Je sentis que je quittais mon ancien monde légal pour entrer dans un autre, où les avocats conspiraient avec des criminels et finissaient par mourir de toute façon.

L'homme fit glisser ma monnaie et mon sac à provisions sur le comptoir.

— Je vais l'appeler.

— Merci, dis-je avant d'ajouter : Vous avez des toilettes ?

Dans les toilettes, je rasai une mèche de mes cheveux, puis une autre. Je les avais d'abord coupés avec des ciseaux, puis j'avais utilisé plusieurs rasoirs jetables. Des touffes de cheveux coupés et des coulures de crème à raser remplissaient la petite poubelle crasseuse à côté du lavabo. Le travail était plus salissant et plus long que prévu, mais ça marchait. Je devenais de plus en plus chauve. Je ne pouvais pas risquer d'être reconnu à nouveau.

Je me regardai dans le miroir et je réalisai à quel point je ressemblais à mon père maintenant que je n'avais plus de cheveux. J'avais ses yeux bruns chaleureux et bien écartés, son nez droit et sa petite bouche, encadrée par les mêmes rides d'expression que lui. Cette pensée me réconforta et je me surpris à sourire. Mon père avait été mon meilleur ami, et nous avions toujours été seuls tous les deux, d'aussi loin que je me souvienne. J'avais été dévasté par sa mort et j'avais suivi ses conseils.

Mieux vaut prévenir que guérir.

Je regardai mon sourire s'effacer. Je ne pouvais nier les faits qui me sautaient aux yeux. J'avais fait des choix prudents, les uns après les autres, convaincu qu'ils me protégeraient, moi et ma famille. Et pourtant, j'étais là aujourd'hui, avec ma famille en miettes et Allison disparue à jamais. Jouer la carte de la prudence ne les avait pas protégés.

Je me souvins qu'autrefois, je me demandais pourquoi mon père idolâtrait Milton Hershey[26], mais n'aspirait jamais à être comme lui. Je sentais qu'il ne savait pas s'il en était capable, ou qu'il ne voulait tout simplement pas essayer. Il n'avait jamais tenté de frapper un grand coup, mais il aurait pu. Il était resté dans sa zone de confort, tout comme moi. Je ne savais pas si nous avions peur d'échouer ou de réussir.

Je jetai les cheveux à la poubelle, rinçai le rasoir et repris le rasage, laissant libre cours à mes pensées. Je devais changer d'apparence, mais je sentais qu'il se passait quelque chose de différent, quelque chose de plus. Je me dépouillais de tout ce qui n'était pas essentiel, révélant mon moi le plus brut. Je me débarrassais de tout ce que j'avais été.

Je devenais quelqu'un d'autre. Peut-être celui que j'aurais toujours dû être.

Pas mon père.

Moi-même.

Je me dévisageai dans le miroir avec un regard neuf.

Fini de jouer la sécurité.

---

26 - Milton Snavely Hershey est un industriel et philanthrope américain fondateur de l'entreprise Hershey's, producteur de confiseries au chocolat, qu'il diffuse de façon industrielle, sur le marché américain. Il est surnommé « le Henry Ford des chocolatiers ».

40.

Le garage de Remy Whitman était un rectangle de parpaings peints en blanc, encrassés par le temps. La lumière était faible, car plusieurs ampoules fluorescentes étaient grillées. Le sol en béton était taché et n'avait pas été balayé depuis des lustres. Des poubelles Rubbermaid qui débordaient, des jerricanes en plastique rouge de 19 litres et des bidons d'antigel à moitié vides étaient alignés le long des deux murs. Des pancartes indiquaient que l'entreprise travaillait avec toutes les compagnies d'assurances et garantissait une correspondance parfaite des couleurs. Des armoires grises cabossées avec des autocollants décolorés se trouvaient dans un coin, et une portière de voiture fraîchement repeinte était suspendue à un support métallique.

Remy s'avéra être un hipster grand et maigre avec un tatouage de Félix le Chat dans le cou. Il portait une casquette Carhartt, une chemise en flanelle marron, un jean large et des bottes de travail.

— Alors, quelle couleur vous voulez ? me demanda-t-il en regardant la Civic.

— N'importe quelle teinte foncée.

Il fallait que ce soit très différent.

— J'ai du noir.

— Parfait.

— Ça marche. Deux couches, ça prendra deux jours.

— J'en ai besoin demain matin, donc une seule couche.

Remy acquiesça.

— Ça vous coûtera 400 dollars et ça prendra toute la nuit. Ça vous va ?

— D'accord.

— Vous pouvez attendre dans mon bureau. Remy désigna une porte bleue sale sur le mur latéral. Il y a une cafetière et des toilettes. Faites comme chez vous.

— Merci.

— Vous avez besoin d'une nouvelle plaque d'immatriculation ?

— Oui, merci.

— Autre chose ?

Je n'hésitai pas.

— Et un flingue ?

— Ça, je ne peux pas.

— Vous connaissez quelqu'un qui pourrait ?

— Peut-être, répondit Remy d'une manière qui me laissa entendre que oui.

Le repaire de Remy était à peine assez grand pour accueillir un bureau, un meuble de classement et une vieille table en bois sur laquelle se trouvaient un micro-ondes, une cafetière et une petite télévision allumée à faible volume. Le bureau était en métal basique, sa surface encombrée de factures, de catalogues de pièces détachées, d'un vieux journal sportif et de menus de restaurants végétaliens. Il y avait des toilettes sans fioritures au fond, et les murs étaient recouverts de vieux calendriers, d'un poster de Van Halen[27] et d'une horloge Félix le Chat, dont la queue en plastique était immobile.

Je me mis à préparer du café tout en jetant un coup d'œil à la télévision. Il était 11 heures et le journal télévisé commençait. Une bannière rouge indiquant « Dernières nouvelles » apparut à l'écran, avec le titre « UN AVOCAT TUÉ DANS UN ACCIDENT AVEC DÉLIT DE FUITE ». Je trouvai la télécommande et montai le son.

La présentatrice disait : « L'avocat Paul Hart a été tué ce soir

27 - Groupe américain de hard rock.

par un conducteur qui a commis un délit de fuite sur la 18e rue, vers 21 h 45. Hart était âgé de 51 ans et était un avocat de renommée nationale qui travaillait pour le cabinet Lattimore & Finch, situé dans le centre-ville. Le conducteur aurait été au volant d'une BMW d'un modèle récent, de couleur bleu foncé. Les autorités n'ont pour l'instant aucun suspect. Nous vous tiendrons informés de l'évolution de la situation. »

La vidéo montrait des policiers de Philadelphie en uniforme en train de discuter avec des techniciens de la police scientifique, tandis que des voitures de police étaient garées à côté d'un fourgon noir de médecin légiste et d'une unité mobile de police scientifique blanche. Le lieu du crime était bouclé par une rubalise jaune et une tente bleue avait été dressée sur le trottoir devant les bureaux de Colonial Towers East. On pouvait supposer que le corps de Hart s'y trouvait encore. La présentatrice passa au sujet suivant, un incendie dans un entrepôt.

Le meurtre de Hart m'avait secoué. Je ne savais pas ce qui se passait. Hart était l'avocat de Milo et de Big George, mais il venait d'être tué par leur organisation. J'étais dépassé par les événements, mais je n'allais pas faire demi-tour maintenant.

Mon Tracfone émit un signal sonore, car j'avais activé les alertes pour toute actualité en rapport avec cette affaire. Je sortis le téléphone de ma poche et regardai l'écran. Les premières notifications provenaient de médias, mais la dernière était issue du podcast de Bryan Krieger, le détective amateur. Je cliquai dessus et fus pris de court par le titre :

J'AI VU JASON BENNETT CE SOIR !
Cliquez ici pour découvrir les dernières révélations !

Je lus la suite, horrifié.

GRANDE NOUVELLE ! L'affaire Bennett vient d'exploser ! Paul Hart, l'amant de Lucinda Bennett, a été tué ce soir par un chauffard qui a pris la fuite ! J'étais LÀ et JASON BENNETT aussi ! Je l'ai vu de mes propres yeux ! Je vais résoudre cette affaire !

Ma bouche s'asséchа. Je n'avais pas remarqué Krieger, mais je ne regardais pas la foule. Je ne savais pas si la photo sur son site web m'aurait suffi pour le reconnaître, de toute façon. Je continuai à lire.

Je suis allé à une collecte de fonds politique parce que je voulais interroger Hart au sujet de Lucinda Bennett, après mon entretien avec sa femme Pam. Je n'ai pas pu l'approcher lors de la collecte de fonds à cause de tous les pontes, alors j'ai essayé après, à l'extérieur du bâtiment. Je marchais dans la rue quand j'ai vu une voiture le renverser et le tuer ! Et devinez qui était au volant du véhicule juste derrière : Jason Bennett ! Cliquez ci-dessous pour écouter mon interview exclusive d'un témoin !

Krieger avait donc suivi Hart, et aucun de nous ne savait que l'autre était là. Je cliquai pour écouter le podcast :

Bryan : Je suis Bryan Krieger, sur les lieux du délit de fuite qui a coûté la vie à l'avocat Paul Hart, et j'ai trouvé un témoin oculaire. Comment vous appelez-vous, monsieur ?
David : David Fishman. Mon Dieu, c'était horrible ! Vous êtes journaliste ?

Mon estomac se noua. Je connaissais David Fishman. Il était associé chez Shafritz Ferguson, un cabinet d'avocats qui faisait parfois appel à mes services.

Bryan : Oui, je ne vous retiendrai pas longtemps, j'ai juste besoin de connaître les faits.
David : Je suis encore sous le choc !
Bryan : L'homme qui a été renversé par la voiture était Paul Hart, un avocat. Le connaissez-vous ?
David : Pas personnellement, mais je le connais de nom. Je suis avocat moi aussi.
Bryan : Étiez-vous à la collecte de fonds ce soir ?
David : Non, j'ai travaillé tard. Mon bureau est dans la tour ouest, et je quittais le bâtiment. Je suis arrivé juste après qu'il a été renversé. Je l'ai vu sur le trottoir et j'ai essayé de l'aider.

Oh mon Dieu, c'est atroce, je n'avais jamais vu des blessures pareilles !
Bryan : Je vous ai entendu dire « Jason ». Pourquoi avez-vous dit ça ?
David : J'ai regardé autour de moi et j'ai vu une voiture passer, j'ai reconnu le conducteur.
Bryan : Et qui était-ce ?
David : Jason Bennett. J'ai clairement vu son visage dans la lumière du bâtiment. C'est bizarre, parce que je ne crois pas qu'il conduise une Honda, mais je l'ai bien vu. Il me faisait face quand il est passé.
Bryan : Comment connaissez-vous Jason Bennett ? Avez-vous déjà fait appel à ses services en tant que greffier ?
David : Oui, et je l'ai déjà vu à des conférences de l'Association du Barreau et d'autres événements de ce genre. Le mois dernier, nous avons eu une longue conversation. Je pensais faire appel à lui pour une affaire à venir.

Je me souvenais de cette conversation. Je lui avais parlé pour essayer de trouver davantage de travail.

Bryan : Avez-vous entendu parler de la disparition de la famille Bennett ?
David : Oui, c'est pourquoi j'ai été surpris de le voir.
Bryan : Avez-vous dit à la police ce que vous avez vu ?
David : Oui. Ils veulent que je me rende à Roundhouse[28] pour faire une déposition.

Je gémis. Il avait donc dit à la police de Philadelphie qu'il m'avait vu.

Bryan : Vous avez dit une Honda. Pouvez-vous confirmer que Bennett conduisait une Honda Civic blanche ?
David : Oui.
Bryan : Avez-vous relevé la plaque d'immatriculation ?
David : Non, excusez-moi, je dois y aller...

28 - The Roundhouse, bâtiment historique ayant abrité le quartier général de la police de Philadelphie des années 1960 jusqu'en 2022.

Bryan : La Civic suivait l'autre voiture à grande vitesse, n'est-ce pas ?
David : Oui.
Bryan : Est-ce qu'ils n'étaient pas en train de fuir ensemble, comme s'ils étaient de mèche ?
David : Euh, je ne sais pas, je ne tiens pas vraiment à m'en mêler. Vous avez dit que vous étiez...
Bryan : N'est-il pas possible qu'ils aient agi de concert ? Saviez-vous que Paul Hart avait une liaison avec Lucinda, la femme de Jason ?
David : Excusez-moi, pour quel journal travaillez-vous ? Vous êtes de l'*Inquirer* ?
Bryan : Hart trompait sa femme avec celle de Jason, le mobile est donc clair...
David : Je dois y aller, au revoir. Éloignez ce téléphone de mon visage.

Je cliquai sur « Stop ». L'enjeu venait d'augmenter. Krieger avait vendu la mèche. Tôt ou tard, le FBI allait apprendre que je m'étais trouvé sur les lieux. Je devais partir du principe que Dom et le FBI feraient le lien entre ma disparition et le délit de fuite qui avait tué Hart. N'importe quelle vidéo prouverait que je n'étais pas coupable, mais cela allait les pousser à intensifier leurs recherches pour me retrouver.

Je repensai aux implications. Le FBI avait dit que la GVO essayait de m'éliminer, car Big George croyait que j'avais tué son fils. Je me demandais maintenant si c'était vrai. Et si c'était le cas, pourquoi la GVO aurait-elle tué Hart ? Et qui m'avait poursuivi après les funérailles ? Il était difficile d'imaginer qui, au sein de la GVO, avait intérêt à ce que Hart meure. Puis je compris :

Milo.

J'y réfléchis, le cœur battant à tout rompre. Milo était un informateur confidentiel, et Paul Hart avait négocié l'accord de coopération. Cette information était dangereuse à connaître. Elle pouvait coûter la vie à Milo, aux mains de Big George ou de n'importe quel autre membre de la GVO. Peut-être que Milo avait décidé que Hart n'était pas fiable, ou peut-être que

Hart avait menacé de dénoncer Milo à Big George après que celui-ci l'avait trahi en tuant Junior, et non moi.

Cette prise de conscience me fit frissonner. La seule question était de savoir comment Milo avait convaincu Big George de faire assassiner Hart. À ma connaissance, Big George considérait Hart comme son avocat et l'avait même invité avec sa petite amie aux funérailles de Junior. Je ne comprenais pas pourquoi Big George l'avait fait tuer le soir même.

Puis, cela me frappa.

Peut-être que Milo avait menti à Big George au sujet de Hart, comme pour le vol de voiture raté. Milo avait pu inventer un mensonge pour monter Big George contre Hart. Ou bien Milo avait simplement fait cavalier seul et commandité lui-même le meurtre.

Mais maintenant, que faire ?

Les rouages de mon esprit tournaient à toute vitesse. Si Milo avait fait cavalier seul, il y avait deux possibilités. Soit Big George savait que la GVO était responsable du meurtre de Hart, car le conducteur de la BMW était l'un de ses hommes, soit il était trop préoccupé par la mort de Junior pour prêter attention à un délit de fuite quelconque dans le centre-ville, qui avait tué son avocat. Il y avait beaucoup de BMW bleu foncé dans le monde, et les informations n'avaient pas mentionné le numéro d'immatriculation.

Je reportai mon regard sur la télévision, mais mes pensées me ramenèrent aux funérailles, à Hart et sa petite amie, puis aux cartes que j'avais prises au funérarium.

— Remy ? appelai-je en me dirigeant vers le garage.

Quinze minutes plus tard, j'en étais à ma deuxième tasse de café noir et mon cerveau fonctionnait à plein régime. J'avais récupéré la boîte du funérarium, et ma tâche m'attendait, étalée sur le sol carrelé crasseux. Il y avait d'abord une rangée de cartes que j'avais prises sur les compositions florales de la première étagère, disposées de gauche à droite. Ensuite, les cartes récupérées sur la deuxième étagère, également alignées de gauche à droite, et la rangée du haut ne contenait que trois cartes, provenant des compositions florales qui avaient leur propre chevalet au fond de la pièce.

Je parcourus quelques noms dans la première rangée :

Nos plus sincères condoléances, Rachel et Big P
Avec tout notre amour, Sonia et Petit Jimmy
Toutes mes condoléances, RJ

Je me rendis compte que j'avais sous les yeux les noms des membres du cercle restreint de la GVO, mais je ne savais pas comment découvrir qui ils étaient. Ils n'avaient pas signé le livre d'or, mais ils avaient envoyé des fleurs pour essayer de marquer des points auprès de Big George. Il n'y avait pas de noms de famille sur les cartes, je ne pouvais donc pas les rechercher en ligne, et la plupart n'avaient que des surnoms. Je sirotai mon café en réfléchissant à tout cela. Puis je réalisai qu'un surnom pouvait aussi être un pseudonyme. Je fouillai dans ma poche, sortis mon Tracfone et me connectai à Internet. Je me rendis sur le site des archives judiciaires, saisis le nom d'utilisateur et le mot de passe de Marie, puis fis une recherche sur « George Veria ».

Sur le petit écran apparut le titre de la dernière affaire pénale contre Big George, et il y avait d'autres accusés, étant donné qu'il faisait partie d'une organisation criminelle. Cinq coaccusés étaient nommés, et comme je le savais, chaque titre d'un acte d'accusation pénal mentionnait l'identité des accusés, ainsi que leurs derniers pseudonymes connus.

Je me sentis ragaillardi. Pour identifier les membres de la GVO, il me suffisait d'utiliser les titres des actes d'accusation et de les comparer avec les cartes. Je ne reconnaîtrais probablement pas tous les membres, mais j'en trouverais autant que possible. Ce serait fastidieux sur un téléphone, or je n'avais pas d'autre choix.

J'étais sur le point de commencer, mais je m'arrêtai soudain en me souvenant de Hart. Je parcourus les cartes et trouvai la sienne au milieu de la deuxième rangée.

Nos sincères condoléances, Paul et Contessa

Je vérifiai les cartes pour voir s'il y avait un autre Paul, mais il n'y en avait pas. Il se pouvait que les fleurs de Hart aient été apportées au cimetière, mais je pariais que ce n'était pas le cas. Cela ne se faisait généralement que pour la famille proche ou les membres de l'entourage immédiat, comme Milo. La petite amie de Hart s'appelait donc Contessa.

Je m'empressai d'aller sur Google et lançai une recherche avec « Contessa » et « Philadelphie ». Il n'y avait pas beaucoup de Contessa, et je cliquai sur la première, une Contessa Burroughs sur LinkedIn, où était indiqué son emploi actuel :

Assistante juridique, équipe chargée de la criminalité en col blanc, Lattimore & Finch, bureau de Philadelphie

Je fis défiler les résultats de la recherche jusqu'aux Pages jaunes et je trouvai son adresse.

41.

J'arrivai dans le quartier de Contessa tôt le lendemain matin. Le ciel était nuageux, mais je portais mes lunettes de soleil, pour que personne ne puisse voir mon visage. Je me sentais différent avec la tête complètement rasée. Plus libre, plus audacieux, et j'avais l'impression de tenir une piste après la nuit dernière. La voiture avait une allure différente aussi ; elle avait mis toute la nuit à sécher, mais elle était d'un noir crédible. Ma nouvelle plaque d'immatriculation venait du New Jersey, un détail qui avait son utilité.

Je fis le tour du quartier à la recherche d'une place de parking, mes pneus crissant sur les pavés de cette partie ancienne de Philadelphie, appelée Northern Liberties. C'était autrefois un quartier industriel, où subsistaient des entrepôts abandonnés et les bâtiments en briques rouges des anciennes brasseries Schlitz et Ortlieb, mais il avait depuis été gentrifié pour devenir un quartier branché et animé, et les entrepôts avaient été reconvertis en appartements haut de gamme qui attiraient les jeunes professionnels comme Contessa. Elle vivait dans la résidence NorthLofts, avec vue sur le fleuve Delaware.

La circulation était fluide, mais il y avait du monde sur le trottoir.

Une femme courait avec un chien bâtard, et deux hommes marchaient vers le centre-ville, portant des sacoches. J'imaginais que Contessa n'irait pas au bureau ce matin-là, puisque Hart avait été tué la veille au soir. Les informations locales indiquaient que la police n'avait aucune piste, mais je me méfiais désormais des communiqués officiels. Une récompense avait été offerte par Lattimore & Finch, et des messages en hommage à Hart avaient été publiés par le barreau de Philadelphie, la section pénale de l'American Bar Association et une foule d'avocats et de cabinets de renom, ainsi que des personnalités politiques telles que le sénateur Ricks, la représentante du gouvernement Caldwell et le gouverneur de Pennsylvanie.

Je passai mon plan en revue. Je supposais que Hart faisait confiance à Contessa, puisqu'ils étaient amants et qu'elle travaillait pour lui. Elle savait probablement que Milo était un informateur confidentiel, et son accord de coopération devait être enregistré et conservé en ligne ou sur papier. Les avocats comme Hart ne s'occupaient pas eux-mêmes des tâches administratives, je pariais donc que Contessa s'en chargeait. Qu'elle sache ou non que Milo était un informateur, j'allais lui en parler, et lui dire que je le croyais responsable du meurtre de Hart. Je voulais qu'elle me donne une copie de l'accord de coopération afin que je puisse le montrer à Big George et prouver la trahison de Milo. Il se pourrait qu'elle accepte de le faire parce qu'elle voudrait faire tomber Milo, pour venger Hart.

Je repérai quelqu'un qui quittait une place en face de NorthLofts et j'attendis pour me garer. Pendant ce temps, j'examinai son immeuble, un ancien entrepôt d'environ sept étages avec de grandes fenêtres à persiennes. Je remarquai une caméra de sécurité blanche carrée au-dessus de l'entrée de la résidence et mis ma casquette, avant de me garer et de sortir de la voiture.

Je gardai la tête baissée en m'approchant du bâtiment et arrivai à l'entrée, une porte vitrée moderne. Sur le mur de droite se trouvait un long panneau avec des interphones noirs. Aucun nom n'était indiqué, mais je me souvenais du numéro de l'appartement de Contessa, le 626.

Je collai mon téléphone à mon oreille et fis semblant d'appeler la personne que je venais voir. Je cachai du mieux que je pus le panneau à la caméra de sécurité et appuyai sur un bouton au hasard. J'entendis la sonnerie, mais personne ne répondit ni ne m'ouvrit. J'appuyai sur un autre bouton, attendis à nouveau, mais toujours pas de réponse.

Soudain, je vis une jeune femme en tenue de jogging s'approcher de la porte depuis l'intérieur, et je continuai à parler au téléphone.

— Oui, chérie, je suis désolé d'être en retard, vraiment, dis-je dans l'appareil, juste au moment où la femme ouvrait la porte. Je pris un air qui signifiait « pauvre de moi, je suis un mauvais petit ami » tout en continuant à parler au téléphone.

— Je sais, mais il y avait beaucoup de circulation, je suis vraiment désolé.

La femme me lança un regard désapprobateur et laissa la porte ouverte. Je la retins tout en continuant à parler.

— J'arrive tout de suite. La voiture est chargée, on est prêts à partir.

Je continuai à faire semblant de discuter dans le hall, qui était petit et bien éclairé, avec des murs en briques apparentes et une rangée de boîtes aux lettres. Les ascenseurs se trouvaient devant moi, à côté de l'escalier, mais je préférai emprunter les marches. Je me glissai dans la cage d'escalier et les montai deux par deux, en retirant mes lunettes de soleil et ma casquette. Par réflexe, je passai la main dans mes cheveux pour les remettre en place, avant de me souvenir que je n'en avais plus.

J'arrivai au sixième étage. Un panneau sur le mur indiquait que les numéros pairs se trouvaient à gauche, je pris donc cette direction. Le couloir était calme et bien éclairé, avec des murs bleu pâle et une moquette turquoise à motifs. Des journaux du matin étaient rangés dans des pochettes en plastique devant de nombreuses portes. Au bout du couloir, j'aperçus quelques objets devant l'une d'elles. En m'approchant, je vis qu'il s'agissait de compositions florales.

J'atteignis à la porte où se trouvaient les fleurs, au numéro 626. C'était l'appartement de Contessa, et les fleurs devaient être pour la mort de Hart. Je frappai. Personne ne répondit. J'attendis, puis frappai à nouveau, plus fort.

— Contessa ? appelai-je, et l'instant d'après, j'entendis une porte s'ouvrir derrière moi. Je me retournai et vis une femme âgée vêtue d'un peignoir épais debout sur le seuil de l'appartement d'en face.

— Elle n'est sans doute pas là, vous n'avez pas encore compris ? Les yeux aux paupières tombantes de la femme me lançaient des regards furieux. Elle avait une serviette blanche enroulée autour de la tête. Tout le monde frappe à la porte depuis ce matin ! Ils m'ont réveillée !

— Je suis désolé… commençai-je à dire, mais la femme jeta un regard noir vers les compositions florales dans le couloir et leva les bras au ciel.

— Tout le monde les laisse entrer ! Personne ne respecte les règles, et surtout elle ! Elle laisse tout dans le couloir ! Des cartons Amazon ! Son vélo ! Ses bottes boueuses ! Ses parapluies ! Des déchets recyclables, des ordures ! Elle est trop paresseuse pour les emporter à l'incinérateur ! Je lui ai dit que ça posait un risque d'incendie !

Je ne savais pas quoi dire et je n'aurais de toute façon pas pu en placer une.

— J'en ai assez ! Attendez ici !

— Quoi, pourquoi ? demandai-je, mais la femme rentra brusquement dans son appartement en claquant la porte derrière elle. Elle ressortit une minute plus tard, une clé à la main.

— Ramassez ces fleurs ! On va mettre ses saletés dans *son* appartement.

La femme me bouscula, enfonça la clé dans la porte de Contessa et tourna la poignée.

— Mettez-les à l'intérieur ! Elle les verra quand elle rentrera ! J'en ai marre de tout ça !

Je ramassai les compositions florales.

— Contessa, vous êtes là ? La femme ouvrit la porte à la volée et entra dans l'appartement d'un pas décidé, avec moi sur ses talons. Écoutez, vous devez récupérer vos…

La femme poussa une exclamation d'horreur. Je faillis laisser tomber les fleurs.

Contessa était pendue au ventilateur du salon, morte. Son visage était d'un bleu horrible. Ses yeux sortaient de leurs orbites, son cou était tordu dans une position anormale.

Horrifié, je remarquai le reste de la scène. Une chaise en bois sous le ventilateur avait été renversée. Un ordinateur portable Mac ouvert et une bouteille de vin vide étaient posés sur la table basse. Un verre à vin gisait sur le tapis, entouré d'une auréole rouge.

La femme hurla :

— À l'aide ! À l'aide !

Je sortis discrètement de la pièce. Je ne pouvais pas me trouver là quand la police arriverait. Je laissai les fleurs.

Je courus dans le couloir et dans la cage d'escalier. J'entendais la femme crier et le bruit de portes qui s'ouvraient, suivi d'un brouhaha. Je descendis rapidement au troisième étage, puis au deuxième, puis au premier.

J'enfilai ma casquette et mes lunettes de soleil, avant de quitter la cage d'escalier. Je passai dans le hall à toute vitesse, la tête baissée. Je traversai la rue en courant, sautai dans la voiture et démarrai, reprenant enfin mon souffle.

42.

Je roulais sous les piliers en béton de la route I-95 sur Delaware Avenue, le large boulevard qui longeait les quartiers défavorisés de Philadelphie. Mon cœur battait à tout rompre, j'avais la bouche sèche depuis plusieurs pâtés de maisons. Je ne pouvais pas chasser de mon esprit l'image horrible de Contessa pendue. Le ciel était couvert de nuages. Je passai devant Fishtown et Port Richmond sur ma gauche, et sur ma droite, le bord de fleuve industriel était jalonné par des entrepôts, des quais de chargement et des piles de conteneurs. Ils bordaient le fleuve Delaware, une étendue d'eau trouble qui serpentait vers l'est et séparait la Pennsylvanie du New Jersey. Au milieu se trouvait Petty Island, une langue de terre sombre et grise, parsemée de bidons d'essence.

Je fonçais au milieu des camions crasseux, sentant que je devais quitter la route. Je passai devant quelques restaurants qui servaient à déjeuner aux camionneurs et aux dockers, puis devant l'immense parking de camions du Tioga Marine Terminal. Je contournai les chaînes d'hôtels et aperçus enfin un motel délabré de deux étages, avec un toit plat et des taches d'humidité qui maculaient sa façade en béton. Une enseigne au néon à l'ancienne indiquait « The Waterbird ».

Je me garai sur le parking à côté d'une rangée de camions. Je pris ma boîte en carton du funérarium, sortis de la voiture et me dirigeai vers une porte vitrée portant l'inscription

« bureau », recouverte de logos autocollants de cartes de crédit décolorés. Cela me semblait être le genre d'endroit où l'on ne me demanderait pas de pièce d'identité si je payais en espèces.

Je ne me trompais pas.

Ma chambre était au deuxième étage, avec vue sur le parking et Delaware Avenue. Le bruit de la circulation résonnait à travers les fines cloisons et j'entendais des rires bruyants provenant d'une autre chambre.

J'ôtai ma casquette et mes lunettes de soleil et posai la boîte sur le lit double recouvert d'une couverture bleue élimée. La chambre était vide, à l'exception d'une table de chevet en face d'une commode assortie et d'une vieille télévision carrée posée sur un chariot métallique. Je l'allumai et me dirigeai vers la salle de bains.

Je m'approchai du lavabo et m'aspergeai le visage d'eau froide. Ce qui était arrivé à Contessa m'avait profondément bouleversé. Peut-être parce qu'elle était jeune, peut-être parce que cela arrivait si peu de temps après Hart. Et Allison.

Je fermai le robinet, me séchai avec une serviette fine et quittai la salle de bains en sortant mon Tracfone de ma poche. Il fallait que je comprenne ce que je venais de voir. Il était logique que Contessa soit désespérée après le meurtre de son petit ami marié, mais cela éveillait mes soupçons. Même si cela ressemblait à un suicide, je me demandais s'il ne s'agissait pas d'une mise en scène.

Je m'assis lourdement au bord du lit, passant en revue les différentes possibilités. Il n'y avait pas de portier dans l'immeuble de Contessa. Pas de réception. Quelqu'un aurait pu entrer dans l'immeuble comme moi, puis frapper à sa porte. Elle aurait pu ouvrir, qu'elle le connaisse ou non – en supposant qu'il s'agissait d'un homme, ce qui était probable vu la force physique qu'il fallait pour mettre en scène un tel suicide. Il se pouvait qu'il y ait eu deux hommes, voire trois.

Je suivis la même logique que pour Hart, en essayant de déterminer qui avait intérêt à sa mort. J'obtins la même réponse : Milo. Milo pouvait être tout aussi inquiet au sujet de Contessa qu'à celui de Hart. C'était la raison même pour laquelle j'avais voulu parler à Contessa. J'avais supposé qu'elle savait que Milo était un informateur confidentiel et où trouver l'accord de coopération. Milo avait donc un mobile pour la tuer, afin d'éliminer le dernier témoin gênant.

Je continuai à réfléchir. Je ne savais pas si le tueur était Milo, le conducteur de la BMW, quelqu'un d'autre ou les trois. Le conducteur de la BMW ne pouvait pas être à deux endroits à la fois – chez Contessa et en train d'attendre Hart jusqu'à la fin de la collecte de fonds – mais je ne savais pas à quelle heure Contessa avait été tuée. Si elle n'était pas allée à la collecte de fonds, elle avait pu être assassinée en premier, puis le meurtrier s'en était pris à Hart. Soit elle lui avait fait suffisamment confiance pour le laisser entrer, soit il avait employé la force pour la maîtriser.

Je m'imaginais la terreur de Contessa lorsqu'elle avait compris ce qui allait se passer. Je l'avais vue dans les yeux d'Allison. La terreur de savoir ce que personne ne veut savoir. Je ressentis un profond chagrin, et les mots me traversèrent l'esprit comme si je lisais dans les pensées de ma fille.

C'est comme ça que je vais mourir.

Je ne pouvais pas m'empêcher de songer à Allison, puis je réalisai que je ne passais pas un seul instant sans penser à elle. Peut-être qu'il en serait toujours ainsi désormais. Peut-être que c'était le seul moyen de la garder auprès de moi. Peut-être qu'un jour, cela ne me briserait plus le cœur, mais j'en doutais. Allison était plus jeune que Contessa, mais elles étaient toutes les deux trop jeunes pour nous quitter.

Je repensai à la scène dans l'appartement de Contessa et à l'ordinateur portable ouvert sur la table basse. J'étais sûr que Lattimore & Finch, si ce n'était pas Hart ou Contessa, stockait des fichiers et des documents sur le cloud en se servant d'un mot de passe. Peut-être que Milo, ou celui qui travaillait pour lui, l'avait obligée à supprimer le fichier avant de la tuer. La police de Philadelphie ou le FBI déterminerait s'il s'agissait d'un suicide ou d'un meurtre, mais cela viendrait plus tard. Pour l'instant, il n'y avait que la perte d'une jeune femme, et cela seul était déjà suffisamment terrible.

J'allai sur le site web de Lattimore & Finch, et je cherchai « Équipe de justice pénale ». Il y avait deux avocats et une assistante juridique, Contessa, dans cette section. C'était une petite équipe, car elle était destinée à servir les intérêts des PDG qui recevaient des lettres de mise en demeure ou dont les enfants étaient arrêtés pour conduite en état d'ivresse.

J'y réfléchis. Il semblait évident que personne d'autre que Hart et Contessa n'était au courant de l'accord de coopération.

— Paul Hart, entendis-je quelqu'un dire. Je regardai la télévision et vis un bandeau rouge annonçant les dernières nouvelles : « RÉACTIONS APRÈS LE DÉLIT DE FUITE QUI A TUÉ UN ÉMINENT AVOCAT ». Une journaliste se tenait sous la bruine devant un bâtiment en pierre grise, et j'écoutai distraitement le reportage.

— Je me trouve au War College de Carlisle pour m'entretenir avec le sénateur Mike Ricks au sujet de l'avocat Paul Hart, tué hier soir dans un délit de fuite. Attendez, le voilà. Sénateur Ricks, sénateur Ricks ? Souhaitez-vous faire une déclaration ?

— Bien sûr.

Le sénateur Ricks apparut auprès de la journaliste, l'air sombre. Il avait des cheveux gris argenté, des lunettes à monture métallique et des traits quelconques avec une mâchoire carrée. Il se tenait très droit, ce qui me fit penser qu'il devait être un ancien militaire.

— Je présente mes sincères condoléances à sa charmante épouse et à sa famille. J'appréciais le soutien de Paul, comme celui de tous les avocats et cabinets d'avocats qui travaillent pour soutenir ma campagne.

— Savez-vous si la police a des pistes ?

— Non. Le sénateur Ricks s'adressa à la caméra. Si vous ou l'un de vos proches avez des informations sur cette tragédie, je vous encourage à vous manifester et à faire ce qui s'impose.

— Merci, monsieur le sénateur. Pour une autre réaction, nous passons à la représentante Barbara Caldwell, qui vient de terminer son discours à la faculté de droit de l'université Temple. À vous, Tom.

L'image à l'écran changea et un journaliste apparut, debout

à côté d'une femme grande et séduisante, portant des lunettes à monture écaille, ses cheveux bruns tirés en arrière.

— Madame la représentante Caldwell, avez-vous un commentaire à faire sur la mort de Paul Hart hier soir dans le centre-ville ?

— Oui, j'adresse mes sincères condoléances à sa famille et à sa femme. Je connaissais Paul, non seulement en tant que fidèle partisan, mais aussi en tant que collègue avocat.

— Madame la représentante, M. Hart soutenait à la fois les républicains et les démocrates, et les archives publiques montrent que Lattimore & Finch a contribué à votre campagne et à celle du sénateur Ricks. Avez-vous un commentaire à faire à ce sujet ?

La représentante Caldwell esquissa un sourire crispé.

— Si vous insinuez que cela me dérange, je vous assure que ce n'est pas le cas.

Le journaliste hocha la tête.

— Seriez-vous du même avis si les archives révélaient que Lattimore avait versé 500 000 dollars de plus à des candidats de l'autre parti ?

— Bien sûr, rétorqua la représentante Caldwell. Maintenant excusez-moi, il faut que j'y aille.

— Merci, dit le journaliste, et je reportai mon attention sur la tâche qui m'attendait.

Je sortis de la boîte les cartes des compositions florales pour Junior. Je les avais numérotées dans l'ordre où je les avais ramassées sur les étagères puis étalées sur le sol du bureau de Remy, cette nuit-là. Je les pris et commençai à les disposer de gauche à droite : première rangée, deuxième rangée, troisième rangée. Sur chaque carte, j'avais inscrit le nom du membre de la GVO avec son pseudonyme, trouvés dans les actes d'accusation en ligne.

Je les passai en revue, en faisant mentalement l'inventaire. Je connaissais désormais les membres de la GVO et leurs vrais noms, mais je ne savais pas de quels autres éléments je disposais, si tant est qu'il y en ait d'autres. Puis je regardai à nouveau les cartes, repensant à la disposition des compositions florales au funérarium.

Les plus petites se trouvaient sur l'étagère du bas, les moyennes sur celle du milieu et les plus grandes sur l'étagère du haut. Derrière les étagères se trouvaient les compositions les plus imposantes, présentées sur des chevalets. J'observai à nouveau les cartes et eus une autre idée. Il se pouvait que leur disposition reflète la structure hiérarchique de la GVO. Il était logique que les membres qui gagnaient le plus achètent les plus grandes compositions, ceux de l'échelon médian les compositions moyennes et ceux de l'échelon le plus bas les compositions les plus modestes.

L'échelon des revendeurs au détail.

Je séparai des autres les cartes de la dernière rangée, qui venaient sans doute de ces petits dealers, et jetai un œil aux noms et pseudonymes. Je réalisai que je devais improviser, maintenant que Hart et Contessa étaient morts. J'allais devoir infiltrer directement la GVO.

Je me tournai vers la boîte, fouillai sous le dossier et trouvai ma nouvelle arme, un vieux revolver Rossi, calibre .38, avec une crosse marron et un canon en métal. Il était lourd et son acier me glaçait la paume. L'arme avait coûté 300 dollars et le numéro d'enregistrement sous le canon avait été effacé, ce qui la rendait illégale.

Je la fis tourner dans ma paume, franchissant une frontière pour la première fois. J'étais assis dans une chambre de motel bon marché dans la zone industrielle de Philadelphie, en train d'envisager de me jeter dans la gueule du loup.

Fini de jouer la sécurité.

Je tournai l'arme dans tous les sens, puis la pointai vers le mur. Un réflexe musculaire me revint. J'avais appris à manier un fusil dans ma jeunesse. Je savais assez bien viser, car nous nous entraînions sur des boîtes de conserve. Si je devais tirer, j'avais des chances d'atteindre ma cible.

Je me redressai, les yeux fixés sur le canon. Le viseur était long et cranté, et je m'imaginai appuyer sur la détente pour me défendre, ou pour une raison plus sombre. Pour la première fois de ma vie, cela ne me semblait pas impossible. Je pensai à Allison, mais cette fois, au lieu de me briser le cœur, cela m'ouvrit les yeux. Je devais faire tout ce qu'il fallait pour que justice lui soit rendue. Pour sauver ma famille. Pour les libérer du programme.

Je posai le revolver sur le lit et me levai, réfléchissant à la suite. Je me mis à marcher vers la fenêtre et observai la circulation sur Delaware Avenue. Mon regard se posa sur ma voiture garée sur le parking, à côté d'une Hyundai blanche sale avec un autocollant des Phillies sur le pare-chocs, qui se décollait en haut.

Mon regard s'attarda sur l'autocollant. En dessous, à l'endroit décollé, on aurait dit la trace d'un choc sur la carrosserie, mais c'était en fait une forme sombre à l'endroit où s'était trouvé l'autocollant. De la saleté s'était collée à l'adhésif résiduel, comme une ombre.

Je repensai à la BMW bleu foncé, avec son étrange trace d'impact verticale. Ce n'était peut-être pas une trace d'impact du tout. C'était peut-être un « P » rouge, pour les Phillies. Je repensai à la composition florale sur le thème des Phillies sur l'étagère du bas. Il s'agissait de roses rouges dans un vase en forme de balle de base-ball.

Je me dirigeai vers la boîte de cartes et pris celle avec le logo rouge des Phillies. Elle était signée :

Condoléances, de la part de North Philly Phil

Je fis le rapprochement. Le surnom du conducteur de la BMW devait être North Philly Phil. Je pris mon Tracfone et fis rapidement défiler l'index des archives du tribunal. Il ne me restait plus qu'à rechercher ce pseudonyme dans les actes d'accusation pour trouver le vrai nom du prévenu. Je parcourus les titres les uns après les autres. Je ne tardai pas à trouver un Phillip Nerone, alias « North Philly Phil ». Je tapai Phillip Nerone sur le site des Pages jaunes, mais une multitude de résultats s'affichèrent. Je limitai la recherche à Philadelphie, mais j'obtenais toujours plusieurs pages. Je les parcourus rapidement, passant d'une page à l'autre, mais aucune des adresses ne semblait correspondre à celle de Phil Nerone. Je supposais qu'il vivait dans la région, donc son adresse ne devait pas être répertoriée.

Un plan commença à se former dans mon esprit. Je retournai sur le site du tribunal et tapai « George Veria ». J'allais pouvoir récupérer les détails des actes d'accusation et les utiliser pour cartographier les activités de la GVO. Cela prendrait longtemps, mais c'était la seule piste dont je disposais.

J'avais besoin de papier, d'un stylo et d'un café noir. Il était temps de passer au plan B.

43.

J'attendis minuit passé pour traverser New Cumberton en voiture, consterné par l'état de délabrement de la ville. Autrefois, c'était une communauté agricole prospère, mais la terre des champs de foin et de soja avait été retournée pour faire place à des lotissements. Les emplois avaient disparu et la ville était trop éloignée pour servir de banlieue, son avenir était donc peu prometteur.

Je m'étais dit que c'était un bon point de départ pour essayer de retrouver le conducteur de la BMW, Phil Nerone. J'avais préparé mon voyage toute la journée, relisant tous les actes d'accusation, procès-verbaux et verdicts relatifs à la GVO que j'avais pu trouver. Les procès-verbaux les plus récents montraient que la GVO avait concentré ses activités à New Cumberton, et je comprenais pourquoi. La ville était située juste à côté de la route 202, avec sa propre sortie, ce qui facilitait l'accès à toute personne souhaitant acheter de la drogue.

Je traversai tranquillement la ville, passant devant des maisons en briques délabrées devant lesquelles étaient garées de vieilles voitures. De la lumière brillait et des téléviseurs clignotaient dans quelques maisons, mais d'autres, vides, restaient sombres, comme des dents manquantes. Les porches s'affaissaient et les fenêtres et les portes étaient barricadées. Les lampadaires étaient cassés, et je supposai que c'était intentionnel. Personne dans la rue ne voulait être sous les projecteurs.

La ville de New Cumberton proprement dite s'étendait sur dix pâtés de maisons, ses rues formant un quadrillage typique des localités agricoles et minières autour de Philadelphie, sur le modèle de la grande ville elle-même. Townsend Street était la rue principale, avec une pizzeria, un magasin « Tout à 1 dollar », une taverne, une sandwicherie et un magasin d'occasion.

Tout était fermé, sauf la pizzeria et la taverne, et il n'y avait personne dans la rue, hormis aux coins, où des jeunes traînaient, riaient, fumaient et discutaient.

Je regardai des voitures s'arrêter aux angles, discuter brièvement avec les jeunes, puis repartir. Je ne me demandais plus pourquoi le trafic de drogue était en plein essor, ni pourquoi les dealers n'étaient pas mis hors d'état de nuire, car je connaissais désormais la réponse. Je *vivais* la réponse. Le système judiciaire était défaillant.

Je descendis Hunter Street en scrutant les hommes au coin de la rue. Aucun d'entre eux n'était Phil Nerone ni ne me semblait familier. Je ne savais pas si c'était parce qu'ils n'appartenaient pas à la GVO ou parce qu'ils n'étaient tout simplement pas venus aux funérailles. Je pris à droite sur la 27e rue et continuai à rouler, scrutant les hommes qui vendaient de la drogue, puis les visages des conducteurs qui s'arrêtaient, au cas où. En vain.

J'arrivai au bout de la 27e rue et tournai dans Price Street, où se trouvait un homme imposant coiffé d'une casquette rouge des Phillies, mais ce n'était pas North Philly Phil. J'avais conscience que l'homme m'observait pendant que je passais, car je voyais la visière de sa casquette bouger dans la même direction que moi.

Je tournai à droite dans Donegal Street, où il y avait moins de voitures garées. Un rapide coup d'œil me permit de constater que la BMW n'était pas parmi elles, mais je savais déjà que cela n'allait pas être facile. Phil Nerone pouvait être n'importe où, ou même ne pas se trouver dans la rue. J'avais supposé qu'il était un petit dealer, mais je pouvais me tromper.

Je continuai à rouler dans l'obscurité, l'esprit rempli de sombres pensées. J'avais toujours cru que la loi nous gouvernait tous. J'avais cru que la justice était un océan et que l'anarchie ne formait que des îlots dans l'eau. L'exception, pas la règle, comme à Guantánamo, une île hors de portée des tribunaux. Mais depuis la mort d'Allison, je savais que ce n'était pas vrai. Il n'y avait pas d'îlots d'anarchie, l'anarchie était partout. Un océan d'anarchie, sans îlot en vue, sans terre ferme nulle part.

Je continuai à rouler. La circulation était faible, mais je ne vis pas Phil Nerone. Après m'être attardé pendant près de deux heures, je commençai à penser que je devais passer à une autre ville. Je pris la 202 pendant un moment, puis la quittai pour la reprendre à Ranston, une autre vieille ville agricole qui avait connu des jours meilleurs. Elle était construite selon un plan similaire, mais comportait un quartier résidentiel plus agréable avec des maisons mitoyennes en briques et une rue principale plus longue, avec un *Wendy's*, des restaurants mexicains et thaï, des bars et d'autres petits commerces, tous fermés à cette heure.

Je me dirigeai vers les quartiers les plus défavorisés de la ville, où les maisons étaient délabrées et les terrains vagues laissés à l'abandon. Le tableau était tristement familier : des hommes traînaient au coin des rues, des voitures s'arrêtaient et repartaient.

Je renonçai à observer les hommes, réalisant qu'il serait plus facile de repérer la BMW que Phil Nerone. Je roulai lentement, descendant une rue, puis une autre, moins familières que celles de New Cumberton, car je n'avais pas étudié le plan de chaque ville. Deux heures plus tard, je n'avais toujours pas repéré la BMW ni Nerone, mais j'étais plus déterminé que jamais. Je trouverais Nerone même si cela devait me prendre toute la nuit, et si je ne le faisais pas ce soir, j'essaierais à nouveau le lendemain, et le surlendemain.

Je m'arrêtai à un feu rouge sur Donegal Street, essayant de décider si je devais passer à la ville suivante, tellement préoccupé que je mis un moment à remarquer un homme avec une barbichette qui sortait de l'ombre au coin de la rue. Phil Nerone. Je venais de le dépasser. Il était seul, et il n'y avait personne d'autre sur le trottoir.

Le feu passa au vert, et j'avançai, apercevant la BMW garée

sur Whitman Street. Je fis le tour du pâté de maisons, puis je redescendis Donegal Street, en me dirigeant vers Nerone au coin de la rue.

Il était appuyé contre la portière passager d'une vieille Altima blanche, dont les feux de freinage étaient allumés. Les lampadaires étaient éteints et les maisons mitoyennes plongées dans l'obscurité. Deux d'entre elles étaient condamnées par des panneaux de contreplaqué recouverts de graffitis. Un chien aboyait, et le son résonnait dans le silence de la nuit. Je m'enjoignis de rester calme. J'avais répété ce moment dans ma tête. C'était quitte ou double, mais j'espérais que cela se passerait comme prévu. Dans le cas contraire, j'avais laissé quelques lettres d'adieu.

L'Altima démarra et je me dirigeai vers le trottoir, en baissant la vitre côté passager. Nerone se tourna vers moi. Je reconnaissais ses yeux sombres et étroits, ses cheveux mi-longs et sa barbichette broussailleuse. Il portait un sweat à capuche noir et un jean.

Je freinai, le moteur tournant au ralenti. Nerone s'avança vers ma fenêtre côté passager, puis ralentit le pas. Je supposai qu'il se montrait prudent parce que je n'étais pas un habitué. Je doutais qu'il m'ait reconnu, avec mon crâne fraîchement rasé. De toute façon, cela ne changeait rien pour moi.

Je lui fis signe d'approcher, et Nerone s'avança, les mains enfoncées dans les poches de son sweat.

— Qui t'envoie ? demanda-t-il d'un ton neutre.

— Je dois voir George Veria. Je suis celui qu'il recherche.

Nerone ricana.

— Circule, mon pote.

— Je m'appelle Jason Bennett. Monte dans ta voiture et appelle Big George. Dis-lui que je veux le voir, seul. Je te suivrai où il voudra.

Nerone en resta bouche bée. Il n'était pas habitué à prendre des décisions, seulement à recevoir des ordres. Il ne comprenait pas pourquoi je m'offrais ainsi sur un plateau, et cela le déstabilisait. L'effet de surprise me donnait l'avantage.

— C'est trop compliqué pour toi, Phil ? Allez, appelle Big George.

Nerone bougea la main dans sa poche, sans doute pour pointer une arme sur moi.

— Sors de la voiture. Tu viens avec moi.

— Non. Ne pense même pas à me tuer. Tu sais qu'il voudra le faire lui-même. Je croisai le regard nerveux de Nerone. Soit tu montes dans cette BMW, soit je m'en vais maintenant. Tu veux être celui qui m'aura laissé m'échapper ?

Nerone se précipita vers la BMW, tout en sortant un téléphone de la poche de son jean.

44.

Je suivis la BMW sur la 202 sud, et le trajet me laissa le temps de devenir nerveux. Je jetai un coup d'œil à l'horloge du tableau de bord. Il était 4 h 25 du matin, et je me dirigeais vers une destination inconnue à la suite d'un tueur, pour rencontrer un autre tueur encore plus redoutable. Difficile de croire que tel était mon plan, mais c'était tout ce que j'avais.

Je serrai le volant et me redressai sur mon siège. Une bruine embuait l'air et je mis en route les essuie-glaces, tout en gardant la BMW en vue. Il n'y avait presque personne sur l'autoroute. Mes pneus grinçaient sur l'asphalte mouillé.

Je passai en revue toutes les possibilités, l'estomac noué. Tout ce que j'avais à faire, c'était de rejoindre Big George et de lui dire la vérité. S'il venait seul au rendez-vous, j'avais une chance. S'il venait avec Milo, cela pourrait m'être fatal.

Nous quittâmes la 202 et serpentâmes à travers la banlieue, passant devant les maisons en bois de style Cape Cod et les lotissements d'immenses demeures cossues, puis les maisons commencèrent à disparaître. Nous atteignîmes les champignonnières, passâmes devant leurs bâtiments caractéristiques, longs et rectangulaires, construits en parpaings blancs. Leurs parkings étaient pleins, car les fermes fonctionnaient vingt-quatre heures sur vingt-quatre, mais il n'y avait aucun signe de vie. Je savais que si je baissais la vitre, je sentirais l'odeur nauséabonde. Je ne le fis pas.

Nous nous enfonçâmes plus loin dans la campagne, puis les champs s'ouvrirent sur une nuit si sombre que je ne pouvais plus distinguer la terre du ciel. Il n'y avait ni lune ni étoiles, et la seule source de clarté provenait de mes phares. Des mouches et des papillons de nuit volaient frénétiquement dans les cônes de lumière tremblotants. Une voiture nous dépassa, puis une autre, et nous arrivâmes à un panneau défraîchi indiquant « Centre de compostage de la vallée ».

La BMW tourna à droite au panneau et je la suivis, montant vers une immense structure en tôle ondulée grise de plusieurs étages. Elle était équipée de cheminées et d'un long toit plat avec de grands projecteurs de sécurité aux angles. Le parking se trouvait sur la droite, vide à l'exception de quelques voitures. Mon estomac se noua et je me demandai si l'une d'elles appartenait à Big George.

La BMW accéléra dans le parking, puis Nerone freina brusquement et se gara dans un crissement inutile. Il sortit de la voiture en brandissant une arme, ce à quoi je m'attendais. Je n'avais plus l'avantage, mais je m'y attendais aussi.

— Sors de la voiture, mains en l'air ! cria Nerone alors que je garais la voiture. Je coupai le contact et sortis en levant les mains.

— Il est déjà là ?

— Tais-toi !

Nerone me fouilla avec sa main libre, puis souleva ma chemise.

— Je ne suis pas armé.

Je supposai qu'il cherchait un micro. J'avais deviné qu'ils me fouilleraient. Mon arme était dans la boîte à gants.

— Allez, avance ! Nerone pointa son arme vers une porte dans la façade en tôle ondulée de l'usine de compostage.

Je m'y dirigeai, suivi de près par Nerone. La lumière d'un détecteur de mouvements s'alluma, éclairant la zone, et je jetai un coup d'œil rapide autour de moi pour repérer les lieux. De l'autre côté de la façade se trouvait une immense porte de garage, suffisamment large et haute pour laisser passer des poids lourds. La porte en était entrebâillée.

Nerone ouvrit. Nous pénétrâmes dans un couloir sombre. Je

sentais son arme pressée contre mon dos. Je marchai le long du corridor bordé de portes sans fenêtres. Au bout se trouvait une autre porte avec une fenêtre en plastique. De la lumière filtrait à travers.

— Entre, ordonna Nerone.

J'ouvris la porte qui donnait sur un immense garage avec un sol en béton taché, où de l'eau formait des flaques par endroits. Deux camions-bennes étaient garés dans des emplacements sur la droite. La pièce empestait le compost de champignons, et l'odeur était encore plus forte à cause de l'humidité et de la chaleur.

— Continue.

Je traversai le garage, passant devant des rangées de gros tuyaux d'arrosage. Nous arrivâmes face à un autre mur de tôle ondulée avec une double porte. Nous étions près du fond du bâtiment. Mon estomac se noua. Quoi qu'il fût sur le point de se passer, ça aurait lieu ici.

— Dépêche-toi.

J'ouvris la double porte qui donnait sur un immense entrepôt avec un plafond en tôle ondulée. Des sacs étaient empilés en rangées sur des palettes en bois atteignant deux étages de haut. Au-dessus de nos têtes, une rangée de ventilateurs industriels surdimensionnés vrombissaient bruyamment.

— Avance.

Je me remis en marche. L'entrepôt semblait calme, je supposai donc que nous étions les premiers arrivés. Les rangées de sacs empilés s'interrompirent et je m'avançai dans l'espace dégagé. En face de moi, une autre pile de sacs bordait une allée centrale qui se terminait par une entrée secondaire barrée d'une porte sans fenêtre.

— Reste ici. Nerone glissa son arme dans sa ceinture. Ils vont bientôt arriver.

Ils, au pluriel. Big George Veria ne venait donc pas seul. Je me préparai au pire.

45.

Je vis la porte du fond s'ouvrir et une silhouette entrer dans l'entrepôt. Elle s'avança vers nous dans l'allée centrale.

Ce n'était pas Big George.

C'était Milo. Seul. Big George n'était pas avec lui. Je serrai les mâchoires. C'était le pire scénario possible.

Mon esprit s'emballa. Je compris que Nerone avait dû appeler Milo, qui avait dit qu'il préviendrait Big George, mais ne l'avait pas fait. J'en étais réduit au plan Z.

Je n'avais pas revu Milo depuis la nuit où il avait tué Allison. Je répondis à son regard menaçant avec une fureur que j'avais du mal à contenir.

— Où est le patron ? me forçai-je à dire.

Nerone s'approcha de Milo.

— Oui, je pensais qu'il venait.

— Tais-toi, aboya Milo sans me quitter des yeux.

Nerone se plaça à côté de lui. Deux contre un.

Est-ce comme ça que je vais mourir ?

— Ça ne marchera pas, Milo, lui dis-je. Je m'en suis déjà occupé, au cas où tu viendrais seul. Demain, Big George saura que tu lui as menti. Tu as tué Junior et tu es un informateur du FBI.

Milo cligna des yeux.

— Attends, tu es une balance ? Nerone resta bouche bée. Il

sortit son arme de sa ceinture et tira, une fraction de seconde après Milo, qui fit feu à plusieurs reprises. Des flammes orange jaillirent des canons. Le bruit m'assourdit, la fusillade résonnant dans tout l'espace.

La main de Milo se porta à son bras. Le sang gicla de la poitrine de Nerone sous l'impact des balles. Il s'effondra sur le sol.

— À l'aide ! hurla une voix derrière moi.

Je ne savais pas qu'il y avait quelqu'un. Ce devait être un agent de sécurité.

Milo tourna la tête vers le bruit, momentanément distrait.

C'était ma seule chance. Je tournai les talons et courus pour sauver ma vie.

Milo me poursuivit en tirant. Une balle siffla près de ma tempe. Je sentis une vague de chaleur et une déflagration.

Quelqu'un criait :

— À l'aide, appelez le 911 ! On me tire dessus ! Je suis au Centre de compostage de la vallée !

Je me précipitai vers la porte et courus dans le couloir. J'entendais des coups de feu derrière moi. Milo était en train de tuer la personne qui avait appelé le 911. Le silence succéda à ses cris affolés.

J'atteignis la porte de sortie et me précipitai dehors. Je courus vers ma voiture, sautai à l'intérieur et tournai la clé dans le contact.

Milo passa la porte en courant à mes trousses, tirant à tout-va. Une balle brisa une vitre à l'arrière de la voiture.

J'enfonçai la pédale et dévalai la côte jusqu'à la route principale.

J'étais emporté par mon élan. Je n'avais pas eu le temps de prendre mon arme.

Des phares apparurent dans mon rétroviseur. Milo me poursuivait dans un SUV sombre.

Je gardai le pied au plancher. J'agrippai le volant de toutes mes forces. Mes pneus dérapèrent. Je devais rejoindre la route principale. Je m'en approchais de plus en plus. Des voitures allaient et venaient, puis un semi-remorque passa.

J'atteignis la route. Milo tira à nouveau, gagnant du terrain.

Un monospace qui passait fit une embardée, et je supposai que Milo l'avait atteint. Le semi-remorque qui roulait en sens inverse s'arrêta pour éviter la collision.

Je m'engageai en trombe sur la route, dérapant vers la gauche. Le monospace termina sa course dans un fossé. Le conducteur du semi-remorque sauta de sa cabine.

Milo continua à tirer. Le conducteur du semi-remorque riposta. La circulation s'arrêta brusquement. La lumière des phares des voitures éclairait la fusillade.

Je m'éloignai à toute vitesse au son des coups de feu mortels. Les voitures ralentissaient jusqu'à s'arrêter. Je me faufilai entre elles et continuai d'appuyer sur l'accélérateur.

Je jetai un coup d'œil dans le rétroviseur. Derrière moi, il n'y avait que l'obscurité. Jusqu'à présent, aucun phare de SUV. Je ne savais pas ce qui était arrivé à Milo.

Je fonçai droit devant moi.

46.

Tout en filant, je gardais un œil sur le rétroviseur. Des voitures apparurent derrière moi, mais aucune n'était celle de Milo. Je n'avais pas le temps de réfléchir. Je devais m'enfuir.

Il n'y avait qu'une seule route pour sortir de là, et je continuai à rouler. Au bout d'un moment, j'entendis des sirènes. Leur son strident se rapprochait. J'aperçus des voitures de police qui roulaient à toute vitesse sur la voie opposée, en direction de l'usine de compostage. Leurs gyrophares clignotaient en rouge et blanc. Les voitures qui roulaient dans la même voie se rangèrent sur le côté.

Je ralentis comme les autres véhicules de ma voie, formant un embouteillage temporaire. Trois voitures de police nous dépassèrent à toute allure, projetant des graviers et de la boue.

J'accélérai à nouveau lorsque la circulation reprit, et continuai de rouler aussi vite que possible. Je quittai la route principale à la première occasion pour m'engager sur des voies secondaires. C'était à nouveau une zone agricole, les maisons étaient loin de la route et plongées dans l'obscurité. J'étais l'une des rares voitures et le seul bruit était celui de ma respiration saccadée.

Je continuai à rouler dans le noir. J'essayais de contrôler ma respiration. Je sentais ma chemise trempée de sueur. Je me mis à trembler tandis que ma montée d'adrénaline retombait. Mon corps commençait à comprendre que j'avais échappé à la mort.

J'avalai ma salive avec difficulté, essayant de me rafraîchir la bouche. Je clignai des yeux pour y voir plus clair. La route devant moi était sombre et déserte, une seule voie qui serpentait à travers la campagne. Je savais que j'allais vers l'ouest, une direction qui en valait bien une autre. Je ne pouvais pas rouler vers le sud, car c'était la direction du Delaware, et du FBI.

J'essayai de comprendre ce qui venait de se passer. Milo savait ce que j'allais dire à George. Il voulait me tuer avant que j'en aie l'occasion. Mais je l'avais dénoncé devant Nerone. Malheureusement, Nerone en avait payé le prix.

Je revis la scène horrible. Comme pour Hart, la mort de Nerone ne m'apportait aucun réconfort. Je me sentais sous le choc et bouleversé, tandis que je continuais à rouler. Je repensai au garde de sécurité de l'usine de compostage qui avait appelé le 911. Milo l'avait tué, lui aussi.

Ma seule consolation était que j'essayais de mettre un terme à tout cela. Je savais ce que j'avais mis en branle et je ne pouvais qu'espérer que ça marche. L'enfer s'était déchaîné ce soir, mais la vérité refaisait peu à peu surface. J'essayai d'imaginer ce que Milo allait faire ensuite, en supposant qu'il n'ait pas été tué ou arrêté. Bientôt, Big George apprendrait que Nerone avait été assassiné à l'usine de compostage et ne comprendrait pas pourquoi.

Il appellerait probablement Milo en premier, mais je ne voyais pas quelle explication Milo pourrait donner. Il faudrait un mensonge de première classe, et Milo n'avait jamais fait d'études de droit.

Je respirai lentement, et mon cerveau se remit à fonctionner. À un moment donné, les opérateurs radio de la police allaient signaler une fusillade à l'usine de compostage et donner une description du SUV de Milo. Milo devait savoir qu'il ne pourrait pas garder son secret beaucoup plus longtemps. Quelque chose me disait qu'il ne retournerait pas auprès de Big George. Ce serait trop risqué.

Milo allait devoir prendre la fuite, et je ne savais pas s'il allait rester en contact avec le FBI en tant qu'informateur ou rompre également toute relation avec eux.

Je me rendis compte que Milo serait toujours à mes trousses. Je connaissais la vérité à son sujet et je ne m'arrêterais pas tant que je ne l'aurais pas révélée à Big George. Le FBI était toujours à ma recherche, et Dom saurait exactement ce que je mijotais, une fois que la police aurait découvert que ma voiture se trouvait également sur les lieux. L'usine de compostage était équipée de caméras et il y avait eu de nombreux témoins sur la route. Tôt ou tard, Dom finirait par comprendre que la voiture fraîchement peinte en noir était autrefois blanche.

Le ciel commença à s'éclaircir alors que je gravissais une côte, sur une route à une seule voie qui traversait un champ. Après une nuit terrifiante, l'aube pointait. Le soleil n'avait pas encore montré le bout de son nez, mais ses rayons dorés effilés balayaient l'obscurité, imperceptiblement, inévitablement.

Je sentis mon espoir renaître, sans savoir pourquoi. Mes poumons se remplirent d'oxygène et un sentiment de paix m'envahit. Je réalisai que je pensais à Lucinda.

Je tendis la main vers le téléphone, puis me retins. Je voulais lui parler, mais c'était trop risqué. Je ne faisais pas confiance au FBI pour ne pas mettre nos téléphones sur écoute ou placer des micros dans la maison. Je pariais que même un SMS pourrait leur permettre de me localiser.

Je remis ma main sur le volant.

De toute façon, je ne savais pas quoi lui dire.

47.

Le soleil montait dans le ciel tandis que je roulais vers l'ouest, en empruntant de petites routes pour ne pas me faire repérer. Je n'avais pas mangé depuis des heures, mais je ne passais que devant des fast-foods qui semblaient équipés de caméras de sécurité. Finalement, j'en trouvai un qui semblait accueillir les routiers, à en juger par le parking, et je m'y arrêtai.

Je mis mes lunettes de soleil avant de sortir de la voiture. Le restaurant était un long rectangle avec une seule porte sur la gauche, grossièrement encastrée dans une façade en bardeaux blancs délabrée. Il y avait une rangée de petites fenêtres encombrées de publicités pour des cigarettes, de la bière et du tabac à chiquer.

J'ouvris la porte et fus accueilli par l'odeur du café en train de percoler et du bacon en train de frire. L'endroit vibrait de tension nerveuse. Des camionneurs en casquette de base-ball et chemise en flanelle occupaient les banquettes et le comptoir, en train de prendre leur petit-déjeuner, tout en consultant leur téléphone et en discutant avec animation, comme s'ils se connaissaient, ce qui était peut-être le cas.

Je me dirigeai vers le comptoir et m'assis à l'extrémité, à côté d'un camionneur à la barbe rousse épaisse, qui ressemblait à un Viking. Il portait une veste en jean et une casquette bleu clair sur laquelle était inscrit « Transports Collins », avec les lettres TC en majuscules dessinées dans la silhouette d'un camion. Il était penché sur une platée d'œufs brouillés et des pommes de terre sautées que j'avais hâte de commander à mon tour.

J'entendis un bout de conversation entre lui et le camionneur d'à côté, qui avait un tatouage d'Iron Man dans le cou.

— Ce type s'est attaqué au mauvais routier. Jaybird n'est pas du genre à se laisser faire.

— Je sais bien. Ce mec n'écoute personne, à part Carol.

Ils éclatèrent d'un rire nerveux.

Je clignai des yeux, surpris. On aurait dit qu'ils faisaient allusion à la fusillade avec Milo. Je demandai au camionneur barbu à côté de moi :

— De quoi est-ce que tout le monde parle ?

— Oh, ce sont des mauvaises nouvelles. L'expression de l'homme s'assombrit. Ça s'est passé hier soir. Un de nos collègues a failli se faire tuer. Un connard a surgi d'une usine de compostage dans le comté de Chester et s'est mis à canarder tout le monde comme si on était au Far West.

Je réalisai que c'était logique. Cela devait être partout dans les journaux.

— Oh non. Et votre ami ? Est-ce qu'il va bien ?

— Oui, Dieu merci, il n'a été touché qu'à l'épaule. Il est à l'hôpital, dans un état stable. Le type a aussi tiré sur une jeune fille et son grand-père.

Le monospace.

— Comment vont-ils ? demandai-je, le cœur battant.

— Ils sont à l'hôpital, stables aussi. Le camionneur barbu enfourna une fourchette pleine d'œufs dans sa bouche. Ce connard a tué deux types.

— C'est une sacrée série de crimes, renchérit son voisin au tatouage d'Iron Man.

— Ça me rend dingue. Le routier barbu avala une gorgée de café. Jaybird est seulement sorti de sa cabine pour aider la fille. Un bon samaritain. Un bienfait ne reste jamais impuni, comme on dit, pas vrai ? Il aurait fait n'importe quoi pour n'importe qui. C'était un gentil géant, un vétéran d'Irak. La semaine dernière, il est sorti de son camion pour déplacer une tortue qui était sur la route.

Le camionneur tatoué intervint :

— Pas n'importe quelle route, l'autoroute à péage. Il est sorti de l'autoroute de Pennsylvanie pour sauver une fichue tortue-boîte.

— Et qu'est-il arrivé au tireur ? Ils l'ont attrapé ?

— Les flics ? Non. Jaybird pense qu'il l'a touché, mais il exagère peut-être.

Le camionneur tatoué intervint à nouveau :

— Sans blague ? Tu connais Jaybird, avec ses histoires à dormir debout !

— Linda ? Le barbu fit signe à une serveuse d'une soixantaine d'années, qui s'approcha avec une cafetière. Elle avait un sourire doux, un visage rond et ridé, et des cheveux blonds courts et hérissés.

Elle me servit une tasse.

— Merci.

Je bus une gorgée ; le café était délicieux et bien chaud.

— Qu'est-ce que je vous sers, monsieur ?

— La même chose, s'il vous plaît.

Je désignai l'assiette du camionneur barbu.

— Bien sûr.

La serveuse s'éloigna et le routier secoua la tête, penché sur ses œufs.

— Jaybird roule pour notre entreprise. On travaille pour les Transports Collins, à Wilmington. On a l'une des plus grandes flottes privées du centre de la côte Atlantique, avec près de vingt-cinq mille chauffeurs sur la route. On trouvera le connard qui lui a tiré dessus. L'homme haussa un sourcil roux en broussaille. On est tous à l'affût.

Le camionneur tatoué acquiesça.

— Vous connaissez le dicton : il peut toujours courir, mais il ne peut pas se cacher ? Eh bien, il ne peut même pas courir. Il ferait mieux d'espérer que les flics le trouvent avant nous. Ce type va le payer, c'est sûr. On a même une description de sa voiture, un SUV Lexus noir, modèle 2019.

— Je garderai l'œil ouvert, moi aussi, dis-je en sirotant mon café.

Je pris mentalement note du fait que le SUV de Milo était

une Lexus. En vérité, cela ne m'aurait pas dérangé que les camionneurs trouvent Milo et se fassent justice eux-mêmes. C'était la première fois que je voyais les choses ainsi.

Le barbu appela la serveuse.

— Linda, où est cette vieille télévision ? Je veux savoir s'il y a des nouvelles !

— Il n'y a plus de télévision, elle est cassée !

— Il va s'en procurer une nouvelle ?

— Non, à moins que tu lui en donnes une !

— Merde.

L'homme poussa un grognement, et le camionneur tatoué enfila des lunettes de lecture à monture métallique.

— Tu as 80 ans ou quoi ? Tu n'as pas besoin de regarder les informations à la télévision. Regarde sur ton téléphone.

— L'écran est trop petit.

— Je t'ai déjà dit de te faire faire des lunettes. Le tatoué commença à faire défiler l'écran de son iPhone, inséré dans un étui robuste. Voilà. Il y a une mise à jour.

— Des nouvelles de Jay ? Le camionneur barbu se pencha, et je fis de même. Toutes les têtes se tournèrent dans notre direction et les conversations cessèrent. Les yeux se levèrent des assiettes et les tasses de café restèrent suspendues en plein milieu d'une gorgée.

— Rien de nouveau sur Jaybird ! Le routier tatoué éleva la voix pour se faire entendre. Bonne nouvelle, la jeune fille sort de l'hôpital ce soir !

Un camionneur s'écria :

— Merci Seigneur !

Un autre répliqua :

— Merci *Jaybird* !

L'assemblée éclata d'un rire sinistre.

Le camionneur tatoué continua à faire défiler son écran.

— Attendez, ils ont identifié les personnes qui ont été tuées à l'usine ! Il y en avait deux ! « Les victimes ont été identifiées comme étant Phillip Nerone, 34 ans, d'Avondale… » L'homme s'arrêta de lire et scruta la foule. Quelqu'un connaît un Phil Nerone ? Kyle, tu habites à Honey Brook, c'est ça ?

Les camionneurs secouèrent la tête.

La serveuse s'approcha et posa mon petit-déjeuner devant moi.

— Voilà, monsieur.

— Merci.

Je plongeai ma fourchette dans les œufs brouillés et me mis à les engloutir. Ils étaient chauds, crémeux et délicieux.

Le camionneur tatoué brandit son téléphone et continua à informer la foule :

— Encore une chose, ils ont identifié l'autre type qui a été tué à l'usine.

Je m'interrompis, la fourchette en main au-dessus de mes pommes de terre rissolées. La deuxième victime était probablement le garde de sécurité qui se trouvait derrière les sacs la nuit dernière et qui avait appelé le 911. Je frissonnai à ce souvenir. Je pouvais encore l'entendre appeler à l'aide, puis les coups de feu résonner dans ma tête.

Le tatoué remonta ses lunettes sur son nez.

— Il est écrit ici : « La deuxième victime retrouvée sur les lieux a été identifiée comme étant Bryan Krieger, 41 ans, de Brooklyn, New York. »

Bryan Krieger ? Je posai ma fourchette, stupéfait. Donc, l'homme désespéré qui avait appelé le 911 était le détective amateur, pas un agent de sécurité.

Les camionneurs réagirent.

— Qu'est-ce qu'un type de *New York* faisait ici ?

— Il achetait de la drogue ou il en vendait, à toi de choisir !

— Jaybird s'est fait tirer dessus par un dealer ? Il n'y a pas de justice, mec !

Je sortis mon téléphone, allai sur le site web de Krieger et parcourus le dernier article de son blog, publié hier dans l'après-midi, alors que j'étais au motel :

Les amis, je vous ai annoncé hier soir la grande nouvelle : j'ai vu Jason Bennett sur les lieux du meurtre de Paul Hart, le célèbre avocat de Philadelphie qui couchait avec Lucinda, la femme de Jason ! Je ne peux pas encore vous donner de détails, mais je suis sur une piste importante ! Restez à l'écoute !

Je relus, horrifié. Il était possible que Krieger m'ait suivi, mais je ne savais pas comment ni quand il avait commencé. Il m'avait vu sur les lieux du délit de fuite après la mort de Hart, mais comment m'avait-il suivi par la suite ?

Je n'avais pas de réponses, seulement davantage de questions. M'avait-il vu chez Contessa ? Comment aurait-il su où aller ? Qu'avait-il en tête ? Quelle piste suivait-il ? Et comment était-il arrivé à l'usine compostage la nuit dernière ?

Je fis défiler le site web de Bryan et trouvai l'enregistrement audio de son interview avec Pam, la femme de Hart. Je lus la transcription de ce que j'avais écouté. Je me rendis compte d'une chose que je n'avais pas remarquée auparavant : Bryan n'avait pas publié l'intégralité de l'interview, mais seulement un extrait qui commençait par sa présentation. L'entretien ne s'était pas terminé en direct, un détail qui m'avait échappé auparavant.

Je réécoutai le fichier audio, le téléphone collé à l'oreille.

Bryan : Je vois que vous êtes d'une franchise brutale...
Pam : Ça oui, c'est tout moi ! Je suis franche *et* brutale !
Bryan : J'enquête pour savoir si votre mari avait une liaison avec une femme nommée Lucinda Bennett. C'est une photographe qui l'a pris en photo l'été dernier.
Pam : Je ne connais personne du nom de Lucinda, mais ça ne me surprendrait pas, Paul couche avec tout ce qui bouge. Elle n'était pas la première et elle ne sera pas la dernière ! Ha ha ! Vous croyez me choquer ?

Je songeai que Pam Hart avait pu continuer à parler des autres femmes avec lesquelles Hart l'avait trompée, et peut-être avait-elle mentionné Contessa. Si elle l'avait fait, Krieger avait ainsi pu continuer à me suivre, toujours un pas derrière moi. Il avait pu se rendre à l'appartement de Contessa le lendemain matin, comme je l'avais fait, et il était possible qu'il m'ait vu partir. Après cela, il avait pu me suivre jusqu'au motel et attendre dehors jusqu'à hier soir, quand j'étais parti pour New Cumberton.

Je me souvins de la nuit dernière, alors que je traversais des quartiers délabrés de ville en ville. Il y avait de la circulation sur toutes les routes. Je ne savais pas quel genre de voiture conduisait Krieger. Il avait très bien pu me filer jusqu'à l'usine de compostage.

Je revins mentalement sur mes pas à l'intérieur de l'usine, depuis le moment où Nerone m'avait fait avancer sous la menace d'une arme jusqu'à l'entrepôt où nous avions attendu Big George. Nous étions restés là environ vingt minutes, assez longtemps pour que Krieger puisse entrer dans le parking, se garer et se faufiler dans l'entrepôt avant l'arrivée de Milo. Ni Nerone ni moi ne risquions de l'entendre avec le bruit des ventilateurs industriels.

Je me souvenais du cri terrifié de Krieger lorsque Milo et Nerone avaient commencé à tirer, puis de son appel frénétique au 911. Mon cœur était lourd à l'idée de cette nouvelle vie perdue. Krieger essayait de faire la lumière sur la disparition de ma famille, et cela l'avait conduit à une mort horrible.

Mon téléphone se mit à sonner et je regardai l'écran pour voir qui c'était.

Inconnu, indiquait-il.

Mais je savais de qui il s'agissait.

J'appuyai sur le bouton vert pour répondre.

— Oui ?

— C'est George Veria, dit une voix rauque.

48.

Une heure plus tard, j'étais assis sur le plancher d'une vieille camionnette, le visage recouvert d'un capuchon noir et les mains attachées dans le dos avec des liens en plastique qui me cisaillaient les poignets. Le plancher était dur, l'air sentait la cigarette froide et la route était cahoteuse. Je me calai contre la paroi pour rester droit. Des bouteilles roulaient dans tous les sens en tintant.

Deux voyous costauds étaient assis à l'avant. Ils m'avaient pris mes clés de voiture, mon portefeuille et mon téléphone. Mon arme était restée dans la boîte à gants, inutile. Je me répétais de rester calme. J'étais en route pour rencontrer Big George Veria. J'avais tout fait pour que cette rencontre ait lieu. Le plan B n'allait pas être une partie de plaisir, mais je ne m'attendais pas à autre chose.

J'avais tout mis en place hier après-midi, en dernier recours. Je devais parvenir jusqu'à Big George sans me faire tuer. J'avais espéré utiliser Nerone pour y arriver, mais cela n'avait pas fonctionné, car Nerone avait appelé Milo à la place. Je n'avais pas prévu à quel point les choses allaient mal tourner la nuit dernière, mais j'avais toujours su qu'il existait un moyen simple, bien que conventionnel, de contacter Big George.

Par FedEx.

Je lui avais écrit un mot au motel, à livrer tôt le matin à 8 heures. Il disait simplement : « Appelez-moi. » J'avais ensuite noté mon nom et mon numéro de téléphone.

Et ça avait marché. Enfin, ça marcherait si j'arrivais à rester en vie.

Je croyais avoir une chance. Je priais pour que les meurtres à l'usine de compostage jouent en ma faveur. C'était du moins ce que je me disais, bien que je ne sache pas si tout était en train de se mettre en place ou au contraire sur le point de s'écrouler. En tous les cas, c'était la seule option qui me restait.

Je ne savais pas où nous allions nous retrouver ni combien de temps cela prendrait pour y arriver. J'essayais de voir à travers le tissu du capuchon, mais en vain. J'écoutais le bruit de la circulation comme on le fait dans les films, mais cela ne m'apprenait rien. Il n'y avait ni corne de brume indiquant la présence d'un fleuve, ni mouettes, ni trains. Cela ressemblait au trafic normal d'un jour de semaine sur une route partagée par des mères, des comptables, des commerciaux, des livreurs UPS et des voyous meurtriers.

Notre vitesse variait, je ne pouvais donc pas déterminer si nous étions sur une autoroute. J'arrêtai d'essayer de voir à travers le capuchon et fermai les yeux. J'inspirai profondément pour me calmer. Je pensai à tout ce qui avait changé depuis que j'avais décidé de ne plus jouer la sécurité. Je ne me sentais pas courageux, mais déterminé. J'avais une seule priorité: Lucinda et Ethan. Il fallait qu'ils soient en sécurité et libres.

Je pensai à Allison, et pour la première fois, l'image qui me vint n'était pas celle d'une scène horrible et déchirante. C'était le grand héron bleu que j'avais vu le premier jour, s'envolant au-dessus du marais, avec ses belles ailes anguleuses et puissantes.

Ma poitrine se dilata et se serra à la fois. Mon cœur était brisé, mais ouvert. Je souffrais énormément, même si je *ressentais* aussi profondément les choses. Je ressentais *tout* plus intensément qu'auparavant. Je m'abandonnais, mais à quoi, je ne le savais pas. À tout ce qui allait se passer.

J'étais désarmé, sans aucun moyen de me protéger. Je n'étais qu'un père de famille vivant en banlieue qui croyait en la vérité. J'étais sur le point de découvrir si cela avait encore de l'importance.

Je me concentrai sur ce que j'allais dire à Big George. Il me faudrait tout ce que j'avais, tout ce que j'étais, pour survivre. J'avais l'étrange impression d'avoir vécu toute ma vie dans l'attente de cet instant.

Au bout d'un moment, je remarquai que le bruit de la circulation s'estompait et je sentis la camionnette ralentir, tourner à droite, puis à gauche. J'entendais le son faible d'un clavier, quelqu'un qui envoyait un SMS.

Je pris conscience que nous étions presque arrivés.

Au carrefour entre la vie et la mort.

49.

La camionnette s'arrêta, et j'entendis les deux voyous ouvrir leurs portes, puis les claquer, et leurs pas lourds sur le gravier alors qu'ils contournaient le véhicule. La porte arrière s'ouvrit brusquement en grinçant sur ses gonds, et je fus agrippé par le coude. Je m'efforçai de garder l'équilibre et fus tiré hors de la camionnette en trébuchant, puis poussé en avant.

Mon cœur battait à tout rompre. J'avais la bouche complètement sèche. Je titubai de quelques pas, les poignets toujours liés dans le dos. Je percevais la lumière du soleil à travers mon capuchon. J'essayai de m'orienter, mais je n'y parvins pas. Il n'y avait aucun bruit, à part le chant des oiseaux.

Ils me firent marcher en appuyant quelque chose contre ma colonne vertébrale. Un revolver. Le sol était en pente, mais je n'avais aucune idée de la direction dans laquelle j'allais. Je descendis la pente en titubant toujours.

Soudain, une main lourde m'agrippa l'épaule, comme pour m'empêcher de bouger pendant qu'on me tirait dessus. Je me raidis de terreur. Je ne voulais pas mourir. Je repensai à Lucinda qui disait qu'elle n'avait pas voulu mourir à l'hôpital. Je savais exactement ce qu'elle avait ressenti.

On m'arracha mon capuchon et je flageolai, clignant des yeux face au soleil éclatant. Je tournai la tête pour reprendre mes repères. J'étais dans les bois, au bord d'un ruisseau. Sur la berge opposée se trouvait un chalet en bois patiné par les intempéries, avec un porche à l'avant.

Les voyous derrière moi s'éloignèrent et retournèrent à la camionnette, comme s'ils avaient reçu l'ordre de partir, et quand je regardai à ma gauche, je vis une silhouette qui se précipitait vers moi sur une passerelle au-dessus de l'eau.

George Veria. Sa silhouette était massive et large, sa carrure puissante. Ses cheveux noirs luisaient et ses yeux formaient deux fentes au regard dur dans un visage charnu, marqué de profondes pattes-d'oie. Ses sourcils étaient grisonnants, son nez bulbeux et ses bajoues pendantes. De près, il semblait plus vieux qu'aux funérailles, dans sa chemise noire épaisse et son jean large.

Mon estomac se noua. J'étais menotté. Je ne pouvais pas me défendre. Je ne pouvais pas me protéger. Je ne pouvais pas m'enfuir. Je restai sur place. Il s'avança rapidement, les bras le long du corps, les poings serrés. Il prit de l'élan en arrivant près de moi, et je pouvais l'entendre haleter, enragé, comme un animal.

Je devais me dépêcher de parler.

— Écoutez, je n'ai pas tué votre fils, c'est Milo qui…

George m'asséna un coup de poing si puissant que je sentis chaque jointure de son poing s'enfoncer dans mon visage. Je fus projeté sur le côté, déséquilibré, réussissant à peine à rester debout. Je me pliai en deux sous le choc. La douleur me traversa la joue, la tempe et le crâne.

George se précipita sur moi. Il me frappa au visage d'un puissant uppercut. Mon front explosa de douleur. Je poussai un cri rauque, primal.

Il m'attrapa par les bras et me jeta au sol. Je roulai le long de la pente, la bouche pleine de terre et d'herbe. Il fonça à ma suite. J'essayai de rouler vers le ruisseau. Il me donna un coup de pied, sa lourde botte heurtant ma hanche.

Je me recroquevillai en position fœtale, essayant de me protéger. Il me donna un autre coup de pied, grognant sous l'effort. La douleur irradia tout mon corps. Je m'effondrai. Je ne pouvais plus penser à rien, hormis une seule chose.

Voilà comment je vais mourir.

Cette prise de conscience déclencha une montée d'adrénaline. Je n'étais pas venu jusqu'ici pour me faire tabasser à mort. Mon cerveau se remit à fonctionner. Ma bouche aussi.

— George, ce n'est pas moi… C'est Milo ! Je pouvais à peine parler. Je n'avais plus de souffle. C'est la vérité ! Est-ce que je serais venu ici… sinon ? Je peux vous dire… Je peux vous expliquer…

— Tais-toi ! George me donna un coup de pied dans le dos et je poussai un cri, mais je continuai à parler.

— J'étais en voiture avec ma famille… Milo et Junior nous ont forcés à descendre, et puis notre chien a sauté sur Milo… son arme s'est déclenchée et le coup a touché ma fille. J'avalai ma salive, incapable de reprendre mon souffle. Milo a tué… mon Allison, il a tué *ma fille*, il lui a tiré dessus, et c'est vous qui l'avez envoyé…

— Tu as tué Junior !

George essaya de me donner un coup de pied, mais je me tortillai sur le sol pour rester hors de portée.

— Ce n'est pas vrai… Milo vous a menti ! Je ne me suis pas battu… pourquoi je l'aurais fait, je ne suis qu'un type ordinaire, la voiture est assurée… Je m'occupais de ma fille, elle était par terre dans la rue et…

— C'est toi qui l'as fait ! George tenta de me donner un autre coup de pied, mais il me manqua, semblant perdre de la vigueur, la poitrine haletante sous l'effort.

— J'essayais de sauver ma fille. Nous avons entendu un autre coup de feu et nous avons vu Milo tirer sur Junior.

Soudain, George se mit à tousser, et je m'écartai, atterrissant sur les pierres et la vase au bord de l'eau.

— Il a utilisé… l'arme de Junior, et puis il s'est enfui. C'est Milo qui l'a fait, je le jure… Il veut gravir les échelons, il fallait qu'il se débarrasse de Junior, pas vrai ?

George se plia en deux, toussant profondément. Il cracha des gouttes de sang sur l'herbe. Les deux hommes de main se précipitèrent vers lui.

— Allez-vous-en ! leur cria George en postillonnant du sang sur sa chemise.

Ils battirent précipitamment en retraite et Veria s'essuya la bouche avec un mouchoir qu'il sortit de la poche de son pantalon, toujours penché en avant.

J'étais allongé sur le côté, je souffrais, mais je me forçai à continuer de parler.

— Milo ne répond pas à vos appels, n'est-ce pas ? Hier soir, je lui ai dit… que je viendrais vous voir aujourd'hui. Il sait… que je vais vous dire la vérité. C'est un… informateur du FBI.

George resta penché en avant, les mains posées sur ses genoux. Son regard sombre se leva vers moi et me transperça.

— Comment le sais-tu ?

— Je l'ai entendu… c'est vrai.

— Donc ta famille est dans le programme.

— Oui, mais nous devons en sortir… je ne vous ai jamais rien fait, ni à vous ni à Junior, et vous devez nous laisser tranquilles… nous laisser reprendre notre vie. Je me faisais peu à peu à ma douleur. Ma femme ne le supporte pas, mon fils non plus… Nous ne méritons pas ça, rien de tout ça. Nous n'avons même pas pu… enterrer ma fille.

George ne dit rien. Son visage ridé était un masque hagard de rage épuisée.

— Vous nous avez fait tout ce que vous pouviez… à moi et à ce qui reste de ma famille. J'ai perdu une fille, vous avez perdu un fils, il faut que ça s'arrête. Je ne savais plus ce que je disais, je brûlais mes dernières cartouches. Vous devez me croire… c'est Milo, il a tué Nerone à l'usine, il a envoyé Nerone renverser Hart…

— Comment ça, Hart ? demanda George, toujours penché en avant, les sourcils froncés.

— Nerone l'a tué… Il conduisait la BMW bleue… Je sais que c'est lui qui a tué Hart… J'étais là, je l'ai vu le renverser.

Une étincelle s'alluma un instant dans les yeux sombres de George.

— J'ai reconnu la BMW, je l'avais vue aux funérailles de Junior. Et je l'ai vu. C'était bien Nerone.

— Tu étais au cimetière ? Avec les fédéraux ?

— Pas avec eux, tout seul… Je voulais trouver un moyen de vous voir… pour vous parler de Milo. Un de vos hommes m'a poursuivi dans un champ de maïs. Il a essayé de me faire sortir de la route.

— Je ne sais pas de quoi tu parles.

— Vous connaissez Contessa… la petite amie de Hart… elle est morte dans son appartement. Ils ont essayé de faire passer ça pour un suicide.

Les lèvres charnues de George s'entrouvrirent, comme s'il n'était pas au courant de ça non plus.

Je sentis qu'il était sur la défensive, alors je continuai.

— Milo a tué Contessa parce qu'elle pouvait vous prouver que c'était un informateur.

— Non, ce n'est pas pour ça. Il y a autre chose. George secoua la tête et du sang coula de sa lèvre inférieure. Il se redressa en grognant et remit son mouchoir dans sa poche. Je sais que Milo est une balance. À ton avis, qui en a eu l'idée ?

— Vous ? m'enquis-je, stupéfait. Milo jouait double jeu avec le FBI… pour vous ?

George ne répondit pas, mais je n'arrivais pas à assimiler tout cela assez vite. J'essayais de remettre les pièces du puzzle en place, quand tout à coup, l'évidence me frappa.

— Milo se joue aussi de vous.

— Tu crois ? George me fit signe de me lever. Debout.

J'essayai de me relever, mais je retombai. George s'approcha en traînant les pieds, m'attrapa par le bras. Il commença à me hisser, et je finis par reprendre mon équilibre, me retrouvant ainsi à sa hauteur. Je sentis soudain la rage monter du plus profond de moi.

— George, vous êtes responsable du meurtre de ma fille. Milo a appuyé sur la gâchette, mais c'est vous qui l'avez envoyé.

— Non, ce n'est pas moi. Je n'ai pas tué ta fille.

— Et je n'ai pas tué votre fils.

Nous nous fîmes face, deux pères accablés par le chagrin, à peine capables de tenir debout. Chaque centimètre de mon corps me faisait souffrir, mais je voyais un moyen de m'en sortir vivant.

— George, enlevez-moi ces liens. Nous devons nous asseoir et régler ça…

— Tu as été enfant de chœur ?

— Oui, pourquoi ?

— Ça se voit.

George fit signe aux hommes de main, et je sentis la panique m'envahir, alors je tentai le tout pour le tout.

— À quoi ça sert… de me tuer ? Combien de temps vous reste-t-il à vivre, de toute façon ?

Le regard sombre de George me transperça à nouveau. J'entendais les deux voyous arriver derrière moi. Je savais que c'était ma dernière chance, et je jouai donc mon ultime carte.

— Milo a tué Junior… parce qu'il veut récupérer votre business. Il sait que vous êtes mourant, il attend que vous rendiez votre dernier souffle. Vous allez vous contenter de… le laisser prendre tout ce pour quoi vous avez travaillé ? Je peux vous aider… à l'en empêcher.

— Pourquoi tu ferais ça ? demanda George en plissant les yeux. Il fit signe aux hommes de s'arrêter.

— Vous avez dit : « Il y a autre chose. » Si Milo ne travaille pas pour vous… il travaille pour quelqu'un d'autre. Cela fait de lui une menace pour ma famille… tant qu'il est en vie.

George haussa un sourcil, me considérant sous un jour nouveau.

— Tu n'es peut-être plus un enfant de chœur, après tout !

50.

Les murs du chalet étaient lambrissés et les fenêtres étaient petites, ce qui plongeait l'intérieur dans la pénombre. Il y avait un salon avec une cuisine à l'américaine le long du mur de gauche, une table ronde en bois et, à droite, un canapé à carreaux flanqué de tables d'appoint sur lesquelles étaient posées des lampes bon marché. Il n'y avait aucun désordre, je supposai donc que l'habitation n'avait pas servi depuis un certain temps. Il y avait une chambre et une salle de bains dans laquelle je venais de me laver. Je m'assis à la table de la cuisine, endolori. Ma tête me lançait. Ma joue droite était enflée et j'avais une coupure au-dessus de l'œil droit. J'avais mal au côté à chaque mouvement, sans doute une ou deux côtes contusionnées. J'avais d'autres coupures et ecchymoses au visage, mais aucune ne nécessitait de points de suture.

George sortit une bouteille de Macallan du placard, puis posa devant nous deux verres à shot décorés de palmiers noirs formant les mots « Montego Bay ». Il déboucha la bouteille de whisky et remplit mon verre en premier, ce que je pris comme une excuse pour les coups et blessures qu'il m'avait fait subir.

J'avalai le verre d'un trait, ignorant la douleur dans mon épaule. Le whisky brûlait, mais je ne m'étais pas rendu compte à quel point j'avais besoin de boire un coup avant d'avoir fini.

George avala à son tour son verre, puis s'assit en face de moi.

— Je vais te dire une chose. T'as des couilles.

— Vous me les avez aussi réduites en bouillie.

George ricana.

— T'es marrant.

— C'est ce que dit toujours ma femme.

George nous resservit un verre.

— Il me reste un mois, maximum. C'est le pancréas.

— Je suis désolé, m'entendis-je dire.

— Non, tu ne l'es pas.

— Je le serai jusqu'à ce que vous retrouviez Milo.

— *Ça*, c'est drôle. George sourit, puis vida son deuxième verre. J'ai fait mon temps. Ma femme est morte. Mon fils aussi, et même mon chien. J'ai 66 ans. Personne ne prend sa retraite dans mon métier. Mourir d'un cancer, c'est une victoire en soi.

Voilà comment.

— Alors vous me croyez, je n'ai pas tué Junior.

— Tu ne serais pas venu si tu l'avais fait. Je savais que tu disais la vérité au sujet de Milo, que c'était un mouchard. George soupira, tenant le verre entre son pouce et son index épais. J'ai pratiquement élevé ce garçon. Il a travaillé pour moi pendant longtemps.

— Combien de temps ?

— Quinze ans. Je l'ai recueilli alors qu'il vivait avec sa mère toxicomane. George secoua la tête, le visage marqué par la résignation. Pour ce que ça vaut, ce n'est pas moi qui les ai envoyés, Junior et lui, la nuit où ta fille a été tuée. Je ne l'ai su qu'après coup. J'étais chez moi, en train de vomir mes tripes. C'est tout ce que je fais ces jours-ci, ça et aller chez le médecin. IRM, scanners, analyses de sang. J'ai abandonné la gestion des opérations courantes il y a un mois. J'ai laissé Junior s'en occuper avec Milo.

— Vous en parlez comme si c'était une entreprise.

— C'est un commerce comme un autre.

— Un commerce de mort et de crime.

— Les fabricants de cigarettes vendent la mort. Les laboratoires pharmaceutiques vendent des cures de désintox. George haussa les épaules. Quoi qu'il en soit, j'ai dû me retirer pour laisser sa chance à Junior. Je le préparais à prendre la tête de l'organisation, mais le diagnostic a tout accéléré. Il ne m'a pas consulté. Son erreur, c'est d'avoir fait confiance à Milo, lui aussi.

Je le croyais, car cela semblait plausible.

— Et le double homicide à Jennersville ? Vous n'étiez pas au courant ?

— Non.

— Pourquoi ont-ils fait ça ? C'était parce que ces deux types vous volaient ?

— C'est ce que Milo m'a dit après. Maintenant, je sais que c'était un mensonge. Il a piégé Junior. George secoua la tête. Milo a été le premier à qui j'ai parlé de mon diagnostic. Je ne l'ai même pas dit à Junior d'abord.

J'essayai de revenir au sujet.

— Quelle était la relation entre Milo et Hart ?

— Ils étaient proches. Moi, je ne suis proche que de Milo et Junior. Enfin, je *l'étais*. George nous servit un autre whisky. Je voyais le chagrin l'envahir, s'attaquant aussi bien aux méchants qu'aux gentils.

— Il devait se passer quelque chose de pas net entre Milo et Hart. Je ne sais pas quoi. J'essayais de réfléchir à voix haute. Je suppose que quand Hart avait de sales boulots à faire, il demandait à Milo de s'en occuper.

— C'est possible.

— Si c'était le cas, Milo ne vous en a pas parlé, n'est-ce pas ?

— Absolument pas.

— Il avait déjà fait quelque chose comme ça avant ?

— Pas que je sache.

— Alors on doit se demander pourquoi il le ferait maintenant. J'y réfléchis un instant. Avec votre maladie, les choses sont instables, n'est-ce pas ?

— Oui.

— Alors concentrons-nous sur ce que Hart aurait pu vouloir que Milo fasse. C'était un avocat riche et snob.

George me servit un autre verre, puis remplit le sien.

— Merci. Je levai mon verre. À la vérité.

— Ça me va.

George but, puis reposa lourdement son verre sur la table.

— Voici ce que ma femme et moi avons conclu. Au début,

nous pensions que Milo et Junior avaient essayé de nous voler la voiture pour faire croire qu'ils devaient se débarrasser de la leur après Jennersville. Puis j'ai découvert qu'elle avait eu une liaison avec Hart…

— Waouh, ricana George. Trop d'informations.

— Hart a envoyé Milo me tuer pendant le vol de voiture, pour pouvoir se mettre en couple avec ma femme. Nous pensons que Milo a changé d'avis et l'a trahi.

George éclata de rire, puis fut pris d'une quinte de toux. Je me levai au cas où il se mette à cracher du sang, mais ce ne fut pas le cas. Il attrapa son mouchoir et le porta à sa bouche tandis que son rire s'éteignait, puis il s'en servit pour s'essuyer les yeux.

— Bon sang, tu es *vraiment* drôle. Très drôle.

Je me rassis.

— Je suppose que je me trompe. En quoi ?

— C'est toi qui voulais parler. George haussa les épaules. Alors parle.

— Je ne peux pas, j'essaie de comprendre si ma théorie est juste. Vous riez. Si vous ne m'expliquez pas pourquoi, on ne saura jamais ce que Hart et Milo mijotaient.

George leva les yeux au ciel.

— D'accord. Hart n'a pas envoyé Milo te tuer à cause de ta *femme*. Hart n'a jamais aimé *aucune* femme à ce point. Les seules raisons pour lesquelles il faisait quoi que ce soit, c'était l'argent ou le pouvoir.

— Il avait déjà les deux.

George sourit, amusé.

— Qui en a assez ? Est-ce que quiconque ayant de l'argent et du pouvoir a jamais dit : « Merci, ça me suffit » ? À part nous, bien sûr.

Je pensai aux politiciens à la télévision qui parlaient de Hart.

— C'est pour ça qu'il se mêlait de politique ? Comme avec le sénateur ? Et la représentante ?

George acquiesça.

— Il avait la tête tellement enfoncée dans le cul du sénateur qu'il ne voyait plus la lumière du jour.

— Et cette représentante ?

— Ce n'est pas elle qui l'intéressait, c'était le sénateur. Ils se connaissaient depuis leurs études.

— À la faculté de droit ?

— Je crois. George ricana. Hart aurait fait n'importe quoi pour lui. Je pense qu'il visait le poste de procureur général ou quelque chose comme ça. J'étais avec Hart quand Ricks a appelé. Il a bondi.

— Ils se connaissaient si bien que ça ?

— Ouais, je les ai entendus une fois, au téléphone, parler du bon vieux temps. Hart connaissait des gens à Washington. Une fois, Junior l'a entendu parler de la CIA.

— La CIA ? Pourquoi ?

George haussa les épaules.

— Je ne sais pas. Quelque chose à propos de la CIA et de Guantánamo.

Je dressai l'oreille.

— Qu'est-ce que Gitmo a à voir là-dedans ?

— Je ne sais pas. Je m'en souviens parce que j'ai cru que Junior avait dit Gizmo. Milo m'a corrigé. George fronça les sourcils. Gitmo, Gizmo, on s'en fout ! Mais ils se sont bien moqués de moi.

— Milo était à Gitmo ?

— Non.

— Hart ?

— Non, mais je crois que le sénateur y était.

— Ricks ? Il était dans l'armée ou avocat ?

J'avais de nouvelles questions. Il fallait que je récupère mon téléphone. Les réponses pouvaient être dans les archives publiques.

— Je ne sais pas. Je ne m'en souviens pas.

J'essayai de me rappeler, mon esprit tournant à toute vitesse. Il y avait beaucoup d'avocats à Gitmo pendant mon séjour là-bas. Je m'efforçai de me souvenir si le sénateur avait été l'un d'entre eux, au début de sa carrière.

— Vous savez, je suis allé à Guantánamo, au début, en 2002, 2003, juste après le 11 septembre.

— Ces putains de terroristes. On est trop gentils avec eux.

— Ils n'étaient pas tous des terroristes. Le gouvernement a

arrêté des centaines de personnes et les a envoyées là-bas. Le FBI s'est chargé des premiers interrogatoires, mais ensuite la CIA est arrivée, et tout a basculé. Ils ont torturé ces types.

— Tant mieux.

George se servit un autre verre, mais je continuai à parler, essayant de réfléchir.

— Bref, l'armée a mis en place des tribunaux là-bas, et il fallait transcrire les procès. J'étais l'un des greffiers.

— Je ne vois pas le rapport avec Milo.

— Moi non plus. J'essaie de comprendre.

— Deux de mes hommes sont allés à Cuba une fois. Ils ont dit qu'il faisait une chaleur infernale.

— Milo y est allé ?

— Non. D'ailleurs, ça l'a mis en rogne, il adore la plage.

Je repensais à Guantánamo, cherchant des idées.

— Quand j'étais là-bas, je ne fréquentais personne à part les autres greffiers. Nous avions un bureau pour nous seuls. Nous transcrivions les enregistrements audio des audiences.

George fit tourner son verre.

— Hart adore tout ce qui touche à l'armée. Il appelait Ricks « le général ».

— C'était un général ?

— Non, c'était une blague. Mais Ricks n'aimait pas ça. J'avais l'impression qu'il voulait garder ça secret.

— Garder quoi secret ?

— Son passé militaire.

Je ne comprenais pas.

— Quel candidat à la présidence voudrait minimiser son service militaire ? La plupart du temps, ils s'en vantent.

George haussa les épaules.

— C'était peut-être Gitmo qu'ils voulaient garder secret.

— Eh bien, si ça a un rapport avec les détenus, ils avaient intérêt à le faire. Rien de tout cela n'était bon pour l'armée, la CIA ou ses sous-traitants.

— C'est toi l'expert, tu étais là-bas. Le regard de George se fit plus intense. Et si c'était à cause de toi ?

— Moi ? demandai-je, surpris. Vous pensez que c'est moi, le lien ?

— Tu pensais que Hart avait envoyé Milo à cause de ta femme. Et si c'était à cause de toi et de Guantánamo ?

J'en restai bouche bée.

— Hart voulait me faire tuer à cause de quelque chose qui s'est passé à Gitmo ?

— Laisse-moi te dire une chose. George pointa un doigt épais sur moi. Hart baisait les femmes qui pouvaient lui être utiles. Comme je te l'ai dit, pour l'argent ou le pouvoir. Sa femme est riche comme Crésus, c'est pour ça qu'il l'a épousée.

— Et Contessa ? Que pouvait-elle lui apporter ?

— C'est la fille du PDG de Penn PowerSavers. C'est grâce à elle que Hart s'occupait de leurs affaires juridiques. C'est pour ça qu'il lui avait donné un poste d'assistante. C'est pour ça qu'il la baisait.

Je pensai à Lucinda.

— Il a commencé à fréquenter ma femme il y a quelques mois. Elle est photographe, et ils se sont rencontrés quand elle l'a pris en photo.

— Il l'a contactée pour une *photo* ? ricana George. Non, pas Hart. Il l'a contactée pour t'atteindre.

Cette idée bouleversa mon raisonnement.

— Donc ce n'est pas parce que Hart avait une liaison avec elle qu'il a essayé de me tuer. C'est lui qui a *commencé la liaison* pour m'atteindre ?

George agita son doigt épais.

— Mais n'oublie pas qu'il travaillait pour le sénateur.

— Il doit donc y avoir un lien avec Ricks. Quelque chose que je sais sur Gitmo ou quelque chose que j'ai et que Ricks veut.

— Ils pourraient être à la recherche de ça.

— Ou essayer de le cacher. Je croisai le regard de George.

— Vous avez incendié mon bureau. Tous mes dossiers sur Guantánamo ont disparu.

— Ce sont des choses qui arrivent. George pencha la tête sur le côté. Mais maintenant que tu le dis, c'était l'idée de Milo.

— Il essayait peut-être de détruire un document ou de m'atteindre d'une manière ou d'une autre. Il y a peut-être quelque chose que je sais, ou qu'ils pensent que je sais, qu'ils veulent garder secret.

— C'est dans ces moments-là que ce genre de chose se passe, pour dissimuler des trucs avant une élection.

J'essayai de reconstituer le puzzle.

— Donc Milo travaillait pour Hart, et Hart travaillait pour Ricks ?

George sourit.

— Quelle est la différence entre un sénateur, un avocat et un criminel de carrière ?

— C'est une blague ?

— Oui. Et c'est toujours à tes dépens.

Je ne pouvais pas le nier.

— Il y a juste un problème. Je n'ai rien sur Gitmo. Ils ne te laissent rien emporter. Tout était top secret. Classé confidentiel. Toutes les pièces à conviction, toutes les transcriptions, toutes les photos, tous les graphiques, tout. Je n'ai aucun document classé confidentiel.

— Et des documents non classés ?

— J'en ai bien sûr, mais quelle importance ?

— Comme quoi ?

— Des trucs administratifs. Des horaires, des plans de voyage, des e-mails, de la correspondance. J'ai peut-être quelque chose, mais je ne sais pas quoi. C'était il y a longtemps. Tout est sauvegardé dans le cloud, dans des archives. Je me mis à réfléchir. Je peux récupérer mon téléphone ? Je peux accéder à mes fichiers de n'importe où.

— Les gens sont obsédés par leur téléphone, de nos jours. George leva les yeux au ciel. Je déteste ça.

— Je peux l'utiliser pour chercher les fichiers.

— Plus maintenant. J'ai dit à mes gars de le détruire.

— Merci… Je lui jetai un regard. Je peux utiliser le vôtre ?

— Il n'a pas Internet.

— Vous avez un ordinateur portable ?

— Tu me prends pour qui, un prof ? ricana George. Tu crois qu'on va *travailler ensemble* ? On est quoi, les *Frères Hardy*[29] ?

— Vous ne voulez pas savoir ce qui se passe ?

— J'en sais assez.

---

29 - En anglais *The Hardy Boys*, deux jeunes frères détectives amateurs, héros d'une série de romans policiers américains pour la jeunesse.

— Et Milo ?

— Oh, je le trouverai, ne t'en fais pas, rétorqua George.

— Où croyez-vous qu'il soit ?

— Ce ne sont pas tes affaires.

— Vous pensez que le FBI le sait ?

— Non, il a disparu des radars, mais je sais où le chercher. J'ai quatre gars qui me sont fidèles. Milo en a quatre aussi.

— Comment je saurai quand vous l'aurez trouvé ?

Je me rendis compte que nous étions en train de parler du meurtre d'un autre être humain. Je ne savais pas si j'étais devenu une pire version de moi-même, ou une meilleure.

— Oh, je te passerai un petit coup de fil.

George mima un téléphone avec sa main.

Je laissai tomber.

— Je suppose que je l'apprendrai par le FBI.

— C'est vrai, ils sont *tellement* fiables, eux. Ils ont fait du meurtrier de ta fille un mouchard. Ils t'ont demandé ton avis ? Est-ce qu'ils en avaient quoi que ce soit à foutre ? Réveille-toi, Bennett. Ils ont leurs priorités, tu as les tiennes. Leur priorité, c'est eux-mêmes. La tienne, c'est ta famille.

George se leva lourdement et me fit signe d'en faire autant.

— Il est temps d'y aller.

Je me levai.

— Où allons-nous ?

— Pas « nous ». Toi.

Je n'aimais pas le nouveau regard froid qu'il me lançait.

— Vous me laissez partir, n'est-ce pas ?

George réfléchit un instant.

— Pourquoi pas ?

Pourquoi pas ? Je venais de jouer ma vie à pile ou face.

— Je te laisse partir, répéta George, pensif. Je ne me souviens pas de la dernière fois où j'ai dit ça.

Je frissonnai.

— Vous êtes mûr pour entrer au paradis.

George éclata de rire.

— Elle est bien bonne, l'enfant de chœur !

51.

J'étais assis sur le plancher de la camionnette, le dos contre la paroi, ressentant chaque cahot de la route. Je souffrais si je bougeais vers la droite ou vers la gauche, et mon crâne me lançait. Les hommes de main m'avaient lié les poignets et m'avaient remis le capuchon.

J'étais seul avec mes pensées. Je n'avais que des interrogations. Que s'était-il passé à Guantánamo ? En quoi étais-je impliqué ? Quel document pouvais-je bien avoir en ma possession qui pouvait me coûter la vie ? Que cherchait Milo ? Et Hart ? Et un sénateur candidat à la présidence ?

Je me souvins de mes premiers jours à Gitmo. J'y étais arrivé au printemps 2002. Le gouvernement avait ouvert Guantánamo pour y incarcérer les détenus de grande importance, les soi-disant « pires des pires », environ sept cents hommes originaires d'Afghanistan, d'Irak, du Pakistan, du Royaume-Uni et d'ailleurs. Le FBI avait mené les premiers interrogatoires, puis la CIA avait pris le relais.

Le gouvernement avait formé des panels de juges militaires, qui avaient commencé à entendre les procédures concernant les détenus. J'avais transcrit celles-ci, qui étaient interminables, et aucune d'entre elles n'avait abouti à un procès pendant mon séjour là-bas. L'affaire la plus importante à l'époque était celle d'al-Qahtani, un ingénieur électricien saoudien qui avait été formé à la fabrication de bombes par Al-Qaïda en Afghanistan. Il était accusé de terrorisme et de complot avec Oussama ben Laden, Abou Zoubaydah et d'autres hauts responsables, mais le procès n'avait jamais eu lieu, enlisé dans d'interminables querelles procédurales.

Je me creusai la tête, mais je ne voyais pas quel était le rapport entre mon séjour à Guantánamo et tout cela. Je n'avais rencontré aucun avocat ni aucun militaire à l'exception de nos responsables, et nous, les greffiers, dormions, mangions et discutions entre nous. Je m'étais lié d'amitié avec deux autres greffiers, Sam Newman, de Seattle, et Rowena Boulton-Ramirez, de Washington DC, mais nous ne communiquions pas en dehors du travail, et j'avais entendu dire qu'ils étaient tous les deux décédés.

Je me sentais face à une impasse.

— Hé les gars, vous pouvez m'enlever ce capuchon et défaire mes liens ? Et me prêter un téléphone ? George a dit qu'il était d'accord.

— Il ne nous a rien dit.

— Appelez-le et demandez-lui. Il sait pourquoi.

— Tais-toi.

— Il ne va pas être content. Il veut des réponses.

J'entendis le faible tic-tic-tic d'un SMS venant du siège avant, et peu après, un bip de notification retentit.

L'un des voyous lança :

— D'accord, c'est bon. Quand on s'arrêtera.

— Très bien, merci.

— Le patron doit bien t'aimer.

— Comment il pourrait ne pas m'aimer ? demandai-je, amusé.

J'ouvris Dropbox, je saisis mon nom d'utilisateur et mon mot de passe et je regardai l'écran du téléphone dans la camionnette en mouvement. Tous mes fichiers apparurent à l'écran. Je cliquai sur les dossiers archivés, où j'avais enregistré les documents non classifiés provenant de Guantánamo, classés par année. Je fis défiler jusqu'au dossier Guantánamo de 2002 et cliquai dessus.

Il était complètement vide. L'écran était blanc. Le dossier ne contenait aucun fichier. Je ne comprenais pas. Tout aurait dû être là.

Je quittai l'année 2002, allai dans Gitmo 2003 et cliquai pour ouvrir. Là encore, c'était totalement vide. Je passai à Gitmo 2004, et tous les fichiers avaient disparu. Même chose pour 2005, 2006 et 2007. Tous mes documents de Guantánamo s'étaient évaporés.

Ma bouche s'assécha. Je ne pouvais pas l'expliquer. Je n'avais pas consulté ces fichiers depuis des lustres. Je ne les avais certainement pas supprimés. Je les avais complètement oubliés jusqu'à présent.

Je quittai les dossiers de Guantánamo et fis défiler les documents Word archivés depuis 2002 pour vérifier. Je cliquai, et une liste de noms d'affaires s'afficha à l'écran. J'en ouvris une au hasard, un énorme litige dans l'industrie pharmaceutique. Toute la correspondance et les transcriptions étaient là. Les seuls fichiers archivés qui avaient été supprimés concernaient Gitmo.

J'allai voir mes dossiers récents et les ouvris pour vérifier une troisième fois. La liste se déroula sur l'écran et je la fis défiler jusqu'à mes documents Word. Je cliquai sur l'un d'eux et l'écran afficha la transcription d'un procès pour rupture de contrat commercial.

J'étais sidéré. Quelqu'un avait supprimé mes fichiers sur Guantánamo. Comment ? Pourquoi ? J'essayai de réfléchir à qui avait le pouvoir de faire cela. Le FBI l'avait, mais je ne voyais aucun lien, d'après les informations dont je disposais. Puis je me souvins d'une remarque de George.

Junior avait entendu Hart parler au téléphone de la CIA.

Je sentis mon estomac se nouer. La CIA en avait le pouvoir, mais je ne comprenais pas non plus pourquoi elle aurait voulu faire ça. Si quelqu'un à la CIA fouillait dans mes fichiers ou agissait de son propre chef, c'était forcément pour une raison.

Les rouages de mon esprit tournaient à toute vitesse. Si la CIA avait quelque chose à voir avec ça, Ricks était un point de départ logique. Je quittai Dropbox, me connectai à Internet et tapai « sénateur Ricks » et « Gitmo ». Une liste d'articles apparut instantanément à l'écran.

Je cliquai sur le premier, qui datait de six mois et provenait du *New York Times* :

RICKS AFFIRME QUE L'AFFAIRE GITMO ÉTAIT UNE MANŒUVRE PARTISANE VISANT À LE DISCRÉDITER

La question de la participation du sénateur Mike Ricks dans l'affaire Rohan Doha a enfin été réglée. M. Ricks a nié à plusieurs reprises toute implication dans la mort du détenu Doha, survenue en novembre 2003 à la base navale de Guantánamo Bay, après trois jours de méthodes d'interrogatoire renforcées. M. Ricks était interrogateur militaire à l'époque, mais les dossiers montrent qu'il n'a pas participé à l'interrogatoire de Doha. Les documents provenant de l'infirmerie de la base prouvent que M. Ricks y a été admis pendant trois jours au cours de cette période, pour déshydratation et grippe intestinale sévère.

Deux autres interrogateurs militaires, William Diebold, 24 ans, de Phoenix, en Arizona, et Martin Tornott, 25 ans, de Paris, au Texas, ont été reconnus coupables de manquement au devoir et d'agression en lien avec l'interrogatoire de Doha et ont purgé une peine dans une prison militaire. Diebold et Tornott ont tous deux fait des déclarations sous serment affirmant que Ricks n'avait pas participé à l'interrogatoire et se trouvait à l'infirmerie.

Je clignai des yeux, me demandant si j'étais à Guantánamo à ce moment-là. J'étais né le 3 novembre et je me souvenais avoir passé l'un de mes anniversaires sur place. Cela avait contrarié Lucinda, mais je ne pouvais pas choisir quand on nous envoyait là-bas, et j'étais obligé de partir.

Je quittai l'article et cliquai sur le lien suivant :

RICKS RÉPOND AUX ALLÉGATIONS CONCERNANT L'INTERROGATOIRE DE DOHA

Le sénateur Mike Ricks est sous le feu des critiques pour sa participation présumée à l'interrogatoire de 2003 à la base navale de Guantánamo Bay, qui a entraîné la mort du détenu

Rohan Doha, 28 ans, originaire de Kaboul, en Afghanistan. Initialement considéré comme un détenu de grande importance, Doha s'est avéré être un simple berger, sans aucun lien avec le terrorisme. Son arrestation s'inscrivait dans le cadre d'une rafle massive menée par les autorités afghanes et les chefs de guerre tribaux, déclenchée par l'offre de primes du gouvernement américain pour la capture de terroristes.
M. Ricks a déclaré que, bien qu'il ait été interrogateur militaire à Guantánamo, il se trouvait à l'infirmerie de la base à ce moment-là. Il publiera prochainement des documents qui l'attestent. Il a rejeté les spéculations selon lesquelles son statut de fils du défunt sénateur Morrison Ricks lui aurait valu un traitement de faveur.

J'analysai ces informations, secoué à l'arrière de la camionnette. Je ne me souvenais pas d'avoir vu le sénateur Ricks à Guantánamo, mais il était normal que je n'aie pas eu l'occasion de le rencontrer. L'inverse aurait été surprenant.

Je fis défiler la page jusqu'à l'article suivant :

LA MORT D'UN DÉTENU À GUANTÁNAMO RÉVÈLE L'HORREUR DE LA TORTURE AUTORISÉE PAR LE GOUVERNEMENT
Le cas de Rohan Doha révèle les dérives de l'époque où des méthodes d'interrogatoire renforcées étaient autorisées à Guantánamo. Les interrogateurs militaires qui tentaient d'obtenir des informations de Doha, qui s'est avéré être un berger innocent, ont eu recours à des « techniques de contrôle des points de pression », principalement le « coup au nerf fibulaire », un choc porté sur le côté de la jambe au-dessus du genou. Doha a été frappé aux jambes alors qu'il était enchaîné et battu jusqu'à perdre connaissance. Il a également été privé de sommeil pendant trois jours, et suspendu au plafond. Selon certaines informations, Doha aurait reçu plus de cent coups en vingt-quatre heures et serait mort d'un caillot sanguin logé dans son cœur. Le médecin légiste a précisé que les jambes de Doha avaient été « réduites en bouillie ». Son autopsie conclut à un homicide. Plus d'un responsable a déclaré sous couvert d'anonymat que le meurtre de Doha était « sadique ».

Je frissonnai. Tout me revenait : la peur et le deuil qui avaient suivi le 11 septembre, l'entrée des forces américaines en Afghanistan et en Irak, le débat sur la question de savoir si les méthodes d'interrogatoire renforcées constituaient de la torture ou étaient fiables. C'était l'époque de Donald Rumsfeld, de Jack Bauer[30] et des photos horribles d'Abou Ghraib[31], qui s'inspirait de Guantánamo et utilisait les mêmes méthodes.

Je parcourus les articles sur Doha, en retenant l'essentiel. C'était une horreur. Doha avait été torturé à mort pendant l'une des périodes les plus sombres de notre histoire. J'étais révulsé, or je ne voyais pas en quoi cela me concernait.

Je continuai à lire le reste des articles, mais je ne trouvai rien d'autre concernant Gitmo et Ricks. Je fis une recherche avec « Hart » et « Gitmo », sans résultat. J'essayai même « John Milo » et « Gitmo », mais toujours rien. La seule chose qui reliait Ricks à Guantánamo était l'interrogatoire de Doha. Je fis défiler la page jusqu'à l'article initial, où Ricks avait produit des déclarations sous serment affirmant qu'il n'était pas impliqué car il se trouvait à l'infirmerie. Ces documents avaient probablement sauvé sa candidature à la présidence. De nos jours, rares étaient les éléments susceptibles de disqualifier un candidat, mais battre à mort un innocent de manière sadique en faisait partie.

Je détournai le regard, en essayant de rassembler mes pensées. Mon anniversaire ne cessait de me trotter dans la tête. Ce devait être celui de 2003 que j'avais passé à Gitmo. Je fis défiler mon calendrier en ligne sur Dropbox, mais il ne remontait qu'à 2017. Jusque-là, j'avais utilisé un calendrier papier qui donnait un aperçu de la semaine sur une seule page.

Je repensai à cet anniversaire. Je me souvenais d'être allé faire une croisière alcoolisée dans la baie de Guantánamo pour fêter ça avec Sam et Rowena, les deux autres greffiers. Elle avait apporté un gâteau de la base et lui une bouteille de champagne bon marché.

---

30 - Héros de la série américaine *24 heures chrono*.

31 - Le scandale d'Abou Ghraib a révélé en 2004 l'utilisation par les militaires américains de méthodes de torture et d'humiliation sur les prisonniers de ce centre de détention irakien.

Je m'en souvenais très bien, puis je me rappelai pourquoi. J'avais pris des photos avec un appareil que Lucinda m'avait prêté. J'avais fait développer la pellicule, et elle m'en avait fait un tirage en souvenir. J'avais scanné et enregistré la photo dans mes archives de Gitmo, désormais supprimées.

Puis cela me frappa. J'avais aussi enregistré une copie dans mes favoris parce que c'était mon anniversaire. Je naviguai jusqu'à mes photos et les fis défiler jusqu'en 2003, puis jusqu'en novembre. Les vignettes hivernales de la Pennsylvanie laissèrent place à la lumière dorée du soleil et aux palmiers de Cuba.

J'arrivai au 3 novembre et trouvai les photos de la croisière. Je fis défiler des clichés du coucher de soleil, avant de m'arrêter sur la dernière photo prise ce soir-là, celle de Sam, Rowena et moi. Nous étions debout sur le bateau, souriant à l'appareil photo et trinquant avec des verres à vin en plastique. Deux militaires nous encadraient, car nous n'étions pas autorisés à quitter la base seuls, et un troisième avait pris la photo. Je ne me souvenais pas de leurs noms, car nous les avions rencontrés ce soir-là et ne les avions pas revus ensuite.

J'agrandis la photo et trouvai ma réponse.

Joyeux anniversaire à moi.

52.

De retour dans ma voiture, je pris la route en direction du Delaware, le cerveau en ébullition. Je comprenais maintenant pourquoi Milo avait essayé de me tuer sur Coldstream Road. J'avais une photo de nous avec nos escortes militaires, dont l'une était un jeune Michael Ricks, qui allait plus tard devenir sénateur. La photo avait été prise le 3 novembre 2003, le jour où Rohan Doha avait été sauvagement assassiné pendant un interrogatoire, alors que le sénateur Ricks prétendait s'être trouvé à l'infirmerie.

J'accélérai en direction de l'est. Ma photo prouvait que Ricks dissimulait son implication dans le meurtre de Doha, qui aurait torpillé sa candidature à la présidence. À l'époque, les interrogateurs militaires travaillaient avec la CIA, et Ricks et ses copains de l'agence avaient dû modifier le dossier pour sauver son avenir politique, en demandant aux autres interrogateurs d'occulter son rôle. Il ne restait qu'un obstacle à éliminer. Moi.

Ricks s'était vraisemblablement remémoré ma photo et avait contacté son vieil ami Paul Hart. Hart avait dû commencer sa liaison avec Lucinda pour obtenir la photo ou savoir si je m'en souvenais, mais quand elle avait rompu, il avait engagé Milo pour me tuer. Je ne savais pas si Ricks était au courant, mais je pariais que oui. Milo les avait trahis tous les deux.

Je cherchai mon téléphone pour appeler Lucinda, puis je me rendis compte que je n'en avais plus. De toute façon, c'était trop risqué. Son téléphone avait probablement été mis sur écoute, par le FBI ou la CIA, je n'en savais rien. La seule chose dont j'étais certain, c'était qu'un agent renégat de la CIA lié au sénateur Ricks était peut-être toujours à mes trousses. Je supposais que c'était le conducteur du SUV noir qui m'avait poursuivi à travers le champ de maïs. Il pouvait même s'agir du vieil homme du cimetière.

Je le trouverai.

Soudain, je réalisai que la menace qui pesait sur ma famille ne s'arrêtait pas à Milo. Au contraire, nous n'étions en sécurité que si Milo était en vie, afin que le FBI puisse l'interroger, démasquer Ricks et dévoiler son complot.

Mes doigts se crispèrent sur le volant. George tuerait Milo s'il le trouvait. C'était la dernière chose que je souhaitais à présent, mais je ne pouvais pas l'en empêcher. Je n'avais aucun moyen de le joindre, en admettant même qu'il accepte de m'écouter.

Je devais rentrer et tout raconter à Dom. Ma famille ne serait pas en sécurité en dehors du programme tant que le complot n'aurait pas été dévoilé. Cela mettrait fin à la candidature de Ricks à la présidence, et il y aurait un criminel de moins à Washington DC.

Je slalomai entre un camion de livraison et un monospace. Je me demandais comment Lucinda allait réagir quand je lui en parlerais. Elle s'était reproché ce qui était arrivé, mais c'était ma faute. Mon lien avec Guantánamo, mon passé sur l'île.

Cette prise de conscience me serra la poitrine. Je sentis une vague de culpabilité m'envahir et clignai des yeux pour chasser mes larmes. J'allais passer ma vie à essayer de comprendre comment un événement mineur de mon passé avait conduit au meurtre de ma fille.

Tout ce temps, j'avais essayé de décider si j'allais pardonner à Lucinda. Maintenant, je me demandais si elle me pardonnerait. Je ne savais pas ce qui allait nous arriver. Je ne savais pas si nous resterions mariés. Nous avions tous les deux des choix à faire.

La fin du programme pourrait aussi signifier la fin de notre couple. À mes yeux, c'était une situation sans issue.

J'arrivai dans le Delaware à la fin de la journée et descendis l'allée de notre maison. La porte d'entrée était fermée, ce qui me parut étrange car la soirée était très douce. La camionnette n'était pas là, mais la Tahoe noire était garée devant la maison.

Je coupai le contact et sortis de la voiture. Tout était calme et silencieux. Moonie n'aboyait pas. Instinctivement, je me précipitai vers la maison, ignorant la douleur dans mes côtes.

— Jason ! cria Wiki. Je levai les yeux et le vis descendre les escaliers à toute vitesse. Dieu merci, vous êtes revenu ! Je vous attendais ! Où étiez-vous ? On n'a pas arrêté de vous appeler…

— Wiki, qu'est-ce qui se passe ? demandai-je, le cœur serré par l'angoisse.

Wiki arriva dans l'allée et se précipita vers moi. Son regard stupéfait se posa sur ma joue enflée et la coupure au-dessus de mon œil droit.

— Bon sang, qu'est-ce qui vous est arrivé ?

— Je vous raconterai plus tard. Où sont Lucinda et Ethan ? Ils ne sont pas là ?

— Non. Wiki croisa mon regard et déglutit péniblement. Milo les a enlevés. Il détient Dom aussi.

— Non ! m'écriai-je, bouleversé.

— Ne vous inquiétez pas, ils sont en vie. Il veut passer un accord. Allez, je vous emmène voir l'équipe.

Wiki se précipita vers la Tahoe noire et je fonçai côté passager, affolé.

— Allez, dépêchez-vous !

53.

L'adrénaline envahit mon corps. Mes douleurs s'atténuèrent.

— Qu'est-il arrivé à Lucinda et Ethan ?

— Les patrons veulent vous briefer eux-mêmes. Wiki se concentra sur la route. Nous passâmes à toute vitesse devant la maison de Thatcher. S'il vous plaît, ne me mettez pas dans le pétrin. J'étais censé attendre au cas où vous reviendriez et…

— Wiki, dites-le-moi !

— Mais c'est à moins d'une heure d'ici. Nous avons mis en place un centre de commandement, juste après la frontière, dans le Maryland…

— Dites-moi !

Je frappai le tableau de bord.

Wiki sursauta.

— Jason, je ne suis pas censé vous mettre au courant. Ce n'est pas de mon ressort.

— Je sais pourquoi ils ont dit ça ! Ils veulent m'annoncer qu'ils ont retourné Milo ! Ils travaillaient avec le meurtrier de ma fille ! Ils savaient où il était depuis le début ! Il n'est pas au Mexique, ils nous ont menti !

Wiki pâlit.

— Je sais, mais je vous jure que je n'étais pas au courant qu'ils l'utilisaient jusqu'à hier soir. Dom non plus. Ils ne nous auraient jamais donné une telle information, et nous…

— Peu importe ! C'est de la gestion de crise, tout ça ! Dites-moi ce qui est arrivé à ma femme et à mon fils !

— D'accord, mais ne leur révélez pas que vous êtes déjà au courant.

— Très bien, allez-y.

Wiki inspira profondément, les yeux rivés sur la route.

— En gros, ils sont tous là-bas. Gremmie, Watanabe et Reilly, notre équipe de négociation en cas de prise d'otages…

— Ils comptent négocier quoi ? La vie de ma femme ? Celle d'Ethan ? Celle de Dom ? Que s'est-il passé ?

— D'accord. Lucinda m'a envoyé au marché aux poissons hier soir. Elle voulait des Saint-Jacques de la baie, quatre cent cinquante grammes. Elle m'a dit : « La Saint-Jacques de la mer est plus grande que celle de la baie… »

— Oui, oui.

Je m'en souvenais, et cela me déchirait le cœur.

— Je connais la différence entre une coquille Saint-Jacques de la baie et une coquille Saint-Jacques de mer, même si ce sont toutes les deux des bivalves. Les Saint-Jacques de la baie sont originaires d'ici…

— Wiki, venez-en au fait !

Wiki cligna des yeux, gêné.

— Quand je suis revenu du marché aux poissons, ils avaient disparu. Puis Milo a appelé.

Mon cœur s'arrêta.

— Qui a-t-il appelé ? Vous ?

— Non, Gremmie, puis Gremmie m'a appelé.

— Quand ?

— Environ dix minutes après mon retour.

— Quand est-ce que ça s'est passé ?

— Avant l'heure du dîner. Je suis parti au marché aux poissons à 17 h 30. Je suis rentré à 18 h 45, et ils avaient disparu. Il y avait des traces de lutte. Dom a dû se battre.

— Comment le savez-vous ? Il y avait du sang ?

— Pas de sang. La chaise de la cuisine était renversée. Ils devaient être plusieurs. Milo ne travaille pas seul.

— Je le sais bien ! J'aurais pu vous le dire ! Il travaille pour le sénateur Ricks !

— Quoi ? demanda Wiki en me regardant comme si j'étais

devenu fou. De quoi parlez-vous ?

— Je n'ai pas le temps de vous expliquer. Dites-moi ce qui est arrivé à Lucinda et Ethan. J'essayai d'imaginer la lutte. Comment ont-ils capturé Dom ? Est-ce qu'il était dans la maison avec eux ?

— Nous ne le pensons pas...

— Vous devez bien le savoir ! Il y a des caméras partout ! Par où sont-ils entrés ? Je sais que vous avez regardé les vidéos de surveillance !

— Ils sont entrés par la porte de derrière, admit Wiki à contrecœur. L'équipe d'enquête a examiné les vidéos, et je n'ai pas pu les voir...

— Comment nous ont-ils trouvés ?

— Nous enquêtons là-dessus. Je suis désolé, Jason, je sais que c'est...

— Combien étaient-ils ?

— Deux, je pense, en plus de Milo. Ils portaient des masques de ski. Nous savons que l'un d'eux était Milo grâce à ses tatouages sur les bras. Il n'essaie pas de se cacher. Il est déjà en train de négocier. Il nous a appelés tout de suite.

Je ne comprenais pas.

— Alors pourquoi portait-il un masque ?

— Pour faire peur, je pense. Ils avaient des AK, mais aucun coup de feu n'a été tiré.

Oh mon Dieu. Je regardai par la fenêtre, en essayant de me ressaisir. Nous roulions vers le sud, longeant des maisons de vacances luxueuses. Le soleil se couchait, projetant des rayons couleur de bronze sur le marais, dessinant en ombre chinoise la silhouette des grands roseaux et des spartines.

— Nous pensons qu'ils sont vivants et indemnes. Il n'y avait aucun signe indiquant que quelqu'un était blessé. Wiki me jeta un coup d'œil, les lèvres pincées. Entre nous, les patrons sont déjà d'accord. Ils accepteront le marché.

— En échange de l'immunité ? demandai-je, angoissé, mais je connaissais déjà la réponse. Avant, j'aurais détesté cette idée, mais plus maintenant. Ça me va. Je veux juste que Lucinda et Ethan rentrent. Et Dom.

— Je sais, on est d'accord.

— Donc ils sont entrés par la porte de derrière et Dom les a vus sur les écrans ?

— Oui, c'est ce qu'on pense. Ne vous inquiétez pas, l'équipe de négociation a déjà vécu cette situation plusieurs fois. Ils ont des procédures, comme pour tout enlèvement. Ils négocient déjà les autres conditions.

— Quelles autres conditions ? *Bien sûr.* Milo veut aussi de l'argent ? Combien ?

Wiki serra les dents, le regard suppliant.

— Jason, vous allez me coûter mon travail. Ils ne m'ont même pas dit. Je n'ai fait qu'entendre…

— Combien !

— Vingt millions, et la possibilité de quitter le pays.

— Ils vont le lui accorder, n'est-ce pas ? Je leur donnerai tout ce que j'ai. Je pensai aux ruines fumantes de la maison. À l'entreprise qui ne valait plus rien. Tout ce qu'il y a sur les comptes bancaires, et je peux essayer d'emprunter… Je m'interrompis lorsque je compris. Attendez, je sais ce qu'ils veulent d'autre. Ils veulent une photo de Gitmo.

Wiki fronça les sourcils, perplexe.

— De quoi parlez-vous ?

— Ils veulent couvrir Ricks.

— Couvrir quoi ?

— Je vous expliquerai plus tard. Une pensée me traversa soudain l'esprit. Et Moonie ?

Wiki cligna des yeux.

— Oh, Moonie.

Je gémis, peiné.

— Oh non. Qu'est-ce qu'il lui est arrivé ? Il est blessé ?

— Je ne sais pas, je l'avais oublié. Je pense qu'il s'est enfui. Il a dû…

— Vous pensez ? Vous n'en êtes pas sûr ? J'aurais imaginé qu'Ethan l'aurait emmené.

Wiki secoua la tête, les yeux fixés sur la route.

— Je n'ai vu qu'une partie de la vidéo de surveillance. Je ne me souviens pas d'avoir vu le chien. J'ai supposé qu'il s'était enfui.

— Ethan adore ce chien. Moi aussi…

Je regardai autour de moi par réflexe, comme si Moonie allait arriver en courant. Nous étions sur une route goudronnée à une seule voie, bordée de marais. Le ciel s'assombrissait rapidement.

— Je suis désolé. Je retrouverai le chien plus tard. Il est probablement rentré à la maison.

— Mais vous avez passé toute la journée là-bas. Vous ne l'avez pas vu ? Vous n'avez même pas essayé… Je ne terminai pas ma phrase, cela semblait ridicule. Lucinda et Ethan étaient plus importants que Moonie. Et pourtant.

Je repris :

— Je suis surpris que le chien se soit enfui. Il se serait plutôt montré agressif, comme sur Coldstream Road. Il a même été agressif avec moi.

— On ne peut pas savoir comment un chien va réagir en cas de danger.

— C'est vrai, dis-je en masquant un sentiment de malaise naissant.

Je ne pouvais pas imaginer Ethan abandonner Moonie. Et Moonie n'aurait pas toléré qu'on le laisse. Nous traversions un pont à une seule voie au-dessus d'une rivière étroite. Au loin, on apercevait un bateau de pêche. L'endroit où nous allions semblait désert. Je commençais à douter que Wiki m'emmène vraiment dans une maison sécurisée remplie d'agents du FBI.

— Désolé pour Moonie. J'étais inquiet pour vous et tout le monde. J'appellerai la fourrière quand nous serons arrivés. Quelqu'un l'y aura peut-être amené.

— D'accord.

Wiki jeta un coup d'œil à l'horloge du tableau de bord.

— Vous vous sentirez mieux quand vous rencontrerez l'équipe. Ils sont impressionnants.

— Vous avez raison. Je fis semblant de me détendre en m'adossant à mon siège. Il faut que je me calme.

— Lucinda et Ethan vont s'en sortir.

— Il le faut.

Mes pensées se bousculaient dans ma tête. Mon arme était dans ma voiture. Wiki était armé. Je distinguais la bosse sous son polo noir, au niveau de sa hanche droite.

— On y sera dans combien de temps, déjà ?

— Environ vingt minutes.

— Dieu merci.

Je devais faire quelque chose. J'essayai d'avoir l'air naturel.

— Pauvre Lucinda. Elle a dû avoir tellement peur. Ethan aussi.

— Je sais. Mais Dom était avec elle. Il veillera sur eux.

— Vraiment ? Il a déjà échoué une fois.

— Il ne recommencera pas.

— Je suppose que vous avez raison, dis-je en me préparant à passer à l'action.

— J'en suis sûr, et… commença Wiki, mais j'agrippai soudain le volant et l'inclinai brusquement vers le bas.

Je fis sortir la Tahoe de la route.

54.

— Non ! cria Wiki, sous le choc. La Tahoe fit une embardée et finit sur l'accotement boueux.

Je tendis la main gauche vers son arme, une fraction de seconde avant qu'il ne fasse de même. Sa main droite se referma sur la mienne, mais j'avais déjà agrippé la crosse du revolver à travers son polo.

La Tahoe s'arrêta brusquement, nous secouant tous les deux. Je luttais pour garder ma prise sur le revolver. La voiture dérapa dans la boue, basculant dangereusement du côté conducteur. Je tombai vers Wiki, retenu par ma ceinture de sécurité.

— Lâchez-moi ou je tire !

Je passai mon index dans le pontet.

— Non ! cria Wiki en réponse.

La Tahoe s'enfonça dans l'eau boueuse de la berge.

Wiki détacha frénétiquement sa ceinture de sécurité avec sa main gauche.

Je lui donnai un coup de poing au visage. Sa tête fut projetée en arrière. Il lâcha le revolver. Je l'arrachai de son étui et m'efforçai de le dégager de son polo.

Wiki attrapa ma main, essayant de la détacher de l'arme. Nous luttâmes. La Tahoe s'enfonça davantage dans l'eau. Je m'agrippai au revolver de toutes mes forces.

Wiki me lança un crochet du gauche. La douleur explosa dans ma joue. J'appuyai involontairement sur la détente.

Le coup partit. Le bruit m'assourdit. Wiki cria quelque chose que je ne compris pas. Du sang jaillissait de sa cuisse. La Tahoe cessa de s'enfoncer. Le moteur s'arrêta.

Je me précipitai hors de la voiture, suivi de Wiki. Il me poussa dans l'eau boueuse, puis se jeta sur moi. Il m'atterrit dessus et me frappa à la tête. Je luttai pour le repousser, me tordant dans tous les sens pour lui faire perdre l'équilibre.

J'avalai de l'eau vaseuse. Je retins mon souffle, mais je ne pouvais plus tenir longtemps.

Je nageai vers la surface, émergeai. Wiki me poussa à nouveau sous l'eau. Je lui donnai un coup de poing dans le ventre. Il accusa légèrement le coup.

Je remontai à la surface, haletant, juste à temps pour le voir se jeter sur moi. Je levai la main qui tenait le revolver et l'abattis sur sa tête. Wiki me tomba dessus, me faisant replonger sous l'eau.

Je retins mon souffle. Je gardai les bras levés, le frappai à plusieurs reprises avec l'arme. Je n'avais plus d'air. Je rassemblais mes forces pour riposter. J'essayai de ne pas paniquer. Je sentis Wiki me lâcher.

Je refis surface en toussant, haletant. Wiki glissa sous l'eau, la tête en sang. Il commença à couler, inconscient.

Je l'attrapai par sa chemise. Son poids mort m'entraîna vers le fond. Je battis frénétiquement des pieds pour remonter à l'air libre. Je passai mon bras sous son cou pour le maintenir hors de l'eau.

Je regardai autour de moi pour m'orienter. Le rivage scintillait dans l'obscurité, à une dizaine de mètres. La Tahoe n'était que partiellement submergée. Je nageai vers la rive, haletant, le cœur battant à tout rompre. À chaque fois, au bout de quelques brasses, je m'enfonçais, alourdi par Wiki. Je gardai le revolver hors de l'eau. Je ne savais pas s'il fonctionnait encore.

Je pagayai jusqu'au rivage, écartant les roseaux de mon chemin avec le pistolet. Je pris pied, empêtré dans les spartines. Je me hissai sur la vase gluante, haletant. J'inspirai et expirai pour reprendre des forces.

Je traînai Wiki sur la terre ferme et le tournai sur le côté pour chercher son téléphone. Je l'extirpai de sa poche arrière. Le sang coulait de sa blessure par balle. Il allait continuer à saigner, mais pas assez pour en mourir. Je le fouillai à la recherche d'autres armes. Je n'en trouvai aucune.

Je me hissai à côté de lui et le giflai.

— Wiki, réveillez-vous !

Wiki reprit conscience en gémissant.

Je lui pressai le revolver sur la tempe.

— Vous me conduisiez jusqu'à Milo. Vous alliez les laisser me tuer.

— Ils veulent juste que vous vous taisiez. Ils allaient passer un accord.

— Ce sont des conneries ! Ils allaient me tuer.

— Non, non, ils auraient payé…

— Que s'est-il passé à la maison ? Où sont Lucinda et Ethan ? Dites-le-moi ou je vous tire dessus, je vous le garantis.

— Dom les a sortis de là. Il les a vus arriver.

— Qui ? Milo et ses hommes ?

— Oui.

— Vous lui avez dit où on était !

— Je n'ai pas eu le choix, je…

— Foutaises ! Je laissai tomber. Je n'avais pas le temps. Une voiture pouvait arriver. Combien étaient-ils ?

— Deux plus Milo.

— Qui ? Je veux des noms.

— Carl. David.

— De la CIA ?

— Carl est un ancien agent de la CIA. David est membre de la GVO.

— Leurs noms de famille ?

— Je n'en sais pas plus.

— Dom a sauvé Lucinda et Ethan ?

— Oui, il les a fait sortir…

— Où est-il ?

— On ne sait pas. On le cherche…

— Où est le chien ?

— Je ne sais pas. Je n'ai vu aucune vidéo…

— Vous avez appelé Milo avant qu'on parte ?

— Oui. Les yeux terrifiés de Wiki se posèrent sur l'arme. Si vous me tuez, ils vont venir me chercher. S'ils ne me voient pas arriver…

— Je ne vais pas vous tirer dessus tant que vous n'essayez pas de me stopper. Restez ici.

Je m'extirpai tant bien que mal du marais boueux et courus vers la Tahoe. Je sautai sur le siège conducteur et mis le contact, mais le gros moteur ne démarrait pas. La voiture ne bougeait pas.

Wiki commença à se relever, luttant pour se remettre debout.

Je tournai le contact à plusieurs reprises. Finalement, le moteur s'alluma. Je passai la marche arrière et appuyai sur l'accélérateur. Les pneus dérapèrent, projetant de la vase partout.

La Tahoe s'inclina vers l'arrière, toujours enlisée. La boue volait dans tous les sens. Wiki tituba vers moi en se tenant la hanche.

J'enfonçai la pédale de l'accélérateur. La voiture recula brusquement dans une gerbe de boue et d'eau.

J'enclenchai la première, fis demi-tour et mis les gaz vers le nord.

Je jetai un coup d'œil dans le rétroviseur, repérant Wiki sur la route qui s'assombrissait.

55.

Je fonçai vers le nord, après avoir brisé le téléphone de Wiki sur le tableau de bord. Je ne pouvais pas risquer d'être localisé par GPS. Je repris le chemin que nous avions suivi à l'aller. Il n'y avait qu'une seule voie et je ne voyais aucun panneau indiquant une autre route.

J'accélérai à travers le marais. Je serrai le volant plus fort. J'essayai de mettre de l'ordre dans mes idées. Dom avait réussi à faire sortir Lucinda et Ethan à temps. Milo et les autres ne savaient pas où ils étaient.

Mes pensées fusaient dans tous les sens. Je devais retrouver les miens. Pour cela, il me fallait dénicher Dom. Tel que je le connaissais, il les protégerait au péril de sa vie. Je lui faisais confiance, après tout ce qui s'était passé.

Je me demandais s'il allait contacter ses supérieurs au FBI. Il ne savait pas à qui il pouvait faire confiance. Il avait travaillé sous couverture. Il avait l'habitude de ne compter que sur lui-même. Je supposais qu'il était seul avec Lucinda et Ethan.

J'ignorais s'il allait appeler la police locale ou si je devais le faire. Je doutais qu'il le fasse, toujours pour la même raison. Le premier réflexe de la police serait de contacter le FBI.

Je filais à toute allure à travers le marais. Le ciel s'obscurcissait, noircissant les flaques d'eau qui bordaient la route. Je n'avais aucun moyen de contacter Dom. Je n'avais pas de téléphone et je ne me souvenais pas de son numéro. Je doutais qu'il ait laissé son téléphone allumé. Je supposais qu'il conduisait la camionnette, mais je ne me souvenais pas du numéro d'immatriculation. Cela ne m'aurait d'ailleurs pas été d'une grande aide.

Tout ce que j'avais à faire, c'était de trouver où Dom se rendrait. Je me creusai la tête pour me rappeler tout ce que je connaissais de lui. Nous avions couru ensemble à quelques reprises. Il ne s'était jamais beaucoup confié. Je savais qu'il avait une femme et des enfants à Villanova. Je pariais que sa première pensée avait été pour leur sécurité. Il leur avait sûrement dit de quitter la ville. Sinon, ils étaient en danger, car ils ne devaient pas être difficiles à trouver, et Milo pourrait les utiliser comme moyen de pression.

J'essayai de me souvenir de tout ce qu'il avait dit susceptible de me donner un indice sur l'endroit où il comptait se rendre. Je me rappelai une anecdote concernant Will Smith. Dom était né et avait grandi dans l'ouest de Philadelphie. Peut-être retournerait-il dans la maison de son enfance, mais je me souvins alors d'autre chose.

Pourtant j'aimais bien ce travail. Je me sentais utile.

Dom adorait son oncle Tig, qui avait tenu une agence d'encaissement de chèques. C'était une pensée qui semblait lui être venue pendant notre jogging. Le genre de détail qu'il n'aurait peut-être pas mentionné autrement. Il était possible que le FBI ne soit pas au courant, ou que cette information soit enfouie quelque part dans son dossier personnel.

J'aurais aimé pouvoir chercher l'adresse, mais je n'avais pas de téléphone.

Et puis cela me revint. Dom l'avait mentionnée.

Au croisement des rues Gibbons et Masterman.

Je me sentis ragaillardi. Peut-être que Dom était retourné à Philadelphie Ouest. Peut-être que l'agence était toujours là. Peut-être qu'il se rappellerait qu'il m'en avait parlé. Peut-être espérait-il que je m'en souviendrais aussi et que je saurais où les trouver.

Je me redressai, animé d'une détermination nouvelle. Je pris le chemin qui menait aux maisons et tournai à droite, en évitant notre rue, au cas où. Je continuai à rouler devant les maisons de vacances luxueuses. Je quittais enfin le marais. Je savais où j'allais.

J'apercevais des maisons plus petites devant moi et, au-delà, la civilisation. Je baissai la vitre. Le vent soufflait de la droite. La plage de la baie était à l'est. Si je continuais tout droit, je trouverais la route principale qui menait à la ville.

Je l'empruntai et me rapprochai de la ville, mais je vis des voitures ralentir devant moi. Il devait y avoir un accident. Je cherchai du regard d'autres itinéraires, puis je me souvins qu'il n'existait qu'un seul chemin pour rejoindre la route principale.

Ma poitrine se serra en pensant à Lucinda. Comme cela avait dû être horrible pour elle, elle avait dû être terrifiée. Je me demandai si elle avait reconnu les tatouages sur les bras de Milo. Nous n'avions jamais vraiment parlé de lui. Il y avait tant de choses dont nous n'avions jamais parlé. Je n'avais pas pensé qu'ils se retrouveraient en danger. Je croyais qu'ils étaient en sécurité dans le programme.

Je repris de la vitesse, mais fus contraint de freiner à nouveau. Ethan devait être mort de peur. Il se souvenait sûrement de Milo. Il avait dû penser qu'il allait mourir.

J'accélérai, avant de m'arrêter une nouvelle fois. Je ne pouvais pas les perdre, il ne fallait pas qu'il leur arrive quoi que ce soit. Je jetai un coup d'œil à l'horloge du tableau de bord. Cela faisait quinze minutes que j'étais à l'arrêt.

J'essayai de me calmer, impatient.

Je perdais mon avance. Je poussai un juron, réalisant que tôt ou tard, Milo allait se lancer à ma poursuite. Je ne serais pas difficile à trouver, sur cette route. Je ne savais pas combien de temps il faudrait pour dégager la voie après l'accident.

J'allumai la radio pour savoir ce qui se passait. La station diffusait une publicité pour de la bière, suivie d'une autre pour un médicament amaigrissant. Les voitures commençaient à s'accumuler derrière moi. Je scrutai la file à la recherche d'un véhicule que Milo aurait pu conduire, comme un SUV noir. Je n'en vis aucun.

Soudain, mes oreilles se dressèrent en entendant quelque chose à la radio.

« La police recherche Jason Bennett, un homme blanc d'une quarantaine d'années, mesurant environ un mètre quatre-vingt-dix et de corpulence moyenne. Il serait armé et dangereux. Il a été vu pour la dernière fois au volant d'une Tahoe noire, modèle 2020. »

Moi ? J'augmentai le volume, horrifié.

« La police pense que Bennett pourrait être responsable du meurtre par balle d'un homme non identifié retrouvé dans les eaux peu profondes sous le pont de la rivière Lenape. Des pêcheurs locaux auraient vu le véhicule arrêté sur le pont. La police a mis en place des barrages sur les routes menant à la zone du marais… »

Oh mon Dieu. Ce n'était pas un accident. C'était un barrage routier, ils me cherchaient.

Le reportage se termina et je baissai le son de la radio. Je supposais que l'homme non identifié était Wiki. Il était en vie quand je l'avais laissé et je ne m'étais pas arrêté sur le pont.

Je frissonnai. Milo avait dû tuer Wiki, ramener son corps sur le pont et le jeter à l'eau. Il y avait un bateau de pêche sur la rivière. Peut-être que les pêcheurs avaient appelé la police ou que Milo l'avait fait anonymement, pour signaler la Tahoe.

Je me redressai pour essayer de voir le barrage, mais il était trop loin.

Je devais me débarrasser de la Tahoe.

Je balayai du regard autour de moi avec frénésie. La nuit tombait rapidement. Il n'y avait personne dehors. De petites maisons se dressaient de chaque côté de la rue, sur le chemin menant à la ville. Seules quelques-unes semblaient occupées, avec des voitures garées devant ou dans les allées.

Je regardai devant moi, vers la file de voitures. Et quelque chose attira mon attention.

56.

Je me garai devant la maison la plus proche. Je sortis de la Tahoe et avançai sur le trottoir. Je gardais la tête baissée pour cacher mes ecchymoses. J'essuyai la boue sur mes bras. Mon pantalon mouillé collait à mes jambes.

Je pressai le pas, passant devant une, deux, puis trois voitures, jusqu'à ce que j'atteigne un long semi-remorque sur lequel était inscrit « Transports Collins », avec le grand logo TC à l'intérieur d'une silhouette de camion. Je me précipitai dans la rue, traversai devant la calandre vrombissante du camion et fis signe au conducteur pour attirer son attention. Je vis qu'il me répondait, mais le reflet sur le pare-brise m'empêchait de distinguer ses traits.

Je m'empressai d'approcher du côté conducteur et découvris une femme maigre d'âge moyen, aux yeux bleus brillants, aux longs cheveux rose vif et au sourire amical qui s'évanouit lorsqu'elle me regarda de haut en bas.

— Excusez-moi, lui dis-je, je m'appelle Jason Bennett…

— Éloignez-vous, monsieur.

La conductrice me regarda d'un air sévère, et un chihuahua brun apparut et se mit à aboyer.

— Silence ! lança-t-elle sèchement à l'intention du chien, qui se tut aussitôt.

— Je sais que cela peut paraître fou, mais j'essaie de fuir un homme nommé John Milo, qui a tiré sur Jaybird, l'un de vos collègues. Vous connaissez Jaybird ?

— Quoi ? Attendez une seconde.

La camionneuse baissa le volume d'un livre audio qui passait en fond sonore. Elle portait un tee-shirt rose et un jean. Le chihuahua était assis sur ses genoux, les yeux ronds comme des billes noires.

— Vous avez dit Jaybird ?

— Oui, vous le connaissez ? Vous savez qu'il a été blessé par balle ? Il est à l'hôpital. Ça s'est passé hier soir, près d'Avondale, en Pennsylvanie. J'étais dans un restaurant avec deux autres camionneurs des Transports Collins, l'un d'eux avait une barbe rousse comme un Viking et l'autre un tatouage d'Iron Man dans le cou.

— Vous voulez dire Tony ? La camionneuse sourit, et son front se détendit.

— Vous le connaissez ?

— Oui, je connais Tony ! Comment vous vous appelez déjà ?

Je répétai mon nom.

— Et vous ?

— Flossie Bergstrom.

— Flossie, appelez Tony, s'il vous plaît. Il se portera garant pour moi. Nous avons discuté au petit-déjeuner.

Je jetai un œil à la file de voitures derrière nous, qui s'allongeait. Quelqu'un klaxonna.

— S'il vous plaît, j'ai besoin qu'on m'emmène à Philadelphie.

Flossie hésita.

— Je ne prends pas de passagers.

— Vous ne pouvez pas, juste cette fois ? Pour Tony ? Pour Jaybird ? Je peux vous expliquer.

Flossie cligna des yeux, en réfléchissant.

— Vous aimez les chiens ?

— Je les adore ! répondis-je, sentant mon cœur s'alléger.

L'intérieur de la cabine était confortable, avec des sièges rembourrés de couleur beige. Le volant était en bois poli et le tableau de bord était équipé d'un écran tactile à côté d'un nombre déconcertant de jauges. Au-dessus du tableau de bord se trouvaient un badge à péages et un détecteur de radar, ainsi qu'une radio CB fixée au plafond, dont le microphone était rangé dans un étui.

Mais maintenant que j'étais en hauteur, je voyais que nous étions plus près du barrage routier que je ne le pensais. Je sentis une vague d'inquiétude m'envahir. Six voitures de police de l'État du Delaware étaient garées sur le bas-côté, leurs gyrophares allumés. Trois équipes de deux policiers arrêtaient chaque voiture et parlaient au conducteur dans une opération parfaitement coordonnée. Il fallait que j'explique rapidement la situation à Flossie.

— Vos chiens sont très bien élevés, dis-je pour briser la glace.

Il s'avéra que Flossie avait trois chihuahuas : un sur ses genoux, un sur le siège passager à côté d'elle et un autre assis bien sagement sur la console. Celui qui était sur la console avait perdu son œil droit, dont la paupière était cousue. Les chiens étaient d'un calme surnaturel, le regard fixé sur moi avec une curiosité intelligente.

— Ce sont des chiens de routier. Ils savent comment se comporter. Manny est mon bébé, celui-là, c'est Moe, et celui qui n'a qu'un œil, c'est Jack. Ils me tiennent compagnie.

— Je ne savais pas que les routiers pouvaient conduire avec des animaux de compagnie.

— Personne ne me dit ce que je dois faire. Flossie caressa la tête lisse de Manny. Alors, qu'est-ce qui se passe, Jason ?

— J'essaie d'échapper à un homme nommé John Milo, qui a tiré sur Jaybird. Milo veut me tuer.

— Pourquoi vous n'appelez pas la police ?

J'hésitai, ne voulant pas trop lui en dire.

— Je ne peux pas leur faire confiance, et la vie de ma femme et de mon fils est en jeu. Ils se cachent, je dois les retrouver avant Milo.

Flossie eut un mouvement de recul.

— Vous voulez dire que ce Milo veut tuer votre femme et votre fils ?

— Ou les kidnapper pour les utiliser contre moi.

— Pourquoi ?

— Pour m'empêcher de révéler ce que je sais.

Le visage de Flossie se crispa.

— J'ai l'impression qu'il ne vaut mieux pas que je vous demande ce que vous savez.

— Non, en effet.

Je vérifiai le barrage routier. L'un des policiers faisait signe à la file d'avancer. Je n'avais plus beaucoup de temps.

— S'il vous plaît, faites-moi passer ce barrage. Vous pourrez me déposer juste après, n'importe où. Ils me recherchent.

Flossie grimaça.

— C'est pour *vous,* ce cirque ?

— Oui. Ils pensent que j'ai tué quelqu'un, mais Milo m'a fait porter le chapeau.

— Mon gars, ça fait *beaucoup*, tout ça.

— À qui le dites-vous.

J'essayai de sourire, mais ma voix tremblait plus que je ne l'aurais voulu.

— Ça va ? se radoucit Flossie en penchant la tête sur le côté, et je ne sus pas quoi répondre.

— Vous voulez bien me cacher, s'il vous plaît ? Je vous en supplie. Appelez Tony. Il se souviendra de moi. On s'est parlé au restaurant.

— Je n'ai pas son portable.

— Et par radio ?

Je désignai la radio CB.

— Elle ne capte que dans un rayon de quinze kilomètres. Tony roule dans le centre de l'État. Je n'aurai pas de réponse assez vite. Il y a une application, mais je suis de la vieille école.

— Alors s'il vous plaît, faites-moi confiance. Aidez-moi à passer ce barrage.

Flossie réfléchit, en tapotant le dos de Manny.

— Comment vous ferez pour aller à Philadelphie ?

— Je trouverai un moyen.

— C'est là que sont votre femme et votre gosse ?

— Je crois.

Flossie hésita, son regard sondant le mien.

— S'il vous plaît, aidez-moi. Je vous jure, je ne suis qu'un père qui essaie de garder sa famille en vie.

— D'accord, montez à l'arrière, dit-elle en désignant l'espace derrière elle. Vous verrez mon lit. Ne faites pas de bruit.

— Merci.

Je me faufilai entre les sièges et grimpai à l'arrière, où il y avait assez de place pour un matelas simple recouvert de draps à fleurs, d'un couvre-lit rose et de deux oreillers. À la tête et au pied du lit se trouvaient des casiers contenant un ordinateur portable, une rangée de livres de poche et un chargeur de téléphone. Un deuxième lit, également rembourré, était replié contre la paroi arrière.

Flossie enclencha la première et je me glissai sous les couvertures en les tirant par-dessus ma tête. Nous démarrâmes dans un grand vrombissement de moteur. L'instant d'après, je sentis de petits pas sur mon bras et ouvris les couvertures.

Jack se glissa sous le couvre-lit, tourna sur lui-même et se blottit contre moi, plaçant délicatement une patte sur l'autre. Je ne savais pas quoi faire, alors je câlinai le chien, ce qui me calma les nerfs.

Le camion s'arrêta dans un crissement de freins. J'entendais les policiers parler dehors. Flossie accéléra, puis freina de nouveau.

Nous approchions. Les policiers parlaient plus fort, mais je ne comprenais pas ce qu'ils disaient. Nous avancions lentement, nous nous arrêtions, puis repartions. J'essayais de rester calme. Cela me semblait interminable.

Finalement, j'entendis un policier dire :

— Bonjour, mademoiselle, comment allez-vous aujourd'hui ?

57.

— Tout va bien, agent Davis, dit Flossie, et Manny se mit à aboyer. Ne vous approchez pas trop, s'il vous plaît. Il n'est pas très amical.

— C'est un chihuahua de garde, c'est ça ?

— Oui, c'est ça, s'esclaffa Flossie.

Manny continuait d'aboyer. Je remarquai qu'elle ne lui disait pas de se taire. J'essayai d'écouter.

— Permis de conduire et carte grise, s'il vous plaît.

— Voilà. Quel est le problème ?

— Vous êtes bien Flossie Bergstrom ?

— Oui, monsieur.

— Voilà, mademoiselle. Vous pouvez reprendre ça.

— Merci. Qu'est-ce qui se passe ?

— Nous recherchons un homme blanc. Il ressemble à ça. Vous l'avez vu ?

J'entendis un bruit de papier.

— Waouh. Il est célibataire ?

Le policier pouffa de rire.

— Il a été aperçu pour la dernière fois au volant d'une Tahoe noire, modèle 2020. Vous avez vu un véhicule correspondant à cette description ?

— J'en vois à peu près une centaine par jour, ricana Flossie.

Manny aboya plus fort.

— Si vous voyez cet homme au volant ou en train de se

comporter de manière suspecte, veuillez appeler le 911 ou le numéro indiqué sur cette feuille.

— D'accord.

— Ne vous approchez pas de lui. Il est armé et dangereux.

— Agent Davis, reculez, s'il vous plaît. Il mord.

— Vous avez combien de chiens ?

— Trois.

— Je n'en vois que deux.

Je déglutis.

Flossie répondit rapidement :

— Le troisième est à l'arrière. Il est aveugle.

— Vous aimez beaucoup les animaux, on dirait ?

— Ce sont les seuls qui valent la peine d'être connus.

— Merci, mademoiselle. Vous pouvez y aller.

— Jason, la voie est libre, lança Flossie, et je repoussai les couvertures, brossai la boue des draps humides et grimpai sur le siège passager avec Jack. Le petit chien se réinstalla sur mes genoux, croisant ses pattes aux griffes brunes si mignonnes.

— Je ne sais pas comment vous remercier.

— C'est rien.

— Désolé pour vos draps.

— Ne vous en faites pas. Flossie me tendit la feuille de papier, l'air grave. Je suppose que c'est la photo d'« avant ».

Je pris le document, sur lequel était écrit « SUSPECT D'HOMICIDE », en haut, au-dessus de « Avez-vous vu cet homme ? ». En dessous, il y avait une photo de moi tirée de mon site web, comme si elle provenait d'une autre vie. J'étais rayonnant, avec une chevelure abondante, fier et heureux dans mon meilleur costume gris et ma cravate en soie, debout dans ma magnifique nouvelle salle de conférences. La légende indiquait mon nom et ma date de naissance. Je n'avais pas besoin de me rappeler qui avait pris la photo. C'était Lucinda. Mon regard se posa sur le texte :

La police de l'État du Delaware sollicite l'aide du public pour localiser Jason Bennett, un homme blanc, âgé de 47 ans, mesurant un mètre quatre-vingt-dix, de corpulence moyenne, résidant dans le comté de Chester, en Pennsylvanie. Bennett est recherché pour être interrogé au sujet de l'homicide volontaire d'un homme à Lenape, dans le Delaware. L'identité de la victime n'a pas encore été dévoilée, dans l'attente de l'annonce de son décès à ses proches. Bennett est considéré comme armé et dangereux. Il se trouverait dans les environs et aurait des relations dans le sud-est de la Pennsylvanie. Toute personne disposant d'informations concernant Jason Bennett ou cet incident est priée de contacter la police de l'État du Delaware via notre ligne d'assistance. Tous les appels resteront confidentiels. Les informations anonymes peuvent être transmises par SMS en envoyant le mot « INFO » au...

Je me sentais bouleversé. J'étais passé de greffier à « homme blanc ». Flossie dit doucement :

— Ils parlent d'un meurtre.

— Je jure que je n'ai rien fait, répliquai-je, le cœur serré.

Le gros camion accéléra en vrombissant

— Je vous crois. Je sais bien juger les gens. Jack aussi. Flossie me lança un regard accompagné d'un sourire douloureux. Mon mari John est décédé il y a deux ans d'un cancer de la gorge.

— Je suis désolé.

J'envisageai de lui parler d'Allison, mais je n'eus pas la force de prononcer ces mots.

— Merci. Il disait souvent : « Je connais le secret d'un mariage heureux. Mourir deux ans après son mariage. »

Je ris.

— Je suis désolé, répétai-je.

Je sentais ma poitrine se serrer en pensant à Lucinda, puis à Allison. C'était étrange de rouler sur cette route avec une parfaite inconnue qui avait le cœur aussi brisé que le mien.

— Je continue d'avancer. Flossie gardait les yeux fixés sur la route. Je fais cinq cents, six cents kilomètres d'un trait. Je vais de l'avant. J'ai une belle vie, le cœur rempli de souvenirs. J'ai eu de la chance, j'ai trouvé un homme bien. À la troisième tentative, j'ai enfin déniché la perle rare. Flossie me jeta un coup d'œil. Jack était le chien de mon mari.

— Vraiment ?

J'entourais le petit chien de mes bras. Son corps était tiède et il dormait paisiblement sur mes genoux, sa petite mâchoire reposant sur mon index.

— Il a 10 ans, mon petit pépé, et je ne sais pas combien de temps il lui reste. Je suis heureuse chaque matin quand il se réveille.

— Je comprends, répondis-je, mais cela ressemblait à un deuil anticipé. J'aurais voulu lui dire qu'il y avait déjà bien assez de chagrin dans le monde, qu'il ne fallait pas y penser avant qu'il n'arrive, mais elle le savait déjà.

— Nous avons un petit chien blanc, un bâtard, mais j'ai peur qu'il se soit enfui quand tout cela est arrivé. Mon fils l'a appelé Moonie. Il est fou de ce chien. C'est une petite ville, j'espère qu'il n'est pas allé loin.

Flossie me jeta un nouveau coup d'œil.

— Vous allez où à Philadelphie ?

— À l'ouest.

— Je peux vous déposer tout près.

— Merci, j'apprécie vraiment, dis-je, reconnaissant. Puis-je vous demander une autre faveur ? Est-ce que je pourrais emprunter votre téléphone ? Je dois trouver l'homme qui est avec ma femme et mon fils. Il les protège.

— D'accord. Flossie me tendit un iPhone dont l'écran d'accueil affichait la photo d'un homme maigre au sourire chaleureux.

— C'est John ?

— Oui

— Il a l'air gentil.

Flossie sourit en hochant la tête.

— Authentique et sincère. C'était tout lui.

Je me connectai à Internet, tapai « agence d'encaissement de chèques » et « Gibbons et Masterman », mais n'obtins aucun résultat. Je réglai ma position sur Gibbons et Masterman et cherchai « agences d'encaissement de chèques autour de moi ». Aucune n'apparaissait. Je passai sur Street View et scrutai le coin de la rue à Philadelphie Ouest, mais ne vis aucune agence d'encaissement de chèques.

J'essayai « Tig Kingston » à Philadelphie et obtins une multitude de résultats pour « Kingston ». Je fis défiler la liste, mais aucun ne correspondait au prénom « Tig » ni n'aurait pu avoir « Tig » comme surnom. Si Tig était un oncle, il était possible qu'il ne porte pas le nom de famille Kingston.

Je pensai à une autre piste. Je devais parier que Dom avait dit à sa femme où il se trouvait. Je fis défiler les pages jaunes et recherchai « Dominic Kingston » et « Villanova, Pennsylvanie ». Aucun résultat n'apparut.

Denise préfère ça au travail d'infiltration.

Je cherchai « Denise Kingston, Villanova », mais encore une fois, sans succès. Puis, une entrée en bas de la page attira mon attention : Denise Kingston, université de Rosemont, bureau des admissions. Je cliquai sur le lien, puis cherchai jusqu'à trouver le numéro de téléphone du bureau, et j'appelai.

— Bureau des admissions, bonjour, répondit une femme.

— Oui, bonjour, je voudrais parler à Denise Kingston. Je suis un ami de Dom, je travaille avec lui dans l'approvisionnement. Je suis en déplacement et je devais le rejoindre, mais j'ai égaré mon téléphone et je ne me souviens plus de son numéro…

— Denise n'est pas là.

— Elle est en congé aujourd'hui ?

— Non, elle a dû s'absenter, elle a quitté la ville. Sa sœur est malade.

— Oh, je suis désolé. Merci.

Je raccrochai, l'esprit en ébullition. Je compris que Dom avait probablement dit à Denise qu'elle était en danger et lui avait demandé de quitter la ville avec les enfants.

Je me creusai la tête pour trouver un autre moyen de retrouver Dom, mais en vain. J'essayai de me souvenir de nos conversations, mais rien ne me vint en tête. Je rendis son téléphone à Flossie.

— Merci.

— Vous savez, j'ai un survêtement qui pourrait vous aller, c'était à John. Je le garde pour les nuits froides. Vous serez plus à l'aise que dans ces vêtements mouillés.

— Super, merci.

Flossie sourit malicieusement.

— Vous pouvez le prendre si je peux vous regarder vous changer.

58.

J'atteignis Philadelphie Ouest bien après la tombée de la nuit, ce qui m'arrangeait. Je descendis Banning Avenue à toute vitesse, la tête baissée, vêtu de la veste en jean épaisse de John par-dessus un survêtement gris banal. Je portais la casquette bleu clair Transports Collins de Flossie, et nous avions mangé des sandwichs Filet-O-Fish de chez *McDonald's*, je me sentais donc presque humain à nouveau. Je gardais l'œil ouvert à la recherche d'une agence d'encaissement de chèques, mais je n'en avais pas encore vu.

Banning Avenue était bien éclairée, une artère principale que j'avais empruntée de nombreuses fois en voiture, comme raccourci lorsque l'autoroute Schuylkill était encombrée. La rue était bordée de boutiques en tout genre : un salon de manucure, un magasin de chaussures pour enfants, un restaurant proposant des plats à emporter avec une enseigne annonçant une « cuisine du sud », un barbier, un restaurant jamaïcain et une église. Il y avait des familles qui faisaient leurs courses, discutaient en groupe ou se dirigeaient vers leur voiture garée au bord du trottoir. Un tramway à l'ancienne passait en grinçant sur ses rails, et la circulation était fluide.

Je passai sous un échafaudage bleu et arrivai à Gibbons Street, où je pris à gauche. La rue devint résidentielle, bordée de maisons mitoyennes en briques, chacune avec une porte, des fenêtres ou un porche différents, typiques de Philadelphie.

Je poursuivis mon chemin, passant devant des maisons avec des porches ou de petits jardins entourés de clôtures en fer forgé. De la lumière émanait des maisons, accompagnée de bruits de conversations, de rires, de musique ou de télévision. Je m'approchai du croisement entre Gibbons Street et Masterman Street, que je reconnus grâce à Google Street View. Il n'y avait pas d'agence d'encaissement de chèques.

Je scrutai les environs et remarquai quelque chose que je n'avais pas vu sur Google. La maison mitoyenne de l'autre côté de la rue avait une nouvelle rangée de briques sur sa façade, d'une couleur plus claire autour d'une petite fenêtre au centre, comme si une devanture avait été remplacée. Cela pouvait avoir été l'agence d'encaissement de chèques.

Je traversai la rue et aperçus une télévision qui clignotait derrière les rideaux de la maison. La porte d'entrée était peinte en noir et il y avait des chrysanthèmes jaunes dans un pot en béton à côté. Je sonnai. Au bout d'un moment, une jeune femme en tee-shirt et jean m'ouvrit la porte, tenant un bébé en couche-culotte sur sa hanche.

— Excusez-moi, dis-je sans préambule. Je cherche un homme qui s'appelle Tig. Je crois qu'il avait une agence d'encaissement de chèques ici, peut-être avant que ce soit une…

— Sérieux ? La femme recula et claqua la porte.

Je me détournai, mais je devais continuer à frapper aux portes. Je n'avais pas d'autre choix. Tôt ou tard, quelqu'un se souviendrait peut-être de Tig. À Philadelphie, quand les gens déménageaient, ils ne partaient pas loin.

Je frappai à cinq autres portes, puis à cinq autres encore, zigzaguant méthodiquement dans le pâté de maisons sans résultat. Les cinq maisons suivantes furent également vaines, et je commençais à désespérer, mais je persévérai jusqu'aux portes 17 et 18. Toujours rien.

Mon cœur s'emballa lorsque la porte numéro 19 s'ouvrit sur une femme afro-américaine d'un certain âge. Elle avait les cheveux gris acier et me regardait de ses yeux sombres et vifs à travers ses lunettes à double foyer. Elle avait un sourire aimable, la bouche encadrée de rides d'expression. Elle tenait à la main un gros livre à couverture rigide et portait un sweat-shirt blanc sur lequel était écrit « Tant de livres, si peu de temps » et un legging noir.

Je commençai mon laïus.

— Excusez-moi, je cherche quelqu'un qui s'appelle Tig. Il avait une agence d'encaissement de chèques à l'autre coin de la rue, là-bas.

Le visage de la femme s'illumina.

— Oh, Tig ? Je le connais.

— Oui ! criai-je presque. Je suis un ami de son neveu Dom.

— Oh, je me souviens de Dom, quand il était petit.

Mon cœur s'emballa.

— Oui, il travaillait pour Tig quand il était plus jeune, après l'école.

— Je ne l'ai pas vu dans le coin ces derniers temps.

— Savez-vous où je peux trouver Tig ?

— Non, j'ai perdu contact avec lui. La femme fronça les sourcils, pensive. Comment vous vous appelez déjà ?

— John Flossie, répondis-je, par prudence.

— Je connais quelqu'un qui est un bon ami de Tig.

— Pouvez-vous me dire qui c'est, s'il vous plaît ? Ou l'appeler ? C'est très important.

— Attendez. La femme hocha la tête. Ne bougez pas. Je vais passer un coup de fil et je reviens tout de suite.

La femme s'appelait Mary Ward. Aide-bibliothécaire à la retraite, elle me fit entrer dans la maison et m'invita à m'asseoir sur un canapé bleu à motifs cachemire pour attendre un certain Leonard Richardson. Elle m'assura que cela ne serait pas long, car il habitait seulement deux portes plus loin.

Je la remerciai, tout en regardant autour de moi. Le salon était petit et confortable, avec des livres alignés sur trois côtés, et son fauteuil de lecture était placé en diagonale par rapport au canapé. Un poster encadré des *Tournesols* de Van Gogh était accroché au-dessus d'une console en noyer sur laquelle se trouvaient une télévision carrée et un vieil ordinateur portable Dell, avec une chaise devant.

Peu après, on frappa à la porte et Mary alla ouvrir, laissant entrer un Afro-Américain dégarni d'environ 70 ans, grand et maigre, vêtu d'un coupe-vent beige sur un tee-shirt et un jean baggy. Son visage ridé était long, ses lèvres pincées. Ses yeux bruns étaient cerclés de cataractes laiteuses et une cicatrice entaillait sa lèvre supérieure.

Mary s'écarta pour le laisser entrer dans le salon.

— Leonard, je te présente John Flossie, il…

— Foutaises ! Richardson sortit un revolver de sa poche et le pointa sur moi. À genoux ! Les mains en l'air !

59.

— Ne tirez pas ! Je m'agenouillai et levai les mains.

— Bouge pas !

— S'il vous plaît, j'essaie juste de trouver…

— La ferme ! Richardson se tourna vers Mary. Qu'est-ce qui t'a pris de le laisser entrer ? Regarde-le, dans son état ! À quoi est-ce que tu *pensais* ?

Mary porta sa main à sa bouche.

— Leonard, range ton arme !

— Je te l'ai déjà dit ! Tu es trop confiante ! Tu ne sais pas qui c'est ?

— J'essayais de te le dire, il s'appelle John Flossie.

— Ce n'est pas son vrai nom ! Dès que tu m'as dit qu'il avait l'air de s'être fait tabasser, j'ai cherché sur l'ordinateur. Il t'a menti. Richardson se tourna vers moi, le regard noir. Tu dis que tu es un ami de Dom ? Menteur ! Dis-lui ce que tu as fait !

— Je n'ai rien fait ! Je le jure…

— Mary, où est ton foutu ordinateur ? Oh !

Richardson se dirigea vers le Dell, tout en continuant à pointer son arme sur moi.

— M. Richardson, je peux tout vous expliquer. Ce qui s'est passé, c'est que…

— La ferme, j'ai dit ! Richardson appuya sur une touche. Mary, c'est quoi ton mot de passe ?

— Mary123.

— Comment tu fais pour *survivre* dans ce monde ?

Richardson tapa le mot de passe et fit défiler Google sous mes yeux. J'étais inquiet de la tournure que prenaient les événements. Il ne fallait pas qu'il appelle la police. Lucinda et Ethan seraient alors perdus à jamais.

— M. Richardson, je ne lui ai pas dit mon vrai nom parce que…

— *Bien sûr* que tu ne le lui as pas dit !

Richardson appuya sur une autre touche et un titre apparut sur l'écran : « UN HOMME DE LA RÉGION RECHERCHÉ POUR LE MEURTRE D'UN AGENT DU FBI », suivi du sous-titre : « Jason Bennett en fuite après la disparition de sa famille ». En dessous, il y avait ma photo prise dans la salle de conférences.

— M. Richardson, rien de tout cela n'est vrai, je peux vous expliquer si…

— Tu me prends pour un imbécile ? Richardson se retourna brusquement vers moi et pointa son arme sur mon front. Tu es un *tueur* !

— M. Richardson, vous connaissez Tig ? Si oui, appelez-le. Je peux vous dire quoi lui demander pour prouver qui je suis…

— Je sais qui tu es ! Tu as tué un agent fédéral !

— Non, ils m'ont piégé…

— Tu es complètement fou ! Tu as tué toute ta famille…

Oh mon Dieu.

— Ce n'est pas vrai, j'espère qu'elle est avec Dom…

— C'est écrit dans le journal !

— Ils se trompent…

— C'est la police qui le dit !

— Elle se trompe aussi ! Le FBI n'a pas divulgué cette information. Ils ne peuvent pas, à cause du complot. Ce que je disais paraissait fou, même à mes propres oreilles. S'il vous plaît, conduisez-moi chez Tig…

— Pourquoi est-ce que j'emmènerais un cinglé de tueur chez l'un de mes plus vieux amis ?

— Je pense qu'il saura comment trouver Dom et…

— Pourquoi tu as besoin de Dom ? Tu vas le tuer aussi ?

— Non, écoutez, Dom ne travaille pas dans l'approvisionnement. C'est un agent du FBI, il nous protège, moi et ma famille, dans le cadre du programme de protection des témoins.

Richardson cligna des yeux.

— Oh mon Dieu ! s'exclama Mary.

Ils me regardèrent tous les deux, choqués. L'arme resta pointée sur mon front.

— M. Richardson, pour l'amour du ciel, appelez Tig.

— Ça sonne.

Richardson tenait son téléphone portable dans sa main gauche et son arme dans la droite, toujours pointée sur moi. Je restai à genoux, les mains en l'air. J'avais remarqué qu'il avait appelé Tig en appuyant une seule fois sur l'écran, ce qui signifiait qu'il l'avait dans ses favoris.

Richardson parla au téléphone :

— Hé, Tig, j'ai un type blanc ici, il s'appelle Jason Bennett. Il a tué un agent fédéral dans le Delaware. Il te demande, il veut voir Dom.

Richardson se tut brusquement, puis ses sourcils grisonnants se haussèrent de surprise.

— Sans déconner ? dit-il à l'appareil.

Une Honda marron vint nous chercher, et Richardson s'empressa de s'asseoir sur le siège passager tandis que je me glissais à l'arrière. La Honda démarra, conduite par un Afro-Américain d'un certain âge aux traits masqués par une casquette rouge des Sixers. Une courte barbe poivre et sel lui couvrait le menton, et des bagues en or brillaient à ses doigts. Il semblait petit, et sa veste en cuir noir augmentait sa carrure.

Richardson se tourna vers moi.

— Baisse-toi.

Je m'allongeai sur la banquette arrière.

— Au fait, je te présente Skeet.

— Enchanté, Skeet. Merci de votre aide.

— De rien.

Je sentis la voiture accélérer. Nous tournâmes à gauche, puis à droite. Mon cœur battait à tout rompre. J'étais impatient de revoir Lucinda et Ethan.

Richardson fit claquer sa langue.

— Tig aurait dû nous dire que Dom avait des ennuis.

Skeet grogna.

— C'est grave, c'est pour ça. Il ne veut pas qu'on y soit mêlés.

— N'importe quoi. On est là pour lui. Tous pour un.

— Un pour tous.

— Les mousquetaires noirs.

— Les mousquetaires sexy.

Ils éclatèrent tous deux de rire.

Je souris. Ils avaient l'air d'être de vieux amis, leur complicité était palpable.

— Comment vous vous êtes rencontrés, tous les deux ?

— On joue au poker ensemble, répondit Richardson. Avant ça, on a fait le Vietnam.

— Trois fois, ajouta Skeet.

Richardson secoua la tête.

— Il faut toujours que tu dises ça.

— Et alors ? Je *développe*.

Richardson pouffa, et Skeet l'imita.

Je commençai à élaborer un plan. Je pouvais compter sur Dom, mais j'avais besoin d'une armée.

Peut-être en avais-je déjà une.

60.

— Allons-y !

Richardson me fit signe, nous sortîmes tous les trois de la voiture garée et nous précipitâmes dans la rue. La plupart des maisons étaient abandonnées. L'une d'elles avait été démolie, ne laissant qu'un tas de briques, de barres de fer et de plâtre. Il n'y avait personne sur le trottoir. Les lampadaires étaient éteints. Je ne savais pas où nous étions, mais cela n'avait aucune importance. Lucinda et Ethan étaient là.

Nous nous hâtâmes d'avancer vers une maison mitoyenne en briques délabrée, dont la fenêtre de devant était condamnée. Richardson avait envoyé un SMS, et la porte d'entrée s'ouvrit dès que nous arrivâmes sur le perron. Richardson et Skeet s'engouffrèrent à l'intérieur, et je les imitai.

Nous nous faufilâmes dans un couloir sombre, puis la porte d'entrée se referma derrière nous. Il faisait noir comme dans un four. J'entendis un verrou se fermer, puis le cliquetis d'une chaîne de sécurité. Personne ne disait rien. L'air était froid. Ça sentait la poussière.

— Suivez-moi, murmura un homme, sans doute Tig.

Nous suivîmes sa silhouette sombre, quittâmes le couloir et traversâmes rapidement un grand salon vide, nos chaussures raclant le parquet usé.

Une porte s'ouvrit sur notre gauche et une lumière émana de l'embrasure, éclairant Tig de profil. Il ressemblait à une version plus âgée de Dom, avec son crâne dégarni, ses yeux rapprochés, ronds et sombres, sa bouche charnue et sa fossette au menton.

— Tig ?

— Salut. Tig sourit brièvement. Vas-y, descends.

— Merci.

Je me précipitai en bas et mon cœur bondit face à la vision qui s'offrit à moi. Dom se tenait souriant à côté de Lucinda et d'Ethan, qui s'avançaient déjà vers moi.

— Jason ! Lucinda se précipita, les bras tendus, les larmes aux yeux, avec Ethan à ses côtés. Je les enlaçai tous les deux, sentant tous mes sens exploser à la fois, débordant d'amour, de gratitude, de peur et de soulagement.

J'embrassai les cheveux de Lucinda et pressai Ethan contre moi. Son dos osseux était secoué de sanglots sous son tee-shirt *Call of Duty*. Je sentais la chaleur de la peau de Lucinda sous ma paume à travers sa robe d'été. Nous nous serrions les uns contre les autres, et je ne voulais plus jamais les lâcher. Ma famille.

— Papa ! Ethan se blottit contre moi, et je lâchai Lucinda pour le prendre dans mes bras, essuyant ses larmes, avant de contempler son visage.

— Tout va bien, mon chéri, tout ira bien maintenant.

Je l'étreignis à nouveau, croisant le regard de Lucinda. L'incertitude brillait dans ses yeux embués de larmes, et je savais pourquoi, mais je refusais d'y penser en cet instant.

— Je t'aime, dit-elle avec un sourire tremblant.

— Je t'aime aussi, m'entendis-je répondre.

— Tu as le visage couvert de bleus ! Et tu n'as plus de cheveux ! Qu'est-ce qui s'est passé ?

— Je vais bien.

Je balayai ses questions d'un geste de la main, puis je regardai Dom, ouvris grand les bras et lui donnai une chaleureuse accolade.

— Vous leur avez sauvé la vie ! Je le lâchai. Merci !

— C'est pour ça que je gagne autant d'argent. Dom éclata de rire, puis il me fit signe de me retourner. Jason, je vous présente mon oncle Tig.

— Tig ! J'ouvris de nouveau grand les bras, mais Tig leva les mains en riant.

— Les câlins, c'est pas mon truc.

— Maintenant, si, dis-je en l'étreignant quand même.

Dom fit signe aux deux autres hommes.

— Lucinda, Ethan, je vous présente les amis de Tig, Leonard Richardson et Skeet Dunwoody.

— Enchantée, dit Lucinda en leur tendant la main, et pendant qu'ils faisaient connaissance, je regardai autour de moi.

La cave était froide et sentait le renfermé. Les murs étaient en plâtre humide, peints d'un blanc crasseux qui s'écaillait par endroits. Le sol était en béton, mais il avait été balayé. Une cuisine improvisée avait été installée sur la gauche avec une vieille table en faïence blanche et des tabourets en bois, un mini-réfrigérateur et une plaque chauffante posée sur un cageot. Un ordinateur portable alimenté par de longues rallonges et des multiprises était branché à un boîtier électrique. Quatre couvertures épaisses et des oreillers dépareillés étaient posés sous l'escalier, formant des lits de fortune. Cela me brisait le cœur de les imaginer cachés ici, terrifiés.

Je reportai mon attention sur le groupe, qui souriait encore après les présentations, et je vis leurs visages s'assombrir lorsqu'ils remarquèrent mon expression.

— Les gars, il faut que vous sortiez d'ici.

Dom acquiesça gravement.

— C'est vrai.

— Avez-vous dit à votre famille de quitter la ville ? J'ai essayé d'appeler votre femme à Rosemont, mais on m'a répondu qu'elle avait une sœur malade.

— C'est une couverture. Elle connaît la procédure.

Je me sentis soulagé.

— Et je suppose que vous êtes au courant pour Wiki.

— Oui. Dom plissa les yeux. Il devait être avec eux depuis le début. Pour information, je ne savais pas que Milo travaillait pour nous.

— J'en suis conscient, répondis-je, sincère. Mais dites-moi, est-ce qu'ils peuvent vraiment faire de Milo un mouchard sans nous en informer ? Nous, la famille de la victime ?

— Oui. Cela arrive plus souvent qu'ils ne veulent bien l'admettre. Dom fronça les sourcils. Mais je ne comprends pas ce qui se passe.

— Je vais vous expliquer, mais dites-moi d'abord ce qui s'est passé à la maison, quand Milo et les autres sont arrivés. Comment avez-vous fait sortir Lucinda et Ethan ?

— J'étais dans notre appartement, je regardais les images des caméras de surveillance. J'ai vu quelque chose de bizarre dans les bois derrière la maison et j'ai reçu un appel de Wiki. Il m'a dit qu'il appelait de la poissonnerie et il a commencé son cours de sciences habituel, vous savez, les mollusques, les crustacés, mais il avait l'air nerveux. Je me suis dit : « Il y a quelque chose qui cloche. » L'expression de Dom se durcit, comme pour réprimer la colère qu'il devait ressentir face à la trahison de Wiki. J'ai compris qu'il essayait de détourner mon attention de l'écran.

— Qu'est-ce que vous avez fait ?

— J'ai continué à parler, je ne voulais pas qu'il se doute de quoi que ce soit. Je suis allé jusqu'à la maison et j'ai fait sortir Lucinda et Ethan. Dom jeta un coup d'œil dans leur direction. Je dois dire qu'ils ont réagi vite, et on a pu s'échapper.

— C'est formidable. J'avais envie de le serrer à nouveau dans mes bras, mais je m'en abstins. Je vous suis tellement reconnaissant, Dom. Merci.

— Hé, je n'ai fait que suivre la procédure.

— Pour une fois, ça me va. Une question me taraudait. Et Moonie ?

Dom glissa un œil vers Ethan en pinçant les lèvres.

— Désolé, il s'est lancé à la poursuite d'un lapin au moment où on s'en allait. On l'a appelé, mais il n'est pas revenu. On a dû partir.

— Je comprends, dis-je, peiné, mais Ethan baissa les yeux. Je lui ébouriffai les cheveux et le serrai contre moi.

— Ne t'inquiète pas, mon chéri. On le retrouvera, d'une manière ou d'une autre.

— Tu crois ? Ethan leva les yeux, plein d'espoir.

— Tu peux en être sûr, lui dis-je, avec une confiance excessive dont j'ignorais la raison.

Dom poursuivit :

— J'ai amené Lucinda et Ethan ici le temps que les choses se tassent. Aucun de mes collègues ne connaît l'existence d'oncle Tig. Je ne savais pas où vous étiez, mais je me rappelais vous avoir parlé de lui. J'espérais que vous vous en souviendriez.

— Et je m'en suis souvenu.

Je souris, très fier de moi. Lucinda rayonnait, et nos regards se croisèrent, mais je détournai les yeux vers Dom.

— Je ne suis pas qu'un beau gosse, pas vrai ?

— Ha ha ! Vous vous êtes regardé dans un miroir, récemment ?

Dom éclata de rire, et tout le monde l'imita, moi y compris, puis je redevins sérieux.

— Il nous faut un plan, et je crois que j'en ai un.

— Moi aussi.

— C'est peut-être le même.

Je croisai son regard. Nous savions tous les deux ce qu'il fallait faire, mais aucun de nous ne dit quoi que ce soit. Je ne savais pas comment aborder le sujet devant Ethan.

Tig intervint :

— Dom, quoi que tu doives faire, tu sais que je suis partant pour t'aider.

Skeet acquiesça.

— Moi aussi. Tous pour un.

Richardson sourit d'un air sinistre.

— Un pour tous.

J'en fus touché.

— Nous pouvons donc compter sur les Trois Mousquetaires noirs et sexy.

Ils éclatèrent tous de rire, et Dom hocha la tête.

— Jason, vous devez me briefer.

— D'accord, mais il faut le faire dès ce soir. Ça va chauffer.

— OK ! Dom sourit de toutes ses dents. J'aime bien le nouveau Jason.

— Moi aussi, répondis-je en lui rendant son sourire.

Lucinda me lança un regard, mais elle ne souriait pas.

Je ne lui demandai pas si elle aimait le nouveau Jason.

J'essayais de ne pas m'en soucier.

61.

Nous nous assîmes autour de la table de la cuisine, sur des tabourets, des cageots et le mini-réfrigérateur, et je mis tout le monde au courant. Je commençai par raconter comment Phil Nerone avait renversé Hart avant de commettre un délit de fuite, puis j'évoquai ma découverte du corps de Contessa dans son appartement, les événements de l'usine de compostage où Milo avait tué Phil Nerone et Bryan Krieger, et enfin ma rencontre avec George, qui prit Dom au dépourvu.

— Vous avez *rencontré* George Veria ? demanda-t-il, bouche bée.

— Oui, dans son chalet. Je souris. Quoi, vous pensiez que je m'étais tabassé moi-même ?

Dom éclata de rire.

Lucinda eut un mouvement de recul et Ethan grimaça, mais je continuai.

— Bref, je suis tiré d'affaire avec lui maintenant. Je l'ai convaincu que c'était Milo qui avait tué Junior, pas moi.

Dom cligna des yeux.

— Et il vous a laissé partir ?

— Pourquoi pas ? dis-je en souriant.

Dom me rendit mon sourire, alors je continuai mon récit. Je leur racontai comment George m'avait fait penser à Guantánamo, puis comment j'avais regardé mes documents et découvert qu'ils avaient tous été supprimés, à l'exception de la copie de ma photo d'anniversaire.

Lucinda intervint :

— Chéri, je connais cette photo, je m'en souviens.

Dom la regarda.

— Vous vous souvenez d'une photo de 2003 ?

Lucinda acquiesça, l'air amer.

— Je me rappelle qu'il était bien dessus, c'est tout. Il avait l'air en forme. J'étais désolée de ne pas avoir pu passer son anniversaire avec lui.

Je laissai glisser ce moment gênant et repris mon récit, en leur parlant du sénateur Ricks et de la façon dont la photo le démasquait, prouvant qu'il mentait en affirmant ne pas être impliqué dans l'interrogatoire et la mort de Doha. Quand j'eus terminé, je croisai le regard de Dom.

— Donc tout remonte à mon séjour à Guantánamo.

Dom acquiesça gravement.

— En effet.

— Ils veulent cette photo et ils me veulent moi.

Lucinda avait l'air bouleversée. Elle passa un bras autour d'Ethan, qui gardait la tête baissée. Dans mon résumé, j'avais minimisé la violence des derniers jours, mais mon fils n'était pas stupide.

— Mon grand. Je me penchai vers lui et lui touchai le bras. Je sais que c'est effrayant…

Ethan leva les yeux.

— Je peux l'encaisser, papa.

— Bien. Je me tournai vers Dom. Sachant que Milo n'abandonnera pas tant qu'il ne m'aura pas retrouvé, le plan est évident. Nous devons le laisser faire.

Dom acquiesça, tendu.

— Oui. Nous allons l'attirer, lui tendre un piège. Évidemment, pas ici. Je connais un endroit où j'ai travaillé quand j'étais agent infiltré, près de l'aéroport.

Lucinda eut un mouvement de recul, horrifiée.

— Attendez, quoi ? Vous allez utiliser Jason comme appât ?

— Pas exactement, répondis-je, même si elle avait raison.

— Tu es fou ? C'est trop dangereux. Tu vas te faire… Lucinda s'interrompit et jeta un coup d'œil à Ethan. Jason, je ne comprends pas pourquoi tu dois être là-bas. Pourquoi ne pas simplement laisser Milo croire que tu y vas, mais rester ici ?

— Je veux être là-bas. C'est mon combat, pas le leur.

Je désignai Dom et les autres.

— Mais ce sont des professionnels !

Tig ricana.

— Je ne suis pas un professionnel, moi.

Skeet sourit.

— C'est vrai, je t'ai vu tirer.

Richardson rit.

— Moi, je suis meilleur qu'un professionnel.

— Mais oui, c'est ça.

Je souris, reconnaissant.

— Merci, messieurs.

Je me souvins qu'ils étaient armés et me tournai vers Dom.

— J'ai besoin d'une arme.

— Non. Vous resterez en sécurité, à bonne distance.

— Mais vous avez besoin de moi, et je sais tirer. J'ai appris quand j'étais petit.

— Je n'ai pas d'arme en plus, de toute façon.

Lucinda se pencha vers Dom, contrariée.

— Je ne comprends pas pourquoi vous ne pouvez pas demander à *quelqu'un* du FBI de vous aider. Ils peuvent venir avec une équipe du SWAT ou autre chose.

Ethan intervint :

— Oui, ils appellent toujours des renforts, ils l'ont même fait pour Pablo Escobar.

Dom se tourna vers Lucinda.

— Ne vous méprenez pas. Je vais effectivement passer un coup de fil.

— À qui ? demandai-je, perplexe. Je croyais qu'on allait faire ça tout seuls.

— Ça finira peut-être comme ça, mais j'ai un meilleur plan. On ne peut pas attendre que Milo nous trouve, et je n'ai pas accès aux dossiers sur les informateurs confidentiels, donc je ne sais pas comment le joindre.

— Je pensais que vous le pouviez, d'une manière ou d'une autre.

— Non, mais c'est mieux comme ça. Je vais appeler Reilly et lui dire que vous n'êtes pas venu. Je ferai l'innocent, comme si je ne savais pas que Wiki avait changé de camp. Tout en parlant, Dom me fixait intensément. Je lui dirai que j'ai votre famille avec moi. Que j'ai appris aux informations que Wiki était mort et que je pense que Milo a dû le tuer.

Je suivais son raisonnement, observant Dom devenir de plus en plus animé, comme si ses jours d'agent infiltré lui revenaient. Si j'étais le nouveau Jason, il était l'ancien Dom.

— Je vais lui dire que je garde votre famille près de l'aéroport, pas ici. Ensuite, on verra ce qui se passe. Dom écarta les mains, ouvrant les paumes. Si Reilly est du bon côté, il viendra, nous aurons des renforts et nous trouverons un autre moyen d'attirer Milo. S'il est impliqué, il appellera Milo et Milo se montrera.

— Vous allez l'appeler maintenant ?

— Non. On le contactera de là-bas. Je ne veux pas que le GPS révèle notre position.

Toujours chamboulée, Lucinda demanda :

— Pourquoi vous n'appelez pas la police de Philadelphie ? Pour qu'elle se tienne prête à intervenir sur place ?

— Les flics locaux ne feront jamais ça sans contacter le FBI. Ils feraient capoter notre plan. Dom marqua une pause. Je pense que Milo viendra avec trois gars.

Je repensai à ma conversation dans le chalet.

— George estime que quatre de ses hommes sont avec lui.

— D'accord, quatre, reprit Dom sans se laisser décontenancer. Il viendra en espérant se servir de votre famille comme monnaie d'échange. Il voudra les utiliser pour vous débusquer.

— Je comprends. C'était un excellent plan. On renverse la situation.

— Exactement. On gagne dans tous les cas. Si Milo se montre, on le neutralise et ensuite on contacte la police de Philadelphie.

— Oui, et je témoignerai contre lui. Mais Dom, on ne reviendra pas à la case départ. On aura démantelé le complot, on n'aura donc plus besoin du programme de protection des témoins. C'est d'accord ?

Ethan se tourna vers Dom, dans l'expectative.

Dom hésita, puis un sourire se dessina lentement sur son visage.

— D'accord. Si ça marche, vous êtes libres.

— Marché conclu.

Mon regard croisa celui d'Ethan, et je lui fis un clin d'œil. Il me le rendit.

Lucinda se contenta de froncer les sourcils.

Une fois que Dom et les autres furent montés, je m'attardai pour dire au revoir à Lucinda et Ethan. J'étreignis mon fils, qui me semblait encore trop maigre. Si j'avais besoin d'un rappel pour savoir pourquoi je partais, je l'avais entre mes bras.

— Je t'aime.

— Je t'aime aussi.

— À plus tard.

— Tu m'as déjà dit ça la dernière fois, tu te souviens ?

Le jeune visage d'Ethan était tendu, épuisé et effrayé.

— Oui, et je suis revenu. Alors compte sur moi. Quand tout ça sera fini, on ira chercher Moonie. Je lui caressai la joue. Maintenant, va t'asseoir à table pendant que je parle à maman, d'accord ?

— D'accord.

Ethan s'éloigna et Lucinda s'avança vers moi pour me prendre le bras.

— Jason, tu ne peux pas faire ça. Ses yeux étaient écarquillés de peur et sa peau claire était marbrée de rouge. C'est de la folie.

— Non. Il n'y a pas d'autre solution. Je ne suis pas arrivé jusqu'ici pour abandonner maintenant.

— C'est trop dangereux.

— Tout ira bien. Tu as entendu le plan.

— Arrête de parler de plan, ce n'est pas un plan. C'est quasiment du suicide.

— Chut.

Je jetai un coup d'œil à Ethan.

— Jason, ce n'est pas à cause de Gitmo. Comme tu le disais, Gitmo n'est qu'une cause secondaire.

— Si, c'est à cause de Gitmo. Les causes secondaires, c'est des conneries d'avocat. Je vous ai mis dans ce pétrin, Ethan et toi, et je vais vous en sortir.

Lucinda fronça les sourcils, pétrie d'angoisse.

— Tu n'as pas besoin de jouer les héros.

— Je n'essaie pas de jouer les héros, j'essaie de résoudre un problème.

Je perçus la vérité de mes mots dès qu'ils sortirent de ma bouche. Peut-être qu'un héros n'était qu'un type qui résolvait un problème. Un père normal, qui essayait d'arranger les choses pour sa famille. Je réparais la fuite d'eau, je refaisais le plâtre. Monsieur Bricoleur, écrit en grosses lettres.

— Chéri, s'il te plaît…

— Je n'ai pas le temps de discuter. Ils attendent. Je fis un signe de tête vers Ethan. Tu l'inquiètes.

Les beaux yeux de Lucinda se remplirent de larmes.

— Je t'aime.

— Moi aussi, je t'aime.

— Tu as intérêt à revenir auprès de moi.

Lucinda m'embrassa avec plus de passion qu'elle ne l'avait fait depuis des années.

— Waouh, fis-je lorsqu'elle me lâcha.

C'était tout ce que je pouvais dire.

62.

Nous partîmes dans la camionnette blanche qui nous avait conduits à la maison du Delaware, et j'eus l'impression que la boucle était bouclée. Notre cauchemar avait commencé sur Coldstream Road, et nous allions y mettre fin, d'une manière ou d'une autre, ce soir. Nous roulions bruyamment dans la banlieue délabrée de l'aéroport de Philadelphie, situé à l'extrémité sud-est de la ville, sur les rives industrielles du fleuve Delaware. Nous étions l'une des rares voitures sur une route de service empruntée par UPS, FedEx et des camions de transport qui allaient et venaient des dépôts de marchandises. Nous passâmes en silence devant des grues et des installations de gréement, des emplacements vides pour jets d'affaires, un fabricant de tôles et des entrepôts de camions et d'équipement.

Dom conduisait, j'étais sur le siège passager et Tig, Skeet et Richardson étaient à l'arrière. Richardson s'était assoupi et ronflait doucement, mais personne ne le réveilla. J'étais émerveillé par leur calme, me demandant s'il avait été forgé au Vietnam. Je n'avais jamais fait la guerre, mais je savais ce qu'étaient les héros. Ils en étaient. Dom ne disait pas grand-chose non plus, mais son attitude parlait pour lui. Il était assis au bord de son siège, penché sur le volant. Son regard balayait les environs, mais ses yeux revenaient sans cesse vers l'horizon, et peut-être même se tournait-il vers l'intérieur, vers son propre passé. Il connaissait ce terrain sombre et sale, et il dégageait une excitation semblable à un bourdonnement électrique constant, comme s'il était une machine puissante et professionnelle.

J'étais entre de bonnes mains.

Je devais prier pour que cela suffise.

Je voulais que nous nous en sortions tous vivants.

Nous atteignîmes un panneau délavé indiquant « Grues & Gréement Roper » et entrâmes dans un grand parking vide entourant un bâtiment en tôle ondulée d'environ trois étages. Nous dépassâmes la construction, tournâmes à droite et nous garâmes devant une énorme grue, encore plus haute que le bâtiment. Sa cabine faisait presque un étage, son châssis mesurait un mètre cinquante et ses chenilles environ sept mètres cinquante. La grue était entourée d'un échafaudage recouvert d'une bâche noire en lambeaux. Un drapeau américain effiloché flottait au sommet.

— Tout le monde dehors. Dom coupa le moteur. Tig, prends la boîte à outils.

— D'accord, répondit Tig, et nous sortîmes tous de la camionnette.

Aucun détecteur de mouvement ne s'alluma et Dom laissa les portes du véhicule ouvertes pour nous éclairer. Je regardai autour de moi, tâchant de m'orienter. L'entrée du bâtiment se trouvait en face de nous, une double porte fermée par des cadenas. Au-dessus, dans la partie supérieure du bâtiment, une passerelle étroite s'étendait sur toute la longueur de la façade et du côté le plus proche, avec une série de portes et de fenêtres brisées. Hormis cela, la zone était sombre et déserte, sans aucune lumière provenant des commerces, car ceux-ci étaient trop éloignés. D'épais nuages remplissaient le ciel, et une brume orange foncé s'élevait des raffineries, dont les cheminées crachaient une fumée blanche fantomatique. Le vent transportait leurs relents chimiques, qui couvraient l'odeur salée de l'eau. Il n'y avait aucun bruit, et le silence semblait s'être installé, comme si la propriété était abandonnée depuis des années.

— Qu'est-ce que vous en pensez, les gars ? demanda Dom, les mains sur les hanches.

Tig hocha la tête et posa la boîte à outils.

— Ça me semble bien.

Je me tournai vers Dom.

— C'est quoi cet endroit ? Ce terrain doit valoir cher. Qui peut se permettre de l'abandonner ?

— L'entreprise est en faillite. J'ai utilisé ce bâtiment autrefois et j'ai suivi l'affaire dans les journaux. Dom désigna la passerelle. Ce sont les bureaux. C'est de là que vous ferez le guet, Jason.

— Merci, dis-je, envahi par des émotions contradictoires. Vous êtes sûr que je ne peux pas vous aider ?

— Vous nous aiderez en restant hors de danger.

Richardson se tourna vers Dom.

— Combien de temps avant que Reilly, ou qui que ce soit d'autre, arrive ?

— Deux heures et demie, trois heures.

— On a le temps, alors, dit Richardson en haussant les épaules. On pourrait peut-être faire une partie de cartes. Quelqu'un en a apporté ?

Ils rirent tous, et Tig ouvrit la boîte à outils avec un petit grognement, en sortit des lampes de poche et les donna à Richardson et Skeet. Il glissa un coupe-boulons sous son bras, puis referma la boîte et se redressa.

— Bon, c'est l'heure de faire des beignets.

Richardson braqua sa lampe de poche sur le bâtiment, balayant d'un cercle de lumière tremblant la rouille et la crasse qui recouvraient le métal usé.

— J'espère qu'il n'y a pas de rats. Les souris, ça ne me dérange pas, mais les rats, par contre… je ne les supporte pas.

— Moi pareil. Skeet frissonna, sa boucle d'oreille en or scintillant dans la lueur de la torche. À choisir, je préfère largement les souris. Je dis à ma femme que ce sont des Mickey Mouse, mais sans pantalon.

Tig ricana.

— Je suis sûr qu'il n'y a pas de rats. Ni de souris. C'est sûrement aussi propre qu'au *Ritz*.

Richardson pouffa.

— Qu'est-ce que tu en sais ? Tu n'es jamais allé au *Ritz*.

— Bien sûr que si, rétorqua Tig. J'y ai pris un verre, plusieurs fois.

— Tu n'y as pas dormi.

— Pourquoi j'aurais fait ça ? J'ai une maison, répliqua Tig en faisant claquer sa langue. Si j'avais dû y dormir, j'aurais pu. Qu'est-ce que tu insinues ? Tu me prends pour un radin ?

Les trois hommes se dirigèrent vers l'entrée, leurs voix s'éloignant. Dom sortit un téléphone à clapet de sa poche.

— Je vais appeler Reilly.

— Je dois les accompagner ou rester ici au cas où vous auriez besoin de moi ?

— Restez ici, dit Dom en ouvrant son téléphone, dont l'écran orange pâle reflétait son sourire. Vous pourrez entendre à quel point je suis bon menteur.

63.

J'étais assis à côté de Dom sur le sol du bureau, le dos appuyé contre le mur en tôle ondulée. La pièce faisait partie d'une rangée de bureaux situés sur un balcon en béton formant saillie, accessible par un long escalier métallique branlant. L'espace en dessous était vide, mais je supposais qu'il avait autrefois abrité du matériel encombrant. L'air sentait la poussière, la saleté et les souris mortes. Nous avions entendu des bruits furtifs caractéristiques, mais personne ne voulait savoir s'il s'agissait de rats ou de souris. Je penchais pour les deux.

Nous avions répété le plan dans les moindres détails et il ne nous restait plus qu'à attendre dans le noir. Tig, Richardson et Skeet étaient assis en diagonale par rapport à nous, assoupis. Dom se reposait, les yeux fermés, mais je savais qu'il ne dormait pas. Je le laissai à ses pensées. Des avions survolaient le bâtiment par intermittence, certains plus près que d'autres, et l'un d'eux fit trembler les murs.

Je ne pensais qu'à Lucinda, Allison et Ethan. Je réprimais toute émotion qui surgissait, menaçant de détourner mon attention. J'essayais aussi de ne pas penser à Hart. Ni à Contessa ou Nerone. Le visage qui me revenait sans cesse à l'esprit était celui de Milo, ses yeux brillants surgissant de mon subconscient. Je changeai de position, incapable de trouver une posture confortable.

— Ça va, Jason ? demanda Dom à voix basse.

— Oui. Et vous ?

— Ça va. Ne vous inquiétez pas, tout va bien se passer.

— Je ne veux pas que quelqu'un soit blessé.

Dom sourit.

— On ne le sera pas. Mais eux, peut-être.

Je ne parvins pas à sourire.

— Vous pensez que Reilly est corrompu ?

— Oui.

Mon estomac se noua. J'avais espéré que les gentils allaient arriver en renfort.

— Pourquoi ?

— Des petits détails, en y repensant. Par exemple, il voulait que Wiki soit mon coéquipier sur cette mission.

— Je croyais que Wiki était votre partenaire habituel.

— Non, on change à chaque mission. J'ai travaillé avec plusieurs gars. Cette fois-ci, Reilly a insisté pour que je prenne Wiki. Il a dit qu'il était jeune, que je pouvais le former, tout ça. Dom secoua la tête. Il a flatté mon ego, et ça a marché. Enfin bref. Ce qui est fait est fait. Milo et son équipe sont en route.

— Et le plan, c'est...

— Votre plan à vous, c'est de rester ici. Dans ce bureau.

— Je ne peux vraiment pas vous aider ?

— Absolument pas.

— Dom, je pense sincèrement que vous devriez y réfléchir.

— Non.

Nous restâmes tous les deux silencieux, acceptant tacitement notre désaccord. Je passai en revue le plan dans ma tête. Tout le monde, sauf moi, devait prendre position vingt minutes avant l'arrivée prévue de Milo et de sa bande. Tig, Richardson et Skeet devaient attendre derrière la grue pendant que Dom attirait l'attention de Milo. Puis, à son signal, ils devaient tous se précipiter vers la voiture. Il me fallait attendre ici et appeler le 911 au cas où les choses tourneraient mal. Ils avaient des armes, j'avais le téléphone à clapet de Dom.

Dom me regarda.

— Au fait, je voulais vous dire que j'ai fait davantage connaissance avec Lucinda. On a bien discuté. Elle m'a raconté ce qui s'était passé entre vous deux.

Je sentis mes joues s'échauffer.

— Donc vous savez qu'elle m'a trompé ? Ethan l'a entendue ?

— Non, il dormait.

Je poussai un soupir de soulagement. Je ne savais pas pourquoi c'était important. Je ne savais plus ce qui était important ou non.

— Je dois dire que… Dom secoua la tête. Je l'aime bien. Je l'admets, ce n'était pas le cas au début, mais maintenant si. Elle ne m'aimait pas non plus. Elle me l'a dit. Elle n'était pas obligée de le faire. Il marqua une pause. Je ne veux pas me mêler de vos affaires, mais… ce sont des choses qui arrivent. Je dis ça comme ça.

J'avais un goût amer dans la bouche.

— Elle m'a trompé avec un connard.

— Ça arrive, même dans les bons mariages. Le ton de Dom s'adoucit, ce qui me frappa.

— Votre femme vous a trompé aussi ?

— Non, c'est moi qui l'ai trompée.

Dom me regarda, et même si je ne pouvais pas distinguer ses traits, je sentais le poids de son regard.

— Vraiment ?

Je ne savais pas quoi dire d'autre. J'étais surpris. Il paraissait tellement droit.

— J'ai merdé, après la mort de mon coéquipier. Ce n'est pas une excuse, je sais. J'ai perdu mon chemin. J'aimerais pouvoir dire qu'il n'y a eu qu'une seule autre femme, or ce n'est pas le cas. Dom soupira. Mais un jour, on a discuté, et j'ai tout avoué. On a suivi une thérapie, tout le tralala. Le truc, c'est qu'elle m'a pardonné. Maintenant, c'est derrière nous, et je lui en suis reconnaissant, chaque jour.

— Je ne sais pas si je pourrai pardonner à Lucinda. Je ne sais pas comment on peut surmonter ça.

— C'est votre fierté qui parle.

— D'accord. Mais ma fierté a son mot à dire.

— Bon, je vais vous expliquer ce que j'ai appris d'un candidat du programme de protection. C'était un tueur impitoyable. Un gangster de haut vol. J'ai été témoin à son mariage.

Je souris, intrigué.

— Wiki me l'a dit. C'était vrai ?

— Oui. Ce candidat était loin d'être un sage philosophe. Mais je n'ai jamais oublié une chose qu'il m'a dite : « Décide de ce que tu veux et fais ce qu'il faut pour l'obtenir. » Dom hocha la tête. Rien d'autre n'a d'importance. Pas de règles, pas de lois. Pas ce que tu *devrais* vouloir. Pas avoir raison. Pas ta fierté.

J'y réfléchis un instant.

— C'est digne d'un sociopathe.

Dom pouffa.

— Entre de mauvaises mains, peut-être. Je prends la vérité là où je la trouve, peu importe l'emballage. Ce n'est pas toujours facile de distinguer les bons des méchants.

— Je suis d'accord. Ce qu'on vit en ce moment suffit à le prouver.

— Alors voilà ce que vous devriez faire avec Lucinda. Décidez de ce que vous voulez. Décidez ce qui compte le plus pour vous. Votre fierté ou votre famille.

— Ce n'est pas si simple.

— Pas pour vous, alors. Dom haussa les épaules. Mais je vois ce que vous avez traversé pour Lucinda et Ethan. Vous avez risqué votre vie. Bon sang, vous la risquez ce soir. Si vous lui pardonnez, vous retrouverez votre famille.

Je fus incapable de répondre.

— Elle ne l'oubliera jamais, jamais. Moi, je ne l'ai jamais oublié, là. Dom désigna sa poitrine. Et je ne l'oublierai jamais.

Nous nous tournâmes tous les deux vers Tig en l'entendant glousser dans sa barbe.

— Dom ? dit-il d'un ton incrédule. Tu crois vraiment à ces conneries ?

Dom éclata de rire.

— Je croyais que tu dormais.

— Non, je me reposais les yeux.

— Moi aussi, dit Richardson.

— J'ai tout entendu, renchérit Skeet.

Dom rit à nouveau, et moi aussi.

— Génial, dis-je, embarrassé. Donc, voilà, pour résumer, ma femme m'a trompé.

— Et alors ? rétorqua Tig. Jason, tu aimes cette femme, oui ou non ?

Je repensai à ce baiser. *Waouh*.

— Oui.

— Alors pardonne-lui. C'est ça, l'amour. Le pardon. Le jugement appartient à Dieu Tout-Puissant. Pas à toi.

Dom s'esclaffa.

— D'accord, ça marche aussi.

— Amen, dit Richardson.

— Boom-shaka-laka ! ajouta Skeet.

Quinze minutes plus tard, nous étions debout. C'était l'heure. Sans un mot, Dom, Skeet et Richardson descendirent prendre leurs positions. Tig s'attarda en arrière, en se frottant le genou.

— Dom, appela-t-il, j'arrive tout de suite. Mon genou me fait mal. À force d'être assis.

— D'accord, répondit Dom en descendant les marches.

Tig se pencha sur la boîte à outils, en sortit quelque chose et se dirigea vers moi.

— Jason ?

— Tig, merci pour ce que vous…

— Tiens.

Tig me mit quelque chose dans la main, et je baissai les yeux pour découvrir un revolver, lourd et froid, dont le métal noir était à peine visible dans l'obscurité.

— Waouh, dis-je, surpris.

— Dom n'est pas au courant. Les deux autres si.

Tig garda sa main sur la mienne, au-dessus de l'arme.

— Voici le nouveau plan. Tu ne restes pas ici. Tu descends. On fait comme Dom l'a dit, on s'occupe d'eux tous les trois, tranquillement. Si quelque chose tourne mal, tu sors et tu tires. Ni trop tôt, ni trop tard.

— D'accord.

Mon cœur se mit à battre à tout rompre.

— Tu sais que j'ai élevé Dom. C'est le fils de ma défunte sœur. Il n'est pas seulement de mon sang, il est mon cœur. Tu piges ? Mon cœur.

— Je comprends.
— Tu avais raison, tout à l'heure. C'est ton combat. Si c'est toi ou Dom, je choisis Dom. Toi aussi. C'est le moins que tu puisses faire. Tig maintint ma main sur le pistolet. Compris ?
— Compris, répondis-je en déglutissant péniblement.
Tig me tapota la main.
— C'est bien, mon gars.

64.

Je me cachais en bas derrière la porte d'entrée, regardant à travers un morceau de métal corrodé pour voir dehors. Dom se tenait devant la grue, à côté de la camionnette garée. Tig, Richardson et Skeet étaient hors de vue derrière l'énorme contrepoids de la grue.

J'entendis une voiture s'arrêter sur le côté gauche du bâtiment. Ses feux de route éclairaient le fond du parking. Son gros moteur vrombissait. Ses pneus crissaient sur l'asphalte granuleux.

Mon cœur battait à tout rompre. Ma bouche était sèche. Dom se tenait prêt, les mains sur les hanches.

Une Escalade noire fit le tour du bâtiment, ses feux balayant le parking dans un arc aveuglant. Sa silhouette sombre et sa calandre chromée apparurent, mais je ne distinguais pas l'intérieur de la voiture. Je ne voyais pas qui s'y trouvait, ni même combien ils étaient.

L'Escalade s'arrêta, ses phares braqués sur Dom.

Il leva la main pour se protéger les yeux, ce qui était le signal convenu. Soudain, Tig, Richardson et Skeet apparurent, leurs armes braquées sur l'Escalade.

— Sortez les mains en l'air ! hurla Dom en pointant son arme. Doucement !

Trois portes de l'Escalade s'ouvrirent lentement. Celle du conducteur resta fermée. Deux hommes sortirent de l'arrière du véhicule, un à gauche et un autre à droite. Un troisième émergea du côté passager. Je ne voyais pas leurs traits, mais ils étaient en civil. Ce n'étaient pas des agents du FBI.

Dom cria :

— Milo, sors les mains en l'air !

Je gardai les yeux rivés sur le côté conducteur de l'Escalade. Je levai mon arme. Je restai immobile, suivant le plan de Tig.

La portière côté conducteur s'ouvrit. Je retins mon souffle. Mon cœur battait à tout rompre. Je ne savais pas si je pourrais me retenir quand je verrais Milo. J'avais une arme chargée.

Le conducteur sortit, un homme blanc barbu. Ce n'était pas Milo.

Si Dom était surpris, il ne le montrait pas.

— À terre ! cria-t-il. Tout le monde, à terre !

Mon esprit envisageait toutes les possibilités. Milo était peut-être encore dans la voiture. Ou il n'y avait jamais été. Je restai figé, mon arme prête à tirer.

Soudain, j'entendis une autre voiture sur le côté gauche du bâtiment, roulant à toute vitesse. Plus petite et plus légère que l'Escalade. Son moteur ne faisait presque aucun bruit. Ses phares étaient éteints, pour ne pas signaler son arrivée. Je ne savais pas si Dom et les autres l'avaient entendue par-dessus le bruit du moteur de l'Escalade.

Milo devait être dans cette voiture, avec d'autres hommes. Je ne pouvais pas attendre une seconde de plus.

Je me précipitai dehors.

Et tout arriva d'un seul coup.

65.

Une berline sombre contourna le bâtiment en tirant des coups de feu à tout-va. J'étais déjà en mouvement lorsque Dom fut touché. Il s'effondra sur le sol, en se tenant le bras.

Je ripostai, visant la berline dans l'obscurité. Je courus vers Dom et l'attrapai par l'autre bras. Il se releva tant bien que mal, son arme à la main.

Les hommes de l'Escalade se mirent à tirer. Des flammes orange jaillirent comme des pétards. Dom et moi ripostâmes. Richardson s'effondra, plié en deux. Tig et Skeet le rattrapèrent au vol et tirèrent tout en le traînant derrière la grue.

La berline sombre s'arrêta dans un crissement de pneus. Milo bondit du siège conducteur.

— Milo, par ici ! criai-je en m'éloignant de la grue pour me montrer.

— Jason, non ! hurla Dom. Baissez-vous !

Milo tourna brusquement la tête. Il me mit en joue et tira. Je sentis l'onde de choc d'une balle siffler près de ma tempe. Je ripostai en visant dans l'obscurité.

Dom me tira derrière la grue. Je continuai à faire feu sur le côté.

Milo s'avança vers la grue, nous mitraillant avec son fusil d'assaut. Une vague de terreur me parcourut. Les choses tournaient mal. Soudain, le parking se remplit de lumières et d'activité. Des SUV fonçaient dans l'allée.

— Milo ! entendis-je quelqu'un crier.

Mais ce n'était pas l'un des hommes de Milo. C'était une voix que je reconnaissais.

66.

C'était George Veria. Je regardai Dom.

— C'est George. Il est là pour Milo.

— Bien. Dom se tourna vers les autres. Ils sont avec nous.

— Dieu merci ! s'écria Tig, surpris.

— Attention aux tirs amis !

Une rafale assourdissante de coups de feu éclata à l'autre bout du parking. Je jetai un coup d'œil de derrière la grue et vis George et ses hommes tirer sur Milo et son équipe, pris entre eux et nous. Milo et ses hommes se retournèrent et ripostèrent.

Dom, Tig, Skeet et moi continuâmes à tirer. Dom toucha l'un des hommes de Milo, qui s'effondra. George et son équipe balayèrent la zone avec leurs fusils d'assaut, fauchant les autres acolytes de Milo. Un premier homme tomba, puis un deuxième. L'un des hommes de George s'effondra.

Milo riposta, visant l'ombre trapue de George, qui se dessinait dans la lumière des phares du SUV. Je vis ce dernier viser Milo en retour, dans un face-à-face mortel.

Je cessai de faire feu et observai la scène.

George tira une seule rafale. Milo s'effondra, encore en train de tirer.

George s'écroula au sol une fraction de seconde plus tard. Les coups de feu cessèrent aussi brusquement qu'ils avaient commencé, dans une convulsion de violence létale.

Je me tournai vers Dom, mais il était penché sur Richardson, qui était assis, le dos contre le châssis de la grue. Il avait été touché à l'estomac et Dom examinait la plaie, avec Tig et Skeet à ses côtés.

Dom leva les yeux.

— Il s'en sortira si on se dépêche.

Tig porta un téléphone à son oreille.

— J'appelle le 911.

Je me tournai vers Dom.

— Comment va votre épaule ?

— La blessure est superficielle. Dom se redressa. Je sors à découvert.

— Je vous suis, dis-je, et nous fonçâmes.

67.

Dom et moi surgîmes de derrière la grue, en pointant nos armes. Personne ne bougeait autour de nous. Des corps gisaient immobiles sur l'asphalte, baignant dans des mares de sang. Une brume fumante flottait devant les phares. L'air sentait la poudre.

Dom se mit à examiner les hommes, et je dépassai en courant Milo, qui gisait sur le côté, inerte. C'était George que je voulais voir. Je l'aperçus étendu sur le dos, éclairé par la portière ouverte du SUV.

Je glissai mon arme dans ma ceinture et me précipitai vers lui. Sa large poitrine tressautait. Sa respiration était saccadée, irrégulière. Sa chemise était noircie de sang. On aurait dit qu'il avait reçu trois balles dans la poitrine. Ses blessures étaient catastrophiques. Un garrot ne servirait à rien.

Je cherchai son pouls à son poignet. Il était faible.

— George, je suis là, m'entendis-je dire. C'est Jason.

Ses yeux papillonnèrent. Il respirait par la bouche, les lèvres légèrement entrouvertes.

— Bennett…

— Tenez bon. On a appelé les secours.

— Je vais mourir… de toute façon. C'est mieux comme ça.

— Ne dites pas ça.

Sous l'impulsion du moment, je pris sa main calleuse et charnue, couverte de sang chaud.

— Bennett… tu as vu ?

— Oui.

Je savais ce qu'il voulait dire. Qu'il avait tué Milo.

— Je l'ai fait pour Junior. Pour ta fille aussi.

Je ne savais pas trop ce que je ressentais à cette idée. De la gratitude, mais aussi de la culpabilité.

— Comment avez-vous su que nous étions ici ?

— Devine…

J'aurais ri dans d'autres circonstances.

— George, on n'a pas le temps de jouer aux devinettes. Ne mourez pas avant de me le dire.

— Tu me fais… tellement rire. George parvint à esquisser un sourire. Du sang coulait au coin gauche de sa bouche.

— J'essaie.

— D'accord… J'ai appelé… l'agent… qui travaillait avec Milo. Reilly. Je savais qu'il n'aurait pas besoin de Milo… une fois que Milo se serait… débarrassé de… toi.

Je compris.

— Vous m'avez sauvé la vie. Merci.

George sourit à nouveau, avec satisfaction, malgré sa bouche ensanglantée.

— On a gagné.

Personne n'a gagné, pensai-je, mais je ne le dis pas.

George commença à respirer plus fort, émettant un bruit de succion. Il grimaça, fronçant les sourcils de douleur.

— Tu te souviens d'une… prière ?

— Bien sûr. J'avalai ma salive. *Je vous salue Marie*, ça ira ?

— Peu importe.

— Je suis là, mon vieux. Ma gorge se serra, sans que je sache pourquoi. Vous êtes un type bien, pour un méchant.

Je priai donc pour lui pendant quelques instants, en lui tenant la main, jusqu'à ce que sa respiration s'arrête.

L'heure qui suivit fut un tourbillon d'activité frénétique, des sirènes hurlantes, des gyrophares, des policiers de Philadelphie en uniforme et des ambulances. Dom prit les commandes et me chargea de mettre Richardson dans une ambulance et Tig et Skeet dans une voiture de police.

Dom expliqua la situation aux flics et au médecin légiste, puis passa quelques coups de fil. Les ambulanciers insistèrent pour qu'il se rende à l'hôpital, mais il fit attendre l'ambulance et vint me rejoindre.

— Jason, tout est réglé. J'ai parlé au procureur fédéral. Il envoie quelqu'un vous chercher pour vous conduire à son bureau. Il veut prendre votre déposition. Dites-lui tout.

— D'accord, acquiesçai-je. On devrait prévenir Lucinda…

— Je lui ai envoyé un SMS pour lui dire que vous alliez bien.

Je souris.

— Vous lui avez aussi dit que je l'aimais ?

Dom pouffa.

— Je vous laisse vous en charger. Les flics de Philadelphie dépêchent des agents pour rester avec elle et Ethan jusqu'à ce que vous ayez terminé.

— Vous avez envoyé un SMS à Denise ?

— Bien sûr que oui. Je vous rejoins au bureau du procureur dès que je reviendrai de l'hôpital.

— D'accord, bon courage.

— À vous aussi. Dom se retourna pour partir, puis s'arrêta et fit volte-face. Hé, au fait, où avez-vous eu ce revolver ?

— Ne vous en faites pas pour ça.

— Vous n'avez pas suivi mon plan.

— Je suis un greffier de choc.

Dom ricana en tendant la main.

— Donnez-moi le flingue, que je le rende à Tig.

68.

Une demi-heure plus tard, j'étais assis dans une grande salle de conférences située dans un imposant bâtiment moderne en béton, au coin de la Sixième Avenue et de Chestnut Street, à Philadelphie. Une lumière crue baignait la pièce, éclairée par des panneaux fluorescents encastrés. Une grande table en noyer occupait la majeure partie de l'espace. Les murs étaient ornés d'aquarelles représentant un hôtel de ville idéalisé, le hangar à bateaux Boathouse Row et l'avenue Benjamin Franklin Parkway, et une baie vitrée allant du sol au plafond offrait une vue sur la partie sud-est de la ville, où notre fusillade avait eu lieu. Elle semblait plus belle de loin.

Je fus présenté à Rob Forman, le procureur fédéral du district est de Pennsylvanie, un quadragénaire dynamique aux yeux sombres et vifs, aux cheveux noirs lisses et à la silhouette athlétique, vêtu d'un costume sombre et d'une cravate. Il me présenta à son tour ses meilleurs et plus brillants assistants, des avocats et avocates en tenue décontractée. Je serrai toutes les mains et ils me félicitèrent, ce qui me sembla vaguement surréaliste.

Personne ne fit remarquer que j'avais une tête de déterré, mais je m'étais débarbouillé dans les toilettes, donc je savais que j'avais le visage contusionné, le crâne écorché et les vêtements éclaboussés de sang.

Une fois les présentations terminées, nous nous assîmes

tous, et la dernière personne à entrer dans la pièce s'avéra être un de mes amis, John Colasante, l'un des meilleurs greffiers de la ville. Il eut l'air surpris de me voir, et j'aurais eu la même réaction à sa place. Bien sûr, les avocats ne me le présentèrent pas, car ils ne prennent jamais la peine de présenter le greffier. Nous en plaisantons tous en disant qu'ils pensent que nous faisons partie de la machine à sténographier. John et moi nous saluâmes d'un signe de tête, reconnaissant en l'autre un esprit jumeau, sur le point de subir des imbéciles.

J'étais assis d'un côté de la table de conférence et les avocats de l'autre. Je leur rendis compte en détail de tout ce qui s'était passé et finis par boire trois tasses de café du distributeur automatique. Dom arriva alors que je commençais à répondre à leurs questions complémentaires, et ils l'accueillirent avec des félicitations chaleureuses, ce qui les rendit plus sympathiques à mes yeux.

Dom s'assit à côté de moi, les questions reprirent et le ciel nocturne céda la place à une aube d'un gris violacé qui s'encadrait dans la fenêtre derrière eux. Finalement, le soleil perça les nuages et, à 8 heures du matin, les avocats furent à court de questions.

Je sentis que nous en avions terminé.

— Et maintenant, que va-t-il se passer ?

— Nous allons tenir une conférence de presse aujourd'hui avec les responsables du ministère de la Justice et le directeur du FBI…

— Je voulais dire, qu'en est-il de Reilly ?

— Il est déjà en détention.

— Qui d'autre ?

— Notre enquête se poursuit. À ce stade, nous pensons que Reilly est la seule personne encore impliquée dans le complot criminel.

— Allez-vous leur donner la photo de Guantánamo, celle où je suis avec le sénateur Ricks ?

Je l'avais récupérée sur un ordinateur portable qu'ils m'avaient fourni pendant ma déposition.

— Oui, nous l'avons transmise à nos supérieurs. Nous utiliserons toutes les preuves.

— Pensez-vous que cela va faire tomber Ricks ?

— Je ne sais pas.

— Il y a intérêt.

Je croyais toujours en la justice, même dans un monde qui ne faisait pas la différence entre le bien et le mal, entre les bons et les méchants.

— Bon, parlons de notre conférence de presse. Forman prit une feuille de papier et la parcourut rapidement. Nous allons dire que vous et votre famille avez été victimes d'un vol de voiture qui a mal tourné vendredi soir, il y a deux semaines, sur Coldstream Road, dans le comté de Chester. Les auteurs de ce crime étaient John Milo et Junior Veria, membres de l'Organisation George Veria, ou GVO. Forman vérifia son document. Nous allons dire que Milo et Veria ont tenté de voler votre véhicule parce qu'ils fuyaient les lieux d'un double homicide à Jennersville, dont ils sont soupçonnés d'être les auteurs.

— Donc vous allez raconter l'histoire du vol de voiture.

— Oui.

— Mais pas la vérité ?

— Pas pour l'instant.

— Pourquoi ?

Je me demandai soudain si Forman était un vrai gentil comme Dom, ou un faux comme Wiki.

Jusqu'à présent, le seul gentil méchant que je connaissais était George Veria, mais je gardais l'esprit ouvert.

— Comme je l'ai dit, Reilly est en détention, mais il faudra du temps pour monter le dossier contre lui. Il en va de même pour toute accusation contre le sénateur Ricks, car à ce stade, l'étendue de son implication dans le complot est inconnue. Forman serra les mâchoires. Nous ne dirons rien au sujet de la photo que vous nous avez donnée, de votre séjour à Guantánamo ou de l'interrogatoire de Doha. De même, nous n'évoquerons pas le délit de fuite qui a coûté la vie à Paul Hart ou le suicide présumé de Contessa Burroughs. Nous ne voulons pas établir publiquement le lien entre ces événements. Cela pourrait compromettre l'enquête sur le sénateur Ricks.

Je comprenais.

— Qu'allez-vous dire à propos de ma fille ?

— Nous dirons que la tentative de vol de voiture a mal tourné et qu'il a entraîné le meurtre de Junior Veria et de votre fille, Allison.

Cela me faisait mal de l'entendre. C'était désormais officiel. Je ressentis une vague de chagrin, mais je gardai le contrôle de mes émotions.

— Nous allons dire qu'à la suite des événements de cette nuit-là, vous et votre famille avez été placés dans le programme de protection des témoins. Votre maison, votre bureau et le studio de votre femme ont été détruits par la GVO, une forme d'intimidation de témoins à laquelle vous et votre famille avez résisté. Nous raconterons que vous et les vôtres vous trouvez actuellement dans un lieu tenu secret. Nous demanderons à la presse de respecter votre vie privée pendant cette période difficile.

— Et le meurtre de Bryan Krieger, le détective amateur ? Milo l'a tué à l'usine de compostage. Phil Nerone aussi.

Je repensai à la mort horrible de Krieger.

— Nous ne ferons aucune déclaration à ce sujet aujourd'hui. Nous ne dirons que le strict nécessaire.

— Vous devriez peut-être y réfléchir à deux fois.

Je soupirai intérieurement, car ils n'avaient absolument rien compris à ce qui venait de se passer pour nous.

— Il existe une communauté de détectives amateurs en ligne, et ils ne vont pas laisser tomber. Tout comme nos amis. C'est la même chose, on revient à la case départ…

— Nous allons y réfléchir, acquiesça Forman. Nous allons répondre aux rumeurs qui circulent à votre sujet, Jason. Nous dirons que vous n'avez commis absolument aucune infraction. Cela devrait blanchir votre nom et rétablir votre réputation, dans la mesure où cela est nécessaire.

— D'accord, répondis-je, même si je me moquais bien de ma réputation en cet instant.

— C'est à peu près tout. Forman posa le document sur la table. D'un point de vue plus personnel, vous vous interrogez sans doute sur les modalités du règlement des dommages causés à votre maison, à votre bureau et au studio de votre femme. J'ai déjà contacté les autorités compétentes à

Washington. Elles sont convaincues que nous pouvons parvenir à un accord financier qui vous permettra, à vous et à votre famille, de repartir à zéro.

Repartir à zéro. Je ne savais même pas quoi répondre à cela. Je n'avais pas encore pensé à un quelconque dédommagement.

— J'ai parlé avec le directeur du FBI, et il estime que la GVO est hors jeu, compte tenu des personnes tuées sur les lieux hier soir, en plus des décès antérieurs de Junior Veria et Phil Nerone.

Je perçus clairement une note de triomphe dans sa voix, mais je repensai à la scène à New Cumberton et dans les autres villes où j'étais passé, où j'avais observé le trafic de drogue au coin des rues. Je savais qu'une autre organisation émergerait tôt ou tard, comblant le vide et répondant à la demande.

— Nous allons annoncer que grâce au travail d'équipe mené par le FBI, la police de l'État du Delaware et celle de Philadelphie, la GVO ne représente plus une menace pour les citoyens de la région des trois États. Nous vous remercions sincèrement, ainsi que votre famille, Jason. Nous apprécions tout ce que vous avez fait. Je suppose que vous ne souhaitez pas apparaître à la conférence de presse.

— Non, merci.

— Bien. Alors c'est tout pour l'instant.

Forman croisa les mains devant lui.

— Attendez, et Dom ? Vous rendez hommage au FBI, alors que Wiki et Reilly ont essayé de tuer Dom et ma famille ?

Forman cligna des yeux.

— Nous ne sommes pas en mesure de révéler…

— Si, vous le pouvez, mais vous ne voulez pas. Je me sentis soudainement en colère. Dom va-t-il être présent à la conférence de presse ? Le public saura-t-il un jour ce qu'il a fait ? Il a fait sortir ma femme et mon fils de la maison avant que Milo n'arrive. Il les a cachés. Il leur a sauvé la vie.

Dom balaya mes paroles d'un geste.

— C'est bon, Jason.

Je me tournai vers Forman.

— Dom a risqué sa vie pour moi hier soir. Il a demandé à son oncle et à ses amis de risquer leur vie. Si ce n'est pas ça être un héros, alors je ne sais pas ce que c'est.

— Vous n'avez pas besoin de me le dire. Forman adressa un sourire professionnel à Dom. L'agent spécial Kingston est déjà une légende du FBI.

— Ça veut dire que son mérite va être reconnu ? Il aura une augmentation ? Une promotion ? Parce que quoi que vous payiez comme salaire à cette légende, ce n'est pas assez.

— Nous allons également prendre cela en considération. Forman s'éclaircit la gorge. À part ça, Jason, nous vous demandons, à vous et à votre famille, de déménager dans un hôtel proche de ce bureau pour les prochains jours. Nous pourrons vous protéger de la presse et vous serez disponibles pour répondre à nos questions au fur et à mesure que l'enquête avancera, jusqu'au procès.

— Non, merci, répondis-je. Nous allons retourner dans notre maison du Delaware et faire profil bas. Je ne veux pas perturber davantage ma famille.

— Jason, pour rendre service au département, je vous demanderais de…

— Non, mais merci encore. Ravi de vous avoir rencontrés.

Je me levai en époussetant mes vêtements ensanglantés. Je fis un signe de tête à John, qui me le rendit de derrière sa machine à sténographier.

Forman leva les yeux, clignant des paupières.

— Et si nous avons des questions avant la conférence de presse ?

— Appelez-moi. Vous savez où me trouver.

Dom se leva à côté de moi.

— Je peux répondre aux appels pour lui et le ramener dans le Delaware.

Forman se leva à son tour, lissant sa cravate d'un air renfrogné.

— Jason, si vous attendez la conférence de presse, vous pourrez rencontrer le directeur de…

— Je dois retrouver mon chien, l'interrompis-je.

69.

— Jason !

Lucinda se précipita hors de la maison mitoyenne en briques, les bras grands ouverts, et je la saisis au vol, la serrant fort contre moi, essayant de ravaler la boule qui m'obstruait la gorge. Deux policiers se tenaient dans l'embrasure de la porte, souriants.

— Évitons d'en faire des tonnes, m'entendis-je dire, sans savoir pourquoi. Ce n'était pas à cause de la présence des policiers.

— Papa ! Ethan m'enlaça et je le serrai à son tour contre moi.

— Tout va bien, mon grand. Tout va bien.

— On peut aller chercher Moonie ?

— Bien sûr, lui répondis-je.

Tant de choses s'étaient passées, mais tout ce qui lui importait, c'était le chien, et je comprenais pourquoi.

— Rentrons à la maison.

Nous prîmes la route vers le sud sous un ciel nuageux, en suivant le même itinéraire que le premier jour, sauf que c'était moi qui conduisais et que Dom était sur le siège passager, car son épaule lui faisait mal. Au bout d'un moment, Lucinda et Ethan s'endormirent, et les seuls bruits ambiants étaient le ronronnement régulier de la camionnette et le doux ronflement de ma femme, qui faisait sourire Dom.

— J'adore les femmes qui ronflent, déclara-t-il.

Je lui rendis son sourire.

— Moi aussi. Denise ronfle ?

— Oh que oui, gloussa Dom.

— Merci de faire ça. Désolé de vous déranger.

— Pas de problème. Elle et les filles vont rester chez sa sœur pendant quelques jours.

Je jetai un coup d'œil à l'horloge du tableau de bord.

— Vous pensez qu'on sera de retour à temps pour la conférence de presse ?

— Je m'en fiche. Elles sont toutes pareilles. Bla-bla-bla, efforts conjoints, forces de l'ordre, Dieu, la patrie et la tarte aux pommes.

— Ça m'énerve qu'ils ne vous accordent pas le mérite qui vous revient.

— Alors pour commencer, c'est vous qui avez permis d'arrêter la GVO, Jason. C'est vous qui avez rencontré George. C'est vous qui avez découvert le lien avec Guantánamo.

— Seulement parce que *j'étais* le lien avec Guantánamo.

— De toute façon, je n'ai pas besoin qu'on m'accorde de mérite. J'ai une demande plus importante à leur faire. Je veux quitter le Club des baby-sitters.

— Pourquoi ? demandai-je, sans être vraiment surpris.

— L'action me manque. J'en ai besoin. Je m'en suis rendu compte ces derniers jours.

— Qu'est-ce que vous voulez faire à la place ? Reprendre votre travail d'infiltration ?

— Non. C'est trop dur pour Denise et les filles. Je le lui ai promis. Mais je veux être sur le terrain. Dom jeta un coup d'œil dans ma direction, les yeux pétillants. Pour faire simple, un bon vieil agent du FBI à l'ancienne, hors du bureau de Philadelphie. Je pense que je suis prêt.

— *Prêt* ? Je faillis éclater de rire. Qu'est-ce que vous racontez ? Vous êtes un véritable *héros*.

Dom hésita, son sourire s'effaça.

— Je ne vous ai pas tout dit sur ce qui s'est passé avec mon coéquipier, quand nous étions sous couverture.

Je clignai des yeux, pris de court, mais restai silencieux. Je ne voulais pas me montrer intrusif. Je ne savais pas encore si nous étions amis. Ou plutôt, je savais que j'étais son ami, mais je ne savais pas s'il était le mien.

— Le jour où mon coéquipier a été tué, c'est moi qui étais censé aller m'occuper de la transaction, mais j'ai eu un problème de voiture. Dom secoua la tête. C'est typique des missions d'infiltration. Ce sont toujours les petits détails qui vous perdent. Une voiture bon marché, ça va de pair avec la couverture. Le moteur ne démarrait pas ce matin-là. Il faisait trop froid dehors. Alors mon coéquipier y est allé à ma place. Il grimaça. Ça m'a fichu en l'air, parce que ça aurait dû être moi. Après sa mort, j'ai repris mes activités d'infiltration, pour une nouvelle mission. Mais j'étais hésitant, j'avais toujours un temps de retard. Ce n'était pas le chagrin. J'avais peur. Comme une sorte de phobie. C'est là que j'ai décidé d'arrêter. Ses lèvres se pincèrent. J'ai rejoint le Club des baby-sitters, et depuis, je me cache. C'est ironique. Ce ne sont pas les candidats au programme que je protège, c'est moi-même.

Je ressentis un élan de compassion envers lui.

— Je comprends.

Dom se redressa et se tourna vers moi.

— J'ai changé grâce à vous.

— Quoi ? fis-je, surpris.

— J'étais coincé dans le Club des baby-sitters, comme vous étiez coincé dans le programme. Ce n'est pas bon. On ne peut pas rester coincé, on doit aller de l'avant. Comme vous l'avez fait. J'ai décidé d'aller de l'avant, moi aussi. Je dois me pardonner de ne pas avoir été là quand il est mort. Je dois tourner la page. J'ai porté ce poids assez longtemps. Il hocha la tête, les yeux brillants d'une animation nouvelle. Je pleurerai toujours cet homme. Mais le chagrin est une chose, la peur en est une autre. Je passe à autre chose.

— Eh ben, bon sang.

Je me sentis touché. Peut-être étais-je aussi son ami, après tout. Je ne trouvai qu'une seule chose à dire.

— Qu'est-ce que je ne donnerais pas pour un paquet de cookies Tate's !

— Totalement d'accord ! dit Dom en éclatant de rire.

70.

Le ciel s'était dégagé lorsque nous arrivâmes à la maison, et je me garai devant, scrutant les environs à la recherche de Moonie. Je m'attendais à moitié à trouver le chien sur le perron, mais il n'était nulle part en vue. Lucinda avait appelé les refuges locaux en chemin, mais aucun chien correspondant à sa description n'avait été recueilli.

Ethan ouvrit la portière arrière.

— Moonie ! Moonie !

Je me tournai vers lui.

— Va voir derrière.

— D'accord ! Ethan courut vers la maison. Moonie !

Lucinda émergea de la camionnette, en jetant un coup d'œil autour d'elle. Elle avait l'air fatiguée, les cheveux en bataille et la robe froissée.

— Ça fait bizarre, de revenir ici.

— Je m'en doute.

Je ne m'approchai pas pour la réconforter, mes sentiments étaient confus. J'avais mis de côté nos problèmes de couple jusqu'à ce que nous soyons en sécurité, mais je ne pouvais plus les ignorer. J'avais beau avoir l'habitude de compartimenter, les murs de ce compartiment-là s'étaient effondrés.

— Moonie ! Moonie ! cria Ethan derrière la maison.

— Tu es sûr qu'on est en sécurité maintenant ? demanda Lucinda à Dom.

— Absolument. Dom posa une main sur son épaule. Tu n'as rien à craindre.

— Merci, Dom.

Lucinda l'enlaça brièvement, signe d'une nouvelle proximité, mais cela ne me dérangeait pas. Puisque j'étais incapable de la réconforter, autant que Dom le fasse. Il savait bien dire à ma femme que je l'aimais quand je n'étais pas en mesure de le faire moi-même.

— La GVO n'existe plus, grâce à ton mari, qui continue à vouloir m'attribuer tout le crédit.

— Tu le mérites, intervins-je.

— Non, c'est toi, rétorqua Dom.

Lucinda me sourit, les lèvres tremblantes.

— Tu le mérites aussi, chéri. Tu nous as sortis de là.

— Moonie ! appela Ethan depuis le jardin.

Dom se détourna de Lucinda pour me regarder.

— Je peux aller vous chercher à manger.

Je sentais qu'il essayait de nous laisser un moment seuls, ce qui était la dernière chose que je souhaitais.

— Tu n'as plus besoin de faire nos courses. Je peux me laver, me changer et y aller.

— Ça ne me dérange pas. Je vais faire un saut au magasin, pendant que vous cherchez le chien.

— J'ai peur qu'il ait disparu pour de bon. Lucinda croisa mon regard. Jason, j'aurais préféré que tu ne promettes pas à Ethan qu'on le retrouverait.

— Restons positifs, dis-je, même si j'aurais préféré ne pas le lui avoir promis non plus. Je vais me changer, et ensuite je vais le chercher.

Lucinda regarda sa montre.

— La conférence de presse commence dans une demi-heure. Vous n'allez pas la regarder ?

— Non, nous répondîmes à l'unisson, Dom et moi, mais Lucinda nous dévisagea comme si nous étions fous.

— Vous ne voulez pas savoir ce qu'ils vont dire à notre sujet ?

— On sait ce qu'ils vont dire.

Je ne voulais pas regarder la conférence de presse et, à vrai dire, j'avais besoin de m'éloigner d'elle. Je devais reprendre mes esprits et je m'inquiétais pour le chien. Pas seulement à cause d'Ethan, mais aussi pour moi. Je n'avais pas réalisé à quel point j'aimais ce fichu chien jusqu'à cet instant précis.

L'expression de Dom s'adoucit.

— Lucinda, je vais regarder avec toi, puis j'irai faire des courses.

— D'accord, répondit Lucinda en détournant son regard de moi.

J'intervins :

— Je pensais que tu voudrais appeler maman ou Melissa. Ou aller sur Facebook pour reprendre contact avec tout le monde.

— Pas tout de suite.

— Je croyais que tu mourais d'envie de... commençai-je, mais cela sonnait comme une critique, alors je me tus, soudainement mal à l'aise avec ma propre femme.

— Mais c'est vrai que je ne veux pas qu'ils l'apprennent à la télévision. Lucinda se mordit la lèvre, indécise. Je vais d'abord appeler Melissa. Ma mère ne comprendra pas ce qui se passe au téléphone.

— C'est comme tu veux. Je vais aller chercher Moonie avec Ethan.

Je me hâtai en direction de la maison.

Lucinda me lança :

— Tu ne veux pas manger quelque chose avant ?

— Non, merci !

Je m'engouffrai sous les pilotis de la maison, sentant le regard de Lucinda dans mon dos.

J'aimais ma femme et je voulais lui pardonner. Mais je n'étais pas Tig, ni Dom.

Je devais donc trouver le moyen d'y parvenir.

71.

Ethan et moi cherchâmes Moonie dans le jardin, puis tout autour de la propriété, et enfin à l'endroit où je m'étais rendu le premier jour, sur la plage. Le soleil scintillait sur la baie, et une brise soufflait à la surface de l'eau, formant de petites vagues aux crêtes étincelantes. Les mouettes criaient au-dessus de nos têtes, mais aucun héron bleu n'était en vue.

Ethan partit en courant, appelant le chien, mais je restai sur le sable, essayant de ravaler la boule qui me serrait la gorge. J'étais censé reprendre ma vie, recommencer à zéro, déterminer ce que je pouvais et ne pouvais pas réparer. Je ne pouvais pas réparer l'absence d'Allison. Ni le fait que je ne trouvais pas la force de pardonner à ma femme. Ni le fait que le chien avait disparu.

— Papa, par ici ! cria Ethan en me faisant signe de revenir vers la maison.

Nous retournâmes dans la rue en appelant Moonie. Nous la remontâmes sans le voir nulle part, ni personne d'autre d'ailleurs, jusqu'à ce que nous arrivions chez Thatcher. Le vieil homme était assis dans son fauteuil inclinable usé, en train de fumer un cigare, et nous nous avançâmes sur sa pelouse, d'où je lui fis signe pour attirer son attention.

— M. Thatcher ?

Thatcher leva les yeux, éteignit son cigare, et s'il me reconnut, il n'en montra rien. Soit il gardait notre secret, soit j'avais trop changé d'apparence, ce qui était tout à fait possible.

— Excusez-moi, avez-vous vu un petit chien blanc ?

— Non ! répondit Thatcher, alors nous continuâmes notre chemin. Le soleil montait dans le ciel et l'air devenait lourd d'humidité.

Ethan ne semblait pas s'en apercevoir, concentré sur sa recherche, appelant sans relâche.

Nous fîmes le tour du quartier, empruntant des rues que je ne connaissais pas, bordées de maisons de vacances vides et clairsemées. Ethan était de plus en plus bouleversé à mesure que l'après-midi avançait, et je m'en voulais d'avoir été si confiant auparavant. Je ne savais pas combien de pertes cet enfant pouvait encore supporter.

Deux heures plus tard, j'étais épuisé, j'avais mal aux côtes et je craignais que nous ne le retrouvions jamais. J'arrêtai Ethan et posai une main sur son épaule.

— Chéri, on devrait peut-être rentrer à la maison, manger un morceau et…

— Je sais, on devrait essayer la forêt fantôme ! s'exclama Ethan, tout excité. Il essuya la sueur de son front. Tu te souviens quand on y est allés, comment Moonie reniflait partout ? Et s'il s'en souvenait ?

— C'est possible, mais il ne faut pas trop y compter…

— Allez ! Ethan s'élança, reprenant la direction de la maison.

Ses jambes maigres couraient à toute vitesse, et je me hâtai derrière lui.

— Chéri, je sais que j'ai dit qu'on le trouverait, mais je commence à craindre que non. J'ai peut-être eu tort.

— On le trouvera, papa. On va le trouver. Ethan hocha la tête, et pointa le menton en avant. Je parie qu'il est dans la forêt fantôme. Il aimait bien cet endroit. Allison est là-bas. Tu te souviens qu'on disait qu'on pouvait sentir sa présence ?

— Oui, répondis-je, le cœur serré.

— Et si Moonie pouvait la sentir aussi et qu'il voulait être avec elle ? Je parie qu'elle lui manque. Tu crois que oui ?

— J'en suis sûr, mais…

— Je le pense aussi. Il ne l'oubliera pas. Il l'aime. Comme tu l'as dit. On ne perd jamais quelqu'un tant qu'on l'aime. On va le retrouver. Ne t'inquiète pas. Ethan fonçait, repoussant ses mèches humides de son visage. S'il n'est pas dans la forêt fantôme, il est peut-être rentré à la maison. Tu sais, notre vraie maison, celle qui a brûlé.

Oh non.

— Chéri, ce n'est pas possible.

— Si, c'est possible, papa. Les chiens font ça tout le temps. Ils retrouvent leur maison, même si elle est loin. Ils savent.

Je grimaçai intérieurement.

— Notre maison était trop loin. Il ne connaît pas le chemin et il ne pourrait pas…

— Il sait beaucoup de choses, papa. C'est un chien intelligent. Tu ne pensais pas qu'on trouverait les boîtes en cèdre, et pourtant on les a récupérées.

— C'est vrai, mais c'est différent.

— Les chiens ont un odorat très développé, papa. C'est leur super-pouvoir, comme toi qui sais lire sur les lèvres.

Ethan me regarda avec un sourire, et je parvins tout juste à le lui rendre, à court de super-pouvoirs. Et de compartiments.

— Mais je ne veux quand même pas que tu te fasses de faux espoirs…

Ethan continua d'avancer.

— Tu sais quel est mon super-pouvoir, papa ?

Je réalisai que nous n'avions jamais parlé du sien.

— Non, c'est quoi ?

— Je n'abandonne jamais. Allison me l'a dit. Ethan sourit. On s'est disputés et elle m'a dit : « Tu ne lâches jamais l'affaire », et plus tard, elle s'est excusée et m'a dit : « C'est bien de ne jamais abandonner. C'est ton super-pouvoir. »

Ma gorge se serra.

— Elle avait raison.

— Oui. Ethan accéléra le pas. On le trouvera dans la forêt fantôme.

— On verra, répondis-je en priant pour que ce soit vrai.

La forêt fantôme semblait encore plus désolée en plein jour. Les arbres morts, avec leurs troncs blancs et leurs branches lisses, ressemblaient à autant d'os s'élevant vers le ciel, les doigts d'un squelette essayant d'attirer le firmament vers le bas. Ou peut-être était-ce mon état d'esprit. Le désespoir et l'épuisement m'envahirent, et je compris que nous n'allions pas retrouver le chien.

— Moonie, Moonie ! répétait Ethan d'une voix rauque.

— Ethan, je pense qu'on devrait rentrer.

— Pas encore, papa. Tu as dit qu'on attendrait la nuit.

Nous passâmes donc le reste de l'après-midi à chercher partout, piqués par les taons et les moustiques, pataugeant dans la boue saumâtre, nos chemises collées à notre peau et nos baskets aspirées par la vase. L'eau du marais empestait, trouble et noire par endroits, bien qu'elle s'écoulât vers la baie, obéissant aux lois de la lune.

Finalement, le soleil disparut derrière la ligne d'arbres dénudés, et il fut temps d'abandonner. Je rejoignis Ethan et le serrai dans mes bras.

— Chéri ? Rentrons, pour l'instant.

— Non, il est peut-être encore là.

Ethan se dégagea de mon étreinte, levant le regard vers moi, les larmes aux yeux.

— Il passera la nuit ici sans problème.

— Quelque chose pourrait l'attaquer, un serpent, une anguille ou autre chose.

— Ethan, dis-je fermement, nous rentrons maintenant.

— On peut revenir demain ?

— Oui, bien sûr.

— On doit revenir tous les jours jusqu'à ce qu'on le trouve. On n'abandonnera jamais. Hein, on n'abandonnera jamais ?

— On verra, lui répondis-je, et Ethan sembla s'effondrer, la tête tombant en avant et les épaules voûtées. Je le soulevai dans mes bras comme je le faisais quand il était petit. Il se mit à pleurer, son corps frêle secoué de sanglots, et je le serrai fort contre moi, sentant ses larmes chaudes couler dans mon cou. Il enroula ses jambes autour de ma taille et je passai mes mains sous lui, ignorant la douleur dans mes côtes.

Je le portai jusqu'à la maison et, au bout d'un moment, il cessa de pleurer, alors je le posai par terre. Nous avançâmes péniblement dans la boue dans un silence misérable. La maison apparut, ses lumières brillant dans l'obscurité. Lorsque nous nous approchâmes du jardin derrière la maison, j'entendis des voix et des rires provenant de la cuisine, portés par l'air nocturne.

Nous atteignîmes le jardin et étions en train de franchir le portail lorsque je remarquai quelque chose dans la rue devant la maison.

Je réalisai de quoi il s'agissait et je pressai le pas, surpris.

72.

— Flossie !

J'ouvris la porte de derrière et trouvai mon amie camionneuse dans la cuisine avec Lucinda et Dom, en train de discuter et de rire autour d'une table couverte de verres à vin et d'assiettes remplies de fromage de chèvre, de confiture de cerises et de crackers à la farine de meule. Au pied de la table, en train de somnoler sur le sol, se trouvaient Manny, Moe, Jack le borgne… et Moonie.

— Moonie !

Ethan se précipita vers le chien, qui lui sauta dans les bras en aboyant et en lui léchant le visage.

— Qu'est-ce qui se passe ? Je restai bouche bée. D'où sort Moonie ?

— Je l'ai trouvé.

Flossie se leva, rayonnante dans son haut rose et son jean.

— Mon Dieu, merci ! J'étais si heureux que je la serrai très fort dans mes bras. Comment tu l'as trouvé ? Quand ?

— Tu m'as décrit à quoi il ressemblait, alors j'ai passé le mot. Un autre chauffeur des Transports Collins l'a aperçu près de la bretelle d'accès, alors je l'ai récupéré hier soir.

— Incroyable ! Je ris de soulagement, touché par sa gentillesse. Tu as conduit jusqu'ici pour lui ? Merci !

— Je te l'ai dit, personne ne me dit quoi faire.

— Mais comment tu nous as trouvés ?

Je jetai un coup d'œil à Lucinda, qui se tenait debout près de la table, souriante. Elle portait sa robe d'été bleue et était toute pimpante et ravissante avec ses cheveux relevés. Elle avait le bout des doigts posé sur le dossier de la chaise, comme si elle attendait quelque chose, et je réalisai que j'avais serré Flossie dans mes bras à sa place.

Flossie disait :

— J'ai entendu la conférence de presse aux informations, alors j'ai appelé le FBI et ils ont appelé Dom. Elle gloussa. Moonie est un petit chien génial. Vous auriez dû le voir dans le camion. Silencieux comme une souris.

— Moonie ? Silencieux ?

— *Notre* Moonie ? Ethan leva les yeux tandis que le chien lui léchait la joue.

— Oui, *votre* Moonie. Flossie haussa un sourcil. Il a juste besoin de limites. Il aboyait beaucoup au début, mais mes petits gars lui ont appris comment se comporter. J'ai donné quelques conseils à Lucinda, pour qu'il se tienne mieux avec vous.

— J'ai tout retenu, je vais m'en occuper.

Lucinda sourit en se dirigeant vers l'évier, tandis que Manny et Moe la regardaient avec leur curiosité habituelle. Jack se leva sur ses pattes chancelantes et vint vers moi en remuant la queue.

— Salut, mon pote, dis-je, ravi.

Je le pris dans mes bras et, sur un coup de tête, lui donnai un petit baiser. Puis je réalisai que je venais d'embrasser un chihuahua avant ma propre femme.

Ethan se blottit contre Moonie.

— Je suis tellement heureux. Merci, euh, madame !

Je répondis :

— Ethan, elle s'appelle Flossie Bergstrom.

— Merci, Flossie Bergstrom ! s'écria Ethan d'une voix chantante, et nous éclatâmes tous de rire.

— Tiens, Jason.

Lucinda s'approcha de moi avec un verre d'eau.

— Merci, dis-je en prenant le verre.

Elle détourna son regard juste au moment où je le croisais,

et nos yeux ne se rencontrèrent pas.

Flossie ajouta :

— Jaybird va beaucoup mieux, au fait. Il te passe le bonjour. Ils voulaient tous passer te remercier, mais Dom a dit que je devais venir seule.

— Tu es là depuis combien de temps ?

— Seulement deux heures. Nous avons passé un bon moment. L'expression de Flossie s'adoucit. Je suis désolée pour ta fille.

— Merci, répondis-je, réalisant que je ne lui avais pas parlé d'Allison. Lucinda avait dû le faire, mais elle était retournée vers l'évier, me tournant le dos.

Dom intervint :

— Je voulais t'appeler, mais tu n'avais pas de téléphone. Wiki a pris les ordinateurs portables, donc je ne pouvais pas te trouver sur l'écran de contrôle.

Je lui fis signe de ne pas s'en faire.

— Ce n'est pas grave, je suis content d'avoir récupéré le chien.

— Ethan, bois un peu d'eau. Lucinda posa un verre d'eau sur la table, puis lissa les cheveux en sueur d'Ethan. Tu dois être affamé.

— Oui ! Ethan prit le verre et but goulûment.

Flossie regarda sa montre.

— Bon, je dois y aller. J'ai donné mon numéro à Lucinda. On se reverra peut-être.

— J'aimerais beaucoup, répondis-je sincèrement. Je te dois une fière chandelle.

— Non, c'était le moins que je puisse faire. Les Transports Collins t'adorent. Flossie sourit chaleureusement, puis son regard se porta sur Jack. Lui aussi, il t'adore.

— C'est lui, le petit chien génial. Je souris, Jack blotti contre ma poitrine. Je ne pensais pas être un fan des chihuahuas, mais maintenant si.

— C'est ce que disait mon mari. Flossie s'approcha et caressa la tête bombée de Jack. Pour te dire la vérité, ce chien a un faible pour les hommes. Je pense que mon mari lui manque encore. Il le cherche dans le camion. Il ne s'est jamais vraiment habitué à moi. Elle sourit tristement. Les autres l'embêtent aussi. Ils pensent qu'il est le plus faible à cause de son œil, mais Moonie était gentil avec lui. Jack s'est également attaché à Moonie. Ils dormaient ensemble à l'arrière.

— Oh, dis-je, ému.

— Oh, répéta Dom pour me taquiner.

Flossie sourit.

— Vous savez, Moonie aurait bien besoin d'un ami. Il est plus calme avec Jack, et Jack a l'air heureux avec vous. Il a son copain mec.

Dom rit.

— Jason, tu vois où elle veut en venir ?

Je clignai des yeux en le comprenant, surpris par cette idée.

— Flossie, qu'est-ce que tu veux dire ?

— Je pense que tu devrais garder Jack. Flossie haussa les épaules. Ce n'était pas prévu, mais en le voyant ici avec toi, je crois que ce serait bien.

— Mais Jack appartenait à ton mari.

— Je sais, mais il serait plus heureux avec toi. Flossie hocha la tête en se mordant la lèvre inférieure. C'est ce que mon mari aurait voulu.

— Tu es sûre ?

— Absolument. Tu veux le garder ?

Lucinda leva les yeux vers moi, rayonnante.

— J'adorerais le garder. Il est si mignon, et je crois vraiment que Moonie l'aime bien. Ça faisait une heure qu'ils dormaient sous la table, blottis l'un contre l'autre.

Ethan poussa un cri de joie.

— On peut le garder, papa ? S'il te plaît ? J'aime bien son œil fermé. Il est mignon, on dirait une peluche.

Dom me sourit.

— Tu dois dire oui, Hershey. Tu as un cœur tendre et fondant[32].

Tout le monde rit, moi y compris, puis je baissai les yeux vers Jack, qui leva les yeux vers moi.

Nous connaissions tous les deux la réponse. Jack le comprit avant moi.

---

32 - Référence aux chocolats et confiseries de la marque Hershey's.

73.

Après le départ de Dom et Flossie, Lucinda et moi commençâmes à ranger la cuisine, nous répartissant les tâches comme d'habitude.

Je débarrassais la table et jetais les restes à la poubelle. Elle rinçait la vaisselle et la mettait dans le lave-vaisselle. Nous connaissions tous les deux les gestes de l'autre, mais nos rythmes n'étaient pas synchronisés. Je pris une assiette de fromage et la bousculai en me dirigeant vers l'évier.

— Désolé, dis-je, réalisant que c'était la première fois que je la touchais depuis nos retrouvailles dans la maison mitoyenne et ce baiser, plus tôt. Je me demandais où était passé le *waouh*. Je ne savais pas s'il reviendrait.

— Laisse, je vais prendre ça.

Lucinda tendit la main vers l'assiette sans me regarder, et je la lui donnai en me détournant. Ethan était assis en tailleur sur le sol, jouant avec Jack et Moonie, qui s'appréciaient en effet beaucoup.

— Il faut qu'on achète des jouets pour les chiens.

— Bonne idée.

Lucinda rinça une assiette.

— Oui, répondis-je une fraction de seconde plus tard.

Je pris une autre assiette, et le seul bruit était la voix d'Ethan qui parlait aux chiens. Je ne me souvenais pas de la dernière fois où nous avions été aussi silencieux dans la cuisine. C'était généralement le moment où nous nous racontions notre journée, alors j'essayai de revenir à cette routine, comme le réglage par défaut d'un mariage.

— Lucinda, tu as regardé la conférence de presse ?

— Oui.

— C'était comment ?

— Comme tu t'y attendais, aucune surprise. Dom a expliqué qu'ils disaient toujours la même chose.

— Oui, c'est ce qu'il m'a dit aussi.

— Ils ont exprimé des choses sympas à ton sujet, c'est bien. Ils ont clairement indiqué que tu ne nous avais pas tués.

— Oh, tant mieux. Je réussis à esquisser un sourire. La barre n'était pas très haute.

— Je suis allée sur Internet et j'ai repris contact avec tout le monde, et bien sûr, ça explose sur les réseaux sociaux. Il y a plein de commentaires sur Facebook, et on parle beaucoup de nous sur Instagram.

— Ah bon ? Je jetai les serviettes en papier sales à la poubelle. En bien ou en mal ?

— En bien, ça fait plaisir. Les gens nous souhaitent bon courage, prient pour nous, tout ça. Il y a plein de choses gentilles sur Allison. C'est très touchant. Beaucoup de mamans, beaucoup de parents de l'école. Des voisins. Même notre livreur UPS. Lucinda mit l'assiette dans le lave-vaisselle. J'ai répondu à autant de messages que possible, et puis Dom est arrivé avec Flossie et Moonie. Il voulait nous faire une surprise.

— Il a réussi.

— Flossie a l'air vraiment gentille.

— Elle l'est.

Ethan leva les yeux.

— Maman, et les parents de Zack ? Ils ont dit quelque chose ?

— Oui, qu'ils étaient heureux d'apprendre que nous allions bien. Lucinda mit une autre assiette dans le lave-vaisselle. M. Sullivan a publié quelque chose de très gentil à ton sujet. Ils ont hâte de te voir.

Je ramassai les couverts.

— Et maman ? Tu as pris de ses nouvelles ?

— Tout est rentré dans l'ordre, Dieu merci. Le visage de Lucinda s'éclaira. Je lui ai parlé au téléphone, pas sur FaceTime, mais elle avait l'air bien. Elle ne suit pas l'actualité et ils ne vont pas la lui montrer, donc c'est bien.

— C'est bien, répétai-je, réalisant que je lui faisais écho. Tout était *bien* et tout le monde était *gentil*. Je ne savais pas quand nous avions commencé à parler comme des enfants de maternelle.

— J'ai parlé au nouveau responsable. La méchante infirmière a déjà été licenciée. Tu sais, celle qui lui avait pris sa crème pour les mains à la lavande.

— Ils ont récupéré la crème ?

— Oui.

— Tant mieux. C'est bien.

La cuisine redevint silencieuse, à part le bruit des assiettes et le babillage d'Ethan qui parlait toujours aux chiens. Je posai la dernière assiette sur le comptoir, puis affichai un sourire.

— Je vais prendre une douche.

— D'accord, répondit Lucinda en fermant le lave-vaisselle.

Ethan leva les yeux.

— Vous allez divorcer ?

Lucinda sursauta, bouche bée. Le robinet coulait derrière elle.

Ma poitrine se serra. Je ne savais pas si Ethan était au courant de la liaison de Lucinda, mais c'était à moi qu'il s'adressait. Son expression était douloureuse, mais ses yeux restaient secs. Aussi anxieux qu'il ait été ces derniers temps, mon fils semblait étrangement mature. L'homme qui se cachait derrière l'enfant émergeait, comme une promesse d'avenir dans les eaux troubles du présent.

— Papa, vous allez le faire ?

Je savais que j'avais déjà pris ma décision.

— Non, bien sûr que non, répondis-je.

— Tant mieux.

Ethan reporta son attention sur les chiens. Lucinda croisa mon regard, avec une expression que je reconnaissais.

Il faut qu'on parle, disait-elle.

74.

J'emmenai Lucinda à la plage, voulant instinctivement que notre conversation ait lieu loin de la maison. Il faisait plus sombre que je ne l'avais prévu, et la seule lumière provenait d'une lune ivoire derrière des nuages transparents. Le vent faisait onduler les eaux noires de la baie, clapotant contre une plage qui semblait avoir disparu. Je ne distinguais pas clairement les traits de Lucinda, mais je les connaissais si bien, de la courbe de sa pommette au contour de son sourire, absent pour le moment.

— Lucinda, je ne veux pas divorcer.

— Tu m'aimes ?

— Oui, bien sûr, répondis-je, la poitrine serrée. Ce n'est pas le problème. Le problème, c'est que je ne sais pas comment te pardonner. Je pense que je peux, mais c'est difficile, pour l'instant.

— Mais tu sais que tu ne veux pas divorcer ?

— Oui.

Lucinda pencha la tête sur le côté.

— Pourquoi ?

— C'est un quiz ? rétorquai-je, sur les nerfs.

Parce que si c'était le cas, je n'avais pas révisé. Je ne pouvais pas montrer l'étendue de mon travail. Je connaissais simplement la réponse.

— Non, c'est une discussion.

— Je t'aime, j'aime notre famille, et je ne peux pas imaginer faire ça à Ethan, pas après...

Ma gorge se serra et je ne pus terminer ma phrase. Nous avions traversé tant d'épreuves, mais nous avions perdu Allison. Notre enfer n'était pas terminé, il ne faisait que commencer. Je sentais une vague de douleur, de souffrance et d'angoisse m'envahir, aussi inévitablement que la marée.

— Je veux dire, nous avons perdu notre fille.

— Je sais, dit Lucinda doucement, en reniflant, et je me surpris à tendre la main vers la sienne. Mais elle ne saisit pas la mienne.

— Quoi ?

Je laissai retomber ma main. Je voyais sa lèvre inférieure trembler.

— Je sais que j'ai fait quelque chose de terriblement mal. Je sais que je t'ai blessé et j'en suis vraiment désolée, mais Ethan n'est pas une raison pour que nous restions ensemble.

— Pourquoi pas ? Je pense que si. Il a besoin de nous maintenant. Je veux dire, nous l'avons tous perdue. Mon cœur se serra lorsque je prononçai ces mots, déchiré. Nous l'avons perdue ensemble.

— Je le sais aussi. Lucinda s'éclaircit la gorge. Mais Allison n'est pas une raison non plus. Aucun de nos enfants n'est une raison pour que nous restions ensemble.

— Il n'y a pas que les enfants. Nous sommes une famille. Nous formons une famille.

— Pas si toi et moi ne sommes pas un couple, non. Je veux dire un vrai couple, un couple qui s'aime. Un couple qui devrait être ensemble. La main de Lucinda se posa sur sa joue pour essuyer une larme. Au studio, je vois des familles avant de faire leur portrait, et je vois comment elles sont, comment elles interagissent. Je vois l'amour quand il est là, bien sûr, mais je vois aussi la rancœur, la souffrance et le passif. Elle essuya une autre larme. Parfois, après avoir terminé la séance, je ne comprends pas pourquoi certains couples restent ensemble. Je ne veux pas être comme eux, jamais. Je veux savoir pourquoi nous sommes ensemble.

— D'accord, dis-je, attentif.

— Je sais pourquoi j'ai eu une liaison. Lucinda renifla. Je pense que j'ai pris soin de Caitlin pendant si longtemps, puis maman est tombée malade, et je ne me plains pas, mais tu sais, je me suis dit que la vie était si courte. Tout pouvait arriver, je pouvais tomber malade, je pouvais mourir. J'avais besoin de faire quelque chose pour moi, et quand je l'ai rencontré, je n'ai pensé qu'à moi, et moi seule. C'est aussi pathétique que ça. Maintenant que je sais que ce n'était pas sincère, c'est encore plus pathétique.

Je comprenais. Elle avait emmené Caitlin à tous ses rendez-vous de chimiothérapie, l'avait aidée après son opération, puis s'était occupée de sa mère. Et pendant tout ce temps, il y avait les enfants, les jeux, les devoirs, les tests PSAT, les autorisations parentales. Je savais que cela avait été difficile, mais peut-être n'avais-je pas réalisé à quel point. Lucinda était si compétente qu'elle donnait l'impression que tout était facile, mais ça ne l'était pas.

— Je me sens différente maintenant, et je dois me demander si c'est le mariage que je veux...

— Attends, je n'ai rien fait de mal, *moi*, lâchai-je, mais je savais que ce n'était pas tout à fait vrai. Je repensai à ma prise de conscience que j'avais joué la carte de la sécurité. En abandonnant mes études de droit, j'avais choisi la route la plus sûre, tout comme mon père.

J'aime les routes aux vues panoramiques, me souvins-je d'avoir dit, cette nuit atroce.

Mais j'étais le nouveau Jason, et je pouvais reconnaître que j'avais commis une ou deux erreurs. Et dès que j'eus cette pensée, mon cœur s'adoucit et je commençai à lui pardonner. Pas complètement, mais je voyais une voie à suivre, comme un chemin vers la maison.

Lucinda se redressa.

— Je veux dire que si nous restons ensemble, il faut que ce soit parce que nous le voulons pour *nous*, et pas pour qui nous étions avant, mais pour qui nous sommes maintenant.

— D'accord.

Lucinda se tut.

Je lui demandai :

— Tu sous-entends que tu veux qu'on renouvelle nos vœux, en quelque sorte ?

— Oui. Seulement si nous le voulons tous les deux.

— Toi, tu le veux ?

— Oui, je t'aime et je veux rester mariée avec toi. Je veux reconstruire notre vie et notre maison, là où elle était, et je veux que nous y vivions. C'est aussi ce que tu veux ?

Lucinda me tendit la main, sa paume pâle et ouverte au clair de lune, et je la pris dans la mienne.

— Oui, je t'aime, et c'est ce que je veux aussi. Nous allons tout reconstruire.

Je la pris doucement dans mes bras et la serrai contre ma poitrine tandis qu'elle se mettait à pleurer. Je la berçai d'avant en arrière, sentant les larmes perler dans mes yeux et l'amour dans mon cœur, ainsi que le chagrin que nous partagions, debout tous les deux entre la terre et l'eau, accrochés l'un à l'autre sous la lune.

Waouh, pensai-je.

Elle pouvait me faire ressentir ça, sans même un baiser. Ma femme.

Mon amour.

75.

J'étais assis seul à la table de conférence, et la salle était remplie d'une foule agitée, attendant que l'audience commence. La chambre du Sénat était vaste et impressionnante, ses murs ivoire ornés de portraits à l'huile dans des cadres dorés et surmontés de moulures en forme de couronne. Des rangées de bureaux en noyer poli occupaient l'espace, et le tapis bleu qui semblait sombre à la télévision était éclatant. Les photographes s'accroupissaient devant moi, formant un véritable mur d'appareils, et je pouvais imaginer à quoi je ressemblerais sur leurs photos. Sinistre, en deuil et déterminé.

Aujourd'hui, j'allais obtenir justice en tant que père.

Six mois après le meurtre d'Allison, aucune accusation pénale n'avait encore été portée contre le sénateur Ricks. J'avais donc fait pression pour qu'une enquête parlementaire soit ouverte, soutenu par l'indignation publique, la couverture médiatique et la pression politique. Le parti qui voulait saboter la candidature de Ricks à la présidence m'avait apporté son appui, mais je ne m'attendais pas à ce que ses motivations soient pures. Une commission spéciale avait été formée pour faire la lumière sur l'interrogatoire de Doha et il avait été décidé que je serais le premier à témoigner.

Ils ne savaient pas que j'avais ma propre stratégie judiciaire.

Les sénateurs prirent place, une foule d'hommes en costumes sombres et pin's à la boutonnière, consultant leurs téléphones et terminant leurs conversations. J'en reconnaissais certains grâce à mes efforts de lobbying, mais celui que je voulais voir n'était pas encore arrivé.

Je jetai un coup d'œil à Lucinda, assise au premier rang à côté d'Ethan, dans le nouveau costume et la cravate qu'il avait portés aux funérailles d'Allison, que nous avions organisées en privé quelques mois auparavant. Elle sourit légèrement, mais son regard resta impassible, car nous avions gardé notre plan secret.

Soudain, toutes les têtes se tournèrent vers le fond de la salle et un murmure parcourut la foule. Je sentis ma mâchoire se crisper lorsque le sénateur Ricks apparut et s'avança dans l'allée, ses cheveux argentés luisant sous les lumières du plafond. Il salua les membres de son parti en hochant la tête et en souriant, et ceux-ci lui tapèrent dans le dos comme s'il avait remporté une victoire plutôt que d'avoir orchestré un complot qui avait coûté la vie à Allison. La plupart d'entre eux le soutenaient, et il était en tête dans les sondages, mais j'espérais changer cela aujourd'hui.

J'avais imaginé ce moment tant de fois, pensant que je détournerais les yeux, mais mon instinct primitif prit le dessus et je fixai le sénateur tandis qu'il prenait place. Ricks évita mon regard, même si j'étais dans son champ de vision. Les appareils photo crépitaient, car les médias avaient monté en épingle cette confrontation, le père contre le sénateur, nous désignant tour à tour comme bon ou méchant selon les sources d'informations.

Moi, je savais qui était bon et qui était méchant. Bientôt, le monde entier le saurait aussi. Les photographes furent invités à se disperser et le président ouvrit la séance et fit sa déclaration liminaire.

Je prêtai serment, les yeux rivés sur le sénateur Ricks, qui continuait à regarder partout sauf vers moi. Il connaissait déjà l'essentiel de mon témoignage et cherchait à gagner en crédibilité, mais nous n'avions pas encore révélé nos preuves. Notre principale pièce à conviction était sur une affiche, et mes soutiens la gardaient secrète jusqu'à plus tard, pour faire davantage d'effet. Mais j'avais d'autres plans.

Le président de la commission spéciale sur l'interrogatoire de Doha se pencha vers le micro pour prononcer son discours d'introduction, et mon cœur se mit à battre à tout rompre. C'était le moment. Je posai ma main sur mon téléphone avec désinvolture, puis fis défiler l'écran jusqu'à la fonction SMS, où se trouvait déjà la photo que j'avais prise le jour de mon anniversaire, prouvant que le sénateur Ricks avait menti lorsqu'il avait prétendu être à l'infirmerie de Guantánamo.

J'appuyai sur « envoyer ».

Je gardai les yeux fixés sur le sénateur, et l'instant d'après, l'une de ses assistantes reçut mon SMS. J'avais réussi à obtenir son numéro de portable, mais pas celui de Ricks, et j'avais écrit sous la photo : « Montrez ça immédiatement au sénateur Ricks. »

Je me rassis pour observer, et Lucinda regarda dans la même direction, car ce qui se déroulait sous nos yeux n'était que pour notre satisfaction personnelle. L'assistante fronça les sourcils en regardant son téléphone, se pencha en avant et montra l'écran au sénateur Ricks. Il y jeta un coup d'œil, puis blêmit. Il saisit le téléphone, bouche bée, leva les yeux et son regard choqué croisa enfin le mien.

Je le tenais.

ÉPILOGUE

J'étais avec Lucinda et Ethan dans le jardin baigné de lumière. Nous venions de planter un magnolia en mémoire d'Allison, à côté des deux arbres qui lui servaient de poteaux de but, Scylla et Charybde. Ils avaient survécu à l'incendie, même si une grande partie du jardin avait dû être réaménagée. Moonie et Jack étaient partis examiner le nouvel hortensia au fond.

Nous avions réemménagé deux jours auparavant, et notre première tâche avait été d'honorer Allison. Nous avions organisé une veillée à son école, à laquelle nous avions invité ses amis, ses coéquipiers et toute la communauté. Neuf cents personnes étaient venues, un hommage émouvant à sa mémoire. Mais ils avaient tourné la page, et nous trois étions déchirés, les entrailles nouées. Nous étions en deuil parce que nous l'aimions et qu'elle n'avait pas pu vivre la vie qu'elle méritait. Nos sentiments étaient doux-amers, tout le temps. J'espérais qu'un jour, la douceur l'emporterait sur l'amertume.

J'avais remis sur pied mon entreprise, et Lucinda en avait fait autant avec la sienne. Nous n'avions pas organisé de fête de fin d'année l'hiver dernier, prétextant que la maison n'était pas terminée. Nous n'étions pas prêts à recevoir du monde pour notre premier Noël sans Allison, et son anniversaire nous avait brisé le cœur. Au printemps, mon bureau avait reformé son équipe de softball, mais il nous fallait un slogan pour les tee-shirts autre que « notre parole est loi ».

Je ne croyais plus en la loi comme avant, alors nous avions opté pour « nous tapons dans le mille ». Ce en quoi je croyais, c'était la vérité, la justice et l'amour. Parfois, je me disais que ces trois mots désignaient un seul et même sentiment.

Lucinda et moi avions rejoint un groupe de soutien qui se réunissait chaque semaine, avec d'autres pères et mères au cœur brisé qui avaient perdu leurs enfants dans toutes les catastrophes imaginables, pleinement conscients que nous vivions le pire cauchemar de tous les parents. Mais nous étions aussi la preuve qu'il y avait une vie après, même si elle était diminuée. Nous survivions semaine après semaine, en nous aidant les uns les autres, liés par l'amour que nous portions à nos enfants, qui vivraient toujours dans nos cœurs.

Le sénateur Ricks avait quitté la course à la présidence et démissionné du Congrès, et ce n'était qu'une question de temps avant qu'il ne soit inculpé. L'agent spécial du FBI Matt Reilly avait été condamné à vingt ans de prison après avoir plaidé coupable pour son rôle dans le complot.

Dom et moi en discutions parfois, et je commençais à me délester de ma colère contre le système. Je savais que rien ne ramènerait ma petite fille et qu'Allison ne jouerait plus jamais au football entre Scylla et Charybde.

— Qu'est-ce que tu en penses, chérie ? demandai-je à Lucinda. Tu aimes l'emplacement de l'arbre ?

— Oui, il est bien là.

Lucinda sourit doucement, les yeux brillants d'émotion.

Elle avait enfilé une robe jaune pour notre petite cérémonie.

— Je trouve aussi, acquiesça Ethan en se redressant. De retour à l'école avec ses amis, il avait repris du poids, et la thérapie lui avait fait du bien. Elle nous avait fait du bien à tous, et nous y allions fidèlement chaque semaine.

— Alors, on est prêts à mettre la plaque. Tu veux l'accrocher ?

Je croisai le regard douloureux de Lucinda, sentant notre chagrin commun, mais aussi la chaleur de notre lien. Nous nous étions rapprochés au cours de l'année écoulée, et j'avais appris que le pardon avait un pouvoir qui lui était propre.

— Non, vas-y toi.

Lucinda prit ma main et y glissa la plaque.

— D'accord.

Je m'approchai de l'arbre, m'agenouillai et accrochai la plaque sur le support assorti.

Spécialement fabriquée pour notre mémorial, elle était en métal argenté et avait la forme d'un grand héron bleu. Elle brillait au soleil. Je lus la belle inscription que nous avions écrite ensemble :

Nous t'aimerons toujours, Allison
Envole-toi haut dans le ciel, douce fille

Mes yeux se remplirent de larmes et je sentis un sanglot m'échapper, puis un autre, et je ne tardai pas à pleurer pour de bon.

Lucinda et Ethan vinrent à mes côtés, me relevèrent et me serrèrent dans leurs bras, et je réalisai que nous ferions toujours cela les uns pour les autres, nous nous relèverions et nous tiendrions enlacés. C'était ça, la famille, même lorsque le pire arrivait.

Nous étions toujours une famille. Tous les quatre.

Pour toujours.

REMERCIEMENTS

Comme toujours, mes premiers remerciements sont pour vous, mes lecteurs. Vous êtes nombreux à m'avoir suivie et soutenue alors que je me lançais dans l'exploration de nouveaux genres littéraires, et je suis profondément reconnaissante envers chacun et chacune d'entre vous.

Qu'est-il arrivé aux Bennett? a nécessité des recherches qui dépassaient mon domaine de compétence, je remercie donc les experts qui m'ont aidée, dont les noms figurent ci-dessous. Et bien sûr, s'il y a des erreurs dans ce roman, elles sont de mon fait.

Merci à mon cher John Colasante, ami, chef cuisinier et greffier extraordinaire, ainsi qu'à mon ami Raymond Carr, qui a pris sa retraite du FBI après une brillante carrière. Merci à mon ami Nicholas Casenta, Esq., procureur général adjoint du bureau du procureur du comté de Chester.

Merci au lieutenant Robert P. Klinger, du département de police de Willistown. Un grand merci à Susan Kehoe, ma chère amie et propriétaire de la merveilleuse librairie indépendante *Browseabout Books* à Rehoboth Beach, qui m'a aidée à décrire avec plus de précision les plages du Delaware et m'a fourni d'excellents livres sur la région. Merci à ma copine photographe April Narby pour son aide, et un gros câlin à Annabelle Rinda, qui m'a également beaucoup aidée.

Merci au formidable Ivan Held, éditeur chez G. P. Putnam's

Sons, qui m'inspire et me soutient à chaque étape. Merci à la merveilleuse Sally Kim et à mon génial éditeur Mark Tavani, qui ont tellement guidé et amélioré ce manuscrit.

Merci à Alexis Welby et Katie Grinch pour tout leur travail de promotion. Merci à Ashley McClay, Emily Mlynek et Nishtha Patel, les déesses qui trouvent de nouvelles idées pour le marketing. Merci à Anthony Ramondo et Christopher Lin pour leur travail sensationnel sur cette couverture, et merci aux experts en livres audio Karen Dziekonski et Scott Sherratt. J'adresse mon immense gratitude et mon affection à toute l'équipe de Putnam, qui travaille si dur sur mes livres ! Toute ma reconnaissance et beaucoup d'amour pour mon formidable agent Robert Gottlieb de Trident Media Group. Robert est entièrement dévoué à ma carrière, en plus d'être un être humain merveilleux. Merci à sa collègue Erica Silverman, qui a travaillé pour faire avancer les choses à Hollywood. Un grand merci à Nora Rawn, du département des droits étrangers, et à Nicole Robson, du département des médias numériques, qui a joué un rôle essentiel dans le marketing. Enfin, merci à Aurora Fernandez, Andrew Jason Jacono et Sarah McEachern pour leur travail acharné au service de mes livres.

Enfin, un grand merci à l'équipe de ma société, Smart Blonde LLC. (Oui, c'est son vrai nom. LLC LOL.) Ma meilleure amie et assistante Laura Leonard me soutient chaque jour, je l'aime et je ne la remercierai jamais assez. Merci et bisous à Nan Daley et Katie Rinda, qui m'aident et me soutiennent dans mes recherches, pour le marketing et pour tout le reste.

Toute mon affection et ma reconnaissance à ma meilleure amie Franca Palumbo pour son amour et son soutien, et enfin, un grand merci et encore plus d'amour à ma merveilleuse fille Francesca Serritella, elle aussi romancière. Tout a changé pour moi le jour où Francesca est née, par bien trop d'aspects et de manière bien trop merveilleuse pour que je le raconte ici. Elle est vraiment un cadeau, dotée d'une grande intelligence, d'un cœur tendre et d'une âme généreuse. J'ai écrit sur la famille toute ma vie, car c'est ce qui compte le plus pour moi. C'est elle.

Je t'aime, ma chérie, et merci du fond du cœur.

ANDREA MARA

TOUTES SES FAUTES

Irlande

Marissa Irvine se retrouve confrontée au pire cauchemar de tous les parents lorsque son fils Milo, âgé de 4 ans, disparaît alors qu'il joue pour la première fois chez un copain d'école.

À Dublin, Marissa Irvine se présente au 14 Tudor Grove avec l'intention d'aller récupérer son jeune fils Milo, 4 ans, qui joue pour la première fois chez un élève de sa nouvelle école. Mais la femme qui lui ouvre n'est pas la mère qu'elle a rencontrée. Ce n'est pas non plus la nounou. Et Milo n'est pas là. Ainsi commence le pire cauchemar de tous les jeunes parents. Alors que la nouvelle de sa disparition fait écho dans la discrète banlieue de Dublin et qu'un suspect inattendu apparaît, des rumeurs se répandent autour des femmes les plus étroitement liées au drame. Car si une seule d'entre elles a pu enlever Milo, elles auraient toutes eu des raisons de le faire…

« *La reine du thriller irlandais.* » - Irish Farmers Journal
« *Captivée dès la première page, l'autrice a joué sur mes pires angoisses et n'a eu de cesse de faire monter le suspense.* » – Sarah Pearse
« *Un thriller domestique délicieusement mystérieux et cauchemardesque.* » – Emma Curtis

Une adaptation en mini-série est actuellement en cours !

🏆 **Lauréat du prix NetGalley du meilleur roman 2024 dans la catégorie Polar/thriller.**

En savoir plus

ANDREA MARA

ILS N'ONT RIEN VU

Angleterre

Deux fillettes se retrouvent séparées de leur mère dans une rame de métro londonien à l'heure de pointe. À l'arrêt suivant, une seule en descend : la petite de deux ans qui sait à peine parler. Et personne n'a rien vu.

Imaginez : vous êtes sur le quai du métro londonien, à l'heure de pointe. Vos petites filles sont devant vous et montent dans le wagon qui vient d'arriver. Mais alors que vous tentez de les rejoindre en traversant la foule, les portes se referment. Le métro s'éloigne, vous laissant seule sur le quai. Vous atteignez l'arrêt suivant, persuadée que vos enfants ont été prises en charge par la sécurité. Quand vous arrivez, on ne vous rend pas vos deux filles, mais seulement votre cadette : celle de deux ans, à peine capable de parler. Votre fille aînée s'est-elle perdue ? A-t-elle été enlevée par un inconnu ? Le coupable est-il plus proche de vous que vous ne l'imaginez ? Vous le savez, autour de vous, tout le monde ment. Et plus les recherches avancent, plus la vérité vous échappe.

« *Ce roman d'une grande finesse se présente à la fois comme une énigme complexe et comme une formidable course contre la montre.* » Le Sunday Times

« *Une histoire délicieusement cynique et astucieusement construite où se mêlent vieilles rancunes et secrets bien gardés.* » - The Mail On Sunday

En savoir plus

J.P.
POMARE

THE CLEARING

Australie

Ce thriller envoûtant et saisissant, qui a inspiré la mini-série Disney+ The Clearing***, oppose une secte impitoyable à l'amour d'une mère, dévoilant des secrets particulièrement difficiles à enterrer.***

Amy, 13 ans, ne connaît que la vie dans la Famille. Elle sait ce qu'on attend d'elle. Elle sait comment contenter ses aînés et s'assurer de la bonne marche de la communauté. Jusqu'au jour où une fillette rejoint le groupe. Elle ne trouve pas sa place et cherche constamment à s'enfuir. Ce qui se passera ensuite bouleversera profondément la vie telle qu'Amy la connaît. Freya déploie beaucoup d'efforts pour paraître « normale » aux yeux de la société. À la voir vaquer à ses occupations avec son petit garçon, Billy, on pourrait la prendre pour une mère ordinaire. Un jour, une petite fille des environs disparaît et un homme qu'elle n'a pas vu depuis longtemps fait irruption dans sa vie. À mesure que le passé refait surface, la petite ville se retrouve confrontée à de sombres secrets qui détruiront tout sur leur passage.

« *Captivant, saisissant et riche en rebondissements, ce roman a continué à me fasciner longtemps après avoir tourné la dernière page. Un véritable phénomène.* » – Sally Hepworth

LISA JACKSON

L'autrice phénomène aux ***30 millions de lecteurs***

CELLE QUI A SURVECU

États-Unis

Dans ce thriller haletant, par la romancière best-seller du New York Times Lisa Jackson, la rescapée du massacre de sa famille doit faire éclater la vérité sur la nuit tragique qui l'a marquée à tout jamais…

Toute sa vie, elle a été celle qui a survécu. Orpheline à l'âge de sept ans après le massacre effroyable de sa famille dans le chalet familial de l'Oregon, Kara McIntyre est toujours à la recherche d'une forme de normalité. Mais, vingt ans plus tard, le passé ressurgit comme un coup de tonnerre. Son frère, Jonas, qui a été reconnu coupable des meurtres, sort de prison contre toute attente. La presse est de nouveau en ébullition. Et soudain, Kara reçoit des messages énigmatiques de sa grande sœur, Marlie, disparue depuis cette nuit fatale où elle a caché la petite Kara dans un placard en lui intimant une consigne obsédante : ne fais pas de bruit. Alors que ses proches trouvent la mort dans des conditions effroyables, Kara, qui se décompose petit à petit, est convaincue d'être la cible ultime du tueur. Elle a survécu une fois. Mais survivra-t-elle de nouveau ? Combien de fois pourra-t-elle être Celle qui a survécu ?

« Un polar complexe qui alterne entre le présent et les souvenirs glaçants du passé. Lisa Jackson entraîne les lecteurs dans un périple à la fois sombre et intense qu'ils n'oublieront pas de sitôt… »
– Goodreads

ANTONIO LANZETTA

L'HOMME SANS SOMMEIL

Italie

Un vieux manoir à l'atmosphère oppressante. Deux jeunes garçons sortis d'un orphelinat. Un secret enfoui, prêt à ressurgir du passé. Un tueur qui se nourrit de vos peurs.

Au lendemain de la Seconde Guerre mondiale, Bruno, treize ans, vit dans un orphelinat près de Salerne, et est soumis au harcèlement constant de ses camarades. Seule son amitié avec Nino, le petit nouveau qui prend sa défense, parvient à rendre son séjour dans l'institution supportable. L'été apporte un vent de liberté et Bruno et Nino sont choisis pour travailler chez les Aloïa, une riche famille des environs. C'est là que Bruno rencontre Caterina, une étrange petite fille qui vit au dernier étage de la maison et qui lui fait découvrir les recoins de l'imposante bâtisse. Mais le jeu prend vite une tournure sinistre : Bruno commence à être tourmenté par d'inexplicables cauchemars, qui le laissent exténué à son réveil. La mise au jour, dans la propriété d'Aloïa, de plusieurs cadavres en état de décomposition avancée jette un voile inquiétant sur la villa et ses habitants. À qui appartiennent ces corps ? Et pourquoi tout le monde semble savoir quelque chose que personne ne veut révéler ? Cette histoire est celle d'une amitié, de souvenirs brisés et d'un tueur brutal qui se nourrit de la peur de ses victimes. C'est l'histoire de Bruno, et de l'été où il est devenu l'Homme sans Sommeil.

Coup de cœur du Jury du prix Noir Charbon 2024

En savoir plus

MAX SEECK

ÉCHEC ET MAT

Finlande

Lorsqu'un corps est retrouvé couvert de peinture blanche sur une plage de Finlande, une pièce d'échecs dans la gorge, Milo, galeriste et profileur, est appelé en renfort par la police. Mais dans ce jeu dangereux, chaque coup peut se révéler fatal…

Un soir de novembre, un corps est découvert sur le rivage d'une île finlandaise, la peau couverte d'une épaisse couche de peinture blanche, une pièce d'échecs coincée dans la gorge. Lorsque l'inspecteur en chef reçoit une lettre anonyme codée, il s'aperçoit rapidement qu'elle indique un coup d'échecs et l'endroit exact où le corps a été découvert. La piste d'un tueur obsédé par les échecs se dessine alors. Tandis que l'enquête piétine et que les indices se font minces, Milo Perho, galeriste d'art et profileur, est appelé en renfort par la police. Il doit faire face aux fantômes de son passé lorsqu'il se retrouve contraint de faire équipe avec Stanislav, champion européen d'échecs, et ancien conjoint de sa mère… Une partie d'échecs angoissante commence alors, où chaque coup peut se révéler fatal.

« *Seeck est au sommet de son art ! Une intrigue complexe et des personnages fouillés pour un équilibre parfait. Une maîtrise parfaite.* » - Goodreads

Le thriller n° 1 en Finlande !

En savoir plus

Achevé d'imprimer en août 2025 par FINIDR, s.r.o., Lípová
1965, 737 01 Ceský Tešín, République tchèque, pour
le compte des éditions Mera, 142 rue
du Haut Vinage, 59290 Wasquehal.

Imprimé en Europe
Dépôt légal septembre 2025